윤이수 장편소설

해사의 신루

5

윤이수
장편소설

해시의 신루

5

네 북극성은 나다

해냄

해사의 신루

5

네 북극성은 나다

하늘 꽃을 피우다

버려진 마을은 스산한 고요 속에 잠들어 있었다.

불과 몇 개월 전만 해도 밥 짓는 연기와 아이들의 웃음소리가 머물렀을 이곳.

그러나 전쟁의 위협 앞에 사람들은 정든 고향을 떠나야 했으리라.

마을을 내려다보는 민안선의 눈빛이 낮게 가라앉았다.

고향을 떠난 사람들의 원과 한은 어느 곳으로 향할 것인가?

고려를 짓밟은 조선에 대한 복수가 또 다른 원한을 낳고 말았다.

평생 짊어지고 가야 할 업보.

민안선은 눈을 감았다.

길 떠나기 전, 지금은 비구니가 된 한 여인의 말이 자꾸만 머릿속을 떠돌았다.

"단주님!"

수하의 목소리에 상념에서 깨어난 민안선은 감은 눈을 떴다.

마을 언저리를 맴돌던 여린 달빛은 어느새 사라지고 없었다.

"어찌 되었느냐?"

"예상하신 대로 그들은 마을로 숨어들었습니다."

십중팔구 이 마을에 숨어 있으리라 짐작하였다.

민안선은 차분하게 정리된 눈으로 마을을 훑었다. 옹기종기 붙어 있는 가옥들이 낡은 그물처럼 얽혀 있었다. 규모가 큰 마을은 아니었다.

하지만 마을 전체를 이 잡듯 뒤지려면 적잖은 병력이 필요할 터.

"도성에서 오기로 한 병력은 아직 도착하지 않았더냐?"

"소식조차 없습니다."

수하의 얼굴에 걱정스러운 빛이 떠올랐다.

"정말 무슨 일이 생긴 건 아닌지 모르겠습니다."

"……."

민안선은 침묵했다.

충산의 출현과 지원군의 무소식.

완벽하다 생각했던 계획이 묘하게 어그러지고 있었다.

우연으로 치부하기엔 지나치게 공교로운 일.

울울한 숲에서 불어온 바람이 그의 발치를 맴돌다 사라졌다.

민안선은 짧은 침묵을 깼다.

"지금의 병력으로 마을을 포위할 수 있겠느냐?"

왕세자의 저항으로 적지 않은 수하를 잃었다.

"충분하지는 않습니다. 하오나……."

"병력을 걱정할 필요가 무에 있겠소?"

멀지 않은 곳에 있던 충산이 대화에 끼어들었다.

"나와 내 용감무쌍한 용사들이 함께하고 있지 않소?"

민안선이 그를 물끄러미 바라보다 입을 열었다.

"세자가 마을에 숨어 있소. 병력으로 마을 주위를 포위하여 세자가 달아나지 못하게 막아주시오."

충샨의 눈썹이 꿈틀하고 움직였다.

"일당백의 용사들더러 고작 파수꾼 노릇이나 하란 말이오?"

"세자를 수색하는 일은 우리만으로도 충분하오."

민안선과 충샨의 눈빛이 허공중에서 사납게 얽혔다.

먼저 시선을 돌린 쪽은 충샨이었다.

"흠, 그렇게까지 말한다면 어쩔 수 없군."

충샨은 심드렁한 표정으로 대답하고는 수하들을 이끌고 마을로 달려갔다.

야인들이 사라지자 수하가 조심스럽게 물어왔다.

"저들이 과연 무슨 연유로 이곳까지 내려온 걸까요?"

"글쎄. 그 이유가 무엇이건 곧 알게 되겠지."

"명하신 대로 마을로 진입하겠습니다."

그러나 민안선은 뜻밖에도 고개를 저었다.

"아니다. 적이 어떤 함정을 파놓았는지 모르는데, 무턱대고 진입하는 건 위험해."

"그럼, 어찌할까요?"

"마을에 불을 지른다."

"불이라고 하셨습니까?"

예상 밖의 명령에 수하는 우둔한 얼굴로 되물었다.

"굴속에 숨은 토끼를 잡으려면 굳이 굴에 들어갈 필요 없이 굴 앞에 연기를 피우면 되지 않느냐? 마을에 불을 질러라. 불과 연기로 달아날 길이 사라지면, 세자는 어쩔 수 없이 우리 앞에 모습을 드러내게 될 것이다."

두문동에 숨어든 고려의 충신들을 잡기 위해 조선의 군사들이 불을 질렀듯 그 역시 불로 왕세자를 궁지로 몰 생각이었다.

"절묘한 계획입니다."

수하의 입에서 작은 탄성이 흘러나왔다.

"겨울 가뭄이라 적당히 불을 올리면 금세 큰불이 될 것이다. 불을 붙이되 세자가 빠져나올 길은 열어두어야 한다."

"명심하겠습니다."

수하가 고개를 숙였다.

바로 그때였다.

"단주님!"

어둠 저편에서 민안선을 부르는 다급한 목소리가 들려왔다.

"무슨 일이냐?"

"불입니다."

"뭐라?"

아직 명령이 채 전달되지도 않았을 터인데, 대체 누가 불을 놓았단 말인가?

급히 고개를 돌린 민안선의 눈에 검은 연기와 함께 무섭게 일어난 불길이 잡혔다. 불은 마을 중심부에서 일어나고 있었다.

충샨의 소행은 아니었다.

그렇다면…….

"설마, 세자가 불을 일으켰단 말인가?"

민안선의 표정이 얼음장처럼 차갑게 굳었다.

며칠 눈이 내리긴 했지만, 겨울 가뭄이 심한 탓에 불길은 생각보다 빠르게 번져 나갔다.

바싹 마른 짚더미에 불을 놓던 해루는 잠시 주위를 둘러보았다. 작은 초가집을 시작으로 일어난 불길은 이내 마을 곳곳으로 번져 나갔다.

이런 기세라면 예상보다 빠르게 다음 일을 진행할 수 있으리라.

해루는 서둘러 다음 집을 향해 걸음을 옮겼다.

휘어진 나무로 기둥을 만든 낡은 집이었다. 싸리로 만든 작은 담장 아래에 손때 묻은 나무 말[馬]이 보였다.

어린아이를 위해 아비가 서툰 솜씨를 부린 듯 나무 말의 모양은 엉성하기 짝이 없었다. 하지만 그 속에 담긴 정성만은 절대 엉성하지 않으리라. 그 마음을 아이도 알고 있었을까?

손때가 잔뜩 묻은 것으로 보아 아이는 이 말을 무척 좋아했던 것이 틀림없었다.

해루는 아랫입술을 말아 물며 초가에 불을 옮겼다.

"미안해."

나무 말을 향해 해루는 작게 속삭였다.

피난을 떠난 마을 사람들이 언젠가 이곳으로 돌아오면 얼마나 놀랄 것인가?

잿더미로 변한 고향의 모습에 망연자실하리라.

그 아픔을 알기에 방화를 실천으로 옮기기까지 많은 고민을 해야 했다.

"미안합니다. 하지만 염려 마세요. 우리 저하께서 일이 마무리되는 대로 마을을 예전처럼 복구해 주신다 하셨습니다. 그분은 한다면 하는 분입니다. 그러니 걱정 마세요."

불길이 치솟는 집을 보며 다짐하고 있노라니 곁으로 인기척이 다가왔다.

해루와 함께 마을 중심부에 불을 놓던 향이었다.

"인근의 모든 집에 불을 놓았다."

해루는 주위를 둘러보았다.

가옥을 삼키며 일어난 불길은 어느새 주변으로 옮겨 붙으며 무섭게 기세를 더하고 있었다.

"이 정도면 충분할 것 같습니다."

"놈들이 이걸 보면 깜짝 놀랄 것이다."

"정말로 그랬으면 좋겠습니다."

"물론 그럴 거다. 왜 아니 놀라겠느냐? 꼭꼭 숨어 있어도 모자랄 사람들이 달아날 궁리를 하기는커녕 오히려 마을에 불까지 일으켰는데. 이건 또 무슨 해괴한 일인가 싶겠지. 지금쯤 놈들의 눈이 이렇게 커졌을 것이다."

"그렇습니까?"

상상만으로도 즐거운 터라, 해루는 하하 소리 내어 웃었다.

그녀는 향의 손을 잡았다.

"우리의 목적은 적을 물리치는 게 아니라 무사히 이곳을 빠져나가는 겁니다. 그걸 잊지 마세요."

"잊지 않았다. 보아하니 불도 잘 붙었고, 연기도 자욱하게 일어났으니, 적의 이목을 속이기 적당한 듯싶구나. 이제 슬슬 몸을 빼는 것이 어떻겠느냐?"

해루는 고개를 저었다.

"이것만으로는 부족합니다. 저들은 마을 밖을 그물처럼 둘러쌌을 겁니다. 우리가 튀어나오기만을 기다리고 있겠지요."

"확실히 그렇겠지. 허면, 이걸 어찌한다? 그렇다고 이곳에 무작정 머물러 있을 수도 없고……."

불길은 아군에도 큰 위협이었다.

이대로 숨어만 있다간 불과 연기에 이쪽이 먼저 해를 입으리라.

말로는 난감하다 하면서도 정작 향은 그리 초조해하는 표정이 아니었다.

오히려 두 눈에 미소를 띤 채 해루를 바라보고 있었다. 이 작은 머리에서 또 어떤 기발한 생각이 나올지 궁금했다.

아니나 다를까, 이미 생각해 둔 바가 있다는 듯 해루가 다시 입을 열었다.

"적을 좀 더 흔들어야 합니다."

"그래야겠지. 헌데, 어떻게 흔든단 말이냐?"

"잠시만 기다리시면……. 아! 마침, 저기 오네요."

해루가 뒤를 가리켰다.

그녀의 시선을 따라 향의 고개가 돌아갔다. 곧 그의 시야에 커다란 보퉁이를 짊어진 순지가 빠른 걸음으로 뛰어오는 것이 들어왔다.

"승휘마마."

순지의 등장에 해루가 반색하며 물었다.

"어서 오세요. 준비는 어찌 되었습니까?"

"제가 누굽니까? 조선 최고의 학자, 이순지가 아닙니까. 제대로 준비를 끝냈지요."

"조선 최고의 세작 아니었습니까?"

"조선 최고의 학자이자 세작이지요."

다급한 와중에도 순지는 특유의 느긋함을 잃지 않았다.

사람 좋은 웃음을 보이는 그를 보며 해루는 고개를 설레설레 저었다.

정말 못 말리는 분이시라니까.

그래도 덕분에 조급했던 마음이 안정되었다.

"불길의 기세가 심상치 않습니다. 서둘러야 할 것 같습니다."

해루의 말에 순지는 크게 머리를 끄덕였다.

"다른 곳은 설치가 모두 끝났습니다. 이 물건만 설치하면 끝입니다."

"그렇군요."

해루와 순지가 서로 마주 보며 씩 웃었다.

"그게 무엇이냐?"

향이 두 사람 사이에 끼어들었다.

"궁을 떠나올 때, 승휘마마가 특별히 부탁하여 챙겨 온 물건입니다."

순지는 궁금해하는 향에게 보퉁이를 열어 보였다.

"이건……!"

보퉁이 안의 물건을 살피던 향이 놀란 표정을 지었다.

전세(戰勢)를 뒤집을 만한 강력한 무기나 기발한 물건일 거라 생각했는데, 정작 보퉁이 안에는 작금의 상황과는 전혀 어울리지 않는 물건이 들어 있었다.

향이 해루를 돌아보았다.

"이걸로 무얼 할 생각이냐?"

해루가 눈을 반짝이며 대답했다.

"적의 이목을 돌릴 비장의 무기입니다."

❀

불길과 검회색 연기가 마을을 가득 뒤덮었다.

마을에 불을 붙이던 사람들은 해루가 건네준 비장의 무기를 들고 다시 한 번 바쁘게 달려야 했다.

향 역시 예외는 아니었다. 그는 무혁과 함께 마을 외곽 근처의 가옥에 비장의 무기를 설치하고는 본래의 자리로 돌아왔다.

"북쪽은 끝났습니다."

"남쪽도 마쳤습니다."

다른 곳에 비장의 무기를 설치한 시위들이 속속 돌아왔다.

위창도 돌아왔다.

"적당한 곳에 설치해 두었습니다. 때가 되면 어김없이 작동할 것입니다."

"고생하셨습니다."

향은 위창에게 고마움을 표했다.

"감사의 말이라면 저보다 해루에게 하시는 게 좋을 것 같습니다."

"그럴 생각입니다."

향은 빙그레 미소 지었다.

방도가 있다며 제 앞을 가로막던 해루가 생각났던 까닭이다.

그 작은 머릿속에서 어찌 이런 생각이 난 것인지.

그러다 문득 위창이 자신을 보며 미소 짓고 있는 게 보였다.

어찌 저리 인자하게 웃는 걸까?

의아한 생각에 향이 고개를 갸웃할 때였다.

"저하."

등 뒤에서 해루의 목소리가 들려왔다.

그제야 위창이 지은 미소의 참의미를 알 수 있었다. 그의 미소는 자신을 향한 것이 아니라 해루를 향한 것이었다.

이 사람, 아직 포기하지 않았군.

이미 왕세자의 연인이 되었음에도 전혀 개의치 않는 모습.

그러나 해루의 오라비를 자청하는 이를 마냥 경계할 수는 없음이라.

향은 해루를 담는 위창의 시야를 가렸다.

그 은근한 속내를 눈치채지 못할 위창이 아니었다. 그 역시 실수인 척 왕세자의 어깨를 옆으로 슬쩍 밀쳤다.

두 사내 사이에 소리 없는 전쟁이 벌어졌다.

그사이 이 작은 전쟁의 원인인 해루가 천진한 얼굴로 다가왔다.

"어찌 되셨습니까? 다 끝났습니까?"

위창이 성큼 앞으로 나섰다.

"네가 하라는 대로 다 마쳤느니."

질세라 향도 해루의 곁으로 바싹 다가섰다.

"이쪽의 일은 염려하지 않아도 된다."

그때 무혁이 불길 저편에서 모습을 드러냈다.

"적들이 움직이기 시작했습니다. 곧 마을로 진입할 듯싶습니다."

그의 보고가 끝나기 무섭게 해루와 향은 시선을 마주했다.

향이 고개를 끄덕였다.

시작해도 좋다는 무언의 허락.

해루가 이번에는 순지에게로 눈길을 돌렸다.

그녀와 눈이 마주친 순지가 자신만만한 미소를 입가에 올렸다.

16

"그럼 시작하겠습니다."

순지는 손에 든 횃불로 바닥에 길게 깔린 심지에 불을 붙였다.

빛과 연기를 뿜으며 부지런히 타들어 가는 심지를 보며 해루가 확인하듯 물었다.

"이번엔 확실한 겁니까?"

행여나 하는 일말의 염려가 섞인 물음.

순지가 염려 말라는 듯 큰소리쳤다.

"지난번엔 물기를 먹어 그랬다니까요. 이번엔 틀림없습니다. 바싹 마른 것을 확인했습니다. 그러니 이번엔 제대로 된……."

그의 호언장담이 끝나기 직전.

펑! 펑! 퍼퍼펑! 펑!

캄캄한 밤하늘로 난데없이 폭죽이 치솟았다.

일순간 세상이 하얗게 밝아지는가 싶더니 이내 크고 화려한 꽃불이 밤하늘을 수놓았다.

꽃불만큼 환한 미소를 입가에 매단 채 순지는 미처 하지 못했던 말을 마무리했다.

"보십시오. 이번엔 박꽃이 제대로 피지 않았습니까."

민안선은 불길이 치솟는 마을을 초조한 얼굴로 지켜보았다.

세자가 먼저 불을 지를 줄이야.

대체 무슨 생각으로 불을 일으켰는지 그 속내를 알 수 없었다.

마을을 포위한 이상 불이 나면 피해를 보는 건 마을 안에 숨은 그들이 아닌가?

설마, 자포자기 심정으로 죽으려는 것인가?

아니, 적어도 자신이 파악한 왕세자는 결코 그런 어리석은 선택을 할 자가 아니었다.

느낌이 좋지 않았다.

무언가 자꾸만 어긋나는 느낌.

"이리 큰불이 일어났는데도 나오지 않는 걸 보면, 아무래도 그놈들이 죽으려고 작정한 모양이오."

충샨은 매서운 눈으로 마을 안쪽을 노려보았다.

세자가 무슨 꿍꿍이를 꾸미고 있는지 알고 싶었지만 불과 연기로 가득 뒤덮여 있어 안쪽의 기척을 파악할 수 없었다.

"보고만 있을 거요? 이러다 세자가 죽기라도 하면 그대의 계획이 수포로 돌아가지 않겠소?"

충샨이 민안선에게 물었다.

더는 지켜보고만 있을 수 없었다.

하지만 그렇다고 불길 속으로 무작정 뛰어들기도 위험한 상황.

이번 일로 세자가 범상한 상대가 아님을 깨달았기 때문이다.

"발이 날래고 눈치가 빠른 사람 몇을 마을 안쪽으로 보내야겠소."

"정탐을 하겠단 말이오? 답답하군. 걱정이 지나치면 큰 기회를 놓치는 법. 차라리 전 병력을 투입하여 세자를 잡아 오는 게 어떻겠소?"

"불길이 심상치 않소. 자칫하다간 큰 손해를 입게 될 수도 있소."

"흥, 조선인들은 하나같이 겁쟁이로군. 그대가 못 하겠다면 내가 직접 하겠소."

충샨은 야인들을 불러 모았다.

민안선의 만류에도 불구하고 수하들과 함께 직접 마을 안으로 뛰어 들어갈 생각이었다.

바로 그 순간.

펑! 퍼엉!

하늘이 환해지는가 싶더니 하얀 불꽃이 피어났다.

히히이잉.

야인들이 탄 말들이 꽃불 소리에 놀라 울음을 터트렸다.

느닷없는 일에 놀란 것은 말을 타고 있던 야인들 역시 마찬가지였다.

"저, 저것이 무엇이냐?"

충샨이 놀란 음성으로 주위를 둘러보았다.

민안선 역시 눈살을 찌푸렸다.

"이게 어찌 된 일이냐?"

폭죽이 터지다니.

대체 무슨 일이 일어나고 있단 말인가?

어안이 벙벙한 가운데, 마을 곳곳에서 차례로 폭죽이 솟아올랐다.

퍼퍼펑! 펑! 퍼엉!

무섭게 타오르는 화염.

사위를 자욱하게 메운 매캐한 연기.

그리고 머리 위에서 어지럽게 터지는 폭죽.

그야말로 혼란의 극치였다.

"도대체 무슨 일이냐? 무슨 일이 벌어지고 있는 것이냐?"

평정을 잃어버린 충샨이 고래고래 소리쳤다.

그러나 그의 목소리조차 현란한 폭죽 소리에 묻혀 제대로 들리지 않았다.

그 와중에 소란스러운 외침이 들려왔다.

"적들이……. 적들이 달아나고 있습니다!"

"무엇이?"

난데없는 사태에 사람들이 우왕좌왕하는 사이, 복면을 한 몇 사람이 연기를 뚫고 마을 밖으로 뛰쳐나왔다.

충샨이 거품을 물었다.

"저들을 잡아랏!"

그는 넋 놓고 폭죽을 구경하는 수하들을 걷어찼다.

"저쪽이다, 놈들이 달아나고 있단 말이다."

간신히 혼란을 진정한 충샨이 달아난 자들을 쫓으려 할 때였다.

"저쪽이다. 저쪽으로 달아난다."

정반대 방향으로 또 복면인 몇이 달아나는 모습이 들어왔다. 그와 함께 전혀 엉뚱한 곳에서도 복면인들이 뛰어나왔다.

사방에서 동시에 뛰어나온 복면인들.

"왕세자가 저쪽으로 달아나고 있다. 아니, 이쪽이다. 아니, 저쪽인가?"

충샨이 갈팡질팡하는 사이, 민안선의 수하들도 누구를 쫓아야 할지 몰라 우왕좌왕했다.

순간, 민안선의 입에서 낮은 탄식이 흘러나왔다.

"아뿔싸!"

저들이 노린 것은 바로 이것이었다.

혼란을 틈탄 도주.

방화와 폭죽.

그 모두가 쫓는 자의 혼란을 극대화하기 위한 물밑 작업이었다.

민안선은 사방으로 흩어지는 복면인들을 보며 눈살을 찌푸렸다.

과연 저들 중 누가 세자란 말인가?

"이제 우리도 떠나야겠구나."

향이 해루의 손을 잡으며 말했다.

세자익위사들이 하나둘 마을 밖으로 달려 나갔다.

적의 혼란은 극에 달했을 터.

이제 남은 사람들이 움직일 차례였다.

"저하, 전 함께 갈 수 없습니다."

해루가 향의 손아귀에서 제 손을 슬그머니 뺐다.

"어이하여?"

"흩어지는 무리가 많으면 많을수록 뒤를 쫓는 적 또한 추적에 어려움을 느끼게 될 것입니다. 그러니…… 저는 이쪽으로 가겠습니다."

해루가 숲을 가리켰다.

"정말 괜찮겠느냐?"

해루는 어깨를 활짝 폈다.

"제가 누군지 잊으셨습니까?"

"알고 있다. 나의 여인이지."

"그리고 저하의 길잡이지요. 팔자가 워낙 드세다 보니 달아나는 일이라면 이골이 날 지경입니다. 그러니 제 걱정은 눈곱만큼도 하실 필요 없습니다. 저하께선 그저 무사히 빠져나갈 생각만 하십시오."

"무탈하여야 한다."

"저하께서도 아무 탈 없이 오셔야 합니다."

"알았느니."

향은 해루를 가슴에 끌어안았다.

"그럼 먼저 가겠습니다."

이대로 있다간 영영 발길을 떼지 못할 것 같았다.

해루는 먼저 걸음을 옮겼다.

"잠시만."

향은 물에 적신 두건으로 해루의 코와 입을 막아주었다.

"연기를 막는 데 도움이 될 것이다."

"감사합니다."

"곧 다시 만나자꾸나."

"네."

짧게 대답한 해루는 숲을 향해 달리기 시작했다.

위창이 말없이 해루의 뒤를 쫓았다.

그들이 사라지는 것을 지켜보던 향도 반대 방향으로 달렸다.

홀로 남은 순지는 양쪽을 번갈아 보며 머리를 긁적거렸다.

"대체 난 누굴 따라가야 하나?"

잠시 갈등하던 순지 역시 허공으로 몸을 날렸다.

달빛이 자취를 감춘 하늘에는 꽃불이 연신 하얀 박꽃을 수놓았다.

얼마 지나지 않아 희붐하게 새벽이 밝아왔다.

심장의 주인

시간이 지날수록 불길은 무섭게 덩치를 키워갔다.

마을을 삼키고, 시커먼 연기를 인근 숲으로 토해내더니, 급기야 하늘마저 삼킬 기세로 활활 타올랐다.

회색빛 재와 뜨거운 불똥이 눈처럼 쏟아져 내렸다.

해루는 화염 속을 엉금엉금 기었다.

연기가 너무 짙었다. 눈이 맵고 흐려 바로 앞조차 제대로 볼 수 없었다. 기침과 눈물이 연신 터져 나왔다.

"이쪽이다."

제자리에서 머뭇거리고 있자니 누군가 그녀의 손을 잡았다.

"오라버니."

위창이었다.

놀란 해루는 눈가를 비비며 위창을 돌아보았다.

"딴 곳으로 가신 게 아니었습니까?"

"네가 여기 있는데 내가 어딜 가겠느냐?"

"흩어지는 게 더 안전합니다."

해루의 말에도 위창은 고집스럽게 고개를 저었다.

"어쩌면 네 말대로 하는 게 현명할지도 모르지. 그러나 머릿속에서 아무리 그것이 옳다 말해도, 여기 있는 이 녀석은 널 혼자 두지 말라 하는구나."

위창은 제 심장을 가리켰다.

"오라버니."

"안심이 안 되긴 네 세자 저하도 마찬가지인 모양이다."

위창이 턱짓으로 옆을 가리켰다.

불길을 뚫으며 해루에게 달려오는 사람의 그림자가 보였다.

세자를 지키고 보호하는 세자익위사들.

"승휘마마, 소신들이 곁을 지키겠습니다."

위사들은 해루 앞에 한쪽 무릎을 꿇었다.

무언가 뜨거운 것이 가슴 안쪽을 두드렸다.

해루를 지키기 위해 달려온 위사는 모두 셋이었다. 살아남은 다섯의 위사 중 무려 셋이 그녀에게 달려온 것이다.

향이 자신보다 해루의 안위를 더 중히 여기고 있다는 명백한 증거였다.

"그리 걱정되면 함께 달려오든가 하시지."

해루의 정수리 위에서 위창의 목소리가 들려왔다. 해루를 홀로 두고 떠난 향에 대한 불만이 가득했다.

그의 마음을 어림짐작한 해루가 서둘러 해명했다.

"세자 저하의 탓이 아닙니다. 제가 억지를 부렸습니다. 함께 가면 모두가 위험해질 거라고요."

"하지만……."

"그저 노파심에서 한 말이 아닙니다. 모두가 함께 움직이면 반드시 그리됩니다. 아시지요? 제가 말하는 의미를."

위창은 고개를 끄덕거릴 수밖에 없었다.

안다. 알고 있다.

해루가 앞일을 예지한다는 것을 그 누구보다 잘 알고 있었다.

덕분에 목숨을 구한 적도 있으니, 절대 모를 수가 없었다.

그럼에도 향에게 화가 났다.

나라면……. 절대 그녀의 곁을 비우지 않으리라.

홀로 위험한 길을 가도록 하지 않으리라.

설사, 그 때문에 위험에 처하게 될지라도.

설사, 그 때문에…….

"불길이 거세지고 있습니다. 서둘러야겠습니다."

해루가 앞장섰다.

그 모습에 위창은 그제야 피식 웃었다.

조금 전만 해도 길 잃은 아이처럼 안절부절못하던 해루는 다른 사람과 동행하게 되자 시키지 않아도 앞장섰다.

"타고난 길잡이란 것이냐?"

"안 오십니까? 아실지 모르지만, 전 누가 제 뒤에서 따라오는 걸 몹시 싫어합니다."

"알았다."

서둘러 걸음을 옮긴 위창은 해루와 어깨를 나란히 했다.

위사들이 그들보다 앞서 뛰며 갈 길을 열어주었다.

"다행히 연기가 가시고 있습니다."

"밖으로 나가는 길을 찾았습니다. 이쪽입니다."

길을 찾았다는 말에 해루의 표정이 밝아졌다.

위사들의 뒤를 따르자 이내 매연이 사라지며 신선한 공기가 코끝으로 밀려들었다.

그러나 불길을 빠져나온 기쁨은 찰나에 불과했다.

"저, 적이……. 으악!"

성난 말발굽 소리가 천둥처럼 들려왔다. 동시에 가장 선두에 선 위사가 피를 쏟으며 앞으로 고꾸라졌다.

곧이어 말을 타고 달려온 야인들이 해루와 그녀의 일행을 빙 둘러 포위했다.

"쥐새끼 같은 녀석들. 기다리고 있었다."

두 눈에 노란 광기가 일렁이는 야인들 사이로 한 사내가 나타났다.

바로 충샨이었다.

야인들은 짐승의 가죽으로 된 모피를 두르고, 머리엔 털모자를 눌러쓰고 있었다. 다들 비슷비슷한 차림이라 구분하는 게 여간 어려운 게 아니었다.

그러나 충샨은 단박에 알아볼 수 있었다. 그는 덩치가 남달랐다.

위창보다도 머리 하나 정도는 더 큰 장신에, 곰을 연상케 할 만큼 커다란 체구.

그러나 덩치보다 더 그를 강하게 인식하게 하는 건 특유의 분위기였다. 거칠고 섬뜩하여 사람이라기보다는 포악한 짐승의 기운이 느껴졌다.

'위험해.'

해루의 등줄기로 오소소 소름이 돋았다.

그녀의 본능이 속삭이고 있었다.

이 사람을 피해라. 도망쳐라.

이자는 사람의 껍데기를 뒤집어쓴 괴물이다.

그런 충산이 스무 명가량의 야인들을 이끌고 나타났다.

해루의 머리 위로 저도 모르게 '절망'이라는 두 글자가 떠오른 건, 어쩌면 당연한 일인지도 모른다.

야인 중 하나가 말했다.

"너희 중 조선의 세자가 있느냐? 있다면 나와라. 그럼 다들 목숨만은 살려주겠다."

해루를 비롯한 그 누구도 입을 열지 않았다.

야인들은 세자의 얼굴을 알지 못했다. 복색으로 알아볼 수도 있겠으나, 지금의 향은 세자익위사의 복색으로 변복까지 한 터였다.

그러니 모르는 척 시침을 떼고 있으면, 세자가 달아날 시간을 조금이라도 벌 수 있으리라.

"있느냐? 없느냐? 빨리 대답해라. 그러지 않으면……."

그때, 야인의 말을 자르며 충산이 앞으로 나섰다.

"이 중에 세자는 없다. 그러니 그만둬라."

충산은 말안장에 앉은 채, 해루와 위창을 내려다보며 피식 웃었다.

"용케 내 손아귀를 빠져나갔나 했더니, 이곳에서 다시 만나게 되는군."

해루의 입에서 저도 모르게 한숨이 새어 나왔다.

조선인이 야인을 잘 구별하지 못하듯 야인들 역시 조선인을 제대로 구별하지 못했다.

게다가 화염이 뒤쫓아오는 다급한 와중이라, 모른 척하고 있으면 못 알아볼 줄 알았건만, 충샨은 거친 외모와 달리 눈썰미가 좋았다.

"역시 네놈들은 평범한 서생이 아니었어. 말해 봐라. 세자는 어디로 갔느냐?"

충샨이 물었다.

"나는 모른다."

고개를 외로 틀며 해루가 대답했다.

"……목소리가 가늘군."

충샨은 마치 짐승처럼 코를 쿵쿵하더니, 눈을 가늘게 여몄다.

"계집이로군."

해루의 얼굴에 놀란 기색이 스치고 지나갔다. 지금까지 적지 않게 남장을 하였지만, 충샨처럼 단박에 정체를 알아차린 이는 드물었다.

"계집이 이 험한 땅까지 오다니. 설마…… 세자의 계집인가?"

문득 충샨의 입매가 길게 늘어졌다.

"좋다. 세자의 행방을 알려준다면 널 기꺼이 내 첩으로 삼아주마."

"무엄하다! 감히……."

"잘 생각해 보고 말하는 게 좋을 거야."

충샨이 해루의 말을 사납게 잘랐다.

"난 두 번 말하는 걸 좋아하지 않는다. 기회는 한 번뿐. 내 애첩이 되어 살 테냐? 아니면 죽을 테냐?"

나지막하게 이어진 물음이 결코 허튼소리처럼 느껴지지 않았다.

그러나 이런 겁박에 굴복할 해루가 아니었다.

"감히 조선의 세자 저하를 노리고 있다니. 이 사실이 알려지면 어떤 일이 일어날지 모르는가?"

"우습군. 애초에 우린 수시로 조선의 국경을 넘어 약탈을 자행하며 살아왔다. 헌데, 그깟 세자 하나 잡았다고 뭐가 달라진단 말이냐? 우린 그저 지금까지 했던 대로 하는 것일 뿐, 달라질 것은 없다."

"뭐?"

"못 들었느냐? 약탈. 남의 것을 빼앗는 것. 그것이 지금껏 우리가 살아온 방식이지. 그런 의미로 다시 묻지. 내 것이 되어 살 테냐? 죽을 테냐?"

너무도 태연한 충샨의 물음에 해루는 이를 악물었다.

"이 자리에서 죽는 한이 있어도 네놈에게 굴복하는 일은 없을 것이다."

"그래?"

충샨의 표정이 심드렁하게 변했다.

"그렇다면 더는 너희에게 볼일이 없다."

충샨의 말이 끝나자마자 야인들이 칼을 빼 들고 달려들었다.

그 앞을 세자익위사 두 명이 막았다.

"너희의 상대는 우리다."

"허, 하찮은 자들인 줄 알았더니, 실력이 제법이군."

충샨은 세자익위사들의 무위에 약간의 흥미를 보였다. 수적 열세에도 세자익위사들은 조금도 주눅 들지 않았다.

"조선엔 나약해 빠진 유생 나부랭이들만 있는 줄 알았더니 저런 자들도 있구나. 제법이야. 그러나 얼마 버티지 못하겠군."

"지금 그리 태평하게 감상이나 늘어놓고 있을 때가 아닐 텐데?"

충샨의 귓속으로 차디찬 음성이 비집고 들어왔다. 고개를 돌리니 검을 비스듬히 비껴든 위창의 모습이 보였다.

충샨은 가소롭다는 듯 피식 웃었다.

"나와 해보자는 거냐? 그럴 여유가 있다면 저쪽 친구들이나 돕는 게 좋을 것 같은데?"

위창은 대답 대신 몸을 날렸다.

바람처럼 빠르고 치명적인 공격.

그러나 충샨은 마치 기다리고 있기라도 한 것처럼 칼을 빼 들고 위창의 공격을 쳐냈다.

캉! 카캉!

검과 칼이 맞부딪치며 불똥이 사납게 튀었다.

맹수와 맹수가 사투를 벌이듯, 매서운 칼바람 소리가 어지럽게 얽혔다.

한참이나 치열하게 충돌하던 쇳소리가 어느 순간, 적당한 간격을 벌렸다.

"놀랍군."

충샨의 입에서 처음으로 감탄사가 흘러나왔다. 그는 경이에 가까운 표정을 지으며 위창에게 물었다.

"실력이 대단하군. 이름이 무엇이냐?"

"감히 내 이름을 물을 자격, 너에겐 없다."

"오만하군. 그러나 그대는 내 칼을 받을 자격이 충분하다."

충샨이 칼 한 자루를 더 뽑았다.

지켜보던 위창의 눈썹이 꿈틀, 위로 솟구쳤다.

"칼을 한 자루만 쓰는 게 아니었군."

"그렇다. 허나, 지난 십 년 동안 내게 두 번째 칼을 뽑게 한 사람은 네가 유일하다. 자긍심을 가져도 좋아."

충샨의 말에 위창의 표정이 어두워졌다.

좀 전의 대결.

언뜻 보기엔 비등한 듯하였으나 실상은 달랐다. 자신은 전력을 기울였고, 충샨은 말안장에 앉은 채였다.

위창은 일생일대의 적수와 마주하고 있음을 깨달았다.

힘든 상대.

그러나…….

위창의 눈동자가 해루를 담았다. 이내 검을 잡은 그의 손에 힘이 들어갔다.

반드시 이긴다.

무슨 수를 써서라도 이길 것이다.

결의를 다지는 위창에게 웃음인지 괴성인지 모를 충샨의 괴이한 함성이 들려왔다.

"오라! 내 칼이 용맹한 너의 피를 원하고 있다."

위창은 자세를 바로 하며 마지막 일전을 준비했다.

그때 위창의 등 뒤에서 들려오는 짧은 비명.

"큭!"

"으윽!"

스무 명가량의 야인들을 상대로 악전고투하던 위사들이 쓰러졌다.

앞을 가로막는 장해물이 사라지자 야인들은 곧장 해루를 향해 달려들었다.

해루는 돌팔매질을 하며 저항했다. 운 좋게 야인 하나를 거꾸러뜨렸지만, 굶주린 늑대처럼 달려드는 적들을 막기엔 역부족이었다.

"해루야!"

해루의 위기에 위창은 미련 없이 몸을 돌렸다.

충샨을 쓰러트린다 해도 해루를 잃고 얻는 승리가 무슨 의미가 있겠는가.

"용사인 줄 알았더니, 고작 계집의 치마폭에 휘둘리는 나약한 자였던가?"

충샨의 눈빛이 싸늘하게 식어버렸다.

오랜만에 싸울 만한 상대를 만났나 했더니, 정작 상대는 싸움보다는 다른 곳에 집중하고 있었다.

"넌 성스러운 우리의 싸움을 모욕했다. 그 대가로 네가 가장 아끼는 것을 가져가마."

충샨은 말안장 뒤쪽에서 도끼를 꺼내 해루를 향해 던졌다.

가까스로 두 명의 야인을 베고 막 또 다른 적과 맞서 싸우는 중이라, 위창에게는 충샨의 기습을 막아낼 방도가 없었다.

불길한 느낌이 그의 뒤통수를 서늘하게 타고 내려갔다.

손쓸 사이도 없이 충샨의 도끼는 해루의 가슴을 쪼개기 위해 맹렬히 날아가고 있었다.

피할 수 없다.

죽음을 직감한 듯 해루 역시 안색이 창백하게 변했다.

"안 돼!"

위창의 입에서 비명이 터져 나왔다.

바로 그때였다.

"하앗!"

호쾌한 기합 소리와 함께 검은 그림자 하나가 물 찬 제비처럼 달려와 도끼를 걷어찼다.

해루를 노린 도끼는 아슬아슬하게 빗나갔다.

"비연!"

해루는 위급한 상황에서 자신을 구한 이를 보고 저도 모르게 소

32

리쳤다.

"어이쿠. 그렇게 크게 부르시지 않아도 저 어디 도망가지 않습니다. 그리고 잊으셨는지 모르지만, 비연이란 이름은 관상감에서만 쓰지요. 요즘은 순지라고 원래 이름을 쓰고 있습니다."

순지의 너스레에 해루는 눈물이 가득 고인 눈으로 고개를 끄덕거렸다.

"고맙습니다, 이 학사님."

"늦어서 죄송합니다. 사실 처음엔 세자 저하를 따르려다 뒤늦게 승휘마마를 지키는 게 더 보람 있을 것 같아 방향을 틀었지요. 지금 생각하니 잘한 결정인 것 같군요."

"정말 고마워요."

"그리 눈물까지 흘리며 기뻐하실 필요는 없습니다. 아! 그런데 조금 전에 잘한 결정이라고 말한 건 취소하겠습니다. 솔직히 지금은 조금 후회하는 중이거든요."

"미안합니다. 저 때문에 이리 고생하시는군요."

"아닙니다. 승휘마마 때문에 후회하는 것이 아니라……."

순지가 충샨의 어깨 너머를 가리켰다.

느닷없는 방해로 분노한 충샨의 뒤로 한 무리의 사람들이 몰려오는 것이 보였다.

"저자들, 아무래도 우리 편 같진 않지요?"

순지의 말대로 먼지를 부옇게 일으키며 달려오는 십여 명의 사람들은 민안선을 필두로 한 두문회 사람들이었다.

"이럴 줄 알았으면 저하께도 함께 오자고 말씀드리는 건데 그랬습니다. 저 많은 수를 대체 어찌 상대해야 할지, 아무리 머리를 쥐어짜도 묘안이 나오지 않는군요."

순지가 한숨을 푸욱 내쉬었다.

❀

야인들만으로도 충분히 버거운 상황.

거기에 두문회까지 합세하였다.

암담함을 넘어 절망스러운 상황이었다. 죽음이라는 두 글자가 머릿속에 선명하게 떠올랐다.

"오라버니."

해루가 위창을 불렀다.

"말 안 해도 알고 있다. 상황이 더욱 어려워졌구나. 그래도 걱정 마라. 내 어떻게든 너만은 반드시……."

해루는 고개를 저었다.

"아닙니다. 오라버니께서 지금 하셔야 할 일은 절 지키는 게 아닙니다."

"그럼, 뭘 해야 한단 말이냐?"

"말씀하십시오. 저들에게 오라버니가 뉜지 말씀하십시오. 그럼 저들도 감히 함부로 하지 못할 겁니다."

"저자들에게 내 목숨을 구걸이라도 하란 말이더냐?"

"여기서 죄 없이 죽는 것보단 낫질 않습니까? 오라버니라도 이곳에서 살아 나가셔야 합니다."

"설사 저들이 내 신분을 안다고 하여도 날 살려주겠느냐?"

"저들이 어찌 나올지는 모릅니다. 그래도 한번 시도는 해볼 만한 일입니다."

물끄러미 해루를 바라보던 위창이 물었다.

"그럼 넌 어찌하고?"

"지금은 이곳을 무사히 빠져나갈 생각만 하세요. 오라버니께선 앞으로 많은 일을 하셔야 할 분입니다. 이런 곳에서 허무하게 죽어선 안 됩니다."

"날 걱정해 주는 것이냐?"

해루는 고개를 끄덕였다.

"걱정됩니다. 그러니 오라버니……."

위창은 해루의 얼굴을 덮고 있는 머리카락을 귀 뒤로 쓸어 넘겨 주었다. 그리고 말했다.

"되었다."

"네?"

"그 마음이면 족하다."

그의 얼굴에 미소가 걸렸다.

"오라버니, 제발요!"

해루가 애원하듯 소리쳤지만 위창은 요지부동이었다.

"난 갈 수 없다."

"어째서요?"

"이미 말하지 않았더냐? 이성으론 네 말이 옳다 이해해도……."

위창은 제 가슴에 손을 올리며 말을 이었다.

"이 녀석이 그리 못 하겠다 하는구나. 난들 어찌하겠느냐? 내 심장이 이리 고집을 부리니. 틀린 것을 알아도 따르는 수밖에."

이 심장의 주인은 어느새 내가 아니라 해루, 너다.

"오라버니."

해루의 눈에서 기어이 눈물이 흘렀다.

위창의 헌신이, 자신을 생각하는 그의 마음이 너무도 고마웠다.

그리고 미안했다. 이런 상황까지 그를 끌어들인 것 같아 미안했다.

이제 어찌 될 것인가?

해루는 긴 한숨을 쉬며 하늘을 올려다보았다.

아무것도 보이지 않았다.

향의 미래를 볼 때면 바로 눈앞의 현실인 듯 선명했던 피안의 세계가…… 보이지 않았다.

그저 캄캄한 암흑이었다.

같은 시각.

민안선은 충샨의 곁으로 말을 이끌었다.

충샨의 얼굴에 반갑지 않은 기색이 떠올랐다.

"단주, 여긴 어쩐 일이시오? 단주는 서쪽으로 간 게 아니었소?"

"마을 밖으로 빠져나가는 수상한 자를 추적하였다가 돌아오는 길이오."

"세자였소?"

민안선은 조용히 고개를 저었다.

"유감스럽게도."

"대체 세자라는 작자는 어디로 도망갔는지 모르겠군."

"그리 말하는 걸 보니 저들 중에도 세자는 없는 모양이구려."

"감히 날 기만한 자들이오. 막 잔인한 죽음으로 대가를 치르게 해주려던 참이었소."

충샨의 거친 발언에 민안선은 인상을 찌푸렸다.

"꼭 죽여야겠소?"

"성스러운 대결을 모독한 자들이오. 치욕을 받았으니 반드시 되갚아주어야 하오."

충산은 고집을 꺾지 않았다.

"……."

마뜩잖은 얼굴로 지켜보던 민안선은 말 머리를 돌렸다.

이리 나오면 어쩔 수 없다. 모른 척 넘어갈 수밖에.

그때, 유난히 가녀린 인영 하나가 민안선의 눈에 들어왔다.

무심코 넘기려던 그의 눈이 불현듯 커졌다. 크게 벌어진 그의 동공에 하얀 얼굴이 선명하게 맺혔다.

'그 아이다!'

그가 기억하는 것보다 좀 더 자라고 좀 더 성숙해졌지만, 그 아이가 분명했다.

어찌 못 알아볼 것인가?

흑백이 선연한 눈동자, 매끄럽게 날을 세운 콧날과 꽃잎을 맞물려놓은 듯 붉은 입술까지…….

젊은 시절 그의 마음을 애태우던 한 여인을 고스란히 닮은 저 모습을 어찌 알아보지 못할까.

민안선은 너무 놀라 숨조차 제대로 쉴 수 없었다.

그는 해루를 담고 있던 눈을 질끈 감았다.

"저자들을 꼭 죽여야겠소?"

충산에게 물어보는 민안선의 목소리가 전에 없이 가늘게 떨렸다. 억누르고 억제하려 해도 자꾸만 마음에 빈틈이 생겼다. 오랜 세월, 망각하고 있던 감정이 스멀스멀 새어 나왔다.

"물론이오."

충산의 대답에 민안선은 참았던 숨을 토해냈다.

다시 눈을 뜬 그의 얼굴은 그 어느 때보다 단호했다.

"저 사람들, 내가 데려가야겠소."

민안선의 말에 충샨은 어이없다는 듯 되받아쳤다.

"단주, 그 무슨 말이오? 이미 말했듯, 저들은 날 기만한 자들이오. 난 저들의 피로 내가 받은 모욕을 씻어야 하오."

"이곳에서 무슨 일이 있었는지 모르나, 난 저들이 꼭 필요하오. 그러니 이번 한 번은 양보해 주시오."

충샨의 얼굴에서 표정이 사라졌다.

"……싫다면?"

"싫어도 어쩔 수 없소. 난 저들이……. 아니, 저 아이가 꼭……."

해루를 담은 민안선의 눈동자가 불안정하게 흔들렸다.

이미 지워버렸다 생각했다.

냉혹하게 잘라내고 불태워버려, 이젠 기억의 잔재마저 사라졌다 하였다.

아픔은 잠시일 뿐.

대업을 위해, 어깨에 짊어진 막대한 사명을 위해서라면 그보다 더한 일도 하여야 한다.

천륜(天倫)이 질기다 하나 어찌 하늘이 내린 천명(天命)보다 중할까.

그러니 잊어야 했다.

잘라내고, 지우고, 버려, 한 톨의 찌꺼기도 남지 않았으리라.

그리 생각하였다.

그렇게 믿었다.

그러나…….

아니었던 모양이다.

희미한 잔재조차 남지 않았다 여겼거늘.

천명으로 씻어냈다 생각했거늘.

어이하여 저 아이에게서 시선을 돌릴 수 없는가.

어찌하여 저 아이의 눈물에 가슴이 무너진단 말인가.

문득, 길 떠나기 전 그 사람에게 들은 이야기가 떠올랐다.

아무리 염불을 외워도 그 아이만은 잊을 수 없다 하였던가?

이젠 그 말을 이해할 수 있었다.

참으로 질기고 질긴 것이 천륜이구나.

부모와 자식은 보이지 않는 탯줄로 연결되어 있다 했던가.

하여, 인력으로 자른다고 잘리지 않는 인연이리라.

민안선은 해루를 향해 한 걸음 한 걸음, 무거운 걸음을 옮겼다.

무슨 말을 하고 싶은지, 무엇을 해야 하는지 알지 못했다.

다만, 지금은……. 지금은 그저 저 아이가 보고 싶었다.

눈앞에서, 다른 자의 손에 저 아이가 죽어가는 모습은 보고 싶지 않았다.

민안선은 해루를 향해 천천히 다가섰다.

"단주."

등 뒤에서 나직한 부름이 들려왔다.

민안선은 무심코 고개를 돌렸다.

찰나.

푹!

충샨의 얼굴이 시야에 크게 들어옴과 동시에 옆구리에 뜨거운 열기가 느껴졌다. 시선을 내리자 시퍼런 칼날이 옆구리에 깊이 박힌 것이 보였다.

뜨겁고 아찔한 고통이 민안선을 뒤덮었다.

"이게 무슨…… 짓이냐?"

"아무리 생각해도 단주와 난, 가는 길이 다른 것 같소."

똬리를 튼 뱀처럼 차갑고 섬뜩한 미소가 충샨의 입가에 맺혔다.

그조차도 과욕이었음을……

"이게…… 뭐 하는 짓인가?"

물어보는 민안선의 목소리가 잔뜩 일그러져 있었다.

충샨의 기습은 치명적이었다. 숨을 뱉을 때마다 날카롭고 사나운 고통이 폐와 심장을 물어뜯었다.

"뭐 하는 짓인 것 같소?"

민안선의 옆구리에 칼을 꽂아 넣은 채로 충샨은 비릿한 미소를 보였다.

"무슨 짓이냐?"

"단주님!"

"네 이놈들을!"

뒤늦게 단주의 부상을 눈치챈 수하들이 검을 뽑았다. 그러나 그들보다 야인들의 칼이 더 빨랐다. 살을 저미는 섬뜩한 소리와 함께 두문회의 상제들이 밑동 잘린 허깨비처럼 바닥으로 허물어졌다.

민안선은 찢어질 듯 부릅뜬 눈으로 수하들의 죽음을 지켜볼 수밖에 없었다.

비명에 간 수하들의 텅 빈 얼굴이 그의 시야에 들어왔다. 한 맺힌 그들의 얼굴에 검은 죽음이 뿌리내리고 있었다.

이곳으로 오기 전, 그들과 함께 술잔을 나누었더랬다.

오랜 염원이 실현될 거라며 큰 소리로 웃었다. 그러나 허망하게도 그들의 꿈은 영원히 이룰 수 없는 소망으로 끝나고 말았다.

어디에서부터 잘못된 것일까?

"일시적인 충동이냐? 아니면 처음부터 계획된 배신이냐?"

"처음부터 그대와 나는 바라보는 곳이 달랐다고 하질 않았소."

담담하게 답한 충샨이 민안선의 옆구리에 박힌 칼을 뽑았다.

순간, 잠시 멈췄던 고통이 숨통을 죄어왔다.

민안선은 어금니를 악물었다.

"내가 쓰러지면…… 그대 역시 약조한 것을 얻을 수 없을 터. 어찌하여 이리 어리석은 선택을 하는 것이냐?"

충샨은 태연한 표정으로 칼에 묻은 피를 털어냈다.

"단주, 뭔가 이상하다 느끼지 않았소?"

"……."

"그대의 계획대로였다면 아랫지방에서 보낸 원군이 며칠 전에 이곳에 당도했어야 할 터. 그런데 이게 어떻게 된 일일까? 아무도 그댈 도와주러 오지 않았으니."

"……!"

민안선의 낯빛이 창백해졌다.

음모.

쿨럭! 마른기침과 함께 민안선의 입가로 붉은 선혈이 흘러내렸다.

손등으로 피를 닦는 그의 숨결이 점점 거칠어졌다. 어느덧 상처에서 새어 나온 피가 바지를 적시고 땅바닥으로 점점이 떨어지고 있었다.

손가락 틈새로 흘러내리는 모래처럼, 발밑으로 생의 편린이 썰물처럼 새어 나갔다.

"누구냐? 누가 너와 손을 잡은 것이냐?"

물음에 답하는 대신 충샨은 입가를 길게 늘였다.

문득 민안선의 눈에 분노가 떠올랐다.

설마…….

"자화더냐?"

충샨의 미소가 더욱 짙어졌다.

보랏빛 새벽이 창문 틈을 비집고 들어왔다. 서늘한 공기와 뒤섞인 희붐한 새벽은 죽음처럼 감미로웠다.

여느 때라면 황금빛 태양이 스며들 때까지 깨지 않을 침묵이었다.

그러나 오늘은 달랐다.

어둠 속에서 작은 인기척이 들리는가 싶더니 이내 등잔에 불꽃이 피어올랐다.

희미한 불빛 아래로 자화가 모습을 드러냈다.

면경 앞에 앉은 그녀는 머리를 매만지고 흐트러진 매무시를 단정히 했다. 그리고 서안 위에 서책을 펼쳤다.

"벌써 일어난 것이냐?"

자화의 동그란 어깨 너머에서 스스럼없는 목소리가 들려왔다. 잠이 잔뜩 묻은 음성의 주인은 진양이었다.

삐뚜름하게 고개를 돌린 자화가 미소를 지었다.

"아직 날이 밝지 않았습니다. 좀 더 주무시어요."

"홀로 잠들기엔 이부자리가 너무 넓다."

톡톡, 옆자리를 가리키는 진양에게 자화는 고개를 저었다.

"간밤에 미처 끝을 보지 못한 책이 있답니다."

"서책? 지금 그깟 서책에게 내가 밀린 것이더냐?"

농담 섞인 투정에도 불구하고 자화는 서책을 손에서 놓지 않았다.

"그럼 조금만 기다리셔요. 다 읽어갑니다."

"무엇이냐? 그대가 나를 이리 버려둘 만큼 재밌는 것이냐?"

궁금증을 참지 못하고 진양이 몸을 일으켰다.

이불 밖으로 나오자 서늘한 냉기가 달라붙었다. 와스스 몸을 떨며 진양은 자화의 등에 그림자처럼 달라붙었다.

"무슨 책이냐?"

"이야기책입니다."

"이야기책?"

"궁금하시어요?"

"대체 어떤 요망한 책이 내게서 널 빼앗아갔는지 궁금하구나."

생긋, 고운 웃음을 지으며 자화가 설명을 붙였다.

"천륜과 천명에 관한 이야기입니다."

"천륜과 천명이라?"

"오래전, 어느 한 마을에 심한 가뭄이 들었지요. 우물은 마르고 땅 역시 거북 등처럼 갈라졌습니다. 곡식도 말라비틀어지고 급기야 마실 물조차 구할 수 없는 지경에 이르렀습니다."

"이런……. 그래서 마을 사람들은 어찌하였느냐? 당연히 가뭄을 이기려 노력했겠지?"

"마을 사람들이 한마음 한뜻으로 뭉쳤지만, 하늘이 내린 재앙 앞에선 아무런 소용이 없었습니다. 피눈물 나는 노력에도 결국 사람들은 하나, 둘 죽어 나가기 시작했답니다."

"끔찍한 일이로구나."

"그러던 어느 날, 하늘에서 신명이 내려옵니다. 마을에서 가장 어린 아이를 제물로 바치면 비가 내릴 거라고 하였지요. 마침 마을에는 태어난 지 일 년이 채 되지 않은 계집아이가 있었답니다."

"그래서 어찌 되었느냐?"

"마을 사람들은 망설였습니다. 모두가 죽게 된 판국이라 하지만, 살아 있는 아이를 제물로 바치는 일은 참으로 못할 짓이었으니까요."

"당연히 그렇겠지."

진양대군은 무릎을 치며 고개를 끄덕였다.

자화의 말이 이어졌다.

"모두가 망설일 때, 놀랍게도 아이의 아비가 나섰습니다. 마을을 위해 제 아이를 바치겠다 약조하였지요. 슬프고 안타까운 일이나, 모두가 죽는 것보다는 나은 선택이라 하였습니다. 마을 사람들은 아비의 갸륵한 마음을 높게 사 그를 촌장으로 추대하여 따르기에 이릅니다."

"아비가 그런 결정을 내리다니, 참으로 얄궂은 운명이로구나. 그래서 어찌 되었느냐? 아이를 제물로 바치자 비가 내렸느냐?"

진양의 물음에 자화는 슬픈 얼굴로 고개를 저었다.

"비는 내리지 않았습니다."

"허어, 신명이 틀렸단 말이냐?"

"신명은 틀리지 않았습니다. 다만, 마을을 위해 기꺼이 제 여식을 내놓겠다고 했던 아이의 아비가 마음을 바꾼 것이지요."

"허허허. 결국, 그리되었구나. 암, 자식을 죽인다는 게 말만큼 쉬운 일은 아니지."

"약속을 어긴 아비의 행동에 하늘은 노하였습니다. 뜨거운 햇살로 마을은 재가 되어버리고, 마을 사람들 역시 모두 죽고 말았습니다."

"모두가 죽었단 말이냐?"

"그 마을에는 그 아비의 형제와 친족, 그리고 어린 시절부터 동고동락한 벗과 그들의 가족이 함께 살고 있었습니다. 그들 모두 하늘의 분노를 벗어나지 못하였습니다. 천륜을 택하고 천명을 어긴 바람에 죄 없는 수많은 목숨이 죽은 것이지요."

자화의 이야기에 진양은 낮게 혀를 찼다.

"어떤 이야기에 그리 골몰하였는가 하였더니, 결말이 좋지 못한 이야기였구나."

"대군 대감, 대감이라면 어찌하시렵니까?"

"무얼?"

"천명과 천륜, 둘 중 하나를 택해야 한다면 무얼 택하시겠습니까?"

"글쎄……."

진양은 턱수염을 쓸어내리며 생각에 잠겼다.

"참으로 어려운 문제구나."

잠시 고민하던 진양이 자화의 하얀 볼을 손끝으로 어루만졌다.

"네 생각이 궁금하구나. 자화, 너라면 어찌하겠느냐?"

"저라면……."

서책을 덮은 자화는 길게 미소 지었다.

"작은 희생으로 더 큰 것을 얻을 수 있다면, 그것이 무엇이든 기꺼이 버릴 것입니다."

"허나, 천륜이다. 부모와 자식, 형제와 자매를 천륜이라 하는 이유는 하늘이 맺어준 인연이기 때문이지. 천륜은 운명이다. 운명만큼 자르기 어려운 연이 세상천지 어디에 있겠느냐. 그런 것을 어찌 버릴 수 있겠느냐?"

"그 하나를 지키려다 대감께서 가진 모든 것을 잃는다 하여도 말입니까?"

"어쩔 수 없지. 그것이 타고난 운명이라면 받아들여야겠지."

진양의 순순한 대답에 자화의 얼굴에서 서서히 미소가 사라졌다.

새벽 공기처럼 차갑게 변해버린 그녀가 한기 섞인 목소리로 말을 이었다.

"그것은 대감께서 잔혹한 운명을 경험하지 못하였기 때문일 겁니다."

"경험한다 하여도 내 생각이 달라지지는 않을 것 같구나."

"만약 대감께서 딸을 택한 아비가 아니라 다른 마을 사람이라면 어떠할까요? 가령, 촌장의 잘못된 선택으로 억울하게 부모와 형제를 잃게 된 어린 소년이라면 말입니다. 그 소년이라면 과연 그 촌장을 어찌 생각할까요? 자신의 피붙이 하나를 위해 마을 사람 모두를 희생한 그 사람을 어찌 바라볼까요?"

"……어렵구나."

고개를 젓던 진양은 자화를 바라보았다.

"너는 그를 어찌 바라볼 테냐?"

"딸을 위해 마을 사람 모두를 죽게 내버려둔 그 사내는 원수입니다. 당연히 복수해야겠지요."

바닥을 내려다보는 자화의 눈에 푸르스름한 살기가 어렸다. 기어이 천륜을 끊어내지 못한 민안선이 떠올랐다.

천륜.

장성한 해루의 초상화와 함께 그녀가 세자빈 간택에 참여했음을 전했을 때도, 그 아이가 세자의 후궁이 되었음을 알렸을 때도, 그는 끝내 움직이지 않았다.

이유는 하나.

예언과 달리 해루가 세자빈이 되지 못했다는 것.

허무맹랑한 이유로 그는 해루의 삶을 용인하였다.

예전처럼…….

자화의 아비가 홀로 싸우다 죽었을 때처럼, 이번에도 그는 손을 놓고 지켜보기만 하였다.

천명을 알고 있음에도 방관한 것이다.

그사이 진양의 말이 이어졌다.

"그러나 그는 마을 사람들을 직접 죽인 게 아니다. 단지 딸을 위한 당연한 선택을 했을 뿐이다."

"결과적으로 그는 딸 하나를 위해 그보다 수십 수백 배에 이르는 사람들을 죽게 만든 셈입니다. 그가 천륜에 따라 딸을 지킨 것이라면, 그 선택으로 인해 가족을 잃은 누군가가 그에게 복수하려하는 것도 당연한 이치가 아니겠습니까?"

"과연 그리 생각할 수도 있겠구나. 그러나 난 여전히 아비의 선택을 비난할 수 없구나."

담담한 목소리로 대답한 진양이 잠시 생각에 잠겼다.

"무슨 생각을 그리 골똘히 하시는지요?"

"형님이라면 어찌 판단하실까, 궁금하였다. 그분은 아둔한 이 아우보다 현명하고 생각이 깊어 틀림없이 묘안을 짜낼 것이란 생각이 드는구나."

자화는 진양의 손을 부드럽게 쓸어내렸다.

"대군께선 절대 아둔하지 않으십니다. 한없이 자상하고 온화한 마음을 가지셨지요. 그러니 아비의 마음도, 마을 사람들의 마음도 이해하시는 것이 아니겠습니까? 저와는 다르게 말입니다."

"아무리 고민하여도 난 천륜을 버린다는 선택을 할 수가 없구나. 오히려 네 선택이 의아하구나. 어찌 그리 쉽게 천륜을 버릴 수 있다고 장담하느냐?"

진양의 물음에 자화는 미소 지었다.

"사람의 선택이 저마다 다른 것은 서로 살아온 삶이 다르기 때문입니다."

자화는 진양의 어깨에 머리를 기대며 말을 이었다.

"운명이란 바다를 항해하는 것과 같다 하였습니다. 때로는 맑은 날도 있지만, 어떤 날은 거센 폭우를 만나는 일도 있지요. 어쩌면 대군께서도 폭우를 맞게 되는 날이 올지 모릅니다. 도적을 만나거나, 지도를 잃고 표류하게 될지도 모르지요."

"그럼 어찌해야 할까? 운명이라 생각하고 하늘의 뜻에 맡길까? 도적은 그렇다 치더라도 폭우를 만나거나 길을 잃는 것은 나 혼자 어찌 노력한다고 해결되는 일도 아니지 않으냐?"

자화는 단단한 표정으로 고개를 저었다.

"맞서 싸워야지요. 돛이 부러지면 노를 저어서라도 비바람을 뚫어야 합니다. 도적이 내 것을 빼앗으려 들면, 목숨을 걸고 싸워야지요. 아니, 오히려 도적의 것을 빼앗아야 합니다."

"허허. 도적의 것을 빼앗아? 군자의 도리에 어긋나는 것이 아니더냐."

"도적은 내 것을 가져갈 때 인정을 살피지 않습니다. 그러니 나역시 그를 상대할 때 도리를 살필 이유가 없질 않겠습니까."

"듣고 보니 네 말이 옳구나. 알겠다. 만약, 폭우를 만나게 되면 노를 저으마. 도적이 나타나 내 것을 빼앗으려 들면 오히려 그들의 것을 빼앗겠다."

진양은 자화를 제 품속 깊숙이 끌어당겼다.

"내가 널 왜 좋아하는지 아느냐?"

"왜입니까?"

"넌 내가 가지지 못한 것을 가졌기 때문이다. 이 가슴에 내가 담지 못한 것을 담고 있구나."

진양의 웃음소리가 커졌다.

그의 품에 안긴 자화 역시 미소를 지었다.

그러나 그것은 얼음보다 차갑고, 사갈보다 위험한 미소였다.

"자화로군."

단정 짓는 민안선의 얼굴에 뒤늦은 후회가 떠올랐다.

박두언의 죽음.

아비를 잃은 딸의 뒤틀린 원한이 결국 모든 일을 그르치게 하고야 말았다. 영악한 아이라는 건 일찌감치 알고 있었건만, 두문회를지키느라 그만 사람의 마음을 놓치고 말았다.

"어찌하여 자화와 손을 잡은 것이냐?"

그의 물음에 충샨이 적선하듯 대답했다.

"귀녀는 단주보다 큰 것을 약속하더군."

"무엇을 준다 하던가?"

"이 나라."

"허허허."

민안선은 허탈하게 웃었다.

그런가? 옛 왕조를 다시 세우는 것조차 자화에겐 작은 것이었던가?

아니다.

어쩌면 그녀는 박두언이 그랬듯 이 조선을 불구덩이 속으로 밀어 넣고 싶은 것인지도 모른다. 전쟁이라는 불구덩이 속으로…….

원한과 복수심이 끝내 목적 잃은 원망으로 변하고 말았다.

"잿더미로 변한 폐허에 어찌 희망이 있을 수 있단 말인가? 복수를 이루어도 나라가 망하면 무슨 소용이란 말인가?"

민안선은 낮게 중얼거렸다.

그 모습을 지루하게 바라보던 충샨이 칼을 고쳐 잡았다.

"단주, 그만 가시는 게 좋겠소. 우린 해야 할 일이 많아서 말이오."

푹, 서늘한 소리가 민안선의 아랫배를 파고들었다.

생사를 가르는 진득한 고통이 등줄기를 타고 흘러내렸다.

민안선은 이를 악물었다.

"내 비록…… 사람을 소홀히 여겨 대업을 망쳤으나, 더러운 야인의 손에 죽을 수는 없지."

그는 충샨을 밀쳐내며 타오르는 불길 속으로 몸을 던졌다. 위태롭게 흔들리던 가옥이 산사태처럼 무너지며 피투성이로 변한 민안선을 덮쳤다.

불길 속에 파묻히는 마지막 순간.

민안선은 두 눈에 해루를 담았다.

해루야, 아비는 그저 그때로 돌아가고 싶었을 뿐이다.

평온한 시절.

행복하였던 과거로 돌아가고 싶었던 것이다.

하여, 염원하였다.

억울한 혼백이 편히 눈감을 수 있는…….

아이들 웃음소리 가득한 그런 세상을 꿈꿨다.

그러나 그조차도 과욕이었음을…… 이제야 알았다.

"내분이 끝난 모양입니다."

순지가 길게 한숨을 내쉬었다.

갓을 쓴 무리와 야인들 사이에 충돌이 있는 듯하더니, 금세 야
인들 쪽으로 판세가 꺾이고 말았다.

"좀 더 치열하게 다퉜다면 도망갈 수 있었을 텐데요."

"어쩔 수 없지. 상황이 끝난 이상 놈들이 다시 달려들 것이다."

냉정한 눈으로 상황을 살피던 위창이 해루를 불렀다.

"해루야."

해루에게선 대답이 돌아오지 않았다.

위창은 서둘러 고개를 돌려 그녀를 찾았다. 이내 그의 망막에
하염없이 불길을 바라보는 해루의 모습이 맺혔다.

그녀의 텅 빈 시선이 향한 곳.

충샨에게 당한 사내가 쓰러진 곳이었다.

"혹, 아는 사람이더냐?"

위창의 물음에 해루는 고개를 저었다.

"기억에 없는 사람입니다."

"그런데 왜 그리 쳐다보느냐?"

"저도 모르겠습니다. 왜인지 자꾸만……."

눈길이 가고, 가슴이 답답해집니다.

"무슨 일인지는 모르나, 지금은 한눈팔 때가 아니다."

위창의 말이 끝나기 무섭게 순지의 다급한 외침이 들려왔다.

"옵니다!"

두문회의 선비들을 정리한 야인들이 이번엔 해루와 그녀의 일행들을 향해 다가왔다.

위창이 빠른 목소리로 해루에게 속삭였다.

"넌 뒤쪽에 물러나 있어라. 분위기를 보아 달아나는 데 집중해라. 알았느냐? 무슨 일이 있어도 달아날 생각만 해야 한다."

이어 그는 순지에게도 말했다.

"내가 저 녀석을 맡겠다. 나머지를 부탁한다."

말과 함께 위창은 충샨을 향해 몸을 날렸다.

"네? 이 많은 수를 저보고 다 맡으라고요?"

순지는 저도 모르게 비명을 내질렀다.

그도 그럴 것이, 그와 해루를 향해 다가오는 야인의 수는 족히 스물은 넘어 보였기 때문이다.

그러나 순지의 억울한 외침은 파도처럼 밀려드는 적의 공세에 묻혀 더는 이어지지 못했다.

칼과 검이 한데 뒤엉켰다.

뜨거운 화염과 잿빛 연기 속에서 날고, 구르고, 베고, 찢는, 거친 싸움이 이어졌다.

❀

비틀거리던 위창이 칼을 바닥에 꽂았다.

"헉헉헉!"

마른 숨이 그의 턱 밑에 들어찼다.

금방이라도 쓰러질 듯 위태로운 몸을 검에 의지한 채 위창은 주위를 둘러보았다. 앞을 가로막는 자들을 닥치는 대로 베어 넘겼음에도 살아 있는 적의 수가 죽은 자보다 훨씬 많았다.

그는 하얗게 마른 입술을 악물었다.

"오라버니."

등 뒤에서 작은 온기가 느껴졌다.

해루였다. 그녀가 비틀거리는 위창의 옷자락을 잡았다.

"걱정 마라. 어떻게든 너를 위한 퇴로를 만들 것이야. 그러니 너는……."

"그러지 마십시오."

해루는 고개를 저었다.

"해루야……."

해루의 작은 손이 위창의 상처 난 팔을 잡쥐었다.

"미안합니다. 그리고 고맙습니다."

언제나 이 사람에겐 받기만 하였다.

이리될 줄 알았으면 도움을 청하는 것이 아닌데.

후회하는 해루의 머리 위로 위창의 목소리가 들려왔다.

"나야말로 미안하구나."

널 지켜주지 못해서.

기억 잃은 널 상처 입히고, 끝내 억압하려고만 하여서.

돌이켜보면 모든 일이 후회되기만 하였다.

이 가엾고 사랑스러운 여인을 아껴주기만 하여도 부족한 시간이었건만, 난 어찌 그리 편협한 집착 따위에 사로잡혀 있었던가.

위창의 눈빛을 읽은 해루는 가만히 고개를 저었다.

아닙니다. 자책하지 마십시오. 당신은 제게 너무도 많은 것을 주었습니다. 감히, 이 생에선 갚지 못할 만큼 많은 은혜를 주었습니다. 그러니 자책하지 마십시오. 그저 고맙고 또 미안할 따름입니다, 오라버니.

안타까운 마음을 나누는 두 사람 사이로 순지가 끼어들었다.

"어이쿠, 나 죽네. 아무래도 전 한계가 온 것 같습니다."

장난기 섞인 음성.

그러나 말속에 담긴 건 엄살만이 아니었다. 온몸에 난 작고 큰 상처로 순지의 전신은 피투성이로 변해 있었다.

"이 학사님."

"설마, 제게도 미안하다 말씀하시려는 건 아니시죠?"

"미안합니다. 저 때문에……."

"승휘마마 때문이 아닙니다. 제가 선택하여 온 길입니다. 그러니 미안해하실 필요 없습니다. 말이야 바른 말이지, 제가 어디 가서 또 이렇게 원 없이 싸워보겠습니까? 하하하."

순지가 억지로 힘주어 웃었다. 전염이라도 되듯 해루와 위창에게도 웃음이 옮아갔다.

그때, 충샨의 목소리가 들려왔다.

"질기기가 쇠심줄 못지않은 녀석들이로구나. 오냐, 이렇게 된 이상 내 손으로 직접 너희를 죽여주마."

그는 두 자루 칼을 양손에 나누어 잡은 채 성큼성큼 걸어왔다. 뜻하지 않은 수하들의 죽음에 화가 단단히 난 상태였다.

"감히 누굴 죽인다는 것이냐?"

위창이 사납게 외치며 땅에 세운 검을 뽑았다. 그러나 말과 달리 그의 몸은 무겁고 느릿했다.

지쳤다.

한 발짝도 움직일 수 없을 만큼 지쳐 있었다.

순지 역시 숨을 헐떡이며 다시 몸을 일으켰다.

"죽어라!"

충샨이 칼을 내질렀다. 거대한 살기가 해일처럼 밀려들었다.

지친 위창과 순지가 충샨의 공격을 막아내기엔 역부족.

두 사람의 뒤에서 지켜보던 해루는 두 눈을 질끈 감았다.

저하!

이번에는 약조 지키지 못할 것 같습니다.

아무 일 없이 돌아가겠다는 그 약조, 지킬 수 없게 되었습니다.

부디…….

아프지 마십시오.

울지도 마십시오.

입맛이 없어도 많이 젓수시고, 잠이 오지 않아도 푹 주무셔야 합니다.

행여 무료한 날엔 꿈속으로 찾아가겠습니다.

하지만 기억은 하지 마십시오.

저는……. 저라는 사람은 처음부터 몰랐던 사람처럼 그렇게 잊어버리십시오.

제가 품고 가겠습니다.

제가 다른 세상에서 저하를 기억하겠습니다.

그러니 저하께서는 저를 잊으십시오.

감은 해루의 눈가로 눈물이 흘러내렸다.

바로 그 순간.

피리리릿!

허공에 작은 돌풍을 일으키며 화살 한 대가 불길을 가로질렀다.

어둠 저편에서 쏘아진 화살은 위창과 해루 그리고 순지 사이를 교묘하게 가로질러 그들을 압박하는 충샨을 향해 달려들었다.

푸욱!

충샨의 오른손에서 칼이 떨어졌다.

"……?"

해루가 감은 눈을 떴다.

다음 순간, 또 한 발의 화살이 바람을 가르며 그녀의 귓불 아래를 스치고 지나갔다.

피리리릿!

날렵한 파공음과 함께 날아온 화살은 그대로 충샨의 오른쪽 눈에 박혔다.

"크악!"

충샨의 날카로운 비명이 어둠을 갈랐다.

동시에 해루의 입에서 새어 나온 한마디.

"저하!"

화염을 뛰어넘는 말발굽 소리와 함께 거대한 위압감을 병풍처럼 두른 채 향이 모습을 드러냈다.

고맙구나

"으아아악!"

분노와 고통이 점철된 비명이 밤공기를 뒤흔들었다.

"누구냐? 감히 어떤 놈이냐?"

하나 남은 충샨의 외눈에서 증오와 원한이 쏟아져 나왔다.

그의 앞으로 향이 다가왔다. 감히 범접할 수 없는 위압감과 선연한 기품이 안개처럼 일었다.

고통으로 일그러졌던 충샨의 입아귀가 비틀어졌다.

"네가…… 조선의 세자로구나."

그는 제 눈에 박혀 있는 화살을 거칠게 분질렀다.

"흐흐흐, 내 손에 잡히고 싶어 돌아왔느냐? 좋다. 좀 전의 일은 용서해 주마. 이깟 눈 하나 희생하여 이 나라를 얻을 수 있다면 아주 밑지는 장사는 아니니까."

툇! 바닥에 가래침을 내뱉는 그를 향해 서늘한 시선이 날아들었다.

"그깟 눈 하나로 어찌할 수 있을 만큼 이 나라가 호락호락해 보이더냐?"

"그렇다면?"

"네 생각이 틀렸음을 증명해 주마."

"혼자서 무얼 어찌할 수 있단 말이냐?"

조롱하는 듯한 충샨의 목소리가 허공을 울렸다.

그 순간.

"누가 혼자란 말이냐?"

향의 차가운 음성과 함께 불길 저 너머에서 짙은 먹구름이 밀려들었다. 활짝 날개를 펼친 독수리처럼 긴 그림자를 드리우며 달려오는 먹구름의 정체, 다름 아닌 조선의 관군들이었다.

"이런……."

조소로 가득했던 충샨의 얼굴에서 표정이 사라졌다.

딱딱하게 굳은 그를 향해 향이 예의 차가운 눈빛을 보냈다.

"쳐라. 저자들을 한 놈도 놓쳐서는 아니 될 것이다."

지엄한 명령 앞에 관군들은 기세를 사납게 세웠다.

전세는 한순간에 역전되었다. 의기양양하던 충샨과 그의 수하들을 달아나는 데 급급했다.

"달아나라! 흩어져!"

충샨은 제일 먼저 불길 사이를 헤집고 달리기 시작했다.

그 뒤로 야인들이 달렸다. 그러나 그들이 탄 말보다 관군들이 날린 화살이 더 빨랐다.

화살을 맞은 말들이 고꾸라졌다. 말을 탄 야인들도 함께 바닥을 나뒹굴었다.

내내 검을 세운 채 긴장을 풀지 않던 위창이 허물어지듯 바닥으로 쓰러졌다. 그의 곁으로 순지가 긴 몸을 뉘었다.

"아, 정말 조금만 늦으셨어도 죽을 뻔했습니다."

푸념하던 그가 갑자기 고개를 반짝 치켜들었다.

"그런데 승휘마마께서는 어디에 계시지?"

소란 틈에 해루를 살필 겨를이 없었다.

행여 무슨 일이 생긴 건 아닐까 걱정하던 그는 이내 입가에 흐린 미소를 지었다.

"저하!"

향을 향해 거침없이 뛰어오는 작은 그림자.

그것은 분명 해루였다.

향의 품을 파고든 해루가 걱정 가득한 눈길로 향을 바라보았다.

"정말 저하십니까? 이곳엔 어찌하여 다시 돌아오신 겁니까? 그대로 몸을 피하라 말씀드렸잖습니까?"

"그러는 너는 어찌하여 이곳에 있었던 것이냐?"

"그건……."

향은 해루의 작은 머리를 쓰다듬었다.

"요 작은 머릿속에 무어가 들어 있는지 내 모를 줄 알았더냐?"

"네?"

"무언가 보았겠지. 하여, 그 불행을 막기 위해 네가 나를 대신하여 그 자리에 간 것이 틀림없다. 내가 틀렸느냐?"

"……."

"그런 너를 두고 내가 어딜 가겠느냐."

"저하……."

"이제 다 끝났다."

"다행입니다. 정말 다행입니다. 정말 다행……."

낮게 중얼거리던 해루의 목소리가 점점 잦아들었다.

한순간, 해루는 맥없이 향의 품 안에서 허물어졌다. 이윽고 그녀는 그의 품에서 고른 숨을 내쉬었다.

"해루야."

향은 혼절한 해루를 시린 눈으로 바라보았다.

이 작은 몸으로, 이 작은 손으로, 이 작은 다리로 그를 지키겠다고군분투했을 해루가 떠올랐다. 일순, 코끝으로 먹먹한 기운이 올라왔다.

"바보 같은 녀석."

다른 여인이라면 두려워 뒷걸음질 쳤을 상황에서도 그저 연모하는 이를 지키겠다는 일념으로 불구덩이 속으로 뛰어들다니.

향은 해루의 이마에 입맞춤하였다.

미련한 제 여인의 마음이 그를 든든하게 감싸주는 듯했다.

"돌아오셨군요."

위창의 목소리가 들려왔다.

향은 그를 돌아보며 고개를 숙였다.

"고맙소."

내 여인을 지켜주어 고맙소.

내게 이 아이를 지킬 시간을 만들어주어 고맙소.

소리 없는 마음이 위창을 향해 날아들었다.

"누이를 위한 당연한 일이었습니다."

위창의 얼굴 위로 허망함이 떠올랐다.

세자께서 홀로 도망간 줄 알았다.

하여, 분노하였다.

하지만 아니었다.

세자는……. 해루의 사내는 제 여인을 살리기 위한 가장 옳은 길을 선택한 것이다.

의지만으로는 지킬 수 없는 상황이었다. 맹목적으로 그녀의 곁을 따르기만 한 자신의 선택은 결과적으로 함께 죽자는 꼴밖에 되지 못했다.

패배.

이번에도 지고 말았구나.

향의 품에 안긴 해루를 보며 위창은 쓸쓸한 미소를 지었다.

날이 밝았다.

하늘로 치솟던 불길도 그 기세가 약해졌다.

달아난 야인들을 소탕한 우부대언 김종서가 향의 앞에 머리를 조아렸다.

"야인들은 모두 잡았습니다. 다만, 수장으로 보이는 자는 놓치고 말았습니다."

"아쉽게 되었군. 어찌 되었든 우부대언에게 큰 빚을 졌소. 우부대언이 아니었다면 꼼짝없이 목숨을 잃었을 것이오."

김종서는 고개를 저으며 품에서 서찰을 꺼냈다.

"주상 전하의 급서가 있었기에 이곳으로 향할 수 있었습니다."

"전하께서 급서를 보내셨단 말이오?"

향은 김종서가 올린 서찰을 보며 물었다.

"저하를 지키기 위해 병력의 일부를 돌리라 하시었습니다."

"전하께서 어찌 이곳의 사정을……."

말을 하던 향은 제 품속에 있는 해루를 내려다보았다.

"녀석……."

못 말리겠다는 듯 고개를 젓는 그의 귓가에 김종서의 목소리가 이어졌다.

"전하의 급서 말미에 따로 당부의 말씀이 있었습니다."

"무엇이오?"

"최측근은 솜털 하나 다쳐서는 아니 될 것이다……였습니다."

김종서가 고개를 갸웃하며 물었다.

"그런데 최측근이 뉘시옵니까?"

향은 해루를 보며 빙긋 웃었다.

"비밀이오."

문풍지로 스머드는 햇살이 부옇게 산란하였다.

잘 마른 햇솜의 향이 코끝을 파고들었다. 몸을 움직일 때마다 사각거리는 비단의 기분 좋은 감촉이 몸을 나른하게 했다.

해루는 게으른 고양이처럼 몸을 길게 늘었다.

가늘게 뜬 시야 사이로 흐릿하게 얼굴 하나가 보였다.

누굴까?

궁금한 찰나, 그녀의 귓가에 익숙한 음성이 파고들었다.

"잘 잤느냐?"

"저하?"

잔뜩 갈라진 목소리가 해루의 입에서 흘러나왔다.

잠시 멍한 얼굴로 눈을 끔벅거리던 해루는 잠이 묻은 눈가를 손등으로 비볐다.

흐릿하던 사물이 또렷해지고 눈앞에 있는 사내가 그녀의 시야를 점령했다.

한 손으로 턱을 괸 채 누워 그녀를 내려다보는 향의 얼굴.

햇살을 등지고 있는 그의 모습은 눈이 시릴 만큼 아름다웠다.

흑백이 선명한 눈동자.

하늘을 향해 치솟은 기와처럼 날렵하게 서 있는 콧날.

물기를 머금은 듯 붉게 빛나는 입술.

한참 그를 바라보던 해루가 입을 열었다.

"제가…… 죽었습니까?"

그 어이없는 물음에 향의 입가에 싱긋 미소가 맺혔다.

"아니다."

"그럼…… 제가 꿈을 꾸는 겁니까?"

비현실적인 향의 아름다움 앞에 해루가 다시 물었다.

그 순진한 물음에 향의 입가에 장난스러움이 피어났다. 그는 해루의 얼굴 가까이 제 얼굴을 바싹 붙였다.

"꿈인지, 아닌지 확인해 보겠느냐?"

낮은 속삭임과 함께 나비의 날갯짓처럼 부드러운 입맞춤이 해루의 눈두덩으로 날아들었다.

촉.

미려한 입술의 감촉.

그 선명한 감촉은 해루의 동그란 코끝으로 자리를 이동했다. 그 다음엔 옅은 홍조를 띠고 있는 볼을 맴돌다 마지막으로 가늘게 열린 그녀의 입술 위에 안착했다.

이촉을 파고드는 따뜻한 숨결.

밀물처럼 입안으로 밀려드는 달콤한 향내.

얼굴을 감싸 쥐는 그의 부드러운 손길.

이건 분명 살아 있는 자만이 느낄 수 있는 생생한 부대낌이었다.

꿈이 아니다.

분명 꿈이 아니었다.

그럼에도 꿈을 꾸는 듯 아득했다.

꿈의 한 자락인 듯 포근하여 깨어나고 싶지 않았다.

길고 긴 입맞춤의 끝.

"이제 말해 보아라. 아직도 꿈인 것 같으냐?"

향의 물음에 해루는 나른하게 숨을 몰아쉬었다.

"상관없습니다."

"무어라?"

"다만, 꿈이라면 이 꿈이 깨지 않았으면 좋겠습니다."

그 정직한 대답 앞에 향의 입가가 길게 늘어졌다. 자신의 품을 어린 새처럼 파고드는 해루가 마냥 좋았다.

그 마음을 아는지 모르는지, 해루는 둥글게 세운 입술을 열었다.

"그런데 여긴 어딥니까?"

"궁이다."

"궁……?"

잠시 고개를 갸웃거리던 해루가 불현듯 두 눈을 휘둥그렇게 떴다.

"궁! 지금 궁이라고 하셨습니까?"

그녀는 벼락이라도 맞은 사람처럼 자리에서 벌떡 일어나 앉았다.

안갯속에 있는 듯 흐릿했던 시야가 맑아졌다.

주위의 풍경이 하나, 둘 눈에 들어왔다.

소박하지만 궁의 법도와 기품을 잃지 않은 방 안의 풍경.

소양궁, 자신의 처소였다.

"제가 언제 궁으로 돌아온 겁니까?"

기억이 없었다.

나, 또 기억을 잃은 거야?

"걱정 마라. 기억을 잃은 것이 아니야."

속내가 빤히 보이는 작은 얼굴을 보며 향이 말했다.

"그럼……?"

"그때, 내 품에서 혼절한 이후 내내 잠이 든 것뿐이다."

"제가 잠을 잤단 말입니까?"

"처음에는 무슨 일이라도 생긴 줄 알고 나도 깜짝 놀랐었다. 그런데……."

곁눈질로 해루를 보며 향은 말을 이었다.

"코를 골더구나."

"코를 골아요? 누가요? 제가요?"

해루가 믿을 수 없다는 듯 물었다.

"이도 갈았지."

"거짓말."

"잠꼬대는 또 얼마나 심하던지……."

"말도 안 돼."

"긴장이 풀린 거겠지. 사람이 긴장하다 잠이 들면 코도 골고, 이

66

도 갈고, 잠꼬대도 심하게 할 수 있는 법이다. 그래도 설마 사람이 하루도 아니고 며칠씩이나 죽은 듯 잘 수 있다는 사실을 이번에 처음 알았구나."

"설마요."

해루는 향의 눈치를 살폈다.

전에 없이 진지한 표정.

아, 정말인가 보다.

내가 코를 골고, 이를 갈고, 잠꼬대를 심하게 했구나.

수줍음으로 해루의 얼굴이 화끈 달아올랐다.

푹, 어린 강아지처럼 그녀는 이불 속으로 머리를 묻었다.

"무어냐?"

"부끄러워 혼절하는 중입니다."

"혼절한 사람이 대답은 잘도 하는구나."

"정신을 잃은 와중에 흘리는 헛소립니다."

이불 속에서 웅얼거리는 목소리가 들려왔다.

풋, 애써 참고 있던 장난기가 향의 얼굴을 가득 채웠다.

말도 안 되는 소리로 놀렸건만, 이 아인 그걸 그대로 믿고 있었다.

향은 해루가 덮은 이불을 들췄다. 그러면 그럴수록 해루는 새끼 고양이처럼 몸을 동그랗게 말며 이불자락을 잡고 늘어졌다.

그 작고 귀여운 몸짓이 향의 눈 속에, 그의 가슴에 열매처럼 맺혔다.

그녀의 작은 손짓 하나, 숨결 하나조차 사랑스러웠다.

잠시나마 잃을 수도 있었다는 생각 때문일까?

이 소소한 일상의 행복이 지극히 소중했다. 이리 하루하루를 행복하게 만들어주는 해루가 사랑스러워 견딜 수가 없었다.

향은 해루의 작은 몸을 등 뒤에서 힘껏 끌어안았다. 목덜미를 가로지르는 팔의 근육과 등에 맞닿은 단단한 가슴이 느껴졌다.

바둥거리던 해루가 문득 몸짓을 멈추었다.

"저하."

낮은 부름에 답이라도 하듯 향은 그녀의 목덜미에 얼굴을 묻었다. 제 사내의 숨결에 안도하며 해루는 눈을 감았다.

돌아왔구나, 돌아왔어.

그러다 문득 잊고 있었던 것이 생각나 눈을 반짝 떴다.

"태군은요? 그분은 어찌 되었습니까? 이 학사님은요? 두 분 모두 많이 다쳤습니다. 두 분은 어디에 있습니까?"

"두 사람 모두 무사하니 걱정 마라. 태군은 화월루에서 치료 중이고, 이 학사는 벌써 털고 일어나 신루의 학사들에게 영웅담을 늘어놓더구나."

해루의 입가에 긴 미소가 그려졌다.

미래가 바뀌었다.

향의 미래를 바꾼 것이다.

무사히, 그 누구도 다치지 않고…….

이제 모든 것이 끝났다. 이것으로 향의 불안했던 세 번째 미래까지 모두 막아냈다.

행복했다.

부푼 행복으로 가슴이 터질 듯했다.

그런데…….

해루는 햇살이 스며드는 동창 밖으로 시선을 돌렸다.

이상하게도 가슴 언저리가 서늘했다. 소중한 무언가를 잃어버린 듯 서걱대는 바람이 가슴 정중앙을 관통했다.

무어지?

무얼 잃어버린 걸까?

머리 위로 내려앉는 햇살이 제법 푸근했다. 그러나 따스한 빛살을 즐기기엔 작금의 상황이 심각하였다.

중궁전 마당을 가로지르는 해루는 잔뜩 긴장한 표정이었다.

"무조건 잘못하였다 하십시오."

곁을 따르는 김 상궁이 속삭였다.

이번에 들으면 꼭 백 번을 채우는 이야기였다. 그러나 지은 죄가 있는지라, 불만을 드러낼 수도 없었다.

"알았네."

순순히 고개를 끄덕이는 해루를 보면서도 김 상궁은 안심이 되질 않는지 다시 말했다.

"죽으라면 죽는시늉이라도 하셔야 합니다."

"그리할 것이야."

해루는 두근거리는 마음을 애써 진정시켰다.

중전의 처소 앞에 다다르자 기다리고 있었던 듯 지밀상궁이 해루를 맞이했다.

"권 승휘마마, 오시었습니까?"

말없이 고개를 끄덕이자 지밀상궁이 처소 안을 향해 목소리를 높였다.

"중전마마, 권 승휘 입시옵니다."

상궁의 고하는 소리에 이내 낮게 가라앉은 대답이 들려왔다.

"들라 하라."

중궁전 처소의 문이 소리 없이 양옆으로 열렸다.

해루는 머뭇거리며 안으로 들어섰다.

처소 안, 주상 전하와 중전께서 해루를 기다리고 있었다.

"최측근!"

해루를 부르며 반색하는 왕과 달리 중전의 안색은 지극히 어두웠다.

힐끗, 두 사람의 눈치를 살피던 왕이 선수 쳤다.

"세자에게 이야기는 들었다. 하마터면 큰일 날 뻔하였다지."

"전하……."

"내 너를 그곳으로 보내지 않았으면 우리 세자에게 큰일이 벌어졌을 것이야."

"……."

"물론 궁의 법도를 어겼으나, 세자의 안위가 달린 일이니 걱정 마라. 어명으로 그리하였으니 뉘라서 너를 탓할……."

말을 하던 왕은 일순 입을 닫았다. 서늘하게 찔러오는 중전의 눈빛에 기가 눌린 것이다.

"최고……측근, 왜 그러오?"

몰라 물으십니까?

소리 없는 지청구에 왕은 자라처럼 목을 움츠렸다.

연신 눈치를 살피는 왕을 향해 중전이 입을 열었다.

"잠시 자리를 비켜주시겠습니까?"

슬금슬금, 해루의 앞을 막아서며 왕은 말을 이었다.

"아까도 말했지만, 최측근은 내 명으로……."

"내명부의 일입니다. 잠시 자리를 비켜주시옵소서."

단호한 음성.

왕은 힘없는 얼굴로 해루를 돌아보았다.

"……미안하구나, 최측근."

지켜주지 못한 미안함에 왕은 느릿하게 중궁의 처소를 빠져나갔다.

왕이 사라지기 무섭게 중전은 곁을 지키는 궁인들에게도 명을 내렸다.

"너희도 모두 물러가거라."

방을 지키던 상궁들과 나인들이 썰물처럼 물러갔다.

중궁전에 침묵이 흘렀다.

고요한 정적을 깨며 해루는 머리를 깊숙이 조아렸다.

"잘못하였습니다."

"……"

그러나 중전은 눈길조차 건네지 않았다.

"죽을죄를 지었사옵니다."

얼마나 시간이 지났을까?

마침내 해루의 정수리 위로 찬 서리 같은 중전의 음성이 내려앉았다.

"너는 내명부의 지엄한 법도를 어겼느니라."

"……입이 열 개라 하여도 할 말이 없사옵니다."

"감히 허락도 받지 않고 궁을 나갔다. 감히! 허락도 없이 전쟁터로 뛰어들었다. 감히…… 허락도 없이 죽음을 불사하였단 말이다."

"……"

"종아리를 걷어라."

말이 떨어지기 무섭게 해루는 단숨에 일어나 치맛자락을 걷어

올렸다.

이윽고 중전이 미리 준비해 둔 회초리를 꺼냈다.

해루는 기꺼운 마음으로 어깨를 바로 폈다.

회초리쯤이야, 법도를 어긴 죄에 비하면 큰 벌이 아니었다.

회초리 맞는 걸로 용서받을 수 있다면 종아리가 터져나가도 상관없었다.

해루는 종아리로 쏟아질 고통을 기다렸다.

잠시 후, 휙 회초리가 공기를 가르는 소리가 들려왔다.

아찔한 고통을 생각하며 질끈 눈을 감는 찰나.

탁!

해루의 종아리를 내리쳐야 할 중전의 회초리가 바닥을 내리쳤다.

어? 실수하셨나?

그러나 곧 이어져야 할 아픔이 아무리 기다려도 이어지지 않았다.

의아한 생각에 해루는 고개를 비스듬히 돌렸다.

회초리를 쥔 중전이 손을 바들바들 떨고 있는 모습이 보였다. 그녀의 눈가는 붉게 충혈되어 있었다.

"중전마마……."

"너는…… 이 어미의 속을 얼마나 태워야겠느냐?"

기어이 툭, 눈물 한 방울이 중전의 볼을 타고 흘러내렸다.

"잘못하였습니다."

"네가 그리 사라지고……. 내가 얼마나 가슴 졸였는지 아느냐?"

"……."

"행여 네게 무슨 일이 생긴 건 아닐까, 행여 네가…… 그 추운 곳에서 어찌 되었을까 봐……. 내가……. 내가……."

중전의 목소리에 물기가 서렸다.

"잘못하였습니다, 잘못하였습니다."

중전께서 이런 마음이신 줄은 몰랐다. 이리 걱정하고 계실 줄은 상상도 하지 못했다.

해루는 중전의 앞에 무릎 꿇고 앉아 연신 머리를 조아렸다.

그런 그녀의 머리를 중전이 부드러이 쓸어내렸다.

"고생하였다. 그리고…… 고맙구나. 세자를 지켜주었다지? 둘 모두 무사히 돌아와 얼마나 기쁜지 모른단다. 얼마나 고마운지 모른단다."

"중전마마……."

"어디 상한 곳은 없느냐?"

살피는 중전의 눈길이 분주했다.

"없습니다. 예전에 함께 다닌 정 판수 아저씨께서 언제나 말씀하셨는걸요. 저는 워낙에 운이 좋은 사람이라, 화살이 빗발치는 곳에 서 있어도 거뜬할 거라고요."

"쓸데없는 소리."

중전이 해루를 향해 팔을 내밀었다.

"이리 오너라."

"중전마마."

"아무리 운이 좋다 하여도, 다시는 위험한 곳엔 가서는 아니 된다."

"네."

"다시는 어미에게 말도 없이 위험을 자청하지도 마라."

"네."

"앞으로는 어딜 가든, 누굴 만나든 이 어미에게 알려야 한다. 알았느냐?"

"그리하겠습니다."

"한 번만 더 이리 속을 썩였다간, 그땐 정말 눈물이 나오도록 혼을 낼 것이야."

해루를 품에 끌어안으며 중전이 속삭였다.

"네. 그리해주십시오, 중전마마."

"어미다."

"네?"

"중전마마가 아니라 어미다."

다정한 목소리.

"……!"

잠시 멈춰 있던 해루의 심장으로 햇살이 비집고 들어왔다.

"……네, 어머니."

어머니.

입 밖으로 내놓는 것만으로 따뜻해지는 한마디.

"하하하."

저도 모르게 웃음이 새어 나왔다.

"무어가 그리 좋으냐?"

"좋습니다. 그냥 다 좋습니다."

가슴 깊은 곳에 나른한 아지랑이가 피어올랐다.

노곤한 햇살이 중궁전 깊숙이 드리워졌다.

얼마나 시간이 지났을까?

아린 눈빛으로 해루를 바라보던 중전은 문득 처소 밖으로 시선을 돌렸다.

"어의는 아직 당도하지 않았느냐?"

중전의 목소리가 문밖으로 새어 나가기 무섭게 지밀상궁의 대답이 돌아왔다.

"기다리고 있사옵니다."

"그럼 어서 들여라."

이내 문이 열리고 지밀상궁과 궁녀들이 들어와 방 한가운데 발을 내렸다.

"마마, 어디 미욱하시옵니까?"

문밖에 시립하고 있는 어의와 진맥을 위해 준비하는 궁녀들을 번갈아 보며 해루가 물었다.

혹여 제 철없는 행동으로 어디 편찮으시기라도 하신 걸까?

해루의 얼굴에 걱정이 들어찼다.

그 속내를 들여다본 듯 중전이 고개를 저었다.

"내가 아니라 널 진찰할 것이야."

"저는 왜……?"

"험한 일을 겪지 않았더냐? 얼마나 놀랐겠느냐. 궁으로 오는 내내 혼절하였다지. 아마도 심신이 많이 쇠한 탓일 것이야. 어디가 어찌 약해졌는지 진맥해야 보약이라도 먹을 것이 아니더냐."

"그런 것이라면 심려 놓으십시오. 한숨 푹 잤더니 거뜬하옵니다."

"어미의 마음이다."

중전의 얼굴에 온화한 미소가 떠올랐다.

잠시 후, 준비를 마친 방 안으로 어의가 들어섰다. 이윽고 가느다란 명주실에 의존한 진맥이 이뤄졌다.

"어떠하오?"

중전의 물음에 어의가 선뜻 답을 하지 못했다.

"왜 그러오? 승휘의 몸이 많이 상한 것이오?"

"그런 것은 아니옵고……."

"허면 어찌 그러는 것이오?"

목소리에 초조함이 들어찼다.

그러나 어의는 쉽게 답을 내놓지 않은 채 다시 진맥에 열중했다.

불안한 시간이 얼마나 흘렀을까?

마침내 어의가 중전을 향해 고개를 깊이 숙였다.

"경하드리옵니다, 중전마마."

"경하라니?"

"승휘마마가 회임을 하였사옵니다."

늙은 어의의 말이 잔잔하던 공간을 흔들어놓았다.

놀람으로 중전의 눈이 휘둥그렇게 커졌다.

"지금 뭐라 하였소? 회임이라 하였소?"

두 사람 사이로 해루의 목소리가 끼어들었다.

"누가 회임을 하였단 말입니까? 설마, 제가요?"

회임.

좀처럼 실감 나지 않는 단어가 해루의 입안을 통통 튀어 다녔다.

왕실 태교

호랑이에게 물려 가도 정신만 차리면 살아날 방도가 있다. 사람이 굳은 의지로 일을 도모하면 세상에 못할 일이 없다는 이야기다.

정 판수 아저씨가 남긴 몇 안 되는 조언 중의 하나였다.

정작 본인은 제정신으로 뭔가를 해본 기억이 그리 많지 않다며, 술에 진탕 취했거나 도박에서 크게 잃은 날이면 회한 섞인 목소리로 늘 이 말을 들려주곤 하였다.

다행히 정 판수의 조언은 해루가 세상을 살아가는 데 큰 도움이 되었다. 지금까지 숱한 위기를 이 한마디 말에 의지한 채 열심히 살아왔기 때문이다.

굳은 의지와 신념이 있으면 못할 일은 없다.

하지만 세상엔 종종 의지만으론 감당할 수 없는 일도 있었다.

"김 상궁, 내가 하면 아니 될까?"

해루가 애원했지만, 김 상궁의 태도는 단호했다.

"아니 됩니다."

말이 끝나기 무섭게 김 상궁은 제 뒤에 일렬로 길게 늘어서 있는 궁녀들에게 손을 들어 보였다.

그것을 신호로 궁녀들은 일사불란하게 몸을 움직였다.

제일 먼저 해루가 씻을 물이 처소 안으로 들어왔다. 이 정도는 승휘가 된 이후에 겪는 일상과 다를 것이 없었다. 문제는 그 이후였다.

김 상궁의 지시로 궁녀들은 해루의 얼굴을 꼼꼼하게 씻겨나갔다. 마치 갓난아이를 씻기기라도 하는 듯 해루는 손가락 하나 까딱하지 못하게 하였다.

"내가……. 내가 하겠네."

당황한 해루가 만류해 봤지만 소용없었다.

세수가 끝나면 동백기름으로 머리를 손질하고, 얼마 전 상의원에서 특별히 지어 올린 새 옷으로 갈아입었다. 이어 성현의 말씀이 새겨진 옥판을 보고 그 말씀을 외웠다. 이때도 따로 글 선생이 붙어 암기는 물론 목소리의 높낮이까지 간섭했다. 이쯤 되면 내가 임신을 한 것인지, 창을 배우고 있는 것인지 헷갈릴 지경이었다.

이처럼 회임 사실을 알게 된 이후, 해루의 일상은 제 의지와 상관없이 흘러가고 있었다.

제일 먼저 처소가 바뀌었다.

어지러운 세상과 멀어져 오직 한 가지, 태교에만 온 힘을 기울여야 한다는 이유로 봄꽃이 만발한 아름다운 별궁으로 거처를 옮기라는 명이 떨어졌다.

별궁에는 해루를 위해 움직일 궁녀 수십 명이 기다리고 있었다.

매일 식사 때마다 각지에서 올라온 온갖 산해진미가 주상 전하의 수라상 대신 해루의 음식상에 올라오고, 주상 전하의 안위를 살펴야 할 어의가 매일같이 해루를 찾아왔다.

뿐이랴. 해루가 움직이는 곳마다 전악서 악생들이 그림자처럼 달라붙어 연주를 들려주었다. 방에 있으면 문밖에서, 화원을 걸으면 우거진 수풀 저편에서…….

해루가 어딜 가든 악기를 챙겨 들고 허둥지둥 달려와 연주를 들려주었다. 좋은 것도 한두 번이지, 온종일 연주를 들으니 뭔가를 긁는 소리만 들어도 머리가 딱딱 아플 지경이었다.

해루를 찾는 사람은 비난 그들만이 아니었다.

왕과 왕비마저 매일같이 별궁으로 행차하시니, 그야말로 궁의 모든 이목이 해루가 있는 별궁으로 향했다 해도 과언이 아니었다.

오늘도 예외는 아니었다.

별궁 대문 쪽에서 왕과 왕비의 행차를 알리는 내관의 목소리가 들려왔다.

"이보게, 최측근!"

열린 동창 너머로 해루를 발견한 왕이 아이처럼 손을 흔들었다.

어느새 처소 안으로 들어온 왕은 자리에 앉기 무섭게 해루에게 물었다.

"최측근, 잠을 잘 잤느냐?"

"네, 아주 푹 잤습니다."

"밤사이 무에 먹고 싶은 것은 없었고?"

숨도 쉬지 않고 왕이 내처 물었다.

"워낙에 잘 챙겨주셔서 먹고 싶은 것을 생각할 겨를이 없습니다."

"그래?"

잠시 주위를 살피던 왕께서 소맷자락 안에서 무언가를 꺼냈다.

"최측근, 이거 최측근만 먹게."

"전하, 이건······."

"어제 제주도에서 올라온 청귤이야. 일전에 최측근 주려고 챙겨두었는데, 감쪽같이 사라지는 바람에 못 주고 말았느니. 하여, 내 이번에는 단단히 챙겨두었지."

왕의 얼굴에 아이 같은 천진한 미소가 번져 나갔다.

그때 뒤따라 들어온 왕비가 밉지 않게 눈을 흘겼다.

"무얼 또 그리 챙겨 오신 겁니까?"

"험험, 별거 아니오."

먼 허공으로 시선을 돌리는 왕의 모습에 중전은 픗, 웃음을 터트리고 말았다. 그러다 이내 처소 곳곳에 자리 잡고 앉아 있는 궁인들을 보며 작게 속삭였다.

"전하께서 승휘만 총애한다는 소문이 나면 아니 되옵니다. 그러니 자중하시지요."

"그러는 중전이야말로 자중하는 것이 어떻겠소?"

"신첩이 무얼요?"

"밤새 최측근 먹인다면서 용봉탕을 고지 않았소. 그것도 손수!"

"제가 언제요?"

"내 이 두 눈으로 분명히 보았지. 중전이 밤새 잠도 안 자고 용봉탕 고는 솥 앞을 지키는 걸 말이오."

"안질이 도져 아침 강연도 미루신 분께서 그런 건 어찌 보셨습니까? 이제 보니 아프다는 말씀은 순 거짓말인가 봅니다."

"거짓이 아니오. 진짜로 눈이 침침하오. 아, 게다가 신경통 때문에 잠시도 바르게 앉아 있을 수가 없다오."

뒤늦게 왕께서 아픈 기색을 해보았지만, 왕비에겐 통하지 않았다.

토닥거리는 두 분을 보며 해루는 작게 웃음을 터트렸다.

"어디 불편한 곳은 없느냐?"

갑자기 앓는 척을 하는 왕을 버려둔 채 중전이 해루에게 물었다.

"없사옵니다."

"그 험한 곳을 누볐으니, 겉으로는 괜찮아도 속으로는 많이 놀랐을 터. 어의가 당분간은 심신을 안정하는 데 온 힘을 기울이라 하였느니."

"명심하겠습니다."

"별궁에서 좋은 것만 먹고, 좋은 소리만 듣고, 고운 것만 보며 지내도록 하여라. 사납고, 무섭고, 세상사 시끄러운 것일랑은 이 어미가 보고, 듣고 할 것이니 너는 그저 곱고 어여쁜 것만 생각하거라."

"그럼 앞으로 개떡은 별궁에서 먹는 것이오?"

두 사람 사이로 왕이 끼어들었다.

"무슨 말씀입니까?"

"최측근에게 별궁 안에서만 지내라 하니, 앞으로 개떡은 여기서 먹어야 하는가 묻는 것이오."

이내 중전의 매서운 눈빛이 왕을 향했다.

"당분간 개떡은 없사옵니다."

"말도 안 되오!"

왕이 큰 소리로 부르짖었지만, 중전은 꿈쩍도 하지 않았다.

"권 승휘도 행여 전하께서 조르신다고 개떡 찔 생각일랑은 하지도 마라. 앞으로 네가 할 일은 복중 아기와 함께 푹 쉬는 것이다. 알겠느냐?"

분명 해루에게 하는 말이었건만, 중전이 바라보는 곳은 정작 해루가 아닌 왕이었다.

왕은 자라처럼 목을 움츠리며 작게 혼잣말을 중얼거렸다.

"아쉽네. 참으로 아쉽게 되었구나."

"그리 아쉬우면 신첩이 쪄드리겠습니다."

"그 맛이 안 나니 문제라오."

"전하."

"거참, 아쉽네. 참으로 아쉬워."

중전의 눈총에도 미련을 버리지 못한 왕은 작게 한숨을 쉬었다.

철부지 아이처럼 구는 왕의 모습에 중전이 고개를 절레절레 저었다. 그러나 그녀의 뇌리에는 이틀 전의 일이 선명했다.

해루가 회임하였다는 소식을 전했을 때, 왕께서 얼마나 좋아하셨던지, 밤새 흥분을 감추지 못하고 잠을 설치시는 통에 왕비 역시 잠을 이룰 수 없었다.

불면 날아갈까, 쥐면 부서질까, 전전긍긍 해루를 아끼는 마음이 두 사람의 얼굴에 고스란히 드러났다.

지켜보는 해루는 고마우면서도 다른 한편으론 당황하였다. 지금까지 살아오면서 한 번도 받아보지 못한 융숭한 대접이었다.

아니, 융숭하다 못해 아무것도 할 수 없는 어린아이가 된 기분이다. 게다가 행여 넘어질세라 당분간 별궁 밖 출입을 금하기까지 하시니…….

해루는 동창 너머로 푸른 하늘을 바라보았다.

온종일 부산했던 별궁에도 밤이 찾아왔다.

하는 일 없이 그저 먹고 자는 일만 반복했던 터라, 밤이 되어도 쉽사리 잠이 오지 않았다.

아침부터 밤이 될 때까지 해루가 움직이는 곳마다 따라다니던 전악서 악생들의 연주 소리도 더는 들려오지 않았다.

이불 속에 누워 있던 해루의 커다란 눈동자가 또르르 옆으로 굴렀다.

"김 상궁."

모깃소리처럼 작은 부름.

대답은 들려오지 않았다.

"김 상궁."

다시 한 번 불러본다.

해루와 그리 멀지 않은 곳에 있었건만, 김 상궁은 대답하지 않았다.

지난 며칠 동안 해루를 감시하느라 그녀는 밤잠도 제대로 자지 못했다. 게다가 계속된 긴장 탓에 결국 앉은 채로 곤히 잠이 들었다.

그런 사정은 별궁을 지키는 다른 궁녀들 또한 마찬가지였다.

빼꼼, 이불 밖으로 상체를 내민 해루의 얼굴에 미소가 떠올랐다.

해루는 살금살금, 무릎걸음으로 김 상궁의 곁으로 다가갔다. 그러고는 졸고 있는 김 상궁의 머리를 조심스럽게 한쪽 벽에 편안히 기대게 했다.

경험상, 한동안 김 상궁은 깊은 잠에서 깨어나지 않으리라.

해루는 살금살금 걸음을 옮겼다.

힐끗, 주위를 둘러보던 그녀는 궁녀들이 지키고 있는 앞문이 아닌 뒷문 밖으로 몸을 뺐다.

이렇게라도 하지 않으면 갑갑하여 견딜 수 없을 것만 같았다.

무에 큰 병이라도 앓는 사람처럼 이부자리에 누워 시중을 받는 것은 생각만큼 그리 편한 일이 아니었다.

차라리 고된 일을 하는 게 더 마음 편할 듯했다.

예전처럼 산이며, 들로 뛰어다니던 시절이 그리워졌다.

봄 산에 지천으로 널린 꽃과 여린 새싹을 떠올리며 해루는 입안에 고인 침을 삼켰다.

어느덧 따뜻한 봄날이라, 밤바람이 마냥 차갑지만은 않았다.

불어오는 바람 속에 은은한 꽃향기가 실려 있는 것이 멀지 않은 곳에 달콤한 꿀을 머금은 꽃밭이 가득한 듯싶었다.

어디일까?

고개를 돌리는 찰나, 그녀의 눈에 사람의 모습이 들어왔다.

뭐야? 이대로 별궁 밖으로 한 발짝, 내딛지도 못하고 다시 처소로 끌려가야 하는 거야?

그때, 그녀의 곁으로 성큼성큼 너른 발소리가 다가왔다.

"어딜 가려는 것이냐?"

"헉!"

저도 모르게 마른 탄성이 새어 나왔다.

별궁 밖으로 나가는 길목에 향이 서 있었다.

머리 위로 길게 그림자를 드리운 향은 무심한 시선으로 해루를 내려다보았다.

"저하."

해루의 얼굴에 머쓱한 표정이 떠올랐다.

마치 나쁜 짓을 하다 어미에게 들킨 어린아이 같았다.

"여기서 뭐 하십니까?"

"이럴 줄 알고 널 기다리고 있었다."

"이럴 줄 알았다니요?"

"네 성격에 별궁에 며칠이나 갇혀 있을 턱이 없지 않으냐? 오늘쯤이면 감시가 느슨해진 틈에 빠져나올 거로 생각했다."

향의 말에 해루는 벌린 입을 다물지 못했다.

그야말로 세자 저하 손바닥 안이 아닌가.

"다른 사람은 다 속여도 저하는 못 속이겠습니다. 에휴, 어쩔 수 없지요."

한숨을 푹 내쉰 해루는 무겁게 발길을 돌렸다. 향에게 들킨 이상 몰래 별궁을 빠져나가는 건 불가능한 일이 되고 말았다.

그때, 향이 그녀를 불렀다.

"해루야."

"네?"

"가자."

향은 해루를 향해 손을 내밀었다.

"어딜 말입니까?"

"갑갑해서 나왔을 텐데, 산책이라도 하지 않겠느냐?"

"하지만 중전마마께서……."

해루는 제 배를 가만 쓸어내렸다.

"별궁 밖으로 한 발짝도 걸음 옮기지 말라 하셨다지. 걱정 마라. 나와 함께하면 크게 염려하지 않으실 것이야."

향은 해루의 손을 잡아당겼다.

❀

후원을 걷는 두 사람의 어깨 위로 달빛이 내려앉았다.

향과 손을 맞잡고 걷는 해루의 눈이 별처럼 반짝거렸다.

며칠 별궁에 있는 동안 세상은 하루가 다르게 변해 있었다. 어느새 성큼 다가온 봄이 산과 들을 푸르게 뒤덮었다.

달콤한 향내를 풍기는 봄꽃을 입에 넣고 오물거리자니, 향이 불쑥 턱 아래로 손을 내밀었다.

"아무거나 먹지 말라지 않았느냐?"

"아차."

예전 같았으면 꿀꺽 삼켰으련만, 이제는 그러지도 못할 처지가 되어버렸다. 마지못해 입안에 있던 것을 뱉으며 해루는 뒷머리를 긁적거렸다.

"저도 모르게 꽃만 보면 입에 넣는 것이 습관이 되었나 봅니다."

하하하, 어색하게 웃는 해루를 향은 멀지 않은 누각으로 이끌었다.

누각 위에는 간단한 다과와 따뜻한 차가 마련되어 있었다.

"언제 이런 걸 다 준비하셨습니까?"

"종종 이리 준비할 것이니, 혼자 별궁을 나가는 일은 하지 마라."

"네."

순순히 고개를 끄덕이는 해루에게 향이 무언가를 건넸다.

"이건 뭡니까?"

"학사 김담이 전해달라는 것이다."

나무를 동그란 공 모양으로 깎아 만든 모형이었다. 얼핏 보면 장난감 같은 그것의 표면에는 하늘의 별이 빼곡하게 조각되어 있었다.

해루는 김 학사가 만든 나무 공을 양손으로 감싸 쥐었다. 바닥에 쪼그리고 앉아 별자리를 그리던 김 학사의 모습이 눈에 선했다.

"김 학사님에게 이런 재주가 있는 줄은 몰랐습니다."

"조각칼을 잘 다루지 못해 결국 만드는 것은 초씨공방 주인이 하였지."

"하하하."

"그리고 이건 심운기가 보낸 서책이다. 왕실 태교의 핵심만 추려 담은 것이니 살펴보면 도움이 될 거라더구나. 맨 마지막 장엔 아들을 낳는 귀한 비법이 담겨 있으니, 귀찮으면 그것만 보아도 상관없다고 꼭 전해달라 했다."

"심 학사님답습니다."

"그리고 이건……."

향은 작은 화분을 건넸다.

"양 학사가 화원에 성가신 화초가 하나 피었는데, 이것이 잡초도 아니고, 그렇다고 귀한 것도 아니라 버리기 뭣하여 보낸다고 하더구나."

"이건……."

"지난해 서역에서 힘들게 구해 온 화초다."

"알고 있습니다. 이걸 보고 양 학사님이 얼마나 기뻐했는데요. 그걸 제게 주시는 겁니까?"

"향을 맡으면 두통이 사라지는 신기한 효험이 있다 하더구나. 행여 골치 아픈 일이 있으면 조금쯤은 의지해도 괜찮을 것이라 하더구나."

"양 학사님……."

화분을 어루만지는 해루의 손끝이 가늘게 떨렸다.

신루 학사들의 따뜻한 마음이 몽글몽글 눈물이 되어 흘러나왔다.

과분한 사랑이었다.

과분한 마음들이었다.

이 마음을 어찌 다 받을 것인가.

이 사랑을 어찌 되돌려줄 것인가.

"아기를 품으면 울보가 된다던데……."

향이 해루의 눈가를 손끝으로 닦아주었다.

"울지 마라. 어미가 울면 아기도 울보가 된다더라."

"네. 안 웁니다. 울지 않을 겁니다. 저도 울보 아기는 싫습니다."

얼른 눈가를 닦으며 해루는 향을 올려다보았다.

"왜?"

"저하는요?"

"뭘?"

"아무것도 없으십니까?"

"그리 많이 받고도 무얼 또 받고 싶은 것이냐?"

"아닙니다."

조금은 섭섭한 마음에 해루는 저도 모르게 입술을 뾰족하게 세우고 말았다.

이상하게도 세자는 해루가 회임하였다는 소식을 들었을 때도 별다른 내색을 보이지 않았다. 주상 전하와 중전마마처럼 아침저녁으로 별궁을 찾는 일도 없었다.

혹여 저하께서는 기쁘지 않으신 걸까?

행여 그런 것이라면 어찌하나?

해루의 눈동자에 걱정이 깃들었다.

그 속내를 읽기라도 한 것일까?

스윽.

해루의 머리 위로 커다란 손이 내려앉았다.

부드럽게 쓸어내리는 자상한 손길.

아무 말도 하지 않았건만, 가슴이 뜨거워졌다.

다정한 한마디, 세상을 다 주겠노라는 헛된 약조도 없었건만, 세상을 다 가진 듯 마음이 차올랐다.

해루의 입가에 맑은 미소가 만개하는 꽃처럼 피어났다.

"무어가 그리 좋으냐?"

어둠 속이었건만, 용케도 해루의 웃음을 알아챈 향이 물었다.

"좋습니다. 그냥 다 좋습니다."

선물 따위 아니 주셔도 괜찮습니다. 매일 찾아오지 않으셔도 서운하지 않습니다. 때때로 이리 다정하게 보아주시고, 부드럽게 머릴 쓰다듬어주시는 것만으로도 족합니다.

그저 저하와 함께 이리 있는 것만으로도 충분히 행복하고 좋습니다.

문득, 고개를 들어 보니 먹칠한 듯 검은 밤하늘을 반짝이는 별들이 가득 메우고 있었다.

"시간이 이대로 멈췄으면 좋겠구나."

향은 품에서 무언가를 꺼내 깍지 끼고 있는 해루의 손에 끼워주었다.

작은 반지에 홍수정으로 만들어진 꽃이 만개하여 있었다.

"이게 무엇입니까?"

"홍수정의 고운 빛이 마음마저도 곱게 물들인다 하더구나."

향은 반지에 이어 팔찌도 꺼냈다.

"이 자수정은 사나운 귀의 범접을 막아준다 하니. 이것들을 몸에서 떼어놓지 마라."

"저하, 미신은 믿지 않는다 하시지 않았습니까?"

해루가 놀란 눈으로 물었다.

눈으로 직접 보고, 증명되지 않는 것은 절대 믿지 않는다 하셨던 분이 아니신가.

"그래, 그랬지. 헌데 말이다. 너무나 소중한 것이 생기니 별것이 다 걱정되는구나. 진실로 소중한 것이 내 곁에 있으니, 사소한 우려나 근심도 그냥 지나칠 수 없구나."

"이젠 미신을 믿게 되신 겁니까?"

향은 고개를 저었다.

"여전히 난 미신을 믿지 않는다. 허나, 널 지킬 수만 있다면, 미신일지라도 기대고 싶구나."

부질없고 허튼짓인 줄 알고 있었다.

어리석은 사내의 미욱한 마음이라 하여도 상관없었다.

내 여인을 지키는 것이라면 그것이 무엇이라 하여도 상관없었다.

해루가 동그란 눈으로 향을 응시했다.

"기쁘지 않으신 줄 알았습니다."

"뭐라?"

"회임하였다고 해도 크게 좋아하지 않으셔서 기쁘지 않으신 줄 알았습니다."

"그러했느냐?"

미안하구나.

향은 해루를 가슴 깊이 끌어안았다.

행여 너무 많이 기뻐하면 누군가 시샘할 것만 같았다.

이 벅찬 행복을 누군가 빼앗아갈까 불안하였다.

하여, 드러내놓고 기뻐하지 못했다.

그런 것이 내 여인의 마음을 불안하게 만들었나 보다.

향은 제 마음이 온전히 전해지도록 해루를 안고 또 안았다.

마치 정지한 듯한 시간이 흘러갔다.

그렇게 얼마나 지났을까?

겨우 향의 품에서 벗어난 해루가 궁금하다는 듯 물었다.

"궁금한 것이 있습니다."

"무어냐?"

"제가 회임한 것이 기쁘셨다면, 그동안 왜 오시지 않은 것입니까?"

"그건……."

향은 곤혹스러운 표정을 지었다.

무엇 때문에 저리 망설이실까?

지금까지 한 번도 본 적 없는 모습인지라, 해루는 눈을 깜빡이며 향을 주시했다.

그렇게 얼마나 지났을까?

향이 주저주저하며 등 뒤에 감추고 있던 무언가를 꺼내놓았다.

"이거……."

단 한 번도 본 적 없는 향의 자신 없는 모습.

저하께서 왜 저러실까?

"이것이 무엇입니까?"

"심심풀이로 만들어본 것인데, 아무래도 네가 그리 마음에 들어 할 것 같지 않구……."

"아닙니다. 마음에 듭니다. 꼭 듭니다."

해루는 향이 멋쩍은 표정으로 내민 물건을 빼앗듯 감싸 쥐었다.

나무로 만든 장난감 수레.

톱니 하나, 바퀴 하나하나 직접 향이 나무를 깎고 다듬어 만든 것이다. 그 바람에 그의 손가락 군데군데 칼에 베인 상처가 남아 있었다.

해루는 장난감 수레와 향의 손에 남아 있는 상처를 번갈아 보았다.

"저하."

가슴 한구석에 무겁게 맺혀 있던 무언가가 사르르 녹아내리는 듯했다.

세상에 비견할 데 없이 귀하디귀하게 살아오신 분.

무엇 하나 제 손으로 직접 해본 적 없으리라. 그런 분이 처음으로 연장을 들었으니, 얼마나 고생하셨을까? 쉼 없이 다치고 찔렸을 터.

그럼에도 포기하지 않았다.

남에게 시키면 쉽게 할 수 있는 일임에도, 더 잘할 수 있었을 일임에도, 그는 해루와 아이를 위해 한 땀 한 땀 정성을 기울인 것이다.

"처음 만든 것이라 어설픈 곳이 많구나. 몇 번 새로 만들어봤지만, 여전히 마음에 안 드는구나. 구상은 제법 잘한다 생각했는데, 손재주는 생각만 못한 모양이다."

향은 무안한 듯 연신 헛기침을 흘렸다.

그 마음, 그 정성을 어찌 모를까.

이것 때문이었군요, 그동안 별궁에 걸음 하지 않으신 이유가……

고스란히 전해진 향의 마음에 해루는 가슴이 벅차올랐다.

뜨거운 공기가 세상을 감싸 안는 듯했다.

향의 손을 맞잡으며 해루가 물었다.

"저하께서는 군이 좋으십니까? 현주가 좋으십니까?"

"군이라도 상관없고, 현주라도 상관없다. 그저 건강하기만 하면 된다. 너와 아이, 둘 다 건강하면 나는 상관없다."

"저는 저하를 똑 닮은 현주를 낳고 싶습니다."

"나를 닮은 현주? 나를 닮은 군이라면 몰라도, 왜 하필 현주더냐?"

"저하를 닮았으면 천하제일의 미녀가 될 것이 아닙니까?"

"뭐라? 네가 나를 두고 농을 하는 것이냐?"

"농이 아닙니다. 사실입니다."

그러나 말과 달리 해루는 혀를 쏙 내밀었다.

늦은 밤, 궁궐 후원에서 난데없는 웃음소리가 흘러나왔다.

봉오리를 맺고 있던 꽃나무가 행복한 웃음소리에 망울을 터트렸다.

입덧

후원의 앵두나무에 홍옥의 열매가 보석처럼 열렸다.

하루가 어떻게 가는지 모를 정도로 빠르게 흘러갔다. 아침 일찍부터 시작된 연주는 오늘도 별궁을 가득 채웠다.

"회임 소식을 듣고 하루가 천 년 같았습니다."

해루의 별궁으로 최씨가 걸음을 하였다. 바리바리 챙겨 온 짐 속에는 해루가 사가에서 즐거이 먹었던 음식들이 가득 들어 있었다.

해루는 오랜만에 마주한 최씨의 손을 한시도 놓지 않았다.

"그간 어찌 지내셨어요?"

"이 늙은이야 어제가 오늘 같고, 오늘이 내일 같지요. 마마께서는 어떠십니까? 대감께 듣자 하니 험한 곳에 가셨었다고요?"

묻는 최씨의 얼굴에 걱정이 한가득 담겨 있었다.

"어쩌다 보니 그리되었습니다."

"그 험한 곳이 어디라고 가십니까? 어디 다친 곳은 없으십니까?"

"걱정 마십시오. 끄떡없습니다."

"그러지 마시어요. 이제는 혼자몸이 아니라는 것을 명심 또 명심하셔야 합니다."

"네, 네. 그리할 겁니다."

남들에겐 듣기 싫은 지청구일지도 모른다. 그러나 해루는 마냥 행복하게만 느껴졌다. 누군가 곁에서 자신을 걱정해 줄 사람이 있다는 것, 그것만으로 행복했다.

"참! 내 정신 좀 보게."

잊고 있었던 것이 생각난 듯 최씨가 한쪽 옆에 내려놓은 비단보를 가져왔다.

"대감께서 보내신 겁니다."

"아버지께서요?"

해루는 권 대감의 깐깐한 얼굴을 떠올리며 비단 보자기를 풀었다.

서책 몇 권이 들어 있었다. 정갈한 글씨로 쓰인 『천자문』과 『동몽선습』 그리고 『명심보감』이었다.

"아침저녁으로 읽으시면 복중 아기씨께 도움이 될 겁니다."

"어머니……."

"이걸 필사하느라 대감께서 한 이틀 밤을 새우시더라고요."

호호, 입을 가리고 웃는 최씨의 얼굴에 흐뭇한 미소가 번져 있었다.

"아버님께서 직접 필사를 하셨단 말입니까?"

놀란 해루가 맨 위에 놓인 『명심보감』의 첫 장을 넘겼다.

이내 권 대감의 반듯한 글씨가 눈에 들어왔다.

─아비가 보낸다.

무심한 듯 쓰인 글귀에 명치가 따끔거렸다.

"아버님도 참……."

손끝으로 글씨를 더듬는 해루에게 최씨가 물었다.

"어째 수척해지신 것 같습니다. 입덧이라도 하시는 겁니까?"

"그리 보이십니까?"

해루는 볼을 어루만졌다.

"무에, 드시고 싶은 건 없으십니까?"

어머니 최씨의 물음에 해루는 고개를 저었다.

"특별히 먹고 싶은 건 없습니다."

"그럼 속이 불편하지는 않으십니까?"

"그런 것도 없습니다."

"마마께선 다행히 입덧은 없으십니다."

다과상을 마련한 김 상궁이 두 사람의 대화로 끼어들었다.

"그렇습니까? 다행입니다."

최씨는 진심으로 안도했다. 그러나 맞은편에 앉아 있는 김 상궁의 얼굴을 보고 고개를 갸웃거렸다.

"김 상궁, 어찌 표정이 그런가? 무슨 일이 있는가?"

"아닙니다. 다만, 묘한 것을 보았기에……."

"묘한 것을 보아?"

최씨와 해루의 얼굴에 궁금증이 떠올랐다.

"대체 무얼 보았기에 그러는 건가?"

최씨가 다시 물었다.

"그것이……."

길게 뜸을 들이던 김 상궁이 해루와 최씨를 번갈아 보았다.

"아무래도 다른 분께서 승휘마마의 입덧을 대신하는 듯합니다."

최씨가 입을 열었다.

"뭐라? 입덧을 대신 해?"

곁에 있던 해루 역시 궁금하다는 듯 물었다.

"그럴 수도 있는가? 그보다 누가 날 대신하여 입덧을 한단 말인가?"

"치워라."

향의 차가운 음성이 신루에 있는 그의 처소 밖으로 새어 나왔다.

심장을 얼릴 듯한 거부에도 고집스럽게 권하는 목소리가 따라붙었다.

"한술만 뜨십시오."

"혁아, 저리 치우라 하질 않느냐?"

"저하, 제발 한 숟가락만……."

무혁은 방금 만든 전복죽을 향의 코밑으로 들이밀었다. 그의 얼굴엔 다부진 결의마저 깃들어 있었다.

세자 저하께서 아무것도 드시지 못한 것이 벌써 사흘째였다. 예전에도 먹는 것을 그리 즐기시는 편은 아니었지만, 요즘 들어 그러한 경우가 더욱 심해졌다.

아니, 아예 먹을 것만 보면 고개를 돌려버리시니, 이러다 귀한 옥체 상하실까 걱정이 이만저만한 것이 아니었다.

아마도 봄이 되어 그러는 것이리라.

무혁은 이번에는 어떻게든 드시게 하겠다는 일념으로 향에게 전복죽을 권했다.

그러나 되돌아오는 것은 역시나 냉정한 거부였다.

"당장, 그걸 갖고 나가거라."

무심하다 못해 쌀쌀맞게 고개를 돌리는 향을 무혁이 근심 어린 시선으로 응시했다.

"어찌 이렇게 아무것도 못 드십니까?"

"입맛이 없구나."

"입맛이 없으시면 밥맛으로라도 드십시오. 이러다 정말 큰일 나십니다."

"되었다."

"저하……."

"너와 이런 실랑이 벌일 시간 없다. 밀린 일이 태산이다."

그때, 처소 문이 급하게 열렸다.

통통한 발로 방을 가로지른 양여섭이 향의 앞에 무언가를 내놓았다.

"이게 무어냐?"

"갓 잡은 소의 간입니다. 막 쪄서 가져왔습니다."

양여섭은 마치 나라를 구하기라도 한 듯한 표정으로 소쿠리에서 김을 모락모락 피워 올리는 소간을 보란 듯 내놓았다.

"봄에 입맛을 잃었을 때 소간만 한 게 없지요. 이걸 잡수시면 집 나간 입맛도 제자리로 돌아올 것이니, 한번 드셔보십시오."

그 순간.

"우욱."

향은 목구멍을 타고 올라오는 건구역질을 참기 위해 어금니를 사리물었다.

"저하, 왜 그러십니까?"

향은 놀라 달려드는 무혁에게 손을 내저었다.

"나는 괜찮으니, 그만들 물러가라."

"하오나……."

"저하, 이것 한 점만 드시면 입맛이 다시 돌아올 것이옵니다. 그러니……."

집요하게 달려드는 무혁과 양여섭을 향해 기어이 향의 목소리가 높아졌다.

"나가거라! 우욱……. 그것 좀 갖고 나가거라."

향은 손등으로 입을 막으며 고개를 돌렸다.

결국, 두 사람은 쫓겨나듯 방을 나설 수밖에 없었다.

"아무래도 저하께서 우리에게 숨기는 것이 있으신 듯하군."

봄볕이 따뜻한 마당 한구석.

신루 학자들이 심각한 표정으로 머리를 맞대고 있었다.

"어의는 뭐라 하는가?"

김담의 물음에 무혁이 고개를 저었다.

"별 탈은 없다고……."

"아니야. 음식을 전혀 입에도 못 대시는데, 별 탈이 없다는 게 말이 되는가? 분명 저하께서 어의에게 그리 말하라고 시키신 것이 틀림없으이."

양여섭이 알은체를 했다. 그는 눈매를 가늘게 여몄다.

"아까 소간을 보며 헛구역질을 하셨네. 그런 것으로 미루어보아……."

"미루어보아……?"

"위가 많이 상하신 것이 틀림없어."

"위?"

"내 먼 인척 중에 그런 어른이 한 분 계셨지. 언제부터인가 제대로 드시지도 못하고 누렇게 뜬 얼굴로 시름시름 앓으시더니 결국, 반위로 세상을 뜨고 마셨지."

"반위?"

"설마……."

심운기와 김담이 믿기지 않는다는 듯 고개를 저었다.

"하지만 증세가 똑같네. 음식이라면 우선 거절부터 하고, 얼굴이 누렇게 뜨며, 눈도 황달기로 탁하고……."

양여섭의 말에 심운기가 그의 뒤통수를 소리 나게 탁 내리쳤다.

"아얏! 왜 때리는가?"

"말도 안 되는 입방정을 떠니 맞아도 싸지."

"어찌 내가 입만 열면 말이 안 된다 그러는가?"

"음식을 안 드시는 건 맞지만, 우리 저하의 얼굴을 보게. 저 얼굴 어디가 누렇게 떠 보이는가?"

심운기의 말에 양여섭이 가는 눈을 더욱 가늘게 여몄다.

"뭐, 누렇게 보이진 않으시지만, 그거야 우리 저하께서 워낙에 피부가 백지처럼 청렴하시니……."

"저분 눈이 탁해 보이던가?"

"내 얼굴이 비칠 지경으로 맑으시지."

무혁의 말에 양여섭이 입을 꾹 다물었다.

"그럼 대체 무엇 때문에 아무것도 못 드신단 말인가?"

그때였다.

"임신구토일세."

순지가 어슬렁어슬렁 신루 마당으로 들어섰다.

뒷짐을 지고 느긋하게 걷는 그의 곁으로 학사들이 우르르 몰려들었다.

"임신구토라니. 입덧 말인가? 그걸 저하께서 하신다고?"

"간혹 그런 일이 있다고 하더군. 아내가 회임을 하면 지아비가 대신 그러는 경우가 있다네."

호기심 가득한 얼굴로 그를 올려다보던 양여섭이 인상을 찡그렸다.

"말도 안 되네. 세상천지에 그런 일이 어디 있단 말인가?"

"어찌 말이 안 된다고 단정 짓는가?"

"그럼 그런 사람을 본 적이 있는가?"

"가깝게는 내 아버님이 그러하셨다고 하더군."

"자네 아버님이?"

"그래."

"어쩌다 그리되셨다는가? 무에 고치지 못할 병에 걸리신 겐가?"

"글쎄, 병이라면 병이겠지."

"역시 그렇군. 그래, 무슨 병이라던가?"

양여섭의 물음에 순지가 싱긋 미소를 지었다.

"사무친 연모."

"응? 뭘 무쳤다고?"

붕어처럼 입을 벙긋거리는 양여섭의 뒤통수로 심운기의 종주먹이 다시 날아들었다.

"어찌 말을 못 알아들어? 연모라질 않아, 연모."

"아얏! 그 못된 손버릇. 내 언젠가 호되게 혼내줄 것이야."

"그러거나 말거나."

"그만들 두게나. 지금 중요한 것은 그게 아니질 않은가."

두 사람을 진정시킨 김담이 순지를 돌아보았다.

"그러니까 우리 저하께서 입덧을 하신다, 그 말인가?"

"그렇지."

"참으로 별나군. 사내가 입덧이라니."

"승휘마마를 생각하는 우리 저하의 마음이 그만큼 깊으신 것이지."

"허허, 참."

"별나다, 별나다 했지만, 설마 이리 별나실 줄이야."

신루 학자들은 우욱, 우욱 건구역질 소리가 들려오는 신루 안으로 시선을 모았다.

백약이 무소용이었다. 아무리 해도 속을 다스릴 수가 없었다.

음식 냄새는 고사하고 밥 냄새만 맡아도 욕지기가 치밀어 견딜 수가 없었다. 아니, 이제는 코끝에 걸리는 모든 냄새가 거슬렸다.

세상에 이리 많은 냄새가 존재하는 줄 몰랐다.

어찌한다?

벌써 며칠째 물 한 모금 넘기질 못하였더니 어지럼증이 다 일었다.

게다가……. 꼬르륵.

향은 아까부터 아우성을 치는 배로 시선을 돌렸다.

참으로 모순이었다.

목구멍으론 아무것도 넘기질 못하건만, 배는 허기짐을 호소하고 있었다.

분명 내 몸뚱이일진대, 어찌 내 마음대로 되지 않을까.

태어나 처음으로 겪는 황망한 경험에 어찌해야 할지 갈피를 잡지 못했다.

향은 배고픔을 잊기 위해 서책으로 시선을 돌렸다.

그러나 꼬르륵.

졸음과 더불어 사람이 견디지 못하는 본능 중 하나가 배고픔이라 하였던가. 눈을 떠도, 감아도 배가 고팠다.

그러나 정작 음식을 보면 마른 구역질이 올라오니…… 어찌한단 말인가?

잠시 생각에 잠기던 향은 자리에서 일어섰다.

바싹 마른 입이라도 좀 축이면 이 배고픔이 사라지리라.

그러나 한순간, 몸을 휘청이고 말았다. 마른 헝겊처럼 맥없이 무너지는 그를 누군가 부축했다.

고개를 돌리니 작고 하얀 얼굴이 다가왔다.

"해루야……."

모두가 잠든 시각이었건만, 이 아이가 여긴 어쩐 일일까?

"별궁에서 한 발짝도 나오지 말라는 중전마마의 말씀을 또 어긴 것이냐?"

"저하께서 아무것도 못 드신단 소릴 들었습니다."

"하여, 여길 왔다는 거냐?"

"어찌 안 올 수 있습니까?"

"바보 같은 녀석."

지청구 섞인 한마디가 향의 입에서 흘러나왔다. 그러다 이내 싱긋, 웃음을 떠올리고 말았다.

해루가 어떤 사람인지 깜박 잊고 있었다.

전쟁터도 찾아왔던 그녀가 아니던가.

"많이 힘드십니까?"

향을 의자에 앉힌 해루가 그의 앞에 쪼그리고 앉았다.

"괜찮다."

"눈 밑이 많이 검습니다."

"잠을 못 자 그런 것이니, 걱정할 것 없다."

"아무것도 못 드신다고요?"

"곧 나아질 것이야."

대답하는 향의 표정 위로 씁쓸한 미소가 떠올랐다.

괜찮다 말은 하지만, 실상 이 헛구역질이 언제쯤 가라앉을지 가늠하기 어려웠다.

그때, 불현듯 그의 턱 밑에서 상큼한 향이 느껴졌다.

"이것 좀 드셔보십시오."

시선을 내리자 입안에 침이 고일 만큼 새콤한 향내를 품은 청귤이 들어왔다.

"이게 무어냐?"

"주상 전하께서 주신 겁니다."

"아바마마께서?"

"네. 얼마 전에 제주에서 올라온 진상품이라 하였습니다."

"그걸 어찌 내게 주는 것이냐? 너 먹어라."

"저는 괜찮습니다. 예전에 아주 잠깐 속이 울렁거린 적이 있었습니다. 그때 저하께서 주신 청귤을 먹었더니 속이 편안해졌습니다.

그러니 한번 드셔보십시오."

"하지만……."

"어서요."

해루가 말끔하게 간 청귤 한 조각을 향의 입안에 쏙 넣어주었다.

이내 새콤달콤한 향이 입안 가득 번졌다. 그리고 거짓말처럼 울
렁이던 속이 편안해졌다.

"거참……."

"어떠십니까? 속이 좀 편안해지십니까?"

끄덕끄덕.

향은 아이처럼 고개를 끄덕거렸다.

"그것 보십시오."

이내 해루의 손에 들려 있던 청귤이 향의 입안으로 사라졌다.

이제야 살 것 같았다.

향의 표정이 며칠 만에 처음으로 느른해졌다.

그의 안색을 살피던 해루가 물었다.

"무에 더 드시고 싶은 건 없으십니까?"

"글쎄……."

잠시 생각하던 향이 말을 이었다.

"그게 먹고 싶구나."

"그거요?"

"네가 만든 개떡……."

꼴깍, 침 넘어가는 소리가 해루의 귀에 선명하게 들려왔다.

"에구, 내 팔자야."

구시렁대는 말과 달리 해루의 얼굴에는 해사한 함박웃음이 가
득 맺혔다.

무엇인들 못 해드릴까.

척척 소맷자락을 걷어 올린 해루는 서둘러 신루 화원으로 걸음을 옮겼다.

금세 어깨를 나란히 하고 걷는 향을 향해 해루가 물었다.

"또 무어가 드시고 싶으십니까?"

"여린 쑥이 들어간 쑥떡도 먹고 싶구나."

"어째 먹고 싶은 것이 다 떡입니까?"

"아, 산딸기도 먹고 싶다."

"산딸기는 아직 맺히지도 않았습니다."

"앵두는 익었으려나?"

"후원 저쪽에 잘 익은 나무 몇 그루를 보았습니다. 내일 날이 밝으면 곧장 따드리겠습니다."

끄덕끄덕.

달빛을 받은 두 사람의 그림자가 길게 늘어졌다.

먹고 싶은 것을 나열하는 향과 구해주마, 약조하는 해루의 그림자는 밤이 늦도록 후원을 떠나지 않았다.

오랜만에 화사하게 치장한 소은은 면경 속의 제 얼굴을 들여다보았다.

한동안 마음고생을 한 탓인지, 살이 빠져 해쓱해 보였지만 그리 나쁘지는 않았다.

"어떠냐? 괜찮으냐?"

소은은 곁을 지키는 한 상궁을 돌아보았다.

오늘은 참으로 오랜만에 웃전들께 문안 인사를 드리러 직접 걸음 하는 날이었다. 전각 밖으로 걸음을 떼놓지 말라는 명을 내렸던 세자께서 어쩐 일인지 그 엄명을 다시 거둬들인 덕이었다.

아마도 그 마음이 풀어지신 것이 틀림없었다.

이제부터 잘하면 되리라.

해루 같은 것은 생각나지 않도록 저하의 마음에 들도록 행동하면 그분께서도 결국엔 돌아봐주시겠지. 머지않아 곧 그리될 것이다.

소은의 얼굴에 오랫동안 잊고 있었던 자신만만한 표정이 떠올랐다.

그러다 문득 문 앞을 지키고 있는 소쌍을 건너보았다.

소은의 눈빛이 날카로워졌다.

"무슨 일이 있는 것이야?"

며칠 전부터 저 아이의 표정이 맑지가 않았다.

무슨 일일까?

처음에는 전각에 갇혀 있는 제 신세 때문이라 생각하였다.

그러나 세자 저하의 노여움이 풀렸음에도 소쌍에게 드리워진 그늘은 사라지지 않았다.

"말해 보아라. 무슨 일이냐?"

소은이 다시 물었지만 소쌍은 주저주저 답을 하지 못한 채 눈치만 살폈다.

"다들 물러가거라."

주위를 물린 소은이 소쌍을 가까이로 불러들였다.

"아직도 궁에 나에 관한 나쁜 소문이 돌고 있더냐? 걱정 마라. 내 아직 쓰러지지 않았음이야."

자신 있게 말하는 소은을 향해 소쌍이 고개를 저었다.

"그런 것이 아니옵니다."

"그럼? 대체 무엇 때문에 그러는 것이냐?"

"그것이……."

"어허! 어서 말하지 못할까?"

소은의 성화에 소쌍이 마지못해 입을 열었다.

"승휘 권씨가……."

"해루 말이냐? 그 요망한 것이 왜?"

"회임, 회임을 하였다고 합니다."

마치 자신이 죄를 지은 듯 소쌍이 바닥에 머리를 묻었다.

"뭐……?"

소은의 손에 들린 나비 떨잠이 툭 바닥으로 떨어졌다.

"지금 뭐라 하였느냐? 누가 회임을 하였다고?"

갑자기 어지럼증이 일었다.

와스스 한기를 느낀 소은은 양팔을 끌어안은 채 몸을 떨었다.

"내가 이리 갇혀 있는 동안 그것이 회임을 하였구나. 이제 보니 날 풀어주신 것이 아니라, 가둬놓을 이유가 없어진 거였어. 어찌하면 좋으냐? 해루, 그것이 기어이……. 날 죽이려 회임까지 한 것이야."

소은의 눈에서 눈물이 툭툭 떨어져 내렸다.

"나는 쫓겨날 것이야. 나는 비참한 몰골로 버려질 것이야."

"마마."

"소쌍아, 나는 이제 어떻게 하면 좋으냐? 해루가 사내아이를 낳으면 어쩌지? 그것이 날 죽이겠지? 나를 불타는 전각에 가두면 어쩌지?"

소은은 두려움에 오열했다. 불안한 광증이 그녀를 휘감았다.

지은 죄가 컸던 탓일까?

한번 불안한 마음이 들기 시작하자 눈물이 쉴 새 없이 흐르며, 좀처럼 진정할 수 없었다.

지독한 추위 속에 서 있는 사람처럼 몸을 벌벌 떠는 소은을 소쌍이 끌어안았다.

"진정하시어요, 마마. 절대 그런 일은 없을 겁니다. 제가 그런 일이 일어나지 못하게 할 것이어요. 그러니 걱정하지 마시어요. 죽는 건 마마가 아닙니다. 불행은 마마의 몫이 아닙니다."

"소쌍아."

"이 소쌍이만 믿으시어요. 절대로 그리 두지 않겠습니다. 마마께서 불행해지시는 일은 결코 없을 것입니다. 다른 사람도 아닌 제가 그리되도록 두지 않을 것입니다."

소은을 토닥이는 소쌍의 눈빛이 벼린 칼처럼 번뜩였다.

그 녀석

땅! 땅! 땅!

망치질 소리가 아침을 두드렸다. 초씨공방의 높은 담벼락을 뛰어넘은 망치질 소리는 급기야 골목 너머까지 한달음에 다다랐다.

초씨공방의 망치질 소리는 몇 가지 이유로 인해 근방의 명물로 불리고 있었다.

첫째, 우선 누구보다 부지런했다.

해 뜰 시각에 시작된 망치질 소리는 해 질 무렵까지 이어졌다.

때로는 소리꾼과 고수가 장단을 맞추듯, 둘 또는 셋의 망치질 소리가 가락을 이루기도 했다.

둘째, 신기하게도 그 가락이 듣기 나쁘지 않다는 것이다.

쇠를 두드리는 소리는 높고 날카로워 새벽녘에 울어대는 거유(거위)만큼 시끄럽기 마련인데, 묘하게 초씨공방의 망치질 소리는 듣기 좋았다.

심지어 울던 아이도 초씨공방의 망치질 소리를 들으면 곤히 잠들더란 이야기가 나돌 정도였다.

망치질 소리만 두고 보면 천하 명품이라는 말이 과하지 않았다.

마지막으로 초씨공방을 유명하게 만든 것은 바로 그곳에서 파는 물건이었다.

이처럼 바지런 떠는 신기한 망치질 소리를 갖고 있음에도 정작 초씨공방에서 파는 물건은 호미와 괭이가 전부였다.

그 품질 또한 그리 대단한 수준은 아닌지라, 망치질 소리에 이끌려 초씨공방을 찾은 사람들은 하나같이 혀를 차며 돌아서곤 했다.

대체 그 신묘한 망치질 소리는 어디에 쓰이는지 모르겠어. 초씨공방을 찾은 사람들이 하나같이 하는 말이었다.

오늘도 초씨공방을 찾는 손님은 드물었다. 당연히 장사도 시원치 않아 아침나절에 괭이 한 자루 판 게 전부였다.

개 한 마리가 게으른 하품을 하며 공방 앞에 배를 깔고 엎드렸다.

공방을 지키던 노인도 팔짱을 낀 채 꾸벅꾸벅 졸았다.

오후 햇살이 공방 안으로 길게 들어찰 무렵, 작은 그림자 하나가 공방 안으로 들어섰다. 그림자는 곧장 망치질 소리가 들려오는 공방 안마당으로 향했다.

"여기, 수레바퀴를 기존의 것보다 크게 하는 것이 어떻겠는가?"

설계도를 가리키며 향이 말했다.

초씨공방의 주인이 고개를 끄덕거렸다.

"그리하면 수레의 흔들림이 커질 수 있습니다."

"대신 전장으로 이동하기가 편해질 것이네. 시시각각 변하는 전장의 급박한 상황을 고려하면, 지금보다 운용이 편해야 하지."

"대량으로 화약을 쓰는 물건이니만큼 안정성은 그 무엇보다 우선되어야 합니다."

"생각해 둔 것이 있네. 우선 손잡이 부분인데, 지금은 허공에 떠 있어서 단순히 운반할 때 사용하는 용도로만 쓰이고 있지. 화약을 사용할 때는 따로 지지대를 사용하고. 그럴 바엔 차라리 손잡이를 좀 더 길게 빼면 어떨까? 조금 정도가 아니라 아예 세워두었을 때 바닥에 닿을 정도로 길게 빼낸다면……."

"세워두었을 때 편리하겠군요. 무엇보다 무기를 발사할 때 지지대 역할도 할 수 있을 것 같습니다. 좋습니다. 아니, 훌륭합니다. 사람이나 말로 충격을 받아내는 데엔 아무래도 한계가 있기 마련. 단단한 대지로 충격을 분산한다면 안정성이 훨씬 높아질 것입니다."

"어떠한가? 할 수 있겠는가?"

잠시 생각하던 초씨공방의 주인이 고개를 끄덕였다.

"그리 어려운 설계는 아닙니다. 다만, 땅에 기대어 쏘는 방식을 취하면 수레가 떠안게 되는 충격은 지금보다 훨씬 커질 것입니다. 그 충격을 버텨내려면 지금보다 강한 재질의 나무와 경첩이 필요합니다. 경첩은 새로 만들면 그만인데, 나무가 문제입니다."

"일전에 황 행수라는 사람에게 부탁했다 하지 않았는가?"

"예정대로라면 사흘 전에 도착했어야 하는데, 어찌 된 이유에선지 늦어지고 있습니다. 덕분에 일정에 차질이 생기고 있습니다."

"아무래도 가봐야겠군."

"황 행수 댁 말씀이시지요? 안내하겠습니다."

향의 말이 끝나기 무섭게 대답하는 목소리가 들려왔다.

"오냐. 지금 곧바로 가……."

무심코 말하던 향은 이내 놀란 표정으로 고개를 돌렸다.

마당 초입.

언제 왔는지 해루가 해사한 웃음을 머금은 채 서 있었다.

신루에 출입할 때는 궁녀 복색을 하더니, 초씨공방으로 나올 때는 사대부 여인의 모습을 하고 있었다.

"허, 이젠 아예 대놓고 궁 밖을 쏘다니는구나. 감시를 뚫고 나오기가 수월치 않을 터인데."

"잊으셨습니까? 제가 신루에서 가장 처음 배운 것이 여인의 도리이고, 그다음으로 배운 것이 바로 세작 훈련이었습니다."

향의 물음에 답하며 해루는 은근한 시선을 마당 한구석으로 보냈다.

김담과 대화를 나누던 이순지가 입가를 슬며시 당겨 웃음으로 답했다. 눈치를 보아하니 이순지가 도운 모양이었다.

향이 못마땅하다는 듯 중얼거렸다.

"세작 훈련 덕이 아니라 사람을 홀리는 재주 덕인 것 같구나."

"사람 홀리는 재주라니요. 제게 그런 재주가 어디 있겠습니까? 그보다 무얼 좀 드셨습니까?"

쪼르르 향의 곁으로 다가간 해루가 걱정스러운 표정으로 그의 안색을 살폈다.

대답은 곁을 지키고 섰던 무혁이 대신했다.

"아직 아무것도 못 드셨습니다."

냉큼 이르는 무혁을 향이 날카로운 눈으로 노려보았다.

이 사람, 저 사람 할 것 없이 어느새 죄다 해루의 심복이 되어 있었다.

"그리 노려보실 것 없습니다. 제가 두목님한테 부탁하였습니다.

저하께서 무얼, 얼마나 드시는지 제게만 알려달라고요."

행여 왕세자가 입덧하는 것이 알려지면 낭패라 하였다. 사관은 그 사실을 그대로 기록할 것이며, 역사책에 향은 입덧하는 최초의 왕세자로 기록되리라. 그런 기록은 절대 남길 수 없다며 향은 함구를 명하였다.

제대로 먹지 못한 향은 하루가 다르게 수척해졌다. 제아무리 좋은 음식을 가져다주어도 증상은 호전되지 않았다.

다만, 신기하게도 해루가 챙겨주는 음식만은 거부하지 않아, 세자의 음식을 챙기는 게 해루의 일상이 되었다.

해루는 향의 소맷자락을 잡았다.

"같이 가십시오."

"어딜?"

"황 행수에게 필요한 물품을 받아 오셔야 한다면서요."

"굳이 네가 함께할 필요는 없다."

무심히 말하는 향에게만 들리도록 해루가 작은 목소리로 속삭였다.

"시전에 맛있는 고기구이 파는 곳을 봐두었습니다."

"뭐라?"

"고기에 무슨 수를 썼는지 느끼하지도 않고 입안을 떠도는 풍부한 향과 담백한 맛이 일품입니다. 어서요. 워낙에 인기 많은 곳이라 늦으면 못 먹을 수도 있습니다."

해루는 주위를 둘러보며 소리쳤다.

"저하와 함께 잠시 산책 좀 다녀오겠습니다!"

해루의 말에 김담과 이순지가 양손을 들어 환영했다.

"그렇지 않아도 잠시 쉬었으면 했습니다."

"아침부터 지금까지 허리도 못 펴고 있었지요."

등을 떠미는 신루 학자들과 소맷자락을 잡아당기는 해루에게 이끌려 향은 공방 밖으로 걸음을 옮겼다.

"무얼 대단한 걸 먹는다고 굳이 궁 밖으로 나오기까지 했단 말이냐?"

"제가 걱정되면 어서 그 입덧부터 해결하십시오. 남들은 이 시기만큼은 평생 누릴 호사를 다 누리며 산다 하는데, 전 호사는커녕 지아비께서 굶을까 노심초사하고 있지 않습니까."

"녀석, 별소리를 다 하는구나."

"어서요. 서둘러야 합니다."

해루는 마지못해 따라오는 향의 손을 끌며 서둘러 걸음을 옮겼다.

그러다 맞은편에서 달려오는 말을 미처 발견하지 못했다.

"해루야!"

향이 해루의 어깨를 품으로 끌어당겼다.

동시에 두 사람의 곁으로 말 한 마리가 빠른 속도로 스치고 지나갔다.

"휴."

해루를 품은 향의 입에서 마른 안도의 한숨이 새어 나왔다. 그가 날숨을 내뱉을 때마다 여름 숲 향기가 짙게 느껴졌다.

그 청아한 향내에 해루의 심장이 두근거렸다.

"조심하지 않고. 큰일 날 뻔하지 않았느냐?"

내려다보는 향의 눈길.

등을 두른 단단한 그의 손길.

온전한 해루만의 사내였다. 온전한 그녀만의 바람벽이었다.

그녀만의 연인, 내 아이의 아비.

해루의 눈이 초승달 모양으로 휘어졌다.

"괜찮으냐?"

귓가를 파고드는 물음.

해루는 고개를 끄덕거렸다.

"괜찮습니다."

"다행이구나."

다정과 진심이 묻어 나오는 그의 말에 해루는 행복한 미소를 지었다.

❀

벌써 다섯 접시.

고기구이집 평상에 앉은 향은 고기구이를 입에 가져갔다. 얇게 저민 고기에 양념한 간장을 발라 구운 요리는 별미였다.

"어떠십니까?"

마치 어미 새가 모이를 나르듯 갓 구운 고기를 향에게 건네며 해루가 물었다.

"괜찮구나."

"다행입니다."

"그런데 여긴 어찌 알게 되었느냐?"

고기구이집은 시전의 후미진 곳에 자리 잡고 있었다. 일부러 찾지 않으면 발견하기 어려운 곳이었다.

"예전에 정 판수 아저씨를 찾는 손님 중에 임신한 부인이 있었지요. 입덧이 너무 심해 아무것도 먹지 못해 고생하시는 분이었는데, 정작 본인은 사고로 돌아가신 시어머니가 귀신이 되어 자신을 괴롭히는 것이라 생각하였습니다."

"어찌 돌아가신 어르신이 자손을 낳아줄 며느리를 괴롭힐까."

"며느리는 미워도 곧 태어날 아이를 봐서 괴롭히지는 않겠지요. 그래도 어쩌겠습니까? 그 여인은 그리 믿고 괴로워하니……."

"그래서 어찌하였느냐?"

향의 물음에 해루는 대답 대신 질문을 던졌다.

"좋은 판수가 되는 법이 무엇인지 아십니까?"

"무어냐?"

"상대방이 원하는 말을 해주는 것입니다."

"그래?"

"판수를 찾는 사람은 대개 구석까지 몰릴 대로 몰린 사람입니다. 이것저것 해도 안 되니 결국 지푸라기라도 잡는다는 심정으로 미신에 매달리는 것이지요. 그리 절박한 사람에게 너는 틀렸다, 그건 아니다, 이렇게 말하는 건 소용없습니다."

"그럼?"

"무작정 고개부터 끄덕여주는 겁니다. 너의 말이 옳다. 넌 잘못되지 않았다. 또는 왜 이제 왔느냐며 그 사람을 감싸 안아야 합니다."

"그리하면?"

"안심하게 되지요. 그다음엔 이러저러한 처방을 내립니다."

"입덧이 심한 그 부인에겐 어떤 처방을 내렸느냐? 설마, 부적만으로 끓던 속이 가라앉은 것은 아니겠지?"

"물론, 부적도 마음을 가라앉히는 데 도움이 될 수 있겠지요. 하지만 그 부인의 상태는 정말 심각했습니다. 너무 못 먹어서 배 속의 아이까지 위험한 지경이었으니까요."

접시에 있는 고기를 향의 입에 넣어주며 해루는 말을 이었다.

"판수 아저씨는 이런저런 말로 우선 부인을 안심하게 하였습니다. 그러고는 내일 찾아오면 조상신의 도움을 빌려 특효약을 주겠노라 말했지요. 그러고는 인맥을 총동원하여 출산 경험이 있는 사람들에게 입덧에 효험 있다는 음식을 죄 조사하였습니다. 다행히 노력한 것이 성과가 있어 부인의 입덧도 많이 호전되었습니다."

"결국, 아픈 사람을 치료한 것은 미신이 아니라 좋은 음식이었구나."

"그렇지요. 하지만 그 전에 마음의 안정을 찾은 것도 큰 도움이 되었을 것입니다."

해루는 정 판수의 말투를 흉내 냈다.

"못살게 구는 악귀는 내가 이미 처리했다. 끓는 속도 내일 다시 찾아오면 틀림없이 낫는 특효약을 줄 것이다. 그러니 마음 푹 놓아라. 나만 믿으면 된다."

"마음이 편하니 절로 몸도 낫더라, 이런 말이구나."

"그러고 보면 우리 아저씨가 사고는 많이 치고 다녔어도 가끔은 현명한 구석이 있었습니다."

저도 모르게 정 판수를 입에 올리던 해루는 쓸쓸하게 웃었다.

아무것도 해주는 것 없이 사고만 치는 아저씨라 생각했는데, 이제 와 생각해 보니 정 판수가 자신에게 남기고 간 것들이 너무 많았다.

왜 곁에 있을 때는 깨닫지 못했을까?

후회되었다.

조금이라도 더 살갑게 대해줄 것을.

원망일랑은 조금 덜 하고 그 시간에 조금이라도 더 많은 이야기를 나눠볼 것을.

그렇게 훌쩍 떠날 줄 알았다면, 주름진 얼굴 조금이라도 더 쓰다듬어줄 것을.

돌이켜보면 후회할 일만 가득한데, 정작 그 후회를 받아줄 사람은 곁을 떠나고 없었다.

저도 모르게 눈가가 눅눅해졌다.

서둘러 눈가에 맺힌 습기를 지운 해루는 애써 화사한 웃음을 얼굴에 담았다.

그때 두 사람의 곁으로 구운 고기가 담긴 소반을 들고 주인이 다가왔다.

"음식이 입에 맞으실지 모르겠습니다."

"좋소."

향의 대답이 끝나기 무섭게 기다렸다는 듯 주인이 입을 열었다.

"고기를 얇게 저민 것이 우리 집 고기구이의 특징입니다. 덕분에 양념이 잘 배어 고기의 누린내를 없애버렸거든요. 이 기술은 우리 집만의 특별한 비법입지요."

"그렇소?"

"이 맛을 찾아내기 위해 제가 버린 고기의 수가 손가락으로 헤아릴 수가 없을 지경입지요."

한바탕 자화자찬을 늘어놓은 주인은 자부심 가득한 얼굴로 부엌 쪽으로 사라졌다.

물끄러미 지켜보던 해루가 향의 귓가에 바싹 입술을 가져갔다.

"사실은……. 저 양반이 엄청난 자린고비래요. 그래서 어떻게든 적은 고기로 많이 팔아보려고 고기를 얇게 저몄는데, 그게 양념 맛과 궁합이 딱 맞아떨어진 거죠."

"하하하, 그런 것이냐?"

향은 고개를 끄덕이며 빙긋 미소를 지었다.

"그야말로 소 뒷걸음질 치다 쥐 잡은 격입니다."

"그래도 맛만 좋으면 된 것이 아니더냐."

"그건 그렇지요. 덕분에 저하께서도 잘 드시고……."

그때였다.

"도둑 잡아라!"

큰 소리와 함께 고기구이집 앞으로 한 사람이 쏜살같이 지나갔다.

곧이어 성난 표정의 사내가 그 뒤를 따르며 도둑 잡으라고 소리소리 질렀다.

멍하니 그 모습을 보던 해루가 자리에서 벌떡 일어서며 외쳤다.

"어? 어!"

"왜? 아는 사람이더냐?"

"그 녀석입니다."

"그 녀석?"

향의 물음이 채 허공에 번져 나가기 전에 열심히 달아나던 젊은 사내가 해루를 향해 손을 흔들었다.

"주인님!"

발길을 돌려 쫓는 사람의 겨드랑이 사이를 빠져나온 삼문은 해루의 주위를 빙글빙글 돌며 떠들었다.

"주인님 아니십니까? 이곳엔 웬일이십니까?"

"고깃집에 뭐하러 왔겠어요? 그보다 지금 뭐 하는 겁니까?"

"저요?"

손가락으로 스스로를 가리킨 삼문이 씨익 하고 입꼬리를 길게 늘였다.

"보다시피 공부하는 중입니다."

밉지 않게 웃는 그의 웃옷에서 책이 후드득 떨어졌다.

"하여간 내가 못 살겠습니다."

해루가 으르렁거리며 삼문의 귀를 당겼다.

"아야야. 왜 이러십니까? 아픕니다."

"아픈 걸 아는 사람이 허구한 날 도둑질이란 말입니까? 영월에서 그 난리를 겪고도 또 그 짓이냔 말입니다."

"어쩌겠습니까? 이리 훔친 책이 아니면 공부가 되지 않는데."

"그러니까 왜 책을 훔쳐야만 공부가 되느냐 이 말입니다. 도대체 무슨 귀신이 쓰여서 그런 겁니까?"

"그걸 알면 제가 이러겠습니까."

"아무래도 안 되겠습니다. 오늘은 집에 가서 부모님을 좀 뵈어야겠습니다."

"집이라고요? 설마 우리 집은 아니지요?"

"왜 아니겠습니까?"

"우리 부모님을 주인님이 왜 뵙습니까?"

"필시 무슨 연유가 있는 것이 틀림없습니다. 그렇지 않고서야 이럴 리가 없습니다. 어쩌다 이리되었는지, 또 앞으로 어찌해야 할지 논의를 좀 해야겠습니다."

삼문이 깜짝 놀란 표정으로 양손을 흔들었다.

"아, 안 됩니다. 절대 안 됩니다."

"왜 안 됩니까?"

"집이 너무 누추한 데다……."

"상관없어요."

"정리도 안 되어 있고……."

"저도 한때는 누구보다 누추하고 어수선한 곳에서 살았으니, 그런 거라면 신경 쓸 것 없어요."

"특히 아버지께서 낯을 많이 가리시는 편이라."

"그건 내가 알아서 해결하지요."

"굳이 주인님께서 그런 수고를 하실 필요가 있겠습니까?"

"주인이라서 이러는 겁니다. 정말 창피해서 낯을 들 수가 없습니다. 책값 물어주는 것도 한두 번이지. 앞으로 평생 이럴까 두렵습니다. 그러니 앞장서요!"

해루의 단호한 말에 삼문은 울상이 되었다.

"안 되는데……. 정말로 안 되는데……."

"그러니까 여기가 집이란 말이지요?"

해루의 물음에 삼문이 수줍은 표정으로 고개를 끄덕였다.

향이 재차 물었다.

"정말로 네 집이 맞느냐?"

"그렇습니다."

이번에도 삼문의 고개가 위아래로 흔들렸다.

향과 해루의 입이 떡 벌어졌다.

믿을 수 없다는 표정으로 서로 마주 보던 두 사람은 동시에 눈앞에 서 있는 고택으로 시선을 돌렸다.

삼문이 안내한 곳은 양반들이 모여 사는 북촌이었다.

도모 짓을 하는 사람이 북촌에 살고 있다는 것도 놀라 기함하 겠건만, 소나무 숲으로 둘러싸인 솟을대문 앞에 다다르자 입이 다 물어지지 않았다.

"누추하다면서요?"

"궁궐에 비하면……."

어이가 없어진 해루는 입술을 앙다문 채 대문을 힘껏 두드렸다.

이내 대문이 열리고 젊은 하인이 나왔다.

"도련님 오셨습니까?"

삼문을 보자마자 하인이 고개를 깊게 숙여 보였다.

"거짓말이 아닌 모양이네."

삼문을 대하는 하인의 태도로 보아 이곳이 집이란 말이 거짓은 아닌 모양이었다.

하인의 안내를 따라 세 사람은 잘 정리된 마당을 가로질렀다.

해루가 다시 물었다.

"어수선하다면서요?"

"궁에 비하면 아무래도 이곳저곳 미흡한 곳이……."

삼문을 향해 해루는 눈을 흘겼다.

마당을 사이에 두고 양옆으로 긴 행랑채가 이어졌다.

바쁘게 마당을 오가던 노비들이 삼문을 향해 일제히 고개를 조 아렸다.

"도련님, 오셨습니까?"

"어딜 가셨다 이제 오십니까?"

"안방마님께서 도련님 걱정이 이만저만이 아니십니다."

걱정하는 목소리를 들으며 중문을 넘어서자 새로운 별천지가 펼 쳐졌다.

담벼락에는 버드나무가 긴 가지를 늘어트렸다. 마당 한쪽에 자리한 연못에는 수십 마리의 잉어들이 물방울을 튕기며 유유히 헤엄치고 있었다.

연못을 가로지르는 구름다리를 건너자 봄꽃이 지천으로 피어 있는 꽃밭이 모습을 드러냈다.

이 어마어마한 곳의 주인이 삼문이라 하였다.

아니, 아직은 주인이 아니라 주인의 아들이려나?

"뭐가 아쉬워서!"

해루는 저도 모르게 삼문에게 버럭 고함을 지르고 말았다.

"내 말이 그 말이다."

향이 맞장구를 쳤다.

걸음을 옮기며 해루는 연신 삼문을 노려보았다.

"도대체 왜?"

해루의 분노 섞인 물음에 삼문은 뒷머리를 긁적이며 배시시 웃기만 하였다.

그렇게 얼마나 걸었을까?

안채에 다다르자 하인이 안쪽을 향해 목소리를 높였다.

"마님! 대감마님! 도련님이 손님을 모시고 왔습니다!"

"삼문이가 손님을 모시고 왔다고? 어서 안으로 모시어라. 아니다. 내가 직접 맞으마."

곧이어 단단한 풍채의 중년인이 한달음에 대청마루로 달려 나왔다.

이번엔 향이 삼문에게 물었다.

"아버님께서 낮을 많이 가리신다면서?"

삼문이 그의 시선을 피하며 변명했다.

"궁녀들이나 환관들에 비하면 좀 무뚝뚝하신 편이지요."

❁

향과 해루를 대접하는 성승의 태도는 극진했다.

처음엔 단순히 삼문의 친우인 줄 알고 편히 말을 놓던 그는 뒤늦게 향을 알아보았다.

놀란 성승은 몇 번이나 바닥에 머리를 조아렸다.

향이 괜찮다고 하여도 성승은 감히 고개를 제대로 들지 못했다.

서먹함은 시간이 약이었다.

향은 굳이 성승을 말리지 않고, 삼문에 대해 이런저런 질문을 던졌다.

"저 사람이 어쩌다 저리되었는지 말해 줄 수 있소?"

삼문의 기이한 도벽에 대한 물음이었다.

잠시 머뭇거리던 성승이 입을 열었다.

"저 아이가 태어날 때 아내가 까무룩 정신을 놓았던 적이 있습니다. 그때 하늘에서 세 번, 아이를 낳았느냐? 하며 묻는 목소리를 들었다고 하더군요. 하여, 아이의 이름을 삼문이라 지었지요."

"하늘의 물음을 받은 아이라. 참으로 대단한 이야기로군요."

"네. 집안에서도 큰 기대를 한 아이지요. 하지만 정작 저 녀석은 하라는 공부는 뒷전으로 한 채 매일 놀기에 바빴습니다."

"걱정이 많았겠습니다."

해루의 말에 성승은 고개를 숙여 보였다.

"그래도 늦게나마 사람을 제대로 만나 할 일을 찾은 것 같아 다행입니다."

"제가 뭐 한 일이 있나요."

해루가 머쓱한 표정으로 뒷머리를 긁적거렸다.

그때의 모습은 영락없이 삼문의 행동과 닮아 있었던 터라, 무심히 시선을 돌리던 향은 묘한 기시감에 고개를 갸웃했다. 그러다 한순간, 그는 저도 모르게 미간을 찌푸리고 말았다.

이제 보니 삼문이 해루를 흉내 내고 있었던 것이다.

저 녀석, 책만 훔치는 줄 알았더니, 사람의 행동까지 훔치고 있었구나.

"그런데 왜 항상 책을 훔치는 걸까요?"

해루의 물음에 성승이 한숨을 쉬었다.

"삼문이 어렸을 때, 선친께서 저 아이의 교육을 맡아 하셨는데, 무척 엄히 가르치셨습니다. 기대가 컸기 때문이겠지요. 아무래도 그 엄한 교육이 원인이었던 듯싶습니다. 어린 시절엔 고분고분 말을 듣더니 머리가 굵어진 이후로는 줄곧 반항하고 달아나기 일쑤였습니다. 그러다 기어이 좋지 않은 사람들과 어울려 다니더군요."

삼문을 보는 해루의 눈빛이 곱지 않았다.

억울한 듯 삼문이 두 손을 흔들며 급히 변명했다.

"아닙니다. 한때 그랬지만, 지금은 아닙니다."

"그럼, 왜 아직 책을 훔치는 겁니까?"

"그게……."

삼문이 뒷머리를 긁적이며 말을 이었다.

"뭐랄까요. 쫓기지 않으면 집중이 안 된다고 할까요."

"쫓겨야 집중이 된단 말입니까?"

"오랫동안 태만하게 살아온 것이 습관이 되었는지, 편안히 있으면 좀처럼 집중이 안 됩니다. 구석으로 몰려서 마음이 초조해져야 그제야 비로소 조금씩 집중도 되고 글도 눈에 들어오고. 그래서…….”

“그래서 책을 훔친단 말이냐?”

성승의 한숨 섞인 목소리가 아들을 향해 날아들었다.

“저 버릇을 고쳐보려 무척 노력하였지만 좀처럼 고쳐지지 않는군요. 풍광 좋은 곳으로 보내면 좋아질까 하여 영월에도 보내봤습니다만…….”

해루가 고개를 흔들며 그의 말을 받았다.

“소용없습니다. 세상에 책 없는 곳이 어디 있겠습니까? 풍광이 아무리 좋아도 책만 보면 내용에 상관없이 훔치더군요.”

그 때문에 영월에서도 한바탕 난리가 났었지요.

뒷말을 꾹 삼키는 해루를 향해 성승이 허탈한 웃음을 지었다.

그 곁에서 귀를 기울이던 삼문이 자세를 바로 하고는 진지한 표정으로 입을 열었다.

“제가 오랫동안 생각해 봤는데, 아무래도 이 습관은 어쩔 수 없을 듯합니다.”

“그래서 평생 그리하겠단 말입니까?”

해루의 물음에 삼문이 도리 없다는 듯 고개를 끄덕거렸다.

“아마도 책은 지금처럼 계속 훔쳐 읽을 것 같습니다. 대신 앞으론 훔친 책은 다 외운 후에 돌려주겠습니다. 받지 않겠다 하면 돈으로라도 갚겠습니다.”

“결국, 계속 훔치겠다는 소리 아닙니까?”

“어이구, 저 녀석을 어찌한다.”

해루와 성승은 동시에 한숨을 내쉬었다.

궁으로 돌아가기 직전, 해루는 마지막으로 삼문을 설득했다.

"아버지를 생각해서라도 못된 버릇은 고치려 노력해 봐요."

"기대하지 마십시오. 못 고칩니다."

"고집쟁이."

"주인님 닮아서 그런 겁니다."

해루는 고개를 절레절레 흔들며 향과 함께 걸음을 옮겼다.

그 뒷모습을 물끄러미 바라보던 성승이 긴 한숨을 내쉬며 아들에게 물었다.

"정말로 평생 그렇게 살 테냐?"

"네."

"어째서?"

한때 좋지 못한 사람들과 어울리긴 하였어도, 아들의 심성이 곧고 바르다는 것을 누구보다 잘 알고 있었다. 그러기에 성승은 삼문의 고집을 이해할 수 없었다.

"약조하였거든요."

"약조?"

삼문이 고개를 끄덕였다.

"예전에 주인님과 약조하였습니다. 천하제일의 도모가 되겠다고."

"그래서 기어이 글도둑이 되겠다는 말이더냐?"

"네. 세월이 제아무리 무상하다 하여도 책에서 훔친 글은 절대 빼앗기지 않겠습니다. 그리고……."

삼문은 멀리 해루의 뒷모습을 보며 혼잣말을 중얼거렸다.

"저분과 한 약조 또한 누구에게도 빼앗기지 않고 영원히 간직할 겁니다."

❀

어느새 붉은 노을이 내려앉았다.

서두른다고 서둘렀건만, 해루가 전각으로 들어서자마자 김 상궁이 급한 걸음으로 달려 나왔다.

"어딜 가셨다가 이제 오십니까?"

옴쳐 드는 목소리로 지청구를 내어놓던 김 상궁은 서둘러 해루를 전각 안으로 이끌었다.

왜 이럴까?

내가 전각을 비운 사이, 주상 전하께서 걸음 하신 걸까?

마음이 급해진 해루 역시 종종걸음 쳤다. 그러다 전각 입구에 수북하게 쌓여 있는 상자들을 보며 눈을 휘둥그렇게 떴다.

"이게 다 뭡니까……. 아니, 뭔가?"

"명국에서 회임을 축하한다며 보내온 겁니다."

"명국에서?"

"네. 온갖 패물과 비단, 향신료와 품질 좋은 약재, 명국의 최고 장인이 수놓은 이불과 아직 태어나지 않은 아기씨 배냇저고리까지. 없는 게 없습니다."

"이걸 다 명국에서 보냈단 말인가?"

"어서 안으로 듭시옵소서. 손님께서 오래 기다리고 계십니다."

김 상궁의 재촉에 해루는 서둘러 처소 안으로 걸음을 옮겼다.

방으로 들어서자 다과상을 앞에 둔 채 홀로 앉아 있는 위창의 뒷모습이 보였다.

"오라버니!"

해루의 부름에 위창이 몸을 일으켰다.

"다행이구나. 조금만 더 기다리다 아니 오면 그만 가려 하였다."

"기다리시게 하여 죄송합니다. 그런데 이것들은 다 뭡니까?"

"네게 보내는 명국의 선물이다."

"오라버니……."

"회임을 하였다고?"

"……네."

"그 몸으로 그리 험한 곳을 누볐단 말이지?"

위창의 말에 해루는 어색한 미소를 입가에 떠올렸다.

"그때는 회임한 줄 몰랐습니다."

물끄러미 바라보던 위창이 물었다.

"행복하느냐?"

잘게 떨리는 목소리.

해루를 바라보는 그의 눈동자에 흐릿한 안개가 피어올랐다.

위창과 시선을 마주하며 해루가 대답했다.

"행복합니다."

잠시 침묵이 흘렀다.

무거운 정적을 깨며 위창은 웃음을 터트렸다.

그 웃음 끝에 매달린 한마디.

"……다행이구나."

흡족한 듯 고개를 주억거리며 그가 말을 이었다.

"정말 다행이다. 행복한 모습 보았으니, 마음 편히 떠날 수 있겠구나."

"떠나시다뇨?"

위창이 자리에서 몸을 일으켰다.

훌훌, 모든 걸 털어낸 듯 후련한 얼굴로 그는 몸을 돌렸다.

"명국으로 떠난다."

짧은 말을 끝으로 그는 그대로 해루의 전각을 떠났다.

갑작스럽게 벌어진 일에 해루는 잠시 멍했다.

다시 정신을 차렸을 땐 이미 위창의 모습은 사라진 후였다.

하지만 그가 남긴 말은 그녀의 귀에 선명하게 남아 있었다.

떠난다.

태군이…… 떠난다.

꿈에서도 바라던

오색 등이 바람결에 흔들렸다.

화월루가 생긴 이래, 대문 앞에 오색영롱한 등불이 걸리지 않은 날은 단 하루도 없었다.

한낮의 밝음 속에서는 숨죽여 있던 공간이 밤만 되면 깨어나 세상을 지배하곤 하였다.

그곳엔 사시사철 사람 꽃이 피었다. 왁자한 웃음과 달콤한 취기가 일 년 열두 달 가득하니, 행복하지 않은 사람이 없었다.

그러나 오늘 밤, 화월루는 화려한 등불 대신 교교한 달빛에 제 모습을 반만 드러내고 있을 뿐이다.

어둠에 잠긴 화월루 심처.

지독한 침묵에 휩싸인 방 안에 위창이 홀로 앉아 있었다.

그의 곁엔 음식상이 놓여 있었다.

정성을 다해 차려진 음식과 술.

그러나 음식은 가져온 그대로 싸늘히 식어 있었고, 술잔의 술도 처음 채워진 그대로였다.

창밖에서 오랜 기다림에 지친 말의 투레질 소리가 들려왔다. 명국으로 떠날 마차가 초저녁부터 기다리고 있었다.

작별을 위한 모든 준비가 끝이 났다.

이제 훌훌 털어버리고 떠나면 되리라. 아직 벗지 못한 미련일랑 한 잔 술에 말끔히 지워버리면 그만이었다.

그럼에도…… 위창은 좀처럼 술잔을 기울이지 못했다.

차마 지울 수 없는 미련 한 자락이 남았기 때문이다.

그는 손바닥에 오롯하게 놓인 둥근 옥패를 내려다보았다.

그를 두고 떠나간 어느 소녀의 마지막 유품.

옥패를 볼 때면 항상 그녀가 떠오르곤 하였다.

하지만 이젠 그 아픈 기억 대신 엉뚱한 얼굴이 떠올랐다.

"발칙한 녀석."

비가 억수같이 쏟아지던 날이었다.

길을 잃고 좁은 동굴 안에 갇혀 난감해하던 차에 해루가 잃어버린 옥패를 들고 나타났었지. 우연히 주웠다며 해사하게 웃던 모습이 선명하게 떠올랐다.

그때가 시작이었다.

그 엉뚱한 녀석에게 마음이 흔들리기 시작한 것은.

파도에 모래가 쓸려가듯, 조금씩 그의 마음은 해루에게 잠식되어 갔다.

그리고 이제는 돌이킬 수 없는 지경에 이르렀다.

"많은 일이 있었군. 참으로 많은 추억이 있었어."

그리 긴 시간은 아니었건만, 해루와의 추억은 그가 지금껏 살아온 모든 시간보다 더 깊게 각인되어 있었다.

그래서 아쉬웠고 더더욱 후회되었다.

조금만 일찍 내 마음을 깨달았다면…….

그때 더 잘할 것을…….

가늘게 실눈을 뜬 채 위창은 고개를 저었다.

"이젠 잊어야겠지. 모두 지워야겠지."

세상을 온통 하얀빛으로 물들이던 해루의 미소도…….

그녀 앞에서 남은 생의 추억을 함께하겠노라 장담한 그날의 맹세도…….

지금까지 나고 자란 모습은 보지 못했지만, 앞으로 남은 날들은 보아주겠노라, 하여 세상 떠나는 날엔 양팔로 다 안고 돌아가지 못할 만큼 많은 추억 안겨주겠노라 약조한 일도…….

가슴을 쥐어짜는 듯한 이 아픔과 애틋한 심정, 해루에 대한 어리석은 미련도 모두 버려야겠지.

"그러고 보니 해루야, 네게 추억을 주겠노라 약조하였건만, 정작 추억을 받은 사람은 네가 아니라 나였구나."

피식, 마른 웃음이 위창의 입가에 걸렸다.

해루, 해루, 해루야…….

난분분히 휘날리는 해루에 대한 추억을 간신히 떨쳐내며 위창은 밖으로 걸음을 내디뎠다.

"이제 가십니까?"

문을 열고 나서자 맑고 청아한 목소리가 귓가를 파고들었다.

사박사박 비단 자락 스치는 소리와 함께 음 선생이 다가왔다.

"기다렸느냐?"

위창은 마른 시선으로 음 선생을 바라보았다.

"기다렸습니다."

"내가 언제 나올 줄 알고?"

음 선생은 대답 없이 미소를 지었다.

위창은 문득 음 선생을 향해 가볍게 고개를 숙였다.

"고맙다."

느닷없는 그의 한마디에 음 선생은 당혹한 표정을 지었다.

"무슨…… 말씀이신지요?"

"웃어주어 고맙다."

"태군."

"기다려주어 고맙다. 실망하지 않고 지켜봐주어 고맙다. 그리고 항상 기댈 수 있게 해주어 정말 고맙구나."

"……."

음 선생은 대답하지 않았다.

두 사람 사이로 유백색의 침묵이 내려앉았다.

꼴깍, 마른침을 삼키며 음 선생이 떨리는 입술을 열었다.

"당연히…… 당연히 해야 할 도리를 한 것뿐입니다."

태군은 고개를 저었다.

"그대 덕분에 내가 도를 넘지 않았다. 내가 나로 살아갈 수 있게 곁에서 잡아주었지. 그 마음과 정성, 비록 내색하진 않았으나, 언제나 고맙게 생각하고 있었다."

가벼운 눈인사를 끝으로 위창은 걸음을 옮겼다.

그때 그의 어깨 위로 음 선생의 목소리가 내려앉았다.

"기다리겠습니다."

위창은 우뚝 걸음을 멈추고 고개를 돌렸다. 그의 시야에 하얗게 웃는 음 선생의 미소가 들어왔다.

"언제까지나, 이곳에서, 지금과 같은 미소로…… 기다리겠습니다."

음 선생은 한마디 한마디에 정성을 쏟아 마음을 뱉었다.

하지만 알고 있었다.

저 사내는 결코…… 돌아오지 않으리라.

그럼에도 기다려지는 마음.

바람만 불어도 문밖을 내다보고, 작은 인기척에도 혹시나 하는 기대를 품게 되겠지.

위창은 선선하게 불어오는 바람 같은 사내였다.

며칠 잠잠하여 기대를 접으려 하면, 어느 틈엔가 원래 그 자리에 있었던 것처럼 창가에 앉아 있곤 하였다.

때론 겨울 서리처럼 차고 시리다가도 술 한 잔에 흐트러지던 사내.

흘리듯 뱉는 그의 목소리가 좋았다.

무료한 그의 눈 속에 반딧불이처럼 작은 불씨라도 맺힐 때면 가슴이 설렜다.

"……."

하염없이 기다리겠다는 음 선생의 말에도 위창은 아무 대답도 하지 않았다.

그것이 끝이었다.

망부석처럼 자리를 지키고 선 음 선생을 뒤로한 채 위창은 멀어져갔다.

삐그극.

위창을 삼켜버린 대문이 익숙한 비명을 지르며 굳게 닫혔다.

"안녕히…… 가십시오."

내내 웃는 얼굴로 지켜보던 음 선생의 눈가에 눈물 한 방울이 고였다.

❀

등 뒤로 길게 따라붙는 시선을 위창이 어찌 모를까.

그러나 그는 애써 눈을 감았다.

이제 와 그녀의 마음을 돌아본들 무슨 소용 있을까.

그저 묵묵히 고개를 끄덕이는 것.

그것이 그가 할 수 있는 대답의 전부였다.

잠시 닫힌 대문을 돌아보던 위창은 긴 한숨과 함께 마차에 올랐다.

그때였다.

"태군!"

급한 부름과 함께 숨이 턱까지 차오른 여인이 달려왔다.

여염집 여인의 차림을 한 해루.

"오라버니!"

"뛰지 마라."

행여 다칠세라, 위창은 달려오는 해루를 말리며 대신 자신이 그녀의 곁으로 다가갔다.

"무어가 그리 급하다고 뛰는 것이냐? 홑몸이 아니란 걸 잊었느냐?"

"그리 걱정되시면서 이리 급히 떠나시면 어찌합니까?"

위창의 지청구에 해루는 밉지 않게 눈을 흘겼다.

"작별 인사는 이미 하지 않았더냐?"

"간다, 한마디만 하시면 끝입니까?"

"그러면 됐지, 달리 무슨 말이 필요하겠느냐?"

"하여간 예전이나 지금이나 여전히 멋대로십니다."

해루가 입술을 뾰족 내밀며 투덜거렸다.

위창의 입가에 절로 미소가 어렸다.

그래, 이런 녀석이었지.

"잔소리하러 이 밤에 여기까지 달려온 것이냐?"

"정말…… 나쁘십니다."

해루는 목까지 올라온 아쉬움을 애써 삼키며 말했다. 섭섭한 속내가 작은 얼굴 위로 고스란히 드러났다.

묵묵히 바라보던 위창이 그녀의 머리 위로 손을 올렸다. 그러다 이내 쓸쓸히 손을 내리고 만다.

"잘 지내거라."

"오라버니도 잘 지내셔야 합니다."

"아이가 태어나거들랑 내게도 기별하는 거 잊지 마라."

"당연하지요. 제 가족이 아닙니까."

"가족……. 듣기 나쁜 말은 아니구나."

위창의 얼굴에 옅은 미소가 떠올랐다.

"그럼, 나는 더 늦기 전에 떠나야겠구나."

"오라버니, 이거요."

해루가 마차에 오르는 위창의 옷자락을 잡아당겼다.

고개를 돌리는 그에게 그녀는 품속에서 꺼낸 서찰 하나를 건넸다.

"이게 무어냐?"

뜻밖의 서찰에 위창은 고개를 갸웃했다.

"마차 안에서 보십시오."

"드디어 연서를 주는 것이더냐?"

"연서요?"

"이제야 네 속마음을 보여주는 것이냐, 이 말이다."

위창의 짓궂은 농에 해루는 웃음을 터트렸다.

"당연히 아닙니다."

"녀석, 융통성이라곤 약에 쓰려 해도 없구나."

"대신 다른 좋은 점이 있질 않습니까."

넉넉한 웃음을 짓는 해루를 향해 위창 역시 웃음을 보였다.

"그럼 가마."

"……"

차마 대답하지 못한 해루는 손을 흔들었다.

실감 나지 않던 이별이 현실로 다가오는 순간이었다.

내내 아무렇지 않은 척 웃고 있던 입가에 경련이 일었다. 눈동자에 푸른 눈물 벽이 세워졌다.

"고마웠습니다."

"……"

"행복하세요, 오라버니."

떨리는 인사말에 가볍게 고갯짓을 한 위창은 그대로 마차 안으로 들어섰다.

뒤돌아보지 않으리라.

더는…… 뒤돌아보지 않는다.

"가자."

그의 명이 떨어지기 무섭게 마차가 달리기 시작했다. 열린 창문 밖으로 해루의 모습이 스쳐 지나갔다.

하얗게 명멸하는 별처럼 아스라이 멀어지는 그 모습을 뒤로한 채 마차는 어둠을 향해 질주했다.

그렇게 마차는 도성 문을 나섰다.

이제는 다시 이곳으로 돌아올 날은 없으리라.

아쉬움을 떨쳐내며 위창은 해루가 건넨 서신을 펼쳤다.

─오라버니 보세요. 오랜 시간 망설인 끝에 글을 적습니다. 지금부터 하는 이야기는 어쩌면 앞으로 오라버니께서 경험하실지도 모를 앞날에 관한 것입니다.

서찰을 읽는 위창의 눈이 커졌다.

단순한 작별 인사일 거라고 생각하였건만, 서신엔 위창의 앞날에 대한 이야기가 적혀 있었다.

위창의 입가로 실없는 미소가 새어 나왔다.

"미래라……."

앞날을 내다보는 해루의 능력을 잘 알고 있었다.

그러나 언제부터인가, 그녀의 예지는 오직 한 사람만을 가리켰다.

조선의 왕세자, 향.

기억을 잃은 와중에도 그녀는 오로지 그 사내 하나만을 예지하였다.

연모의 마음이 얼마나 깊으면 그 사람의 앞날만 본단 말인가?

그 한결같은 마음에 강샘이 일었다.

슬펐다.

그리고 절망하였다.

신병 앓듯 향을 그리워하는 해루의 절박한 마음이 비수가 되어 그의 심장을 날카롭게 저몄다.

그것이 얼마나 부러웠던가.

한 번만, 단 한 번만이라도 해루가 곁에 있는 자신의 앞날을 들여다봐주길 얼마나 바랐던가.

위창은 해루가 건넨 서신을 읽고 또 읽었다.

이것이었다.

그가 해루에게 바란 것⋯⋯.

그토록 애타게 갈구한 것이 바로 여기에 있었다.

이제야 겨우 보아주는구나.

떠나는 날이 되어서야 그 마음에 작은 빈자리 하나를 허락해주었구나.

내내 시리게 얼어붙었던 심장이 해루에게서 받은 서신 한 장으로 눈 녹듯 풀어졌다.

"그것이 무엇입니까?"

단 한 번도 본 적 없는 태군의 따뜻한 미소.

맞은편에 앉은 명국의 사신이 위창에게 물어왔다.

위창은 서찰에 시선을 고정한 채 대답했다.

"꿈에서도 간절히 바랐던 마음이오."

먼 곳에서 이름 모를 들짐승 울음소리가 들려왔다.

흐린 등잔불 아래에서 수를 놓던 자화는 문득 시선을 문밖으로 돌렸다. 별채 마당으로 왁자한 인기척이 쏟아져 들어왔다. 자화는 수틀을 한쪽으로 밀어놓았다.

"아직 아니 자느냐?"

닫힌 방문이 왈칵 열리며 취기 오른 진양의 숨결이 자화의 코앞으로 밀려들었다.

"오셨습니까?"

자리에서 일어난 자화는 예의 조용한 눈빛으로 진양을 맞이했다.

조금의 서두름도, 티끌만큼의 당혹함도 없는 단아하고 차분한 몸짓.

"온종일 별채에만 있었다고?"

"네."

"이 좁은 곳에서 무얼 하고 지냈느냐?"

"온종일 대군 대감을 기다렸지요."

"말이라도 그리하니 기분이 좋구나."

호탕한 웃음을 터트리던 진양은 보료 위에 풀썩 누웠다.

자화는 누워 있는 진양의 머리맡에 자리를 잡았다.

"취하셨습니까?"

"태평관에 있는 명국의 사신들과 한잔하였다."

"사신들과의 사사로운 술자리를 금한다 하지 않으셨습니까?"

"오늘은 어쩔 수 없었다."

손으로 얼굴을 쓰다듬은 진양이 나지막한 목소리로 말을 이었다.

"태군과 작별하는 날이었으니 말이다."

"태군과 작별이라면……. 태군이 떠납니까?"

"그래. 명국에 큰일이 생겨 어쩔 수 없이 본국으로 돌아가야만 한다더구나."

"……그렇군요."

자화의 얼굴에 잔 균열이 일었다.

그러나 동요의 시간은 길지 않았다.

서둘러 표정을 갈무리한 그녀의 입에서 긴 한숨이 흘러나왔다.

"술자리가 잦으십니다."

"어쩔 도리가 없질 않으냐. 너도 알다시피 아바마마께서 내게 사신을 접대하는 중차대한 일을 맡기셨으니, 이 몸이 부서지는 한이 있더라도 그 소임을 다해야지."

"몸이라도 축날까 걱정이어요."

"걱정 마라. 내 형님보다 나은 것이 딱 하나 있으니, 바로 이 튼튼한 몸뚱이다."

"본디 건강은 자신하는 것이 아니라 하였습니다."

"하하. 알겠느니. 다른 사람도 아닌 네가 하는 말이니, 내 흘려듣지 않으마."

"잠시만 기다리시어요. 마실 것을 가져오겠습니다."

자리를 뜬 자화는 작은 다과상을 들고 다시 돌아왔다.

"이게 무어냐?"

물이나 한 사발 가져올 줄 알았건만.

"오미자차입니다. 갈증을 해소하고 쌓인 피로를 푸는 데 이만한 것도 없지요."

자화가 길게 입술을 늘이며 대답했다.

쪼르르 붉은 찻물이 하얀 찻잔에 고였다.

"참으로 붉구나."

문득 찻잔을 쥐던 진양이 이맛살을 찌푸렸다.

"왜 그러십니까?"

"이 붉은 빛깔을 보니 오늘 낮에 굿판을 벌이던 요망한 무당이 생각나서 그런다."

"굿판이라 하시었습니까?"

"요즘 백성들 사이에서 잡귀를 믿는 풍습이 암암리에 번지고 있다. 두박신이라 하였던가? 어리석은 백성들을 부추기는 요망한 잡귀의 이름이……."

오미자차를 삼키는 진양의 눈빛에 못마땅한 기색이 역력했다.

"왕명으로 미신을 경계하라 하였거늘, 도성에서 버젓이 굿판이 벌어지다니."

성화를 내는 그를 물끄러미 바라보던 자화가 입을 열었다.

"백성들이 그러는 데는 분명 이유가 있을 겁니다."

"미신을 믿는 데 이유가 있단 말이냐?"

"사람은 약한 존재입니다."

자화는 빈 찻잔에 차를 따르며 말을 이었다.

"두렵고 무서우면 하늘에 빌지요. 견디기 힘들면 신을 찾습니다. 비가 오고, 눈이 내려도, 때로 벼락이 쳐도 조상을 찾고 신목(神木)에 답을 구하는 것이 사람이지요."

"그래. 불안한 마음도 있겠지. 지난해에는 홍수에 가뭄, 거기에 전염병까지 돌아 많은 사람들이 죽어나갔으니 두려운 마음도 있을 터."

"그러니 그 마음을 어찌 나쁘다고만 하겠습니까."

"나쁜 것은 백성들이 아니다. 그 불안한 마음을 이용하는 자들이다. 제 사리사욕을 위해 가엾은 백성을 부추기는 자들이 나쁜 것이지."

탁, 진양은 찻잔을 거칠게 내려놓았다.

"마음을 가라앉히세요. 화기(火氣)는 술보다 독하고 해로운 것입니다."

자화의 말에 불처럼 일어나던 진양의 성화가 조금씩 기세를 누그러트렸다.

　얼마 후.

　평온을 되찾은 진양이 자화를 돌아보며 미소 지었다.

　"네가 있어 다행이구나. 답답하던 마음이 조금은 풀린 듯하다."

　"그렇습니까?"

　"숨통이 조금 트였으니……."

　진양은 자리에서 일어섰다.

　"이제 그만 가보련다."

　"벌써 가십니까?"

　"더 머무르고 싶지만, 새벽에 대신들과 의논할 일이 있구나. 일찍 등청해야 하니, 아쉬워도 그만 가야 할 것 같구나."

　"조정에 무슨 일이라도 생겼나이까?"

　"큰일은 아니다. 다만, 아바마마의 옥체가 요즘 들어 부쩍 안 좋아지신 터라 가까운 시일 안에 온천으로 요양을 떠나실 것이야."

　자화는 말없이 고개를 끄덕이며 진양을 배웅했다.

　방을 나와 별채 마당으로 내려서던 진양이 제 뒤를 그림자처럼 따르는 자화에게 고개를 돌렸다.

　"이번 온천행은 왕실 사람들 대부분이 동행할 듯하다. 너도 가겠느냐?"

　진양의 말에 자화는 고개를 외로 틀며 되물었다.

　"대군 대감께서도 가시옵니까?"

　"나는 도성에서 할 일이 있구나."

　"대감께서 아니 가시면 저도 가기 싫습니다."

　"어찌하여? 내 말은 아니 하였지만, 오래전부터 양전께서 너를 보고 싶어 하셨느니."

"그런 것이라면 더더욱 갈 수 없습니다. 말씀드리지 않았습니까. 저는 바람처럼 살고 싶습니다. 티끌처럼 살다 가고 싶습니다."

자화의 말에 진양이 두 눈을 부릅떴다.

"어림없다. 나 진양의 여인이 된 이상, 너는 바람이 될 수 없고, 티끌은 더더욱 될 수 없어."

"대군 대감."

"앞으로는 그런 말 입에 올리지 마라. 아니, 생각도 하지 마라. 알겠느냐?"

"……."

"대답해라, 알았다고."

"……알겠습니다."

자화가 마지못해 대답하니, 진양의 얼굴에 흡족한 미소가 피어올랐다.

그를 바라보는 자화의 입가에도 잔잔한 미소가 먹물처럼 번져 갔다.

진양대군이 별채를 떠나고 얼마 후.

한 여인이 은밀하고도 조심스럽게 자화의 거처를 찾았다.

빈궁전의 궁녀, 소쌍이었다.

자화에게 깊게 고개 숙인 소쌍이 물어 온 소식을 전했다.

"도성 안팎으로 흉흉한 소문이 번지고 있습니다. 무당을 찾는 사람의 수가 하루가 다르게 불어나고 있습니다."

"가뭄이 길어지니 왕에 대한 불만도 그만큼 커지는 것이지."

"하늘이 우리를 돕고 있음입니다."

자화는 수자를 놓으며 고개를 끄덕였다.

"방심은 금물이니라."

"서소문 밖 무당들이 귀녀를 뵙길 청하고 있습니다."

"때가 되지 않았다. 곧 소식 전할 터이니, 당분간은 기다리라 전하거라."

"하오나 이미 오래전부터 뵙길 청하고 있는 터라……."

"모름지기 가진 게 없는 사람에게 힘이 생기면 절로 조급증이 생기기 마련. 기다리기 힘들어한다는 건 알고 있다. 허나, 큰일일수록 길일을 잡는 데 심혈을 기울여야 하는 법이다. 머잖아 금의(錦衣)하여 환향(還鄕)하게 될 터이니, 경거망동하지 말라 전하거라."

"명심하겠습니다."

"또 전할 이야기가 있느냐?"

자화의 물음에 소쌍이 조심스럽게 이야기를 꺼냈다.

"아직 민 단주의 시신이 발견되지 않았다지요?"

불안한 기색이 소쌍의 얼굴에 피어올랐다.

그러나 이야기를 듣는 자화는 조금도 동요하는 기색을 보이지 않았다.

"불타는 초가에 깔렸다고 하더구나. 어쩌면 뼈 하나 남기지 못하고 타버렸을지도 모르지."

"그렇다면 다행이지만……. 행여 살아 있기라도 하면……."

"걱정 마라. 이미 두문회의 모든 것이 내 손안에 있으니, 설사 그자가 살아 있다 한들 이제 와 무얼 할 수 있겠느냐?"

자화는 서안에 놓인 차를 찻잔에 따랐다. 붉은 찻물이 쪼르르 하얀 찻잔에 고였다.

바람이 불 때마다 불길한 색이 일렁거렸다.

물끄러미 제 앞에 놓인 찻잔을 내려다보던 소쌍은 저도 모르게 마른침을 삼켰다.

그때, 자화의 무심한 물음이 들려왔다.

"빈궁은 어찌하고 있느냐?"

"권 승휘의 회임 소식을 들은 이후로 술병을 입에서 놓질 못하고 있습니다."

"하늘을 쥐었다 자만하였더니, 알고 보니 우물 안에 갇혀 있었다는 걸 알게 된 게지. 상실감이 클 것이다."

"앞으로 어찌하면 되겠나이까?"

"고(蠱)를 아느냐?"

"그게 무엇입니까?"

소쌍의 물음에 자화는 빙긋 미소 지었다. 그녀는 옆으로 밀어두었던 수틀을 다시 잡았다.

연꽃잎에 바늘을 꽂으며 자화는 말을 이었다.

"작은 항아리 안에 지네와 거미, 뱀 같은 독물들을 잔뜩 넣어두고 입구를 봉인한단다. 오랜 시간이 지나 봉인을 열어보면, 다른 독물들을 모두 먹어치운 독물 하나만이 남게 되지. 그 하나 남은 독물의 독기(毒氣)는 그 무엇과도 비견할 수 없지. 독기가 쌓이고 쌓여 그리된 것이란다. 그것을 고라고 한단다."

자화가 시선을 돌려 소쌍을 보았다.

"궁은 독물들이 가득 든 항아리 같은 곳이란다. 외부에서 독물들이 끊임없이 주입되지. 빈궁은 그 안에서 마지막 하나 남은 독물이 되어야 한다."

"더 독해져야 한다는 말이로군요."

"투기가 심하다고 하지만, 빈궁은 독물이라 불릴 정도로 독하지는 못해. 좀 더 나락으로 떨어질 필요가 있다."

의미심장한 자화의 말에, 소쌍의 눈에 불꽃이 튀어 올랐다.

소쌍의 얼굴에 영악한 미소가 그려졌다.

"명대로 따르겠습니다."

소쌍은 깊게 고개를 숙였다.

소쌍에게 자화는 살아 있는 하늘님이었다.

먼 곳에 앉아 천기를 주무르니, 과연 누가 있어 그녀를 막을 수 있을 것인가?

자화를 바라보는 소쌍의 눈에 존경과 흠모의 빛이 가득했다.

인과(因果)와 온정(溫情)

깊어진 봄이 느슨해진 겨울의 끝자락을 배웅했다. 겨우내 숨죽인 세상이 새 생명을 움터 틔웠다.

그러나 빈궁전은 여전히 겨울의 시린 기운을 떨쳐내지 못하고 있었다.

"언제까지 이리 누워만 계시렵니까?"

어미의 싸늘한 질책이 떨어졌다.

이불을 뒤집어쓴 소은은 죽은 사람처럼 아무런 기척도 내지 않았다.

해루가 회임하였다는 소식에 소은이 제일 먼저 한 일은 통곡이었다. 빈궁전에서 곡소리가 새어 나온다는 말은 돌고 돌아 결국엔 중전의 귀에까지 들어갔다.

그러나 중전은 소은을 탓하지 않았다.

대신 빈궁의 사가로 사람을 보내 소은의 마음을 다독여달라 청하였다.

이제나저제나 궁으로 들어갈 핑곗거리를 찾던 소은의 어미와 아비가 한걸음에 빈궁전으로 달려왔다.

그러나 오랜만에 여식을 만난 어미는 괜찮다, 다독이는 대신 질책의 말을 먼저 입에 올렸다.

"지금 그리 한가하게 울고 계실 때가 아닙니다. 이러다 정말 큰일을 당하게 될 수도 있단 말입니다."

내내 이불을 뒤집어쓰고 있던 소은이 자리에서 벌떡 일어나 앉았다.

"참으로 무정하십니다. 지금 제 사정이 어떤지 누구보다 잘 알고 계시지 않습니까. 그런 분께서 어찌 그리 매정한 말씀을 하십니까?"

원망으로 가득 찬 눈가에 눈물이 흘러내렸다.

한씨는 여식을 보며 낮게 혀를 찼다.

"알고 있으니 이리 말씀드리는 것이 아닙니까. 어서 일어나십시오. 설마, 이 전각마저 그 요망한 것에게 빼앗기고 싶으신 건 아니겠지요?"

"이 전각을 빼앗겨요?"

소은은 서둘러 눈물을 훔쳤다.

어미에게 바싹 다가앉은 소은이 초조한 얼굴로 물었다.

"어머니, 대체 그게 무슨 말씀이셔요?"

"생각해 보시어요. 요망한 권 승휘가 회임을 했습니다. 세자 저하를 독차지한 것으로 모자라 회임을 하였단 말입니다. 그 계집이 마지막에 원하는 자리가 어디겠습니까?"

소은은 왈칵 두려움이 솟았다.

"어머니······."

"이럴 때일수록 정신을 차리셔야 합니다. 정신을 차려 저하의 마음을 마마께로 돌리셔야 합니다."

"저하는 나를 보지 않습니다. 그분의 관심은 오직 한 사람, 권 승휘뿐입니다. 나는······. 나는 허깨비입니다."

소은은 입술을 말아 물었다. 분하고 억울하지만 또한, 엄연한 사실이기도 했다.

한씨는 미간을 세웠다.

"나약한 말씀 마세요. 누가 뭐라고 해도 정궁은 마마십니다. 사내란 원래 이곳저곳에 씨를 뿌리게 되어 있는 존재들이지요. 지금 저하의 마음은 젊은 시절 으레 부리곤 하는 바람 같은 것입니다. 그러니 조금만 기다리세요. 요망한 것이 어찌 요사를 부렸는지 몰라도, 저하께선 곧 마마를 찾으실 겁니다."

"하지만 어머니······."

소은은 불안한 얼굴로 어미를 바라보았다.

제가 이 자리에 오르기 위해 무슨 짓을 하였는지 그분이 알아 버렸어요. 제가 해루를······. 그 아이를 죽이려 하였다는 걸 들켜 버렸어요. 은혜를 원수로 갚은 걸 알게 되었단 말입니다. 그래도 그분이 저를 안아주실까요? 제게 왕의 어미가 될 기회를 주실까요?

고백하고 싶은 말이 가슴에 한가득하였다. 그러나 차마 입 밖으로 끄집어낼 수 없는 말들이었다.

소은은 길게 숨을 들이마셨다.

한씨가 여식의 손을 맞잡았다.

"우리 집안의 안위가 마마께 달렸습니다. 오라비들의 앞날이 마마의 손에 달렸어요. 그러니 마마, 무너지시면 안 됩니다. 마마가 무너지면 오라비들이 무너지고 어미와 아비…… 모두 무너지는 겁니다."

어미의 한마디 한마디가 소은의 어깨를 짓눌렀다.

소은은 눈물 고인 눈으로 아비를 보았다.

여식과 눈이 마주친 봉여는 겸연쩍은 얼굴로 수염을 쓸어내렸다.

"허어, 이거 참."

불편한 헛기침.

그러나 어미의 말보다 오히려 더 많은 의미를 품은 기침이었다.

소은의 눈에서 슬픔이 사라졌다.

"알겠습니다. 제가 무얼 해야 할지 분명히 깨달았습니다. 그러니 그만 돌아들 가시어요."

"술을 가져오너라."

소은이 명했다.

어미와 아비가 돌아가고 난 후, 갑작스러운 오한이 소은을 뒤덮었다. 얼음 굴에라도 빠진 듯 몸이 떨려 견딜 수가 없었다.

눈치를 살피던 궁녀가 주저주저하며 입을 열었다.

"아, 아뢰옵기 송구하오나……. 중전마마께서 빈궁마마께 절대 술을 내어 드리면 아니 된다고 엄명을 내리셨사옵니다."

"뭐라?"

소은의 눈초리가 위로 올라갔다.

"중전마마께서……."

짝!

어린 궁녀가 다시 아뢰려는 찰나.

소은의 성난 손길이 궁녀의 어린 뺨을 힘껏 내리쳤다. 그것으로도 모자라 바닥에 엎드린 궁녀를 발길질했다.

성난 발길질에 차인 궁녀는 신음조차 흘리지 못한 채 이리저리 맥없이 뒹굴었다.

"마마! 마마! 왜 이러시옵니까?"

뒤늦게 처소 안으로 들어선 소쌍이 사색이 된 얼굴로 소은을 말렸다.

"놔라! 저것이 날 우습게 여겼다. 날 하찮게 여겼단 말이다. 내 오늘 저것의 버릇을 단단히 고쳐놓을 것이야. 감히 누굴 내려다보았는지 분명히 깨닫게 해주겠단 말이다."

"고정하시옵소서, 마마."

소쌍이 어린 궁녀를 돌아보았다.

"대체 무슨 잘못을 저지른 것이야?"

"술상을 내어오라 하시어……."

끄윽끄윽 속울음을 흘리며 궁녀가 대답했다.

소쌍의 입에서 작은 한숨이 새어 나왔다.

"나가보아라."

소쌍은 궁녀를 밖으로 내보냈다.

"게 섰거라! 어디 가느냐? 내가 나가라 하지 않았는데 감히 어딜 가? 내가 그렇게 우습게 보이느냐? 감히 날 능멸하고도 무사할 줄 아느냐?"

물러가는 궁녀를 향해 소은이 바락바락 고함을 내질렀다.

"마마, 고정하시옵소서. 마음을 푸시옵소서. 내 저것을 나중에 따로 불러 단단히 혼쭐내겠사옵니다. 그러니 지금은 부디 고정하십시오."

소쌍은 서둘러 병풍 뒤로 돌아갔다. 그곳엔 작은 자개장 하나가 놓여 있었다. 소쌍은 자개장을 열어 하얀 술병을 꺼냈다.

소쌍의 손에 들린 술병을 본 소은이 빼앗듯 병을 낚아챘다. 그러고는 허겁지겁 병마개를 열었다.

오랜 기갈에 시달린 사람처럼 그녀는 서둘러 병 속의 것을 꿀꺽꿀꺽 삼켰다. 이내 알싸한 기운이 목을 타고 온몸 구석구석으로 번져 나갔다.

불길처럼 치솟던 성화가 사그라졌다. 이내 노곤한 기운이 감돌았다.

소은은 허물어지듯 벽에 기대앉았다. 열린 창문 너머로 떼 지어 날아가는 새가 보였다.

"내가 저 새보다 나을 것이 없구나."

마른 웃음이 소은의 입가에 떠올랐다.

어쩌다 이리되었을까?

작은 욕심, 그저 작은 욕심 한 자락을 품었을 뿐이다.

한 번의 실수가 모든 걸 엉망으로 만들고 말았다.

아비의 기대에 부응하고 싶었다.

어미의 바람대로 조선 최고의 여인이 되고 싶었을 뿐인데.

나는 나쁘지 않다. 티끌처럼 작은 실수가 있었을 뿐이다. 그런데 어찌 내가 이리 큰 벌을 받아야 한단 말인가? 내가 무얼 잘못하였다고 모두 내게 눈 흘기느냔 말이다.

슬픔이 해일처럼 밀려왔다.

소은은 엉엉 목 놓아 울었다.

한참을 그렇게 울고 나니, 이번엔 성화가 치밀어 올랐다.

나쁜 건 내가 아니야. 나를 이리 죄짓게 한 건 해루, 그 아이다. 그 아이만 아니었다면…… 이리 불안한 마음으로 살지 않아도 되었으리라. 그래, 해루가 나쁜 것이다. 그 아이로 인해 내가 이리 힘들고 불행하게 된 것이야. 해루 때문에…….

분노와 원망이 물러가자 이번엔 복수심이 들끓었다.

모든 것을 빼앗기고 싶으냐 묻던 어미의 목소리가 귓가에 쟁쟁하였다. 불편한 헛기침을 흘리던 아비의 모습이 눈가에 어른거렸다.

어떻게 오른 자리인데.

이리 맥 놓고 있을 수만은 없어.

분노가 마른 자리에 혼란이 찾아왔다.

소은은 허리를 꼿꼿이 세웠다. 그리고 면경 앞에 앉았다.

"소쌍아."

"네, 마마."

"단장을 하고 싶구나."

"네?"

"곧 저하께서 오실 것이야. 이런 모습으로 어찌 저하를 모실 것이냐?"

"마마……?"

난데없는 소은의 말에 소쌍이 어리둥절한 표정을 지었다.

"무얼 하느냐? 새 옷을 꺼내 오너라. 그래, 오늘은 모란이 수놓인 것이 좋겠구나. 아, 지난번에 사들인 나비잠과 홍옥 떨잠도 잊지 말고 가져오너라."

소은이 말한 옷은 없었다. 수놓인 모란의 모양이 마음에 들지 않는다며 몇 달 전에 버리라 명하지 않았던가.

"마마."

"이러다 저하께서 갑자기 들이닥치시면 어찌하려고 게으름을 떠느냐? 냉큼 내가 말한 옷을 가져오너라."

소은의 채근에 밀려 소쌍은 밖으로 나섰다.

비스듬히 열린 문틈으로 소은의 모습이 보였다. 면경 앞에서 제 얼굴을 가다듬는 소은의 눈동자에 탁한 기운이 서려 있었다.

불길한 예감이 소쌍의 등줄기를 타고 올라왔다.

빈궁의 상태가 심상치 않았다.

예전부터 술을 마시면 이따금 헛소리를 하거나 돌연 화내는 경우는 있었지만, 이번처럼 기억을 잃은 사람처럼 행동한 적은 없었다.

불안해진 소쌍은 자화를 찾아갔다.

자화는 언제나처럼 수틀을 마주하고 있었다.

귀녀께서 수를 놓다니.

이제는 익숙해질 법도 하건만, 수놓는 자화의 모습은 여전히 소쌍에겐 생소했다.

자화가 수를 놓기 시작한 것은 진양대군을 만난 직후부터였다.

그녀가 수놓는 그림은 매번 달랐다. 어느 때는 나비를 새기고, 어느 때는 새를 그렸다. 또 어느 날엔 텅 빈 새장을 그리고, 때론 가을 녘의 붉은 들판을 수놓기도 하였다.

어쩌면 수를 놓는 건 밖으로 나가고 싶은 욕망의 표출인지도 모른다.

그녀는 스스로를 이 작은 철창 없는 감옥 안에 가두었다.

진양의 마음을 얻기 위함이라 하였다.

사내는 으레 독점욕이 있기 마련이고, 진양은 그런 사내들 중에서도 유달리 집착이 강한 사람이었다. 그의 내면을 꿰뚫어 본 자화는 스스로를 이 좁은 곳에 가두었다.

그러나 소쌍은 알고 있었다, 자화가 얼마나 활기찬 여인인지.

귀녀는 바둑과 서책 읽기를 가까이했지만 즐기진 않았다.

그녀는 사내들과 검을 겨루고 말을 탔다. 달리는 말에서 활을 쏠 때마다 짜릿한 찰나의 쾌감을 느낀다고 버릇처럼 말하곤 하였다.

그런 사람이 대의를 위해 스스로를 구속했다.

그 결단력과 독심, 먼 훗날을 내다보는 식견과 혜안까지.

소쌍에게 자화는 우상이자 신념이었다.

궁금하거나 불안한 것은 뭐든 답하고, 불안할 때마다 마음을 다독여주는 사람을 어찌 따르지 않을 수 있을까?

그리하여 소쌍은 자화가 하는 말이라면 무조건 믿고 따랐다.

"빈궁의 혼란이 극에 이르러 광증마저 보인단 말이더냐?"

자화의 물음에 소쌍은 고개를 크게 끄덕였다.

"그 증상이 날로 심해져 걱정이 이만저만이 아닙니다. 이러다 크게 잘못되는 건 아닌지 모르겠습니다."

소쌍의 우려에도 자화는 수자에서 시선을 거두지 않았다.

그녀는 선녀들이 목욕하는 광경을 새기고 있었다. 붉은 만월이 뜬 달밤이라, 핏빛처럼 붉은색이 비단을 가득 채웠다.

한 땀, 바늘을 꽂으며 자화가 다시 물었다.

"빈궁이 널 어찌 대하느냐?"

"저에 대한 집착은 날로 심해져 이제 정말 잠시도 곁을 비울 수 없을 지경까지 이르렀습니다. 오늘도 잠든 틈에 간신히 빠져나올

158

수 있었습니다."

"그래, 잘되었구나."

"네?"

자화의 말에 소쌍은 혼란스러웠다.

소은의 광증이 심해져 잘되었다는 것인지, 아니면 자신에 대한 빈궁의 집착이 늘어 잘되었다는 것인지 알 수 없었다.

자화가 작은 자기 병 하나를 꺼내 소쌍의 앞으로 내밀었다.

"가져가거라."

소쌍의 얼굴이 돌처럼 딱딱하게 굳었다.

이 자기 병에 든 것이 무엇인지 알고 있었다. 이곳에 올 때마다 자화는 이 자기 병을 소쌍에게 주었다.

"술은 그만 먹이는 것이 좋지 않을까요? 지금도 빈궁의 행실을 좋지 않게 보는 사람이 많습니다. 이대로 가다 정말 궁에서 쫓겨나기라도 하면……."

"더 절망하게 두어라. 더 버림받게 하여라. 나락의 가장 밑바닥으로 추락하도록 해야 한다."

"빈궁을 우리가 하는 일의 밑알로 받아들일 생각이시로군요."

"처음부터 그럴 계획이었다."

역시 자신의 하늘님은 현명하였다.

소쌍의 입가에 미소가 떠올랐다.

그러다 문득 이상한 생각에 입가의 미소를 지웠다.

"절 궁에 넣으시고, 많은 계획을 세우신 것이 빈궁을 포섭하기 위함이었습니까?"

자화는 고개를 저었다.

"그럴 리가 있겠느냐? 빈궁은 만약을 위한 대비책이다."

"대비책이라 하셨습니까?"

"모사재인 성사재천(謀事在人 成事在天)이라 하였다. 계획은 사람이 세우나, 일의 성사 여부는 온전히 하늘에 달린 것이니 천에 하나 만에 하나, 내 계획이 어긋나 도모한 일이 제대로 마무리되지 않는다면, 빈궁이 부족한 부분을 채워줄 것이야."

말을 마친 자화는 가는 미소를 그렸다. 그 미소에 위험한 냄새가 느껴졌다.

소쌍은 마른침을 삼켰다.

"일이 마무리되면 빈궁은 어찌하실 생각입니까?"

"새것이 오면 옛것은 당연히 청산되어야 하는 법. 빈궁이라고 예외가 될 수 있겠느냐?"

"죽게 된단 말씀입니까?"

자화가 소쌍에게 시선을 던지며 되물었다.

"인과를 아느냐?"

"원인과 결과를 뜻하는 말이 아닙니까?"

"옳다. 세상의 모든 이치는 반드시 인과를 가진다. 빈궁은 악업을 쌓아 지금의 자리를 얻었다. 남의 피를 제 손에 묻혔으니, 언젠가 제 피도 남의 손에 묻혀야 하지 않겠느냐?"

"하, 하지만……."

"왜? 마음에 걸리느냐?"

"……."

"네가 내 사람이 되며 맹세한 것이 무엇인지 기억하느냐?"

소쌍은 이마가 바닥에 닿을 듯 엎드리며 대답했다.

"내가 난 곳은 어미이나, 내 혼백이 돌아갈 곳은 귀녀의 품입니다. 인연도 영화도 헛된 것이니, 오직 귀녀께서 만든 세상만이 영원하고 불멸할 것입니다."

자화는 건조한 표정으로 고개를 끄덕였다.

"빈궁에게 큰 정을 주지 마라. 큰 죄를 지은 사람이니, 큰일의 밀알로 쓰이기 전에 먼저 부정한 몸부터 정화해야 할 것이다."

소쌍은 저도 모르게 몸을 떨었다.

부정한 몸을 정화해야 한다는 말이 오늘처럼 무섭게 들리기는 처음이었다.

자화를 만나고 돌아가는 소쌍의 발길은 무겁기 그지없었다.

무거운 숙명의 그림자가 간신히 걸쳐진 인연의 사슬을 무참히 베어내라 명하고 있었다.

그날이 오면, 소은은 죽게 되리라.

누구보다 비참한 꼴로, 누구보다 끔찍한 죽음을 맞게 될 것이다.

상상만으로도 마음이 무거웠다.

해루를 만난 것은 그즈음이었다. 아니, 사실 만났다는 표현은 정확하지 않았다.

소쌍은 해루를 보았지만, 정작 해루는 그녀를 보지 못했다.

설사 보았다 하더라도 자신을 알아보지 못했으리라.

한낱 빈궁전의 궁녀인 소쌍을 해루가 알아볼 리 없었다.

여염집 아낙인 듯 편한 복색을 한 해루는 큰 봇짐을 들고 어딘가로 부지런히 걸어갔다.

해루를 바라보는 소쌍의 눈빛이 곱지 않았다.

"회임한 후로 딴짓 못 하게 궁녀들이 주위를 꽁꽁 둘러싸고 있다던데, 여전히 나돌아 다니네.”

소쌍은 어금니를 갈아 물었다.

해루는 두문회의 원수이자 소쌍의 적이었다.

지금은 비록 두문회는 사라지고 없으나, 살아 있는 두문회 사람들의 적의는 여전했다. 다만, 변한 것이 있다면 예전처럼 대놓고 해루를 잡아 죽이려 하지 않는 것이다.

이제는 죽고 없는 두문회의 회주, 민안선에 대한 알량한 의리 때문이었다. 천명을 받았어도 뜻을 이루지 못하였으니, 더는 죽일 이유가 없다 하였다.

그러나 해루를 향한 소쌍의 눈에는 원망과 미움이 가득했다.

“어딜 가는 걸까?”

해루를 흘겨보던 소쌍의 눈에 호기심이 일었다.

잠시 망설이던 소쌍은 궁으로 향하던 발길을 돌려 은밀히 해루의 뒤를 따랐다.

“응?”

거리를 걷던 해루는 누군가 따라오는 것 같은 느낌에 뒤를 돌아보았다. 그러나 텅 빈 골목 어디에도 사람의 인기척은 느껴지지 않았다.

착각이었나?

고개를 갸우뚱하며 해루는 다시 걸음을 옮겼다.

얼마 지나지 않아 제법 규모가 큰 초가집이 보였다. 열린 사립문 안에는 열댓 명의 어린아이들이 무리를 지어 놀고 있었다.

"얘들아!"

소리를 지르며 안으로 들어서는 해루의 곁으로 구름 떼처럼 아이들이 몰려들었다.

"다들 말썽 안 부리고 잘 있었지?"

해루의 물음에 맨 앞에 선 계집아이가 고개를 끄덕였다.

"당연하죠. 우리가 뭐 어린애들인가."

못마땅한 듯 종알거리는 아이를 보며 해루는 낮게 웃음을 흘리고 말았다.

"이 녀석아, 너 어린아이 맞아."

이제 고작 여덟 살.

그러나 거리에서 자란 아이는 또래보다 성숙했다.

이 아이들을 처음 만난 건 반년 전.

뒷골목 사람들과 친분을 쌓아가던 어느 날, 그녀의 옷자락을 잡는 작은 온기가 느껴졌다. 어미와 아비 없이 뒷골목을 전전하던 어린 소녀였다.

처연한 눈길로 해루를 올려다보던 소녀가 중얼거렸다.

"배고파요."

아이는 혼자라 하였다. 언제 부모에게서 버려졌는지 기억조차 나지 않는다 하였다.

그저 잠이 깨는 순간부터 잠이 드는 순간까지 생각나는 건 오직 굶주림, 하나라고 소녀는 말했다.

소녀의 얼굴 위로 오래전 자신의 모습이 겹쳐 보였다.

그때 정 판수가 건넸던 개떡 하나가 어찌나 고마웠던지. 그 작은 온정이 아니었다면 자신은 어느 차가운 뒷골목에서 쓸쓸한 죽음을 맞이했을지도 모른다.

아이에게 우선 먹을 것을 주고, 이것저것 물었다. 그리고 이 뒷골목에 같은 처지의 아이가 하나만이 아니라는 사실을 알게 되었다.

하여, 가진 돈을 모두 털어 초가 하나를 얻었다. 그리고 거리를 떠도는 아이들을 찾아 초가로 데려왔다. 그렇게 하나둘 모인 아이의 수가 어느덧 열다섯이 되었다.

아이들을 둘러보는 해루의 곁으로 여인의 그림자가 다가왔다.

"이제 오세요?"

김담의 여동생 유희였다.

그녀는 이따금 들르는 해루를 대신하여 이곳에서 아이들을 돌보고 있었다.

"너무 오랜만에 왔죠? 그동안 별일은 없었어요?"

"별일 없었어요. 저보다는 승휘마마가 걱정이죠. 회임하셨다 들었는데, 어떻게 나오신 거여요?"

"뭐, 이런저런 핑계를 대고. 하하하."

해루가 어색하게 웃었다.

"힘드실 텐데. 앞으로는 나오지 않으셔도 돼요."

"유희 아가씨 혼자서 힘들 텐데, 그럴 수야 있나요."

"괜찮아요. 대왕 아씨도 자주 나오시고요. 그러고 보니 좀 전까지 계셨는데 잠시 어딜 가셨나 보네요."

"대왕 아씨요?"

해루가 고개를 갸웃했다.

대왕 아씨가 누구지?

처음 들어보는 이름이었다.

"현성 아씨를 아이들이 대왕 아씨라 불러요."

유희는 두 손으로 눈썹 끝을 치켜세우며 말을 이었다.

"염라대왕만큼 무섭다는 의미래요."

"하하하, 그렇군요."

해루의 시원한 웃음소리가 초가 마당을 흔들었다.

아이들을 돌보기 시작한 후, 해루는 큰 문제에 당면하고 말았다.

회임한 이후, 그녀를 바라보는 궁의 시선이 예전과 달라진 것이다.

그녀를 감시하는 시선이 철통같아졌다.

귀한 아기씨를 품은 해루에게 행여 무슨 일이 일어날까, 노심초차 하는 눈길이 곳곳에서 그녀를 지켜보고 있었다.

보이지 않는 족쇄에 발이 묶여버렸다.

어쩔 수 없이 그녀를 대신하여 아이들을 돌봐줄 사람이 필요했다.

소식을 듣고 제일 먼저 유희가 달려와주었다.

그리고 뜻하지 않게 도움의 손길을 내민 사람이 있었다.

바로 현성이었다.

그녀는 또 쓸데없는 일을 벌였다고 타박하면서도 꾸준하게 이곳을 찾아왔다.

올 때마다 현성은 아이들에게 입힐 옷과 먹거리를 가득 가져오곤 했다.

"표정이 무서워서 그렇지, 누구보다 마음이 따뜻하신 분이어요."

해루의 말에 유희는 고개를 끄덕였다.

"누가 마음이 따뜻해?"

도란도란 이야기를 나누는 두 사람 사이로 싸늘한 목소리가 끼어들었다.

현성이 뾰로통한 표정으로 서 있었다.

"어딜 갔다 오세요?"

"잠깐 뭐 좀 물어보러 갔다 왔지. 그런데 넌 어떻게 나온 거야?"

"뭐, 잠깐 산책한다고 하고 나온 길입니다. 하하하."

"그러다 중전마마께 들키면 혼나는 정도로는 끝나지 않을 거야."

"걱정 마세요. 나름 대책을 세워두었답니다."

"김 상궁을 대신 세워두는 정도라면 중전마마께서도 이미 알고 계시다는 소문이야."

현성의 말에 해루는 정색했다.

"정말요? 어떻게 눈치채신 걸까요? 우리 중전마마, 참으로 대단하신 분입니다."

"그걸 아직도 눈치채지 못했다고 생각하는 네 순진함이 더 대단한 것 같구나."

"앞으로는 조심해야겠습니다."

현성이 고개를 끄덕였다.

그때 유희가 입을 열었다.

"그런데 대왕 아씨."

"그렇게 부르지 말라 하였다."

"네."

잠시 눈치를 살피던 유희가 현성에게 다시 말을 붙였다.

"아씨, 만돌이는 언제까지 저리 벌을 주실 건가요?"

"만돌이?"

만돌이란 말에 해루는 고개를 돌렸다. 마당 한구석에 어린 사내아이 하나가 몸을 비비 꼬며 두 손을 들고 선 모습이 보였다.

해루가 현성에게 물었다.

"만돌이가 또 무슨 말썽을 저질렀나 봅니다."

"장독을 깼어."

"장독을 깨트렸다고요?"

"새를 잡겠다고 돌팔매질을 했다더군."

해루는 놀란 표정으로 만돌을 보았다.

잘못한 건 아는지, 만돌은 기죽은 표정으로 고개를 숙였다.

"벌써 반 식경째 저러고 있어요."

유희가 해루의 귓가에 속삭였다.

"어이구, 이 녀석. 내가 사고 치지 말라고 했지."

나름 무서운 얼굴을 한 해루가 만돌을 다그쳤다.

"이번엔 나도 못 참아. 한 번만 더 말썽 부리면 크게 혼난다 했어? 안 했어?"

해루의 성난 물음에 만돌의 눈에서 금세 눈물이 뚝뚝 떨어졌다.

"뚝! 뭘 잘했다고 울어?"

"무얼 그렇게까지 해?"

현성이 말렸지만 해루는 손을 내저었다.

"아닙니다. 이참에 이 녀석 버릇을 단단히 고쳐놔야 해요. 너, 이리로 따라와. 혼 좀 나야겠다."

해루는 소리 없이 우는 만돌을 뒤뜰로 잡아끌었다.

그러나 현성의 시선이 닿지 않는 곳에 다다르자 해루의 행동이 돌변했다.

치켜떴던 눈에 안타까움이 들어찼다.

"뚝. 뚝!"

앞마당의 동태를 살피며 해루는 아이의 머리를 쓰다듬었다.

"그러게 누나가 뭐라고 했어. 누나 없을 때 사고 치지 말라고 했지."

무릎을 굽혀 만돌과 눈높이를 맞춘 해루는 눈물과 콧물로 범벅

된 아이의 얼굴을 소맷자락으로 닦아주었다.

"그만 울어. 뚝. 사내 녀석이 자꾸만 울면 못써."

"알아요. 아는데……. 흐윽. 대왕 아씨가 자꾸 말썽 피우면 쫓아 버릴 거라고 하셨어요."

"아니야. 말만 그렇게 하시는 거야."

"그렇지만 대왕 아씨는 너무 무서워요. 으앙, 저 쫓겨나면 어떻게 해요? 나 버릴 거예요?"

"아니야. 절대 안 그래. 걱정 마. 걱정하지 마."

해루는 만돌을 품에 깊숙이 끌어안았다.

"걱정하지 마. 혼자 두지 않을 거야. 쫓아내지도 않을 거야. 절대로 그런 일은 없어요."

"정말요?"

"아무렴. 쫓아낼 거면 애초에 들이지도 않았지. 하늘이 두 쪽 나도 그럴 일은 없을 거야."

토닥토닥, 다독이는 손길에 만돌이 고개를 끄덕거렸다.

"그럼 이제 그만 우는 거다."

"그런데…… 자꾸만 눈물이 나요."

아픈 눈으로 만돌을 보던 해루가 들고 온 보퉁이를 풀었다.

"이거 먹으면 우리 만돌이 눈물이 그칠까?"

"우와, 엿이다."

"여기 떡도 있지."

"우와!"

금방까지 시무룩하던 아이의 얼굴에 금세 웃음꽃이 피어났다.

그러나 울음 끝이 남아 있던지라, 딸꾹딸꾹, 딸꾹질을 하며 만돌은 해루가 준 엿과 떡을 열심히 먹었다.

"그렇게 맛있어?"

달게 먹는 만돌에게 해루가 물었다.

대답하는 대신 만돌이 한입 베어 먹던 떡을 해루에게 내밀었다.

해루는 넙죽, 아이가 먹던 떡을 받아먹었다.

"우와, 정말 맛있다."

"이 엿도 맛있어요."

"정말?"

다시 묻는 해루에게 만돌이 엿을 내밀었다.

이번도 넙죽 받아먹으려는 찰나.

"내 이럴 줄 알았지."

해루와 만돌의 머리 위에서 카랑한 목소리가 들려왔다.

으스스한 기운에 눌려 머뭇머뭇 고개를 돌리는 두 사람의 머리 위로 팔짱을 끼고 선 현성의 모습이 보였다. 놀란 표정으로 입을 벌린 해루가 돌연 만돌의 앞을 가로막았다.

"만돌아, 도망가!"

"어딜!"

현성이 달아나는 만돌의 뒷덜미를 잡으려 했다. 그러나 해루의 방해로 뜻을 이룰 수 없었다.

"애들 훈육하는 걸 자꾸 방해하면 어떡해. 버릇 나빠지면 책임질 거야?"

"충분히 혼났어요. 제가 뭘 잘못했는지도 깨달은 것 같으니, 그만 용서해 주세요."

"선녀 나셨네. 하늘 항아가 따로 없어. 그때 네가 이런 걸 하자고 했을 때, 딱 잘라 거절했어야 했는데. 내가 미쳤지, 내가 미쳤어. 어쩌자고 네 꾐에 빠져서는……."

한숨을 쉬며 현성은 앞마당으로 향했다.

"만돌이 너! 이리로 안 와? 지저분해진 손으로 먹을 걸 집으면 어떻게 해? 손 씻어. 얼른! 만돌이 씻은 다음엔 너희들 차례니까, 도망가면 혼쭐날 줄 알아."

목소리는 불퉁했지만, 아이들을 바라보는 현성의 눈길은 곱기만 하였다.

"오늘 저녁은 뭡니까?"

현성의 뒤를 그림자처럼 따르며 해루가 물었다.

"없어. 뭘 잘했다고 저녁을 먹여?"

"아까 부엌에서 고기 넣은 무국이 끓고 있던데요."

유희가 지나가는 길에 참견했다.

"내가 먹을 거야."

"양이 좀 많던데요?"

"내가 배고파서 그래. 나 혼자 다 먹어버릴 거야."

"아 참, 장통방 근처에 며칠째 어린아이 하나가 한데서 자는 걸 본 사람이 있다고 하던데……."

해루의 말에 현성과 유희가 동시에 소리쳤다.

"안 돼요!"

"꿈 깨. 지금 여기 있는 애들 돌보기도 벅차다는 거 알고 있지. 무려 열다섯 명이야, 열다섯."

"밥 먹는 상에 숟가락 하나만 더 올리면 될 텐데요."

"절대 안 돼요."

"맹세하건대, 한 명만 더 들이면 난 정말로 여기 안 올 거야. 진심이야."

결사반대를 외치는 두 여인의 대답에도 해루는 웃음을 거두지 않았다. 지금은 이리 반대해도 결국엔 받아들일 것을 누구보다 잘 알고 있었다.

아이처럼 천진한 얼굴로 해루가 물었다.

"지금 가서 데려올까요?"

"안 된다니까요."

"내 말을 귓등으로 듣는 거야? 절대 안 돼!"

소쌍이 빈궁전에 도착하자 대청마루를 서성이던 문 상궁이 한달음에 달려왔다.

"뭐 하다 이제 오는 것이야?"

"무슨 일이라도 있습니까?"

"빈궁마마께서 깨어나셨는데, 기분이 좋지 않아 보이시는구나. 서둘러 들어가보아라."

문 상궁의 대답이 끝나기 무섭게 처소 안에서 앙칼진 목소리가 새어 나왔다.

"감히 네년들이 나를 업수이 여기는 것이냐?"

날카롭게 벼린 소은의 목소리에 소쌍이 문 상궁을 돌아보았다.

"무슨 일 있으셨습니까?"

"모르겠다. 저녁 드시고 나서부터 저리 이유 없이 트집을 잡으시니. 나는 감당이 안 되는구나."

소쌍은 문 상궁에게 떠밀려 안으로 들어섰다.

퍽!

때마침 소은이 던진 서책이 소쌍을 스치고 지나갔다.

놀란 소쌍의 눈에 패악을 부리는 소은의 모습이 들어왔다.

"빈궁마마, 왜 이러십니까?"

"저년이 내 뒤에서 내 욕을 하더구나. 나를 욕하는 소리를 내 귀로 똑똑히 들었어."

소은의 말에 입술이 찢긴 궁녀가 양손을 싹싹 비비며 고개를 도리질했다.

"빈궁마마, 절대 그런 적 없사옵니다. 욕이라뇨? 제가 어찌 감히 빈궁마마를 욕할 수 있겠습니까? 그건 말도 안 되는 이야깁니다."

"그럼 내가 억지를 부리고 있단 말이냐?"

"아니……. 제 말은 그런 게 아니고. 어쨌든 저는 안 했습니다. 절대 그런 적 없사옵니다."

"거짓말, 거짓말이다. 저것이 거짓말을 하는 것이야. 내, 저하가 오시면 네년을 살려두지 않을 것이야. 아무래도 저하께서 이곳으로 걸음 하지 않으신 연유가 저것들이 내 욕을 해서 그런 모양이다."

불같이 화를 토해내던 소은이 돌연 바닥에 털썩 주저앉았다.

"아니옵니다. 제가 잘못한 것이 아니옵니다, 저하. 전 아무런 잘못도 없습니다. 아랫것들이 절 모함한 것입니다. 저하! 저하!"

소은의 광증이 재발했다.

말없이 소은을 지켜보던 소쌍은 궁녀들을 내보냈다.

처소 안엔 소쌍과 소은만이 남았다.

길게 한숨을 내쉬던 소쌍이 통곡하는 소은을 가만가만 다독였다.

"마마, 괜찮을 것입니다. 아무도 빈궁마마를 모함하지 않았습니다. 그러니 진정하세요."

"소쌍아, 저하께서 나를 다시 찾아오실까? 아니 오시면 어쩌지?

나…… 버려지면 어찌하지?"

갑자기 몸을 덜덜 떠는 소은을 소쌍은 가만히 끌어안았다.

"걱정 마십시오. 저하께선 꼭 오실 겁니다."

"그럴까? 정말 그럴까?"

"물론이지요."

"아니, 아니야. 저하는 오시지 않을 거야. 그분은 나를 버렸어. 나는 궁에서 쫓겨날 거야. 내가 궁에서 쫓겨나면 아버지가……. 어머니가 슬퍼하실 거야. 내 오라비들은 어찌 되지? 우리 가문은……?"

"마마."

"소쌍아, 나는 무섭다. 아무도 나를 반기지 않을 것이야. 다들 나를 미워해. 이 궁에서 내 편은 너뿐이야. 오직 너만 나를 이해해 줘. 그러니 소쌍아, 아무 데도 가지 마라. 네가 없으면 내가 얼마나 무서워하는지 잊었느냐? 그러니 너는 내 곁을 지켜야 한다. 너만은 꼭 내 곁에 있어야 한다. 약조해 다오. 절대 날 버리지 않겠다고 약조해 다오, 소쌍아."

소은은 마치 어린아이처럼 소쌍에게 매달렸다.

그 모습이 해루의 품에 안겨 있던 어린아이와 똑 닮아 있었다.

"절대 떠나지 않을 겁니다. 떠날 것이면 애초에 이곳으로 돌아오지도 않았습니다. 하늘이 두 쪽 나도 빈궁마마를 버리는 일은 없을 것입니다. 그러니 마음 놓으셔요."

소쌍은 저도 모르게 해루가 아이에게 했던 말을 소은에게 건넸다.

따뜻한 위로의 말에 마음이 놓인 걸까?

사시나무처럼 떨던 소은의 떨림이 점차 멎었다.

소쌍은 복잡한 심경으로 아이처럼 홀쩍이는 소은을 바라보았다.

인과(因果)와 온정(溫情).

견고한 믿음으로 굳어 있던 소쌍의 마음에 작은 균열이 일었다.

이제야 알았다

낮은 담장 아래로 패랭이꽃이 싹을 틔웠다.

연일 망치질 소리가 끊이지 않던 초씨공방에 모처럼 느른한 휴식이 찾아왔다.

하지만 침묵은 그리 길지 않았다.

곧이어 불꽃을 터트리는 요란한 소음과 함께 환호하는 사람들의 목소리가 울렸다.

양여섭과 작물과 약초에 대해 논의하던 향이 환호성을 듣고 서둘러 걸음을 옮겼다.

공방 뒤뜰에 화약 냄새와 연기가 자욱했다. 연기로 가득한 소란의 중심엔 수레도 농기구도 아닌 커다란 물체가 서 있었다.

김담과 심운기, 그리고 강퍅한 인상의 중년 사내가 물체 옆에서 큰 소리로 웃고 있었다.

"저하."

향을 발견한 사람들은 고개를 숙였다.

"시험 사격을 한 모양이군."

"방금 수레에 발화통을 장착하여 시험하였습니다."

"결과는?"

물어보는 향의 목소리가 가늘게 떨렸다.

"성공입니다, 저하!"

답하는 김담의 음성에 기쁨이 넘쳐흐르고 있었다.

애써 담담한 표정을 짓던 향도 성공이라는 대답에 크게 고개를 끄덕였다.

"그런가? 마침내 성공했는가?"

그는 아직도 희뿌연 연기를 뿜어내는 기괴한 물체를 향해 걸어 갔다.

심운기가 재빨리 그의 옆으로 다가서며 상세한 설명을 덧붙였다.

"총통기(銃筒機)에 4전 총통 쉰 개를 설치하였사옵니다. 신기전기(神機箭機)는 소신기전, 중신기전 백 개씩을 꽂아 발사할 수 있 사옵니다. 일전의 총통기에 이어 오늘은 신기전기를 시험하였사옵니다. 주변의 소란을 고려하여 세 발만을 시험 사격하였습니다."

"자칫하면 먼 곳으로 날아가 사람을 다치게 할 수도 있었을 터 인데."

"수레의 높이를 조절하였습니다."

김담이 맞은편으로 손짓하였다.

공방의 벽과 바닥에 화살 세 발이 박혀 있는 것이 보였다. 방금 신기전기에서 발사된 화살이었다.

"수레와 신기전기의 결합에는 문제가 없었는가?"

"꼭 맞습니다."

"한 치의 어긋남도 없습니다."

"앞뒤 좌우의 균형 또한 문제없습니다."

김담과 심운기 그리고 초씨공방의 중년인까지, 대답하는 목소리에 하나같이 들뜬 기색이 역력했다.

"완벽하다, 이 말이로군."

좀처럼 흥분하지 않던 향의 얼굴에 기쁨의 열기가 안개처럼 번져 나갔다.

"드디어 완성되었구나."

마침내 염원하던 신무기가 완성되었다.

"아직은 기뻐할 때가 아닙니다. 다양한 환경에서 시험하여 여러 번의 개량과 손질을 거쳐야만 비로소 완성이라 할 수 있습니다."

초씨공방의 주인이 신기전기를 두드리며 말했다. 하지만 고집스러운 그의 얼굴에는 은근한 자부심이 서려 있었다.

이 신기전기를 완성하기 위해 밤을 지새운 날이 몇이던가.

비록 시험 사격도 제대로 하지 못한 미완성품이라곤 하지만 각 부의 시험과 수정은 넘치도록 하였다.

남은 것은 자잘한 보완뿐.

사실상 완성이라 해도 과언이 아니었다.

향은 신루 학자들과 한 사람 한 사람 일일이 눈을 마주했다.

"그동안 수고 많았다."

북방에서 야인들과의 싸움 이후, 향과 신루 학자들은 새로운 무기 개발에 집중하였다.

그간의 노력이 마침내 결실을 보았다.

"그나저나 무기가 완성되었으니 시험 사격을 해보아야 할 터인데, 마땅한 장소가 없어 큰일입니다. 방금 들으셨다시피 신기전이 발사될 때 벼락이 치는 듯한 굉음이 일어 주위의 이목을 끌게 되옵니다."

김담의 말에 향은 고개를 저었다.

"사람의 이목을 끌어서야 굳이 궁이 아닌 이곳에서 무기를 만든 보람이 없지. 마침 주상 전하를 비롯하여 왕실 사람들 모두 온수현의 온천행궁으로 떠날 예정이니, 그때 화거(火車)의 성능을 제대로 실험할 수 있을 것이다."

향은 가슴이 부풀어 올랐다. 마음 같아서는 당장에라도 성능 시험을 하고 싶었다.

그러나 도성에는 지켜보는 눈이 많았다.

명분과 명나라와의 관계를 중시하는 사대부들의 시점에서 보자면 왕세자의 이런 행위는 그야말로 위험천만한 모험이었다.

조정 대신들이 알게 되는 날에는 상소문이 빗발치리라.

자칫하면 완성된 무기를 사장하고 모든 것을 원점으로 돌려야 할지도 모른다.

하여, 향은 도성을 떠나 온궁에서 화거의 성능을 제대로 살펴보기로 하였다.

"곧 궁에서 온궁으로 필요한 물자들의 이송이 시작될 것이다. 그때 화거를 옮긴다면 사람들의 이목을 피할 수 있을 터. 그러니 심 학사와 양 학사 그리고 김 학사는 화거가 온궁으로 향할 때 함께 출발하도록 하라."

"명받잡나이다."

"그리고……."

다음 명을 내리려던 향은 문득 공방 마당을 둘러보았다.

좀 전까지 기쁨으로 환호하던 신루 학자들이 어느새 약 먹은 병아리처럼 졸고 있었다.

"많이 피곤한가 보군."

향의 중얼거림에 김담이 조금 불퉁한 목소리로 대답했다.

"벌써 여러 날을 잠 못 자고 이 일에 매달렸습니다. 피곤하지 않으면 사람이 아닐 겁니다."

"그랬군."

"저희보다 저하가 더 걱정입니다. 하루에 한 시진도 채 아니 주무시니. 이러다 병이라도 나시면 승휘마마께 그 원망을 어찌 들을지……."

"그랬었나?"

고개를 갸웃하는 향에게 김담이 애원했다.

"저하, 제발 쉬십시오."

"나는 되었으니 그대들은 온궁으로 떠날 때까지 모두 집으로 돌아가 쉬도록 하라."

"저하께서 아니 쉬시는데 저희가 어찌 쉴 수 있단 말입니까?"

"……."

"저하."

"알았다. 나도 오늘은 이만 접고 궁으로 돌아가지."

그의 말에 귀 기울이던 심운기가 바닥에 털썩 주저앉았다.

"언제 그 말씀 하시나 기다렸습니다."

양여섭 역시 그대로 무너지듯 공방의 대청마루에 고꾸라졌다. 이내 엎드린 그에게서 코 고는 소리가 우렁차게 들려왔다.

머쓱한 시선으로 지켜보던 향은 완성된 화거로 다시 한 번 눈길을 돌렸다.

"마지막으로 수레를 살펴보고……."

"소신이 하겠습니다. 제발 그만 쉬십시오, 저하."

사색이 된 김담이 향을 공방 밖으로 등 떠밀었다.

"떠나기 전까지 꼭 바퀴를 점검해야 한다."

"알겠습니다."

"발사대의 기울기를 최대한……."

"그만 문 닫겠사옵니다."

향이 공방 대문을 나서기 무섭게 김담은 나무 문을 안으로 닫아걸었다.

"거참."

마른 입맛을 다시던 향은 마지못해 궁으로 몸을 돌렸다.

공방 골목을 따라 걷다 보니 이내 활기찬 시전 거리가 눈앞에 펼쳐졌다.

흥정하는 소리, 음식 냄새, 짐 나르는 사람들, 땀 흘려 일하는 사람들의 진한 체취, 호기심 어린 눈을 반짝이는 아이들…….

향은 평온한 얼굴로 왁자한 거리를 따라 걸었다.

그러나 그의 평화는 얼마 지나지 않아 깨지고 말았다.

"잡아랏! 저놈 잡아랏!"

사나운 외침과 함께 한 사내의 뒤를 쫓는 포졸들이 그의 시야를 파고들었다.

쫓기는 사내는 얼굴에 검은 칠을 하고, 오른팔에 기괴한 종이 장식을 달고 있었다.

"혁아."

향의 부름에 무혁이 이내 그의 곁으로 다가섰다.

"무슨 일인지 알아보거라."

인파를 뚫고 사라진 무혁이 잠시 후 돌아왔다.

"어찌 된 일이더냐?"

"두박신을 퍼트리는 자를 잡아들이는 과정에서 작은 소동이 있었던 모양입니다."

"두박신이라면……."

향의 뇌리로 영월에서의 일이 떠올랐다.

월력으로 무지한 백성을 현혹한 무녀.

그 무녀가 섬기던 것이 두박신이라 하였다.

두박(豆朴)은 넘어지는 소리를 뜻했다. 요망한 자들이 참형당한 문무 재상들의 이름을 종이에 써서 장대 끝에 매달고는 두박신이라 불렀다. 그러고는 원한에 사무친 원혼들이 세상을 저주하여 온갖 망측하고 기괴한 재해가 일어난다 주장하였다.

몇 해 전만 해도 한적한 시골에서나 드문드문 퍼지던 두박신이 작년부터 도성에까지 전파되었다. 이젠 이름이 달린 장대를 두고 제사를 지내는 일을 어렵지 않게 볼 수 있는 지경까지 이르렀다.

단순한 민간의 미신으로 치부하기엔 두박신은 그 폐해가 남달랐다. 지난해 가뭄이 든 것도 두박신의 노여움 때문이며, 두박신의 미움을 받은 자는 역병에 걸려 죽는다는 소문마저 횡행했다.

두박신을 믿지 않는 자는 불행해지고, 심지어 역병에까지 걸린다니, 소문을 접한 사람들은 불안에 떨었다.

두려움에 사로잡힌 백성들은 종이와 베를 들고 무당을 찾아갔다.

얼마 전에는 두박신에게 올릴 제물을 구하기 위해 제 어린 여식을 내다 팔던 아비를 잡기도 하였다.

향의 미간에 굵은 주름이 새겨졌다.

"그자들의 배후는 아직 알아내지 못한 것이냐?"

향의 물음에 무혁이 난처한 얼굴로 고개를 숙였다.

"송구하옵니다. 워낙에 은밀하게 움직이는 자들이라 그 배후를 알아내는 게 쉽지 않습니다. 지난번에 잡은 자 역시 자결을 하고 말았습니다."

"자결이라⋯⋯."

묘한 기시감에 향의 눈매가 가늘어졌다.

"서둘러 배후를 알아내야 할 것이다. 민심이 동요하고 있다. 불안만큼 쉽게 사람의 마음을 잡아먹는 괴물도 없는 법이지."

"명심하겠습니다."

가뭄이 문제였다. 몇 년 동안 이어진 극심한 가뭄에 백성들의 불안이 극에 달했다.

굶주림을 먹고 자란 불안은 대안을 찾기 마련이다. 두박신은 그 약해진 틈에 교묘히 자리 잡았다. 그 기세가 범상치 않아 조정에서도 촉각을 잔뜩 기울이고 있었다.

느낌이 좋지 않았다.

큰 파도가 일기 전엔 큰바람이 있기 마련.

모든 일엔 반드시 앞선 징조가 있다.

향은 두박신이 조선에 불어닥칠 불운의 전조가 아니길 염원하며 다시 걸음을 옮겼다.

일단의 소란에도 시전의 활기는 여전했다.

행상의 요란한 외침, 점포 앞에 진열되어 있는 상품들, 물건을 살피는 사람들과 호객하는 장사치들의 미소가 공기 중을 떠돌았다.

거리의 풍경들이 그의 곁을 스치고 지나갔다.

그러다 한순간 향은 잠시 멈춰 섰다. 곱게 물들인 갖가지 비단과 향신료, 여러 종류의 향낭과 머리 장신구, 그리고 꽃신을 파는 점포 앞이었다.

조그마한 패랭이꽃이 수놓인 작은 꽃신이 그의 망막에 맺혔다.

채 한 뼘이 되지 않는 작은 크기의 꽃신.

그 꽃신을 신고 아장아장 걷는 어린아이의 모습이 떠올랐다.

무심하던 향의 얼굴에 균열이 일었다.

"저하, 무에 문제라도 있으십니까?"

무혁이 물었다.

지금까지 세자의 곁을 지키면서 단 한 번도 본 적 없는 모습인지라, 부름이 없음에도 무혁은 의아한 얼굴로 다가섰다.

그런 무혁을 돌아보며 향이 물었다.

"어떠냐?"

"무슨 말씀이십니까?"

"저 꽃신 말이다. 어떠하냐?"

향의 시선을 좇아 무혁이 고개를 돌렸다. 이내 연분홍색 비단 위에 패랭이꽃이 곱게 수놓인 꽃신이 들어왔다.

향과 꽃신을 번갈아 보던 무혁이 대답했다.

"저는 되었습니다."

단호한 대답에 향은 잠시 멍한 눈으로 무혁을 응시했다.

"……."

"……."

느닷없는 침묵이 흘렀다.

무언가 말을 하려던 향은 그대로 입을 다문 채 걸음을 옮겼다.

잠시 어리둥절하던 무혁의 얼굴에 아차 하는 표정이 떠올랐다.

그는 서둘러 향의 뒤를 쫓았다.

"저하, 농입니다. 웃자고 한 소립니다. 정말입니다."

공허한 외침이 허공중에 퍼졌다.

푸른 기운이 물씬 오른 궁궐 후원으로 부드러운 미풍이 불었다.

우거진 나무숲 저편에서 바스락거리는 소리가 들려왔다. 인기척에 놀란 짐승들이 황급히 꼬리를 말고 자취를 감추었다.

숲의 주인이 사라진 곳에 연초록 봄빛 스란치마를 입은 해루가 모습을 드러냈다. 작은 대나무 바구니를 품에 안은 그녀의 이마에 땀이 송골송골 맺혀 있었다.

숲을 이리저리 둘러보던 해루는 이내 원하는 걸 발견한 듯 잰걸음을 옮겼다.

언덕 아래 앵두나무 한 그루가 있었다.

해루는 까치발을 한 채 앵두나무에 열린 붉은 보석을 바구니에 담기 시작했다.

가지마다 풍성하게 열린 붉은빛 열매들. 바구니를 금세 채울 것이라는 기대에 해루는 맑은 미소를 머금었다.

그러나…….

"맛있구나."

어느샌가 하얀 잠방이 차림의 사내가 바구니 안의 앵두를 한 움큼 집어 먹으며 그녀 곁에 자리 잡고 앉았다.

"전하!"

깜짝 놀란 해루가 급히 고개를 조아렸다.

최최측근이 혀를 쯧쯧 찼다.

"우리끼리 있을 땐 최최측근이라 부르라니까."

"신루 후원에서만 그러는 게 아니었습니까?"

"우리 사이에 굳이 장소 따질 필요 있겠느냐? 편할 때 만나게 되면 그냥 편하게 말하면 되는 것이지."

"알겠습니다, 최최측근. 그런데 여긴 어쩐 일로……."

"후원으로 산책을 나섰다는 이야기를 듣고 와봤지. 그런데 한다는 산책은 안 하고 뭐 하는 것이냐?"

"저는……."

해루는 은근슬쩍 바구니를 뒤로 감추었다.

이내 왕의 얼굴에 시무룩한 표정이 가득했다.

"요새 내가 도통 입맛이 없어."

최최측근의 눈망울이 바구니를 찾았다.

마음 약해진 해루가 주춤주춤 앵두 담긴 바구니를 다시 내놓았다. 그제야 최최측근의 입가가 길게 늘어졌다.

왕은 앵두를 입에 넣고 오물거렸다.

"어디 편찮으십니까?"

"몸이야 매일 아프지. 안 아픈 곳이 없으니."

"어의는 뭐라고 합니까?"

"그 사람이야 만날 같은 말만 반복하지, 뭐. 잘 먹고, 잘 자고, 잘 쉬어야 한다고. 그것만으로 정말 모든 병이 씻은 듯 나으면 얼마나 좋겠느냐."

말을 하는 와중에도 최최측근은 오물오물 앵두 먹는 걸 쉬지 않았다.

"무에 드시고 싶으신 건 없으십니까?"

"개떡."

기다렸다는 듯 최최측근이 말했다.

해루는 난감한 표정으로 대답했다.

"하지만 중전마마께서 당분간은 개떡을 만들어선 아니 된다고 하셔서."

"그럼 뭐, 어쩔 수 없지."

다시 시무룩해진 최최측근은 주섬주섬 앵두를 집어먹었다. 바구니를 채웠던 열매가 금세 바닥을 드러냈다.

"그런데 최측근."

"네, 최최측근."

"매일 앵두는 따면서 정작 먹질 않으니, 무슨 연유라도 있더냐?"

발린 앵두 씨를 톡 뱉으며 최최측근이 물었다.

"그게……."

차마 세자 저하께서 입덧하신다는 말을 할 수는 없었던지라, 해루는 점점 줄어드는 앵두 알에서 시선을 떼지 못했다.

"그러고 보면 세자가 젊은 시절 나를 똑 닮았단 말이야. 생김생김이며, 식성이며."

추억에 잠기는 왕을 해루는 물끄러미 응시했다.

그럼 저하께서 나이를 먹으면 최최측근처럼 된단 말이지?

아……. 상상하지 말자.

고개를 푹 숙이는 해루의 정수리 너머로 최최측근의 목소리가 이어졌다.

"내가 그랬거든. 이 계절만 되면 앵두가 어찌나 먹고 싶었는지."

"그러니까 최최측근께서도 앵두를 드셨단 말입니까?"

"그랬지."

"그럼 최최측근도 입덧을 하셨단 말이지요? 와, 참으로 신기합니다."

"응? 무슨 소리냐? 입덧이라니?"

"좀 전에 앵두를 드셨다고……."

"그래. 앵두는 좋아했지."

"입덧은 아니고요?"

"사내가 무슨 입덧……. 가만, 세자가 입덧을 하느냐?"

힐끗, 해루를 곁눈질하던 왕의 얼굴에 문득 짓궂은 미소가 떠올랐다.

"하하, 사내가 입덧이라. 그것도 속을 알 수 없는 그 녀석이 말이지? 참으로 흥미로운 이야기로고."

최최측근의 미소가 깊어졌다.

근래 세자의 행동이 수상했더랬다.

한동안 안색이 창백하고 건구역질을 하여 어디 아픈건 아닌가 걱정하였다. 그런데 이런 비밀이 있을 줄이야.

"세자가 그런 귀여운 짓을 한단 말이지."

"최최측근, 혹시 누구한테 말씀하실 겁니까?"

"당연하지. 이 재미난 일을 어찌 나만 알고 있겠느냐."

말이 끝나기 무섭게 왕은 중궁전을 향해 가볍게 발걸음을 옮겼다.

해루가 그 뒤를 따르며 사정사정하였다.

"제발 참아주시옵소서. 최최측근만 알고 계십시오. 이 일을 후대에 알리는 우를 범하지 마시옵소서."

"글쎄, 후대가 안다 하여 특별히 흥이 될 것 같지는 않은데 말이다."

"저하는 싫어할 겁니다."

"그래? 그럼 어찌할꼬?"

해루가 안달하면 할수록 최최측근의 입꼬리는 점점 길게 늘어졌다.

※

"주상 전하께서 그 사실을 알아버렸단 말이지?"

해루를 바라보는 향의 얼굴에 곤혹스러운 기색이 가득했다.

"네. 저는 절대 말하지 않으려고 했는데……."

"네 잘못이 아니다. 그분께서 알려고 하면 알아내지 못할 게 없으시니."

향은 낮게 중얼거렸다.

근래 자신을 바라보는 아버지의 눈빛이 심상치 않았다. 굳이 해루가 아니더라도 들키는 건 시간문제였으리라.

앞으로 이 일로 얼마나 또 놀리시려나.

절로 한숨이 새어 나왔다.

되도록 마주치지 않는 것이 상책이리라.

그건 그렇고…….

향은 해루가 들고 있는 텅 빈 바구니를 내려다보았다.

"오늘도 앵두 따러 갔었구나. 이젠 괜찮으니 그만두어라."

"싫습니다."

"그만 하라질 않느냐?"

"해드릴 수 있는 게 고작 이런 것뿐입니다. 이거라도 하고 싶습니다. 할 수 있게 해주세요."

"해루야……."

말을 하던 향은 숨을 길게 들이마셨다.

알고 있었다.

무어라 말을 해도 해루의 고집을 꺾을 수 없다는 것을.

아마도 해루는 앵두가 다 떨어질 때까지 앵두 따는 일을 멈추지 않으리라.

❀

다음 날.

해루는 부산한 인기척에 잠에서 깨어났다. 동창 밖으로 분주하게 오가는 사람들의 발소리가 들려왔다.

"무슨 일이지?"

삐죽 창밖으로 고개를 내밀자 환관들과 함께 나무를 심고 있는 향의 모습이 보였다.

"저하, 뭐 하십니까?"

"보면 모르느냐. 나무 심는 중이다."

붉은 열매가 가득 달린 앵두나무가 별궁 담벼락을 따라 빼곡하게 심기고 있었다.

"새벽부터 후원에 있는 앵두나무들을 죄다 캐 오셨지요."

김 상궁이 고개를 절레절레 저으며 귀띔했다.

"후원의 앵두나무를 캐 오셨단 말인가?"

"네."

"왜?"

"아바마마께서 앵두를 좋아하시지 않느냐? 하여, 드시기 쉽게 이곳에 심어두는 것이다."

너 때문이다. 앵두를 따러 험한 곳을 헤매는 널 더는 두고 볼 수 없어 그러느니. 이곳에 앵두나무를 옮겨놓으면 굳이 먼 곳까지 가지 않아도 되지 않느냐?

속마음을 감춘 채 향은 애써 무심히 말했다.

그러나 어느새 해루의 눈은 미소를 그리고 있었다.

"그런 것이군요."

향의 마음일랑 짐작하고도 남았다.

마지막 나무까지 모두 옮겨 심은 향이 별궁 안으로 들어섰다.

해루에게 활기찬 바람을 불어넣던 향은 비단 손수건에 담아 온 것을 불쑥 내밀었다.

"이게 뭡니까?"

"나무 옮겨 심다 몇 알 땄느니."

해루는 향이 건넨 손수건을 열었다. 이내 잘 익은 앵두가 손수건에 소복이 쌓여 있는 것이 눈에 들어왔다.

절로 군침이 돌았다.

"저하 드시지 않고서요."

"나는 따면서 먹었다. 그러니 너 먹어라. 잉태한 것은 내가 아니라 네가 아니더냐."

"저하께서 이걸 직접 따셨단 말입니까?"

말없이 고개를 끄덕이던 향이 해루의 입속에 앵두 한 알을 쏙 넣어주었다. 이내 파릇하면서도 달콤한 봄의 향내가 해루의 입속을 점령했다.

"맛있습니다."

톡, 해루가 씨를 뱉기 무섭게 향이 다시 앵두를 넣어주었다.

어린 새처럼 해루는 향이 주는 대로 받아 입속에서 우물거렸다.

그 모습을 물끄러미 지켜보던 향이 말했다.

"이제야 알겠다."

"무얼 말입니까?"

"어릴 적 어마마마께서 말씀하시길, 자식이 무얼 먹는 모습만큼 고운 풍경도 없다 하셨지. 어마마마의 마음을 이제야 내가 알겠구나. 참으로 곱구나."

해루를 바라보는 향의 눈가에 흡족한 미소가 걸렸다.

마주 보던 해루가 억울하다는 얼굴로 중얼거렸다.

"사람들은 모를 겁니다."

"응?"

"저하께서 얼마나 다정한 분인지, 또 얼마나 잘 웃으시는지. 웃을 때 얼마나 고운 분이지 사람들은 모를 겁니다."

"어째 몰라서 분하다는 표정이구나. 남들이 알았으면 좋겠느냐?"

"알리고도 싶고, 알리고 싶지 않기도 합니다."

"어찌하여?"

"저하의 다정한 모습을 저만 간직하고 싶은 욕심 또한 있기 때문이지요."

"녀석."

향은 다시 해루의 입속에 앵두를 밀어 넣었다. 오물거리는 그녀를 향은 사랑스럽게 바라보았다.

그의 눈길에 취하기라도 한 듯 해루는 지그시 눈을 감았다.

졸음처럼 행복이 밀려들었다. 가슴 가득 행복이 들어찬 까닭일까? 자꾸만 졸음이 쏟아졌다.

"이상합니다. 또 졸립니다."

잠투정하는 어린아이처럼 해루가 중얼거렸다.

향은 조심스레 그녀를 제 어깨에 기대게 했다.

"졸리면 자야지. 아이를 품으면 잠이 많아진다더구나."

"그런 겁니까?"

작게 하품을 하는 해루를 향은 물끄러미 내려다보았다.

"선물이 있다."

"네?"

가늘게 실눈을 뜨는 해루에게 향은 작은 꽃신 한 켤레를 내밀었다.

"네 말대로 현주가 태어났으면 좋겠구나."

꽃신이 주는 잔잔한 기대감에 향의 눈이 초승달처럼 휘어졌다.

"궁금하구나. 너를 닮은 아이는 어떤 모습일지……."

"저보다는 저하를 닮았으면 좋겠습니다. 저하를 닮으면 조선 최고, 아니 천하제일의 미녀가……."

행복에 취한 듯 중얼거리는 해루의 이마 위로 문득 향의 입술이 내려앉았다.

순간, 해루의 향내가 그의 코끝으로 파고들었다.

이지의 영역을 벗어난 향의 입술은 본능적으로 푸른 봄을 머금은 해루의 입술로 미끄러졌다.

부드러운 감촉이 꿈결인 듯 아득했다.

따뜻한 숨결이 그의 영혼을 낱낱이 더듬었다.

모든 것이 잊혀졌다.

시간도, 장소도, 두 사람을 둘러싸고 있는 모든 것이 지워졌다.

지금 향에게 존재하는 건 오직 한 여인.

해루가 유일했다.

꽃은 마냥 여린 줄만 알았다.
나비는 한없이 나약한 줄만 알았다.

이제야 알았다.
꽃이 진 자리에 다시 싹이 트는 걸.
바람 속에서도 나비는 날갯짓 멈추지 않는 걸.
아침이 올 때까지 밤새워 네가 나를 기다리는 걸, 이제야 알았다.

이제야 알았다.
나 없는 세상에 너 살 수 없는 줄 알았건만.
너 없이는 내가 없다는 걸, 이제야 알았다.

귀문(鬼門)의 때

푸른달.

여린 뽕잎이 점점 짙어졌다.

누에가 몸집을 부풀리는 계절.

기치를 앞세운 긴 행렬이 궁궐을 나섰다.

온천행궁으로 떠나는 어가를 보기 위해 도성의 백성들이 구름 떼처럼 몰려들었다. 그들은 태평성대를 외치며 임금의 어가를 향해 머리를 조아렸다.

존귀한 존재에 대한 경이로움과 감탄, 두려움이 뒤섞인 시선은 어가가 도성 밖으로 사라질 때까지 멈추질 않았다.

그렇게 얼마나 지났을까?

해루는 닫힌 가마의 창문을 빼꼼 열었다.

더는 왁자한 인기척이 들려오지 않았다. 한동안 수레바퀴 소리와 말발굽 소리, 열을 맞춰 걷는 발소리만이 들려왔다.

주위로 눈길을 돌리니 이내 푸른 신록으로 뒤덮인 숲이 들어왔다.

갖은 법도와 질서로 관리되어 온 궁의 정원과는 달리 제멋대로 자란 나무와 꽃이 그녀의 눈을 즐겁게 했다. 어수선한 그 모습에서 야생의 생기가 풍겨왔다.

달콤한 향내를 품은 바람이 가마 안으로 스며들었다.

해루는 길게 숨을 들이마셨다.

틀에 얽매이지 않은 자유로운 공기가 폐 깊숙이 스며들었다. 입가에 절로 긴 미소가 그려졌다.

"바람이 아직 차다."

말발굽 소리와 함께 붉은 철릭 차림의 향이 곁으로 다가왔다.

"저하."

해루의 얼굴에 반가운 기색이 떠올랐다.

온궁으로 떠나기 며칠 전, 별궁에 앵두나무를 옮겨 심은 이후로는 도통 그의 얼굴을 볼 수 없었다.

"어디 불편한 곳은 없느냐?"

"없습니다. 가마만 타고 있으면 되는 것인데 힘들 것이 무어가 있겠습니까."

"뭐든 조심해야 한다. 긴 여행도 어쩌면 좋지 않을 수도 있다. 그러니 괜찮다, 괜찮다 하지 말고 조금이라도 불편한 것이 있으면 지체 말고 말해야 한다. 알겠느냐?"

"명심하겠습니다."

대답하던 해루는 힐끗 향을 올려다보았다.

"그런데 저하야말로 괜찮으십니까? 많이 곤해 보이십니다. 또 안 주무신 겁니까?"

"진양이 갑자기 도성에 남게 되는 바람에 내가 챙길 것이 많았구나."

"그래도 쉬엄쉬엄하십시오. 그러다 쓰러지시면 큰일 납니다."

"내 걱정 말고 너는 네 몸이나 챙겨라."

향의 말에 해루는 입술을 뾰족하게 내밀었다. 그러다 생각났다는 듯 가마 창밖으로 고개를 내밀었다.

"떠나기 전에 유희 낭자에게서 신루 학사님들도 온궁으로 간다고 들었습니다. 그런데 어째, 한 분도 안 보입니다."

"김 학사와 양 학사, 심 학사는 한발 앞서 온궁으로 향했다."

순지에 대한 언급이 없자 해루가 다시 물었다.

"이 학사님은요? 그분은 아니 갔습니까?"

"이 학사는 따로 할 일이 있어 이번엔 함께하지 못했다."

"무척 아쉬워했겠습니다."

주위를 살피던 해루가 작게 말을 이었다.

"이번에 온궁으로 신루 학사님이 가는 이유, 화거를 시험해 보려는 거 아닙니까? 제 짐작이 맞다면 그것이 완성된 것이지요?"

향은 대답하지 않았다. 대신 긍정을 뜻하는 미소를 보였다.

해루의 얼굴에 벅찬 감동이 꽃처럼 피어났다.

"역시 제 짐작이 맞았습니다. 언제입니까? 언제 그걸 시험해 보실 겁니까?"

"글쎄다. 온궁에 도착하는 대로 학사들과 함께 의논하여 날을 잡아야겠지. 헌데, 그건 왜 묻느냐?"

"저도 봐야 하지 않습니까?"

"아니 될 말이다."

단호하게 자르는 향을 향해 해루가 서운한 기색을 내비쳤다.

"저도 열심히 돕지 않았습니까? 그러니 저도 볼 권리가 있단 말입니다."

"화약은 위험한 물건이다. 세심히 신경을 쓴다고 해도 크고 작은 사고가 나곤 한다. 그러니 너는 참석하지 않는 것이 좋을 듯하구나."

"그래도……."

"배 속의 아이를 위해서라도 참아라."

해루는 저도 모르게 불퉁하게 입을 내밀고 말았다.

"이것도 아니 된다, 저것도 아니 된다. 회임한 이후로 아니 되는 것이 어찌 이리 많은지 모르겠습니다."

투덜대는 해루에게 향이 말했다.

"어미 되는 일이 그리 쉬운 줄 알았느냐?"

"쉽지 않은 줄은 알았지만, 그래도 이리 두 손, 두 발 꽁꽁 묶일 줄은 몰랐습니다. 이러다 없는 병도 생길 지경입니다."

"몇 달만 참으면 된다. 몇 달만……."

해루에게 하는 말인지, 자신에게 하는 말인지, 상대가 불분명한 말이 향의 입속에서 새어 나왔다.

"무어라고 하셨습니까?"

제대로 듣지 못한 해루가 다시 물었지만, 향은 대답하지 않았다.

무에 화가 난 사람처럼 정면을 바라본 채 여전히 해루에겐 시선조차 돌리지 않았다.

잠시 침묵이 흘렀다.

"저하."

"왜 그러느냐?"

"혹여 제게 화가 나신 겁니까?"

음전한 어미 노릇 하지 않는다고 내게 화나신 걸까?

"아니다."

"표정이 굳어 계시옵니다. 제가 실수한 것이 있다면 말씀해 주세요."

"화 안 났느니."

단호한 향의 대답에 해루는 당황했다. 괜한 고집으로 향의 마음을 어지럽힌 건 아닐까 후회되었다.

그런 해루를 향은 힐끗, 들키지 않도록 곁눈질하였다.

둔한 녀석.

저 아이는 정녕 모르는 모양이다.

내가 어떤 마음인지…….

귀를 쫑긋 세우고 가마 밖으로 고개를 내민 제 모습이 얼마나 사랑스러운지 정녕 모르고 있었다.

저리 시무룩한 얼굴로 어깨 늘어뜨리고 있으면 당장에라도 안아주고 싶다는 걸 왜 모르는 것일까?

저도 모르게 해루를 향해 손을 내뻗던 향은 얼른 고삐를 바투 쥐었다.

참을 인(忍).

그의 뇌리로 수많은 참을 인이 스치고 지나갔다.

얼마 전 읽은 서책에서, 회임한 임부에겐 그 어떤 자극을 주어선 아니 된다 하였다. 아기가 제대로 어미의 배 속에 자리 잡을 때까지는 몸도 마음도 내외하는 것이 좋다 했다.

고작 몇 달이다.

해루와 태어날 아이를 위해 몇 달, 거리를 두는 것쯤이야 얼마든지 할 수 있으리라 생각했다.

하지만 인내의 기간이 채 절반도 지나지 않아, 향의 인내심은 벌써 바닥을 드러내고 있었다.

　다른 일에는 그리 무심할 수 있었건만, 해루의 앞에서는 언제나 조갈 난 사내처럼 굴곤 하였다.

　아이를 잉태한 탓일까?

　언제부터인가 해루에게서는 짙은 여인의 향내가 느껴졌다. 새벽 이슬을 머금은 석류꽃처럼 날이 갈수록 해루는 화사한 아름다움을 자아냈다.

　내 여인, 나만의 사람.

　팔불출, 얼뜨기처럼 소리 내어 자랑하고 싶을 만큼 그녀는 나날이 사랑스러워져 갔다.

　하루에도 몇 번씩 해루가 보고 싶었다.

　언제나 그녀가 그리웠다. 품에 안고 영영 놓아주고 싶지 않았다.

　그러나…….

　향은 햇살처럼 반짝거리는 해루를 애써 외면했다.

　"주상 전하께 가봐야겠구나."

　"벌써요?"

　"다시 한 번 말하지만, 조금이라도 불편한 것이 있으면 말해야 한다. 알겠느냐?"

　아쉬움이 가득한 눈길로 향을 바라보던 해루가 밝은 얼굴로 대답했다.

　"알겠습니다."

　힐끗, 곁눈질하는 것을 끝으로 향은 발을 굴렀다.

　해루의 가마 곁을 느리게 따라 걷던 말이 경쾌한 소리를 내며 왕의 어가로 향했다.

　"대체 무슨 일이실까?"

저와 시선을 마주하지 않는 향이 이해되지 않았다.

해루는 말을 탄 향의 뒷모습에서 시선을 떼지 못했다.

❀

이틀 후.

도성을 떠난 어가가 온궁 근처의 온수현에 다다랐다.

어스름한 어둠이 내려앉은 온수현 동헌 마당에 거대한 천막이 쳐졌다.

천막 아래에서는 동서남북, 사방 이십 리 안에서 손맛 좋기로 소문난 숙수와 아낙들이 음식을 준비했다.

충청도 관찰사와 각 현의 관리들은 음식을 맛보는 왕을 잔뜩 긴장한 눈길로 훔쳐보았다.

그러나 어쩐 일인지 왕께서는 좀처럼 음식에 손을 대지 않았다.

"왜 그러시옵니까? 입에 맞으시는 것이 없사옵니까?"

근심 어린 얼굴로 향이 왕에게 물었다.

"여정이 곤하여 그런가. 입맛이 없구나."

왕의 말에 관찰사가 안달 난 표정으로 고개를 숙였다.

"전하, 소신의 불충을 용서하시옵소서. 미욱한 탓에 전하의 입맛에 맞는 것을 대령하지 못하였나이다."

"아니다. 이만하면 차고 넘치느니. 괜히 내가 그대들을 고생하게 했구나."

"아니옵니다, 전하. 하명만 하시옵소서. 젓수고 싶으신 것이 있으시다면 신, 몸이 부서지는 한이 있더라도 대령하겠나이다."

"되었다. 나는 이것으로 되었느니."

왕께서는 껄껄 사람 좋은 웃음을 흘리며 자리에서 일어났다.

"세자, 과인은 이만 쉬어야겠구나. 나머지는 세자가 알아서 하라."

말이 끝남과 동시에 왕은 미리 마련된 처소로 걸음을 옮겼다.

멀지 않은 곳에서 그 모습을 지켜본 해루의 얼굴에 걱정이 떠올랐다.

"전하께서 영 안색이 아니 좋으시네."

"매년 봄만 되면 무릎 병과 안질이 성화를 부리니. 온궁에서 치료하시면 잃어버린 입맛도 되찾으실 수 있을 겁니다."

김 상궁의 말에 해루는 자리를 떨치고 일어섰다.

"어딜 가시려고요?"

"잠시 다녀올 곳이 있네."

"따르겠나이다."

뒤따라 일어서는 김 상궁에게 해루는 손을 내저었다.

"걱정 말고 김 상궁은 전각 사람들과 함께 저녁부터 드시게."

"하오나……."

"궁에 비한다면 터무니없이 작은 곳이 아닌가. 멀리 가지 않을 것이니 염려 말게나."

김 상궁의 어깨를 내리눌러 자리에 앉힌 해루는 서둘러 동헌 내당으로 향했다. 그러고는 곧장 내당에 딸린 반빗간으로 들어섰다.

입맛을 잃은 최최측근을 위해 개떡이라도 만들 셈이었다.

"아이고, 귀객께서 이리 누추한 곳에는 무슨 걸음이십니까요. 뭐 필요한 거라도 있으십니까요?"

마침 솥에 마른행주질을 하던 노파는 서둘러 허리를 접었다.

나이 많은 어른의 깍듯한 존대에 해루는 머쓱하게 웃었다.

본디 앉아 있는 자리에 맞는 위엄을 갖추어야 한다고 김 상궁에게 귀에 딱지가 앉도록 들었지만, 여전히 이런 일에는 익숙하지 않았다.

"부탁할 것이 있습니다."

"아이고, 부탁이라니요? 당치도 않습니다요. 명만 내리시면 될 것을 무슨 부탁이라고 하십니까요."

"그리 말씀하시니 조금은 편히 부탁하겠습니다. 개떡을 좀 만들려고 하는데, 재료를 얻을 수 있을까요?"

"개떡을요?"

노파는 풍악 소리가 들려오는 동헌 마당으로 고개를 돌렸다.

온통 기름진 음식들이 차고 넘치는 곳인데, 왜 군이 떡을 만든다 하시는 걸까?

그러나 노파는 이내 의문을 지워버렸다.

높으신 분들의 속내일랑은 자신이 가늠하기 어려운 것이니 괜히 골치 아프게 헤아리고 싶지 않았다. 하라면 하면 그만이다.

노파는 재게 몸을 놀려 개떡 재료를 해루의 앞에 대령했다.

"이만하면 되겠습니까요?"

"네, 충분합니다. 고맙습니다."

소매를 걷어 올린 해루가 분주하게 반빗간을 오갔다.

떡을 만드는 틈틈이 그녀는 밖을 살피는 것도 잊지 않았다.

중전마마께서 개떡 만드는 것을 금하신 터라 행여 발각될까 걱정이 되었다.

그러나 다시 생각해 보니 중전마마께서 여기까지 걸음 하실 리도 없고.

"내가 요즘 너무 예민했어."

안심하는 웃음을 푸스스 흘리는 찰나.

"어딜 갔나 하였더니 예서 또 엉뚱한 짓을 벌이고 있구나."

카랑한 음성이 등 뒤에서 들려왔다.

해루는 놀라 눈을 휘둥그렇게 떴다. 이윽고 현성이 특유의 새침한 표정으로 반빗간 안으로 들어섰다.

"여기서 뭐 하느냐?"

"홍 승휘야말로 여긴 어쩐 일입니까?"

"동헌 구경을 하다가 여기까지 온 것이다."

현성의 눈동자엔 무료함이 더께처럼 앉아 있었다.

"헌데, 그건 뭐냐?"

턱으로 찜 솥을 가리키며 현성이 물었다.

"개떡입니다."

"개떡?"

현성은 미간을 찡그렸다.

"하고많은 떡 중에 하필이면 개떡이더냐?"

"보기엔 볼품없어도 맛은 좋습니다."

"그래 봤자 개떡 아니더냐?"

"하나 드셔보실래요?"

"되었다."

"그러지 말고 하나 드셔보십시오."

해루는 잘 익은 개떡을 접시에 담았다. 그리고 그중 하나를 현성에서 건넸다.

"싫다니까."

현성은 인상을 쓴 채 개떡을 물끄러미 응시했다.

바로 그때였다.

"싫으면 내가 먹으마."

누군가 현성의 손에 들린 개떡을 쓱 가져갔다. 뿐만 아니라 해루의 손에 든 접시마저 태연하게 낚아챘다.

"누가……."

현성이 눈매를 치켜뜨며 고개를 돌렸다.

하얀 잠방이 차림의 사내가 개떡을 먹으며 푸근하게 웃고 있었다.

"저, 전하."

상대를 확인한 현성은 화들짝 놀라며 급히 고개를 조아렸다.

하얀 잠방이 사내, 다름 아닌 주상 전하였던 것이다.

전하인 줄 모르고 하마터면 성화부터 낼 뻔하였다.

이마에 식은땀이 송골송골 맺혔다.

당황하는 그녀와 달리 해루는 익숙한 태도로 왕을 대했다.

"최최측근. 그걸 드시면 어찌합니까? 주십시오. 그건 홍 승휘 몫이란 말입니다."

"먹기 싫어하는 표정인데 굳이 억지로 먹일 필요 있겠느냐? 그러니 차라리 굶주린 내가 먹는 게 낫지. 그보다 오랜만에 먹어서 그런지 무척 맛있구나."

한번 맛본 개떡 때문일까?

최최측근은 뭐에 홀린 사람처럼 군침을 삼키며 김이 오르는 가마솥으로 향했다.

해루가 최최측근의 옷자락을 붙잡고 늘어졌다.

"아니 되옵니다. 최고측근께오서 금하지 않으셨사옵니까? 드시더라도 천천히 조금만 드시옵소서."

"어허! 내가 그동안 얼마나 개떡을 먹고 싶었는지 정녕 몰라서 하는 말인가?"

"그래도 최고측근께서 아시면……."

"최고측근이 어찌 안다고 이러느냐? 너와 나만 입을 다물면 영원히 묻힐 비밀이다."

"하지만……."

해루의 시선이 뒤를 향했다. 최최측근도 그녀를 따라 고개를 움직였다.

느닷없이 주상 전하의 주목을 받게 된 현성은 어쩔 줄 몰라 하였다.

"그렇군. 우리만의 비밀로 끝나기엔 보고 듣는 귀가 있었어. 이를 어쩐다?"

최최측근의 눈매가 가늘어졌다.

그때, 눈치 빠른 현성이 급히 고개를 숙이며 아뢰었다.

"저는 아무것도 보지도 듣지도 못하였사옵니다."

"어허, 어찌 그러하냐?"

"어릴 적부터 밤눈이 어두웠습니다. 게다가 근래에는 가는귀마저 먹어 남의 말을 잘 듣지 못하옵니다."

"큰일이로구나. 궁으로 돌아가면 용한 의원을 처소로 보내주마."

"성은이 망극하옵니다."

만족한 미소를 지은 최최측근은 부뚜막에 걸터앉은 채 태연하게 개떡의 맛을 음미했다.

해루는 어색한 표정으로 그런 최최측근과 현성을 번갈아가며 지켜보았다.

대체 개떡이 뭐라고.

한순간에 멀쩡한 현성이 눈멀고 가는귀까지 먹어 의원의 진찰을 받게 되었다.

그래도 다행이다. 어찌 되었건 최고측근의 불호령은 면하였으니.

"그런데 말이다."

순식간에 개떡 하나를 해치운 최최측근이 비스듬히 열린 반빗간 문을 가리켰다.

"입을 막아야 할 사람이 한 사람 더 있는 것 같구나."

"네?"

해루가 왕의 시선을 좇아 고개를 돌렸다.

열린 문밖.

어린아이 하나가 작은 얼굴을 빼꼼 내밀고 있었다.

"누구니?"

물었지만, 대답은 없었다. 그렇다고 도망치지도 않았다.

해루가 고개를 갸웃할 때였다.

"이것이 여기가 어디라고 기웃거려?"

벼락같은 소리와 함께 몽당비를 든 노파가 아이의 뒷덜미를 거칠게 잡아당겼다.

"춥다고 안으로 들여주었더니, 이젠 반빗간까지 기웃거려. 너 여기 뭐 훔쳐 먹으러 온 거지?"

노파가 휘두른 몽당비가 아이의 작은 몸 위로 사납게 쏟아졌다.

"이 도둑년아, 저분들이 뉘신 줄이나 아냐? 궁에서 나온 하늘 같은 분들이시다. 그런 분들 음식에 손을 대려고 해? 도둑질도 사람 봐가며 해야지. 그러다가 쥐도 새도 모르게 죽을 수도 있어, 이년아."

느닷없이 벌어진 사태에 잠시 넋을 놓았던 해루가 황급히 노파를 말렸다.

"아직 어린아이잖아요. 그리 때리다 탈이라도 나면 어쩌려고 그러십니까."

"도둑괭이 같은 년입니다. 저대로 놔두면 사람 꼴 못할 게 뻔합

206

니다요.”

노파는 해루의 만류에도 불구하고 소매까지 걷어가며 날뛰었다.

보다 못한 최최측근이 노파의 팔을 잡았다.

“그만둬라.”

무심한 왕의 눈길에 뜨끔한 노파가 이내 기세를 죽였다.

왕이 소녀를 턱짓하며 물었다.

“저 아이, 손녀딸인가?”

“아이고, 무슨 그런 끔찍한 말씀을 하십니까요. 손녀가 다 뭡니까.”

“그럼?”

“고아 년입니다요. 일 년쯤 전엔가 이 마을로 흘러들어 왔지요. 봉두난발에 거지꼴로 입은 모양새가 영락없이 사내놈인 줄 알았는데, 나중에 보니 계집이었습니다. 이야기를 들어보니 부모 없이 떠도는 아이였습지요. 불쌍히 여긴 사람들이 더러 음식도 주곤 했는데, 제 생각해 주는 것도 모르고 이젠 저렇게 틈틈이 남의 밥상에까지 손대는 밥벌레가 되고 말았습니다요.”

“알았네. 그만 나가보게.”

왕이 고개를 끄덕였다.

노파는 뭔가 더 할 말이 남은 것 같았지만, 왕의 눈빛에 기가 질린 나머지 얌전히 물러갔다.

그 사이, 해루는 아이 곁에 쪼그리고 앉았다. 그러고는 개떡을 아이에게 내밀었다.

“먹을래?”

묻기가 무섭게 아이는 낚아채듯 개떡을 쥐고는 허겁지겁 먹기 시작했다.

“천천히 먹어. 그러다 체한다. 자, 여기 물도 함께 먹고.”

행여 체할세라, 해루는 소녀의 등을 토닥토닥 두드렸다.

그런 해루에게는 관심 없다는 듯 소녀는 떡만 열심히 먹었다.

잔뜩 웅크리고 있는 소녀의 모습 위로 자신의 어린 시절이 떠올랐다.

해루는 시큰해지는 콧등을 손등으로 문질렀다.

"떡, 더 먹고 싶어?"

해루의 물음에 눈치를 살피던 소녀가 주저주저하며 고개를 끄덕였다.

해루는 냉큼 솥을 열어 모락모락 김이 오르는 개떡 서너 개를 접시에 담았다.

"먹어."

그녀는 소녀와 일정한 간격을 두고 마주 앉았다. 너무 가깝지도, 또 멀지도 않은 위치였다.

소녀의 경계심을 이해했던 까닭이다.

"몇 살이야?"

해루가 조심스럽게 물었다.

"여덟 살."

소녀는 떡 접시에서 시선을 떼지 않은 채 대답했다.

"아직 날이 쌀쌀한데, 어디서 지내고 있어?"

소녀는 반빗간 구석을 가리켰다. 좁고 음습한 곳이라, 바람은 막을 수 있을지 몰라도 아이가 지낼 만한 곳은 못 되었다.

소녀가 해루를 흘끔 보며 물었다.

"아씨는 높은 사람이야?"

"글쎄."

"할머니 혼내지 마. 잘못 없어. 구박하긴 해도 나 잘 곳도 마련해

주고, 가끔 먹을 것도 줘."

해루는 고개를 끄덕였다.

"혼내지 않아. 그럴 생각 없으니까 걱정 마."

노파가 아이를 혼낸 것은 단순히 역정이 났기 때문이 아니었다. 행여 지저분한 아이의 모습이 높은 분들의 심기를 상하게 한 건 아닐까 두려웠던 것이다.

그래서 자신이 나서서 아이를 먼저 혼낸 것일 테지.

아이를 매질하는 노파의 손길에 진심이 담겨 있지 않았음을 해루는 이미 알고 있었다.

"부모님은?"

소녀는 고개를 저었다.

"그럼, 달리 보살펴줄 친척은?"

소녀는 다시 고개를 저었다.

그 모습을 물끄러미 지켜보던 해루가 현성에게로 고개를 돌렸다. 무언가를 간절히 바라는 눈빛.

해루와 시선이 마주친 현성은 어림없다는 표정을 지었다.

"꾸, 꿈도 꾸지 마."

"우리 아이들 먹는 밥상에 수저 하나만 더 올리면 되잖아요."

"지난번에도 그렇게 말했잖아. 벌써 열여섯이나 있어. 혼자 아이들 돌보는 유희를 생각해 봐."

"저하께서 도와줄 사람을 구해주신다고 했어요."

"마음에 드는 사람 구하는 게 쉬운 줄 알아?"

"그렇다고 이렇게 살게 할 수는 없잖아요."

"안 돼. 절대 안 돼!"

현성은 체머리를 흔들었다.

그때 조용히 한구석에서 개떡을 먹던 최최측근이 두 사람 사이로 머리를 디밀었다.

"거……. 무슨 일인지는 모르지만. 홍 승휘, 권 승휘가 하자는 대로 하는 것이 어떠하냐?"

"아뢰옵기 황공하오나, 아닌 건 아니옵니다."

딱 잘라 말하는 홍 승휘를 보며 왕이 해루를 돌아보았다.

"어허, 이거 참. 어째 우리 궁에는 고집 센 아이들만 있는 것 같구나."

낮게 한숨을 쉰 왕은 반빗간을 나섰다.

"가시려고요?"

"두 사람 사이에 할 말이 많은 듯하니, 나는 처소로 돌아가마."

그는 가마솥을 가리켰다.

"기다리고 있을 터이니, 볼일 끝나면 가져와야 하느니라."

당부의 말을 남긴 왕은 어슬렁어슬렁 자신의 처소로 향했다.

내내 고개를 숙이고 있던 현성은 왕의 인기척이 사라지기 무섭게 해루에게 달려들었다.

"어찌 된 일이야? 저분께서 널 왜 최측근이라 하는 것이야? 그리고 넌 어찌하여 전하를 감히 최최측근이라 하는 것이고?"

"그럴 일이 있습니다."

얼버무리는 해루를 향해 현성이 눈을 매섭게 치떴다.

"말해 봐."

"함구하라는 어명이 있었기에……."

'어명'이라는 말에 현성은 어깨를 움찔했다.

그 어떤 경우에도 어명을 어길 수는 없음이라, 현성은 어쩔 수 없이 한발 물러섰다.

그런 그녀에게 이번에는 해루가 달려들었다.

"홍 승휘, 저 아이 말이어요……."

말이 아직 끝나지도 않았건만, 현성은 머리부터 흔들었다.

"안돼!"

해루는 현성의 치맛자락을 잡았다.

"이번 한 번만요. 네?"

"싫어! 못 해!"

현성은 도망치듯 반빗간을 나섰다.

최최측근에게 드릴 떡을 챙긴 해루가 아이를 돌아보았다.

"너, 이름이 뭐야?"

"달래."

"그래, 달래야. 우리 또 보자."

인사를 건넨 해루는 서둘러 현성의 뒤를 쫓았다.

"홍 승휘, 같이 가요!"

"따라오지 마. 저리 가!"

티격태격하는 두 여인의 목소리는 왕의 처소 근처까지 이어졌다.

동헌에서 하룻밤을 보낸 어가 행렬은 이른 아침, 행궁으로 출발했다.

왁자한 잔치의 뒤끝엔 할 일이 태산처럼 많은 법이다.

동헌을 청소하는 아낙들의 얼굴에 불만이 가득했다.

그러나 한 사람, 반빗간에서 반찬 만드는 일을 하는 노파는 여느 날과는 달리 콧노래까지 흥얼거리고 있었다.

얼굴에 가득한 곰보 때문에 곰보네라 불리는 노파 곁으로 형방이 다가섰다.

"곰보네, 뭐 좋은 일이라도 있는가?"

화 많고 짜증 많기로 치자면 이 동헌에서 둘째가라면 서러운 노파가 아니던가. 그런 곰보네가 어쩐 일로 저리 기분이 좋은 걸까?

형방의 얼굴에 호기심이 가득했다.

"좋은 일은 무슨. 그런데 왜 그러시오?"

"그 식충이 말이야. 언제까지 여기에 둘 텐가? 보는 눈도 있고 하니, 이제 그만……."

"달래 이야기라면 걱정 접어두시오."

"왜? 달아나기라도 했나?"

곰보네가 굽은 허리를 펴며 대답했다.

"좋은 운명 찾아 떠났지요."

"좋은 운명이라니? 그건 또 무슨 소리야?"

"그럴 일이 있습니다요."

노파는 어가 행렬을 따라가고 있을 달래를 떠올렸다.

"그 두 분, 인상이 참 좋더구나. 달래야, 아무래도 불쌍한 널 하늘이 좋게 봐주신 모양이다. 그동안 고생 많았으니, 앞으론 부디 좋은 일만 있거라."

노파의 입에서 다시 콧노래가 흘러나왔다.

어가 행렬이 온수현을 떠나고 얼마 지나지 않아, 동네 어귀로 삿갓을 깊게 눌러쓴 사내와 그를 따르는 검은 무복의 사내들이 들어섰다.

사내들은 장터 귀퉁이에 있는 국밥집으로 향했다.

"맛있게 드십시오."

국밥을 내려놓는 여주인에게 삿갓을 쓴 사내가 물었다.

"혹여 근자에 어가가 지나간 적 있소?"

"손님도 어가 보시러 온 모양이군요?"

임금께서 온궁으로 행차하신다는 소문이 돈 이후로 마을엔 이방인들의 모습이 종종 보이곤 하였다. 좀처럼 보기 어려운 진귀한 구경을 하러 나온 것이다.

"한발 늦었습니다요."

무심코 대답하던 여주인은 삿갓 아래로 보이는 사내의 얼굴을 보고 깜짝 놀라고 말았다. 사내의 왼쪽 뺨 아래와 목덜미가 끔찍한 화상 자국으로 흉하게 일그러져 있었다. 보는 것만으로도 고통이 느껴져 여주인은 절로 몸을 부르르 떨었다.

"한발 늦었다니?"

사내의 물음에 정신을 차린 여주인은 황급히 시선을 돌리며 대답했다.

"임금님께서는 어젯밤에 동헌에서 하룻밤을 보내시고 오늘 아침 일찍, 온궁으로 떠나셨는걸요."

"그렇군."

작게 읊조리는 사내의 눈빛에 문득 푸른 이채가 서렸다.

"국밥 잘 먹었소."

삿갓 사내가 셈을 치르고는 국밥집을 나섰다.

"손님!"

여주인이 삿갓 사내를 뒤쫓아 나왔다.

"너무 많이 주셨습니다요."

"돌려줄 필요 없소. 이제 내게는 필요 없는 물건이니."

여주인은 손바닥에 놓인 작은 금덩이를 내려다보았다.

세상에 돈 필요 없는 사람도 있다던가? 이상한 사람이네.

여주인이 고개를 들었을 때, 삿갓 사내와 그를 따르는 검은 무복의 사내들은 이미 종적을 감춘 뒤였다.

같은 시각.

도성 최고 무녀라 불리는 수아 신녀의 집 안쪽.

신물을 모셔놓은 내당은 수십 명의 사람들로 발 디딜 틈이 없었다. 특이하게도 사람들의 입성과 꾸밈은 하나같이 화려하고 기이했다.

박수무당과 무녀들.

두박신을 받드는 사람들이었다.

적지 않은 사람들이 모여 있음에도 내당 안엔 작은 헛기침 소리하나 새어 나오지 않았다.

다들 경건한 자세로 눈을 감고 있었는데, 그 모습이 마치 기도를 올리는 사람들 같았다.

오랜 침묵을 깨며 누군가 흥얼거리듯 주문을 외기 시작했다.

"인세에 쌓인 업이 아비지옥에 이르렀으니, 팔열지옥으로 신음하고 팔한지옥으로 죽는구나. 오호 통재라. 억울한 사연이 저승문을 여는구나. 삿된 욕망으로 모두가 죽게 생겼으니, 막을 길은 오직 치성뿐이라."

저주를 씻어주고 행운을 불러온다는 주문이었다.

한 사람의 입에서 시작된 주문은 어느새 모두의 입에서 흘러나왔다.

조용하게 시작된 주문 외는 소리는 경쟁하듯 차츰 높아져 나중엔 내용을 알아들을 수 없는 고성으로 변하였다.

광기와 염원으로 얼룩진 소원이 파도처럼 끊임없이 일었다.

그렇게 얼마나 시간이 흘렀을까?

내당의 문이 열렸다.

하늘이 떠나가라 울부짖던 소란이 일순간에 잦아들었다.

다시 고요와 정적이 찾아왔다.

"귀녀십니다."

검은 너울을 쓴 여인이 어린 무녀들의 손을 잡고 안으로 들어섰다.

일순, 술렁임이 들불처럼 일었다.

그러나 얼마 지나지 않아 술렁임은 멎고 숨 막히는 듯한 침묵이 그 자리를 메웠다.

고요가 가져오는 팽팽한 긴장감.

누군가 떨리는 목소리로 물었다.

"정녕 귀녀십니까?"

답이라도 하듯 여인이 얼굴을 덮은 너울을 벗었다.

이윽고 무녀들의 입에서 낮은 탄성이 새어 나왔다. 그림으로만 보아 온 존재를 마주한 이들은 서둘러 고개를 조아렸다.

"오랫동안 귀녀를 뵈올 날만 기다리고 있었습니다."

"전국 수만의 신도들이 오직 귀녀의 명을 기다리고 있습니다."

"명만 내려주십시오."

"목숨을 바치겠나이다."

아우성치는 소리를 짓누르듯 귀녀가 손을 들었다. 그 단순한 동작에 거짓말처럼 소란이 멎었다.

귀녀는 에두르는 시선으로 무녀들의 얼굴을 하나, 하나 짚었다. 눈이 마주칠 때마다 무녀들의 눈에 감격의 빛이 떠올랐다.

그 눈빛을 마주하며 귀녀, 자화가 입을 열었다.

"때가 도래하였소. 곧 장대 끝에 부정한 왕의 머리가 걸릴 것이오. 그리하면 이 나라에 펼쳐진 두박신의 저주가 영원히 사라질 터. 비로소 태평성대가 펼쳐질 것이오."

그녀의 선언에 내당에 있는 모든 사람들은 환호했다. 오래도록 기다린 귀문(鬼門)의 때가 마침내 도래한 것이다.

"두박신이시여!"

"귀녀시여!"

무녀들과 박수무당들의 울부짖음이 이어졌다.

광기가 들불처럼 피어올랐다.

그들은 누가 먼저랄 것 없이 소리치고, 울고, 웃고, 눈물을 흘렸다.

무심히 그 광경을 지켜보던 자화는 조용히 내당을 벗어났다.

길게 난 복도를 따라 걸으며 자화가 물었다.

"그들은 어찌 되었나요?"

함경도에서 막 돌아온 수하가 그녀에게 고개를 깊게 숙이며 답했다.

"장사치로 위장하여 무사히 국경을 넘었다 합니다."

"잘되었군요."

자화의 입가에 차가운 미소가 떠올랐다.

"이제 장대 끝에 왕의 머리를 걸어볼까?"

내가 그리하였다

온천행궁은 크게 내정전과 외정전으로 구분되어 있었다. 왕과 왕비가 상주하는 내정전과 왕께서 신하들과 국사를 논하는 외정전, 궁내의 전각과 행랑채들로 이루어진 온궁은 대궐의 작은 축소판이었다.

번잡함을 피해 걸음 하는 곳이라, 이 작은 행궁의 법도는 궁보다는 엄격하지 않았다. 다소 느슨해진 법도와 규범 때문인지 딱딱하게 굳어 있던 궁녀들의 표정에 생기가 돌았다. 도도하고 음전한 비빈들 역시 마치 어린 시절로 되돌아간 듯 소리 내어 웃었다.

느른한 온기와 자유로운 바람이 온궁 곳곳을 채웠다.

그러나 모두가 느슨하게 풀어진 것은 아니었다.

왕과 왕세자께서는 온궁에 도착한 그다음 날부터 대궐에서처럼 조강을 시작했다.

한바탕 숨 막히는 조강이 끝나고 나면 크고 작은 국사를 논하는 자리가 마련되었다. 그 바람에 정오를 훌쩍 넘기고서야 외정전을 나서는 대신들의 안색은 하얗게 탈색되어 있기 일쑤였다.

"괜찮으시옵니까?"

향이 왕의 곁으로 다가섰다.

왕은 고개를 저었다.

"내 비록 몸 곳곳이 말썽을 부리고 있지만, 아직은 쓸 만하다."

왕은 의자에 깊숙이 묻고 있던 허리를 바로 세웠다.

"진양에게서는 연락이 왔느냐?"

진중한 표정으로 향이 대답하였다.

"예상한 대로 수상한 자들의 기척이 포착되었다 하옵니다."

"허어."

왕의 잇새로 나직한 탄식이 흘러나왔다.

"힘을 다하여 통치하였음에도 여전히 불온한 기운이 가시지 않는구나. 모두 내 부덕이며 불찰이다."

"그것이 어찌 아바마마의 불찰이실 수 있겠습니까?"

"가뭄이 계속되질 않느냐? 옛말에도 성군이 들면 하늘마저 돕는다 하였다. 아무래도 내 덕이 모자람이다."

"어찌 그런 말씀을 하시옵니까? 소자가 몇 해 동안의 날씨를 연구해 본바, 때가 되면 계절이 바뀌듯 날씨 또한 일정한 주기가 있음을 알 수 있었사옵니다. 날씨와 재난은 사람의 덕이 아니라, 자연스러운 자연의 흐름으로 보아야 옳습니다. 더구나 이번의 불온한 움직임은 군주의 덕과는 더더욱 관계가 없사옵니다."

"어떤 자들이더냐?"

향이 고개를 숙였다.

"제 수하가 물어 온 정보를 취합하여 분석하니, 불온한 자들의 면면이 오래전 궁에 환란을 몰고 온 자들과 크게 다르지 않음을 알 수 있었습니다."

"두문회 말이더냐? 허나, 내가 듣기로 이번에 문제를 일으킨 자들은 두박신이라는 미신과 관련 있다 하던데."

"짐승은 때가 되면 털을 갈고, 사람은 계절이 바뀌면 옷을 갈아입기 마련입니다."

"감시가 심해지니 이름을 바꾸고 방법 또한 달리하게 되었단 말이로구나."

"이름과 방법은 달라도 그들의 목적은 바뀌지 않을 것이옵니다."

향은 언젠가 어명으로 황 노인과 함께 유배지로 떠난 해루를 찾기 위해 영월을 찾은 적이 있었다. 그때 향은 뜻하지 않은 사건과 맞닥뜨렸다.

무지한 백성들을 선동하던 무녀와 그런 그녀를 하늘님처럼 믿고 따르는 사람들.

그런 사람들을 처음 본 것은 아니었다.

문제는 무녀가 사람들을 선동하기 위해 사용했던 월력이었다. 월력의 출처를 알아내기 위해 향은 조용히 순지에게 밀명을 내렸다.

그렇게 하나, 둘 찾아낸 정보들이 가리키는 곳.

다름 아닌 두문회였다.

그들은 사라지지 않았다. 그저 두문회에서 두박신으로 겉모습을 바꾼 채, 예전보다 더 깊고 음습한 곳에 숨어 있었다.

언제나 꼬리를 자르고 도망치는 산룡자(山龍子, 도마뱀) 같은 자들. 이번에야말로 몸통을 찾아내고, 그 머리마저 잡아내리라.

"실로 상대하기 쉽지 않은 자들이다."

왕이 자리를 털고 일어났다.

왕과 세자는 어깨를 나란히 한 채 외정전 마당을 거닐었다.

"그들이 모습을 드러낼 것이라 생각하느냐?"

"반드시 움직일 겁니다. 아바마마께서 자리 비우신 이 기회를 절대로 놓치지 않을 것이옵니다."

"진양의 임무가 막중하구나."

"이런 쪽으로 경험이 많은 사람을 붙여두었습니다. 걱정하지 마시옵소서."

향은 순지를 떠올리며 자신감 어린 미소를 보였다.

아들을 돌아보는 왕의 얼굴에도 흡족한 표정이 떠올랐다.

툭툭, 왕세자의 어깨를 다독이던 왕이 불현듯 어딘가로 걸음을 옮겼다.

"그만 나가봐야겠구나."

짧은 말을 끝으로 왕은 외정전을 나섰다. 그 뒤를 향이 묵묵히 따랐다.

문득 왕이 뒤를 돌아보며 아들에게 물었다.

"어딜 가느냐?"

"소자가 모시겠습니다."

왕은 단호한 표정으로 고개를 저었다.

"불허한다."

"어딜 가시기에 그러시옵니까?"

향을 향해 왕께서 씨익, 장난기 가득한 미소를 보냈다.

"비밀이다."

"그게 사실이더냐?"

놀란 목소리가 내정전의 정원 안쪽에서 흘러나왔다.

연보랏빛 제비꽃, 별 가루를 뿌려놓은 듯 흐드러지게 핀 쇠별꽃, 담장을 소복하게 뒤덮은 조팝나무. 소박한 정취를 자아내는 내정전의 정원은 오직 왕과 왕후만이 걸음 할 수 있는 특별한 장소였다.

이 특별한 곳에서 은밀한 회합이 진행되고 있었다.

"정녕 세자가 최측근과 시선을 마주하지 않는단 말이더냐?"

오물오물 떡을 씹으며 최고측근이 말했다.

그녀의 곁에서 개떡 하나를 게 눈 감추듯 먹어치운 최최측근이 접시에 놓인 떡을 다시 집어 들었다.

"허어, 이상한 일이구나. 왜 그럴까?"

뽕잎을 찾는 누에처럼 쉼 없이 개떡을 집어 드는 최최측근의 모습을 최고측근이 물끄러미 응시했다.

"병이 깊어 아무것도 먹고 싶지 않다 하지 않으셨습니까?"

"내 먹고 싶어 먹는 것이 아니라오. 살기 위해 어쩔 수 없이 먹는 것이지."

"어쩔 수 없이 잡숫는 분치고는 참으로 먹성이 좋으시옵니다."

"돌아가신 어머니께서도 복스럽게 먹는다 하셨지."

왕은 중전의 지청구를 태연하게 받아넘겼다.

"참으로 별나십니다. 개떡이면 다 똑같은 개떡이지. 수라간 상궁이 찐 떡에는 손가락 하나 대지 않으시어, 기어이 회임한 아이에게 떡을 찌게 하십니까?"

"어허, 최고측근. 먹어보고도 모르겠소. 수라간 상궁의 떡과 이 떡이 어찌 같단 말이오."

"그렇긴 하옵니다만……."

"자고로 작은 차이가 별미를 만드는 법이오."

"승휘가 걱정되어 하는 말입니다. 홑몸도 아니니……."

"가볍게 움직이는 건 오히려 순산에 도움이 된다 하더군."

능청스러운 왕의 대답에 중전은 해루를 돌아보며 위로했다.

"네가 고생이구나."

"아닙니다. 저도 먹고 싶어 찌는 겁니다."

이내 왕의 표정이 환해졌다.

"그렇지?"

"그렇습니다. 앞으로 입맛이 없으시면 언제든 말씀만 하십시오. 제가 시간과 장소를 가리지 않고 개떡을 만들어드릴 것입니다."

"정말이냐?"

"네."

"그래도 너무 늦은 밤까지 고생하지는 말거라. 어제도 네가 만든 개떡을 너무 많이 먹고 잠이 들었더니 영 속이 편하지 않았어."

"앞으로는 조금 일찍 만들겠습니다."

"과연 최측근, 눈치가 남다르단 말이야. 하하하."

그때, 중전의 부드러운 음성이 들려왔다.

"그러니까 어젯밤에 저 몰래 개떡을 잡수셨다는 말씀이군요."

"그렇소. 덕분에 속이…… 헛!"

무심코 대답하던 왕이 뒤늦게 중전의 표정을 보고 입을 다물었다.

중전의 목소리가 이어졌다.

"그러니까 오늘 아침, 무척 궁금한 얼굴로 배가 고파 못 살겠으니 최측근에게 개떡을 만들어달라 하면 안 되느냐, 하셨던 말씀은 순 거짓이었다는 말이 되는군요."

"거짓말이라기보다는……. 내, 잘못하였소."

황급히 고개를 숙이는 최최측근 곁으로 해루가 다가섰다.

"저도 잘못했습니다."

"네가 어찌 잘못하였느냐? 끼니를 거르는 아비를 염려하는 것이 어찌 잘못이라 할 수 있겠어?"

"아닙니다. 그래도 최고측근의 엄명을 어기고 떡을 쪘으니……."

두 사람을 물끄러미 바라보던 최고측근이 한숨을 내쉬었다.

"됐습니다."

"용서하는 것이오?"

최최측근이 힐끗 곁눈질로 중전의 눈치를 살피며 물었다.

"두 사람 모두 못 말리겠습니다."

"하하하, 역시 최고측근의 마음은 대해처럼 넓구려."

"입에 침이나 바르시고 그런 말씀 하십시오. 그보다……."

최고측근이 해루를 돌아보았다.

"언제부터 세자가 너를 멀리하는 것 같더냐?"

"며칠 전, 별궁에 앵두나무를 심은 직후부터였습니다. 말은 다정하나 어쩐 일인지 저와 거리를 두려는 마음이 느껴졌습니다. 온궁으로 오는 내내 저와는 시선조차 마주치지 않으려 하였습니다."

"이런……."

중전의 얼굴에 먹구름이 드리웠다.

모처럼 세자가 음양을 이루어 안심하였더니, 그새 마음이 식은 것이려나?

중전의 고민이 깊어지는 찰나.

"최측근, 이리 한번 해보려무나."

어쩐지 싱글거리는 얼굴로 왕이 해루에게 낮게 속삭였다.

"정말 그리해도 되겠습니까?"

"아니 될 것이 무어냐. 밑져야 본전이다."

"그래도……."

잠시 망설이던 해루는 자리에서 일어섰다.

"알겠습니다. 까짓, 못 할 것이 무어가 있겠습니까? 해보겠습니다. 그래도 저하께서 여전히 거리를 두시면……."

"두면?"

"그때 가서 다시 고민해 보겠습니다."

씩씩하게 대답한 해루가 최고측근과 최최측근에게 머리를 조아렸다.

"그럼 저는 이만 물러가보겠습니다."

"그래."

손을 흔드는 최최측근에게 최고측근이 물었다.

"무어라고 하신 겁니까?"

"비밀이오."

"뭐라고요?"

내정전 정원을 나서는 해루의 등 뒤로 티격태격하는 두 사람의 목소리가 들려왔다.

따뜻한 햇살이 해루의 어깨 위를 뒹굴었다. 사박사박 걸음을 옮기는 그녀의 얼굴에 미소가 걸렸다.

행복했다.

이 순간이, 이 소소한 하루하루가 가슴 벅찰 만큼 마냥 행복했다.

동시에 조금은 두려웠다.

이 두려움이 행복을 잠식하지 못하도록 하리라.

224

하여, 먼 훗날 뒤돌아보았을 때 오래도록 행복하게 살았노라, 말
할 수 있기를…….

발을 내딛는 해루의 얼굴에 굳은 결의가 들어찼다.

붉은 노을이 세상을 물들이는 시각.

온궁에서 멀지 않은 숲 속은 분주한 인기척으로 가득했다.

뚝딱거리는 망치 소리와 소란한 말소리가 들리고 얼마 후, 숲에
크고 작은 천막이 세워졌다.

준비가 끝났다는 소리에 왕과 왕비를 비롯한 왕실 사람들, 온궁
으로 함께 내려온 조정 대신들이 숲으로 향했다.

계곡 입구에 있는 온천은 신경통과 안질 치료에 특효였다.

길고 폭 너른 비단 천이 숲의 한가운데를 가로질렀다.

숲 서쪽에 있는 온천에는 사내들을 위한 공간이, 그리고 동쪽의
온천에는 여인들을 위한 장소가 마련되었다.

조용하던 숲에 다시 왁자한 웃음꽃이 피어올랐다.

악사들의 연주가 숲을 가득 채웠다.

어두워지는 숲에 오색의 영롱한 등롱이 내걸렸다.

온천 주위로 거대한 청동화로가 놓이고 향긋한 향신료가 희뿌
연 연기와 함께 숲을 물들였다.

신성한 세계, 아련한 천상의 세계가 땅 위에 펼쳐졌다.

그 신성한 세계의 동쪽, 낮게 지붕을 세운 조그마한 천막 안으
로 긴 그림자가 들어섰다.

"해루야."

다급하게 천막을 찾은 사람은 다름 아닌 향이었다.

해루를 부르는 그의 얼굴에 걱정이 가득하였다.

"어쩐 일이십니까?"

여느 때와는 달리 향을 대하는 해루의 모습이 낯설었다. 반색하는 기색일랑 조금도 보이지 않은 채 그를 외면했다.

"갑자기 아무것도 아니 먹는다고 들었다. 사실이냐?"

해루가 곡기를 끊었다는 소식을 전해 듣자마자 향은 단숨에 그녀에게로 달려왔다.

"맞습니다."

"어찌하여 그러느냐? 어디 불편한 곳이라도 있느냐?"

향의 물음에 해루는 고개를 저었다.

"아닙니다. 그런 곳, 없습니다."

향과 시선이 닿을 때마다 해루는 얼굴을 돌렸다.

냉정하게 저를 외면하는 해루의 모습에 향은 미간을 한데 모았다.

"헌데, 어찌하여 곡기를 끊었다는 것이냐?"

"먹으면 무엇합니까?"

"무어라?"

"저하의 마음이 제게서 멀어졌으니, 제가 살아야 할 이유가 사라졌습니다."

"해루야……."

"저하의 마음을 알게 되었습니다. 저하께서 더는 저를 마음에 품지 않으신 것을 알게 되었습니다."

"그런 것이 아니다."

"아닙니다. 그런 것이 틀림없습니다. 그러지 않고서야 어찌 저와 눈빛 마주하지 않으십니까?"

해루는 팽, 앵돌아진 듯 몸을 돌렸다.

급기야 그녀의 발치에 앉은 향이 말했다.

"아니다. 진실로 네게서 마음이 떠나 그런 것이 아니다."

"그럼 무엇입니까? 무엇 때문에 저하께서 저를 멀리하시는 겁니까?"

"그건……."

"그것 보십시오. 말씀을 못 하시지 않습니까?"

해루가 입을 열 때마다 향긋한 숨결이 느껴졌다. 따뜻한 온기를 품은 그것이 향의 목덜미를 간질였다. 입안에 단침이 고였다. 발쪽대는 저 붉은 입술에 입맞춤하고 싶은 사내의 마음.

향은 허공을 움켜쥐었다.

참을 인(忍).

마음속으로 참을 인을 새기며 향은 자꾸만 자신을 피하는 해루를 보았다.

"사실은 말이다, 서책을 찾아보았더니 회임한 임부에겐 아무런 자극을 주어서는 아니 된다 하였다. 하여, 너를 위해……."

"하여, 저를 외면하신 겁니까?"

"나라고 그러고 싶었겠느냐? 내게도 어려운 시간이었다."

"그 어려운 것을 어찌 고집하시는 겁니까?"

"그리하지 않으면 참을 수 없을 테니까."

"무얼 참을 수 없단 말씀입니까?"

"너를 보면 나도 모르게……."

향은 뒷말을 입속으로 삼켰다. 차마 소리 내어 말하기 민망한 마음이었다.

그러나 해루는 집요했다. 크고 까만 눈이 그에게 다음 말을 재촉했다.

쉽게 말이 나오지 않아 향은 머뭇거렸다.

"그것이……."

"자꾸만 손잡고 싶으십니까??"

"뭐라?"

"손잡고 싶고 입 맞추고 싶어지십니까?"

"……."

문득 향의 눈 속에 이채가 서렸다.

"해루, 너……!"

향과 마주하지 않으려 고개를 돌리고 있는 해루의 입가에 작은 경련이 일고 있었던 것이다.

웃음을 참고 있는 것이 분명한 모습.

"무어냐?"

향이 자리에서 일어서려는 순간.

"못 가십니다."

해루가 그의 팔목을 잡았다.

그녀는 향을 잡아당겼다. 마치 보이지 않는 사슬에 이끌린 듯 향은 해루의 가까이로 상체를 기울였다.

입술이 닿을 듯 가까워진 거리.

그녀의 숨결이 닿은 곳에 붉은 불꽃이 피어올랐다.

깊게 숨을 들이마신 향은 먼 허공을 응시했다.

"또 고개를 돌리십니다."

해루가 양손으로 향의 얼굴을 붙잡았다.

"뭐 하는 짓이냐?"

"이렇게라도 하지 않으면 영영 저하와 얼굴 마주할 수 없을 것 같아 그럽니다."

"놔라."

"못 놓습니다."

"놓으라 하였다."

또르르 한쪽 옆으로 눈동자를 굴리며 향이 저항했다.

그 시선을 좇아 해루가 얼굴을 돌렸다.

"아직도 모르십니까?"

향의 입술 위로 해루의 입술이 날아들었다.

촉, 달콤한 감촉이 닿는 순간 저항하던 향의 어깨에 힘이 풀렸다.

"무, 무얼 하는 것이냐?"

"어떻습니까? 마음속의 번민이 사라지는 것 같지 않으십니까?"

"……."

"아직입니까? 그럼……."

다시 한 번 향을 향해 다가오는 붉은 입술.

향의 머릿속이 아득해졌다.

참을 인, 참을 인, 참을 인……. 더는 못 참겠다.

맥없이 허공을 잡쥐고 있던 향이 몸을 일으켰다.

무에 기대하는 눈빛으로 해루는 향을 올려보았다.

그러나 다음 순간.

향은 그대로 천막을 나가버렸다.

"어……?"

이게 아닌데. 이러지 않을 거라고 하셨는데.

향의 반응이 예상과 달랐다.

외면당한 서러움과 섭섭함에 입안이 까끌까끌했다. 괜스레 코끝이 알싸해지고 눈가가 뜨거워졌다. 황망한 마음에 해루는 천막 한쪽에 마련된 침상에 등을 기대고 앉았다.

눈가에 맺힌 습기를 지우려 그녀는 눈을 감았다.

그렇게 얼마나 지났을까?

천막 안으로 누군가 들어섰다.

찰랑거리는 물소리를 들어보니 김 상궁이 분명했다. 온천욕을 할 수 없는 그녀를 위해 김 상궁은 온천물을 받아 발을 닦아준다 하였다.

해루는 버선을 벗기는 손길에 몸을 맡겼다. 버선 안에 꽁꽁 가둬두었던 하얀 발이 세상 밖으로 모습을 드러냈다. 이윽고 따뜻한 물의 감촉이 발바닥에 와 닿았다.

"고맙네. 덕분에 피로가 풀린 것 같으이."

찰방찰방, 물소리를 들으며 해루는 길게 숨을 들이마셨다.

눈을 감은 그녀의 머릿속에는 온통 향의 모습으로 가득했다.

저하께선 어찌하여 그리 나가버리신 걸까?

혹여 나의 섣부른 행동이 저하를 불편하게 만들었을까?

단 한 번도 본 적 없는 향의 외면에 해루는 명치 끝이 따끔거렸다.

상념에 빠진 해루를 위로라도 하는 듯 발을 만져주는 김 상궁의 손길은 다정했다.

김 상궁은 해루의 발을 아프지 않게 꼭꼭 눌러주었다. 그렇게 정성을 기울여 발을 씻겨주던 노파의 손길이 이번에는 해루의 종아리를 어루만졌다. 단단하게 뭉쳐 있던 근육이 풀어지고 나른한 열감이 다리를 타고 올라왔다.

그 열감을 따라 김 상궁의 손길도 위로 올라왔다.

위로, 위로, 더 위로.

그리고 다음 순간, 해루의 치맛자락이 허벅지 위로 걷혀 올라갔다.

"김 상궁!"

놀란 해루가 눈을 떴다.

무슨 짓이냐, 호통이라도 치려는 찰나.

붉은 잇꽃이 촘촘히 수놓인 연분홍 치맛자락 사이로 향의 얼굴이 보였다. 한 나라의 왕세자가 그녀의 발을 씻겨주고 있었다.

"저…… 저하!"

"내의원에게 물었더니 네 말이 옳더구나. 역시 무엇이든 책으로만 공부하면 안 되는 것이었다."

"무슨 말씀이십니까?"

"의원이 말하길 이미 너는 안정기에 접어들었고, 안정기에 접어든 임부에겐 오히려 약간의 자극은 도움이 된다더구나. 더 내가 해줄 것이 무어냐 물었더니, 발을 이리 만져주는 것도 좋고, 또 이리하는 것도 좋다더구나."

말이 끝남과 동시에 향은 해루의 열두 폭 치맛자락 안으로 모습을 감추었다.

갑작스러운 일에 해루는 멍하니 두 눈을 깜빡거렸다. 그러나 이내 찬물을 뒤집어쓴 듯 정신이 들었다.

향이 자신의 치맛자락 안으로 들어갔다. 대체 저 치맛자락 안에서 무슨 일이 벌어질까, 두려운 표정을 하고 있자니 생소한 감각이 느닷없이 아랫도리를 덮쳐왔다.

"저하……."

소스라치는 비명이 해루의 입에서 흘러나왔다.

불씨를 담은 향의 입술이 해루의 동굴 속을 범람했던 것이다. 너무나 황망하여 달아나고 싶었다. 그러나 꼼짝없이 잡혀버린 해루는 어금니를 사리무는 것 외엔 아무것도 할 수 없었다.

물속에 담긴 그녀의 발끝이 애처롭게 떨렸다.

겉으로 보기엔 고요하기 그지없는 치맛자락 안에선 치열한 전쟁이 벌어지고 있었다.

잔잔하던 치맛자락이 들썩일 때마다 퐁, 퐁, 물방울이 사방으로 튀었다.

침상을 짚은 해루의 손끝에 힘이 들어갔다. 금방이라도 끊어질 듯 숨이 거칠어졌다.

그렇게 얼마나 시간이 지났을까?

해루의 치마 밖으로 향이 다시 얼굴을 내밀었다.

치열한 전쟁을 막 끝낸 터라, 그의 얼굴엔 들끓는 정염이 가득했다.

그는 열기 서린 눈빛으로 해루를 응시했다.

"네 말이 옳았다."

두 볼 가득 홍조를 품고 있는 해루와 시선을 맞추며 그는 말을 이었다.

"이제야 마음의 번민이 사라지는 것 같구나."

향은 해루에게로 고개를 기울였다.

"내가 어리석었다. 내가 미련하였다."

그의 말소리가 고스란히 해루의 입속으로 스며들었다.

세상 사람들은 그를 목석이라 하였다. 여인에겐 관심을 두지 않은 채 오직 학문에만 열중하는 왕세자를 기이하다며 쑥덕거렸다.

그러나 그들은 모르고 있었다.

향이 사실은 목석이 아니라는 것을.

그는 오직 자신의 여인에게만 자신을 허락하고 싶은 사내였던 것이다.

하여, 세상 사람이 뭐라 하여도 허락하지 않았다. 자신의 여인이 아닌 다른 여인은 받아들이지 않았다.

그리고 마침내 만났다.

온전히 취하고 싶은 여인을.

온전히 자신을 내어주고 싶은 여인을.

그 여인의 붉은 입술이, 따뜻한 체온이 향을 어루만졌다.

해루를 위해서라면 무엇이든 할 수 있었다.

행여 죽음이라도 달갑게 받아들일 수 있으리라.

따스한 물결이 두 사람을 휘감았다.

멀리서 들려오는 악사들의 연주가 천상의 노래인 듯 아련하고도 아름다웠다.

서로를 향한 몰아의 세계에 심취한 두 사람으로 인해 천막 안의 공기가 뜨거워졌다.

"승휘마마, 오래 기다리셨……."

천막 안으로 들어서던 김 상궁이 잠시 놀란 표정으로 굳어졌다.

그러나 이내 뒷걸음질로 슬금슬금 물러난 그녀는 천막 앞을 지켰다.

어둠이 깊어지자 오색 등롱의 불빛이 선명해졌다.

몇 시진 전.

내정전 정원에서 멀리로 사라지는 해루의 뒷모습을 바라보던 중전이 왕에게 물었다.

"저 아이에게 대체 무어라고 하셨습니까?"

"먼저 세자를 유혹하라 하였소."

"네?"

중전이 놀란 얼굴로 왕을 돌아보았다.

"어이 그런 말씀을 하신 것이옵니까?"

"내가 그랬거든."

"무슨 말씀이시어요?"

"중전이 말이오, 회임을 할 때마다 나는 홀로 조심, 또 조심하였다오. 행여 중전에게 무리라도 될까 싶어 부러 거리를 두었지."

"그런 일이 있었습니까?"

"헌데 사람의 마음이란 것이 참으로 묘하지. 중전에게 거리를 두면 둘수록 마음은 더욱 간절해지지 않겠소. 게다가 회임한 탓인지, 중전이 날이 갈수록 아름다워지니……."

"……."

"나중에야 알았지. 그 모든 것이 지나친 염려였다는 것을 말이야."

"호호호, 그런 일이 있었군요."

"하여, 최측근에게 귀띔했지. 내 자식이라면 필시 내 마음과 같을 것이니 그 녀석을 허물어버리라고."

"세자가 허물어지겠습니까?"

"허물어질 것이오."

"어찌 그리 확신하십니까?"

싱긋, 미소를 그리며 왕이 속삭였다.

"내가 그리하였으니까."

고개를 돌리는 중전의 얼굴에 도홧빛이 감돌았다.

해시초(亥時初, 밤 9시).

등짐을 진 한 무리의 사람들이 수레를 끌고 온궁을 찾았다.

높으신 분들과 그분들을 모시는 수많은 사람이 여러 날을 머무르게 된 터라, 당연히 필요한 식재료와 물품도 많을 수밖에 없었다.

꼭 필요한 물품은 궁에서 직접 가져왔지만, 막상 자리를 옮기고 나면 뒤늦게 필요가 생기는 물건들도 있기 마련.

신선이 생명인 식재료 또한 현지에서 조달할 수밖에 없었다.

온궁을 찾은 사람들은 그러한 물품들을 가져온 상인들이었다.

평소라면 간단한 절차를 끝으로 문을 통과했어야 했다. 그러나 오늘은 무슨 이유에선지 식재료가 드나드는 작은 문 앞에서 실랑이가 벌어졌다.

원래 약조한 사람이 아닌 전혀 엉뚱한 인물이 온궁을 찾았던 까닭이다.

"그러니까 자네 말은 이번 일을 맡은 장 행수가 갑자기 일이 생겨 지방으로 내려갔단 말이지? 그런 일이 있으면 먼저 이쪽에 알려주었어야지, 이렇게 뜬금없이 엉뚱한 사람을 보내면 어찌한단 말인가?"

"부고(訃告)입니다. 부친께서 갑자기 돌아가셨으니, 무슨 정신이 있었겠습니까?"

얼굴이 납작하고 입이 좌우로 길게 늘어져 메기를 떠올리게 하는 상인이 답답한 듯 가슴을 쳤다. 그는 조우진이라는 사람으로, 본래 이 일을 맡은 장 행수의 먼 친척이라 하였다.

"사정은 이해가 되네만, 들어갈 수는 없네."

관인이 고개를 저었다.

"답답하시네. 부고라는데 어찌 더 사정을 설명한단 말입니까?"

"이곳에 얼마나 귀한 분이 계시는지 몰라 그러는가? 귀찮고 번거롭게 보여도 어쩔 수 없네. 장 행수 집에 사람을 보냈으니, 사실을 확인하고 돌아올 때까지 기다리시게."

"어이쿠, 거기까지 갔다 오면 여기 수레에 실린 재료 중 귀한 것은 죄다 못쓰게 됩니다. 먼바다에서 진상된 귀한 재료도 있는데, 상하기라도 하면……. 그러지 마시고 사정 좀 봐주십시오."

"어림없는 소리 말게."

연이은 사정에도 관인은 틈을 보이지 않았다.

"어허, 이거 큰일인데."

조우진은 난감한 얼굴로 수행인으로 보이는 자와 대화를 나눴다.

그의 수행인은 단순한 상인이 아닌 듯, 키도 크고 체구도 건장했다. 무엇보다 하나 남은 외눈에 말로 설명할 수 없는 섬뜩한 기운이 서려 있어 보는 사람으로 하여금 두려움을 느끼게 하였다.

"편의를 좀 봐주시면 안 되겠습니까?"

조우진이 다시 부탁했다.

"몇 번을 물어도 안 되는 건 안 되네."

"시간이 지체되면 저희만 손해 보는 게 아닙니다. 나리께서도 곤란해지실 수 있습니다."

"설사 나중에 꾸지람을 듣더라도 절차대로 행해야 하는 게 내 일일세."

"융통성 없으시기는. 이거 참 곤란한데."

조우진이 머리를 긁적였다.

관인은 조우진보다 그의 수행인에게 관심이 있었다.

"보아하니 저 사람은 평범한 상인 같지 않군. 외눈에 조선인도 아닌 듯한데."

"네. 야인입니다."

"야인? 걸핏하면 북방을 어지럽히는 자들 말인가? 아무리 사람이 없기로서니 어찌 그런 곳 출신인 사람을 쓰는가?"

관인이 나무라듯 말하자 조우진이 입가를 늘이며 웃었다.

"사람 출신이 중요하겠습니까? 일만 잘하면 되지요."

"야인이 그렇게 일을 잘하는가?"

"말해 무엇하겠습니까? 그보다 지금은 그런 것을 따질 때가 아닙니다."

"그게 무슨 말인가?"

"곧 아주 중요한 일이 벌어질 겁니다."

"중요한 일?"

조우진이 관인의 귀에 속삭이듯 말했다.

"이제 곧 나리의 목이 잘릴 겁니다. 이게 중요한 일이 아니면 또 뭐가 중요한 일이겠습니까?"

"누구 목이 잘린다고?"

관인의 물음이 끝나기도 전에 조우진의 수행인이 칼을 뽑았다.

휘익, 허공을 베는 듯한 소리가 들리는가 싶더니 관인은 비명조차 지르지 못하고 쓰러졌다.

조우진은 두 눈을 부릅뜨고 죽은 관인을 내려다보며 입아귀를 비틀었다.

"그러게 제가 뭐라 했습니까? 저만 손해 보는 게 아니라 했지요?"

조우진이 고개를 들자 그의 수행인으로 위장한 충샨이 거친 목소리로 물었다.

"이곳에 그가 있는가?"

"세자 말이지요? 분명 이곳에 있습니다."

"그래?"

갑자기 충샨의 입에서 거친 웃음소리가 터져 나왔다.

그러다 거짓말처럼 웃음기를 지운 그가 큰 소리로 외쳤다.

"무기를 들어라, 초원의 전사들이여! 이제 묵은 원한을 갚을 때다."

상인들이 일제히 겉옷을 벗고 수레에 실린 무기를 꺼내 들었다. 때를 맞춰 숲과 길 너머에서도 야인들이 새카맣게 쏟아져 나왔다.

그들은 순식간에 온궁 담장을 뛰어넘었다.

궁문을 지키는 병사들의 핏물이 바닥을 흥건하게 적셨다. 비릿한 혈향과 날카로운 비명이 평화로운 온궁을 붉게 물들였다.

거저 얻는 것은 없다

야인들로 인한 환란이 벌어지기 반 시진 전.

울울창창한 숲 한가운데 나른한 열기가 안개처럼 깔렸다.

뜨거운 온천물에 묵은 피로를 녹인 내명부의 여인들은 빗물이 아래로 고이듯 자연스레 중전의 천막으로 모여들었다.

소박한 다과상이 차려졌다. 맑게 우린 찻물이 온천의 열기를 달래주었다.

"모두 긴 여정에 수고가 많았소. 오늘은 예서 곤한 마음과 몸을 깨끗하게 씻어버리시오."

상석에 자리한 중전께서 주위를 둘러보며 입을 열었다.

쨀랑거리는 떨잠 소리와 함께 내명부 여인들의 고개가 일제히 아래로 향했다.

"성은이 망극하옵니다."

찬찬히 후궁들을 둘러보던 왕비의 시선이 해루에게 멈췄다.

"권 승휘는 무료하지 않았더냐? 예까지 따라와서 물에는 못 들어가고 기다리기만 하였으니……."

"비록 물에는 들어가지 않았으나, 숲의 경치와 맑은 공기 덕에 몸과 마음이 한결 가벼워진 것 같습니다."

"그러하냐? 다행이구나. 헌데, 무얼 하고 있었느냐?"

"그것이……."

중전의 물음에 해루는 저도 모르게 얼굴을 붉히고 말았다. 자신의 천막에서 향과 함께 시간을 보낸 일이 떠올랐던 까닭이다.

잠시 잠깐, 천상에 발을 디딘 듯했던 몰아의 시간.

그 아찔하면서도 나른한 한때를 떠올리며 고개를 숙이고 있자니, 귓가로 칼날 같은 목소리가 파고들었다.

"중전마마."

목소리의 주인공은 세자빈이었다.

"무에 할 말이라도 있는 것이냐?"

중전의 물음에 소은은 새치름하게 눈을 아래로 내리깔았다.

"소첩, 중전마마께 청하고 싶은 것이 있사옵니다."

"청이라? 그래, 무엇이더냐?"

중전의 미간에 주름이 그려졌다. 연민과 동정, 근심으로 가득한 저 얼굴이 가면에 불과하단 사실을 알게 되었다.

"아뢰옵기 송구하오나, 권 승휘의 전각에 빈궁전 궁인들을 더 보냈으면 하옵니다."

"지금도 적지 않은 궁녀가 권 승휘를 돕고 있는 것으로 알고 있다. 어찌하여 사람을 더 보내야 한다는 것이냐?"

"소첩이 미욱하여 아랫사람을 배려하지 못하였사옵니다."

"빈궁은 빙빙 에둘러 말하지 말고 제대로 말하라."

중전의 성화에 소은이 고개를 깊숙이 숙였다.

"지난밤, 권 승휘가 온수현 관아의 어린 노비를 사사로이 데려갔다는 소식을 들었나이다."

"무어라?"

중전이 진의를 묻는 시선으로 해루를 건너보았다.

그러나 해루가 미처 답을 하기 전에 소은이 다시 끼어들었다.

"중전마마, 소첩의 생각이 짧았사옵니다. 회임하면 사람 부릴 일이 많아진다는 것을 몰랐던 제 탓이옵니다. 하오니 내명부의 법도를 어긴 권 승휘를 탓하지는 마시옵소서."

사근사근한 목소리로 고하는 소은에게 중전이 말했다.

"빈궁의 마음이 참으로 자상하구나."

말은 그러했지만 소은을 바라보는 중전의 눈빛은 무심하였다.

애정도, 그렇다고 증오도 없는 시선.

오래 묵은 질그릇을 보듯, 그야말로 아무것도 담기지 않은 눈빛으로 그저 바라보기만 할 뿐이었다.

일순, 소은의 목구멍으로 뜨거운 것이 솟구쳤다.

고름처럼 고인 분노가 입가를 비집고 새어 나오려는 찰나, 작은 소란이 들려왔다. 궁녀 중 하나가 실수로 물건을 떨어트린 탓이다.

소쌍이었다.

뜻밖의 주목을 받게 된 소쌍은 급히 머리를 조아렸다.

"송구하옵니다."

분위기가 잠시 어수선해졌다.

그 틈에 소은은 간신히 몸속의 불덩이를 잠재울 수 있었다. 가면 같은 미소가 다시 소은의 입가로 돌아왔다.

중전이 해루에게 물었다.

"권 승휘, 사실이더냐? 빈궁이 지금 내게 한 말처럼 온수현 관아에서 노비를 데려왔더냐?"

해루는 고개를 끄덕였다.

"온수현 관아에서 아이를 데려온 것은 사실이옵니다."

"이런, 그럼 빈궁의 말처럼 전각의 일손이 부족한 것이더냐?"

"일손은 부족하지 않사옵니다."

"허면, 어찌하여 사사로이 관아 소속의 노비를 데려온 것이더냐?"

"그건……."

소은이 해루의 대답을 가로챘다.

"회임한 몸이 아니옵니까. 날이 갈수록 운신이 어려울 것이니 부릴 손이 많으면 많을수록 좋을 것이옵니다."

겉으로는 해루를 변호하는 듯 보이지만, 속내에 담긴 것은 비난이었다.

관아의 노비를 사사로이 취하는 것은 분명 법도를 무시한 처사였다.

회임을 핑계 삼아 멋대로 행동하는 것이 아니고 무엇일까.

소은은 해루의 유세를 중전에게 고하는 중이었다.

내명부의 법도는 엄중했다.

아무리 중전께서 해루를 어여삐 여기신다 하나 지켜보는 눈이 많은 작금의 상황에서는 마냥 편애하지는 못하리라.

속이 빤히 보이는 소은의 수작에 해루는 고개를 설레설레 저었다.

저 아이는 어쩜 저런 쪽으로만 머리를 쓰는 걸까? 그나저나 어찌 설명해야 하나?

사실대로 고하자니, 본의 아니게 이 일에 말려든 현성마저도 언급해야 할 판이다.

게다가 더 큰 문제는 해루가 아직 내명부의 법도를 세세히 알지 못한다는 것이다.

이번 일이 정확히 내명부 법도의 어느 부분을 어겼는지 갈피를 잡지 못했다.

이럴 줄 알았으면 김 상궁이 알려 줄 때 좀 더 귀 기울일걸.

때늦은 후회가 밀물처럼 밀려들었다.

설마, 좋은 의미로 시작한 일 때문에 궁지에 몰릴 줄은 상상도 못하였다.

"중전마마."

그때, 나직한 목소리가 울렸다.

"홍 승휘, 무에 할 말이라도 있느냐?"

"지난밤, 온수현에서 데려온 아이에 관해 소첩이 한 말씀 올려도 되겠는지요?"

"말해 보라."

현성이 앞으로 나섰다.

"우선 그 아이는 빈궁이 말한 것처럼 관아 소속의 노비가 아니옵니다. 어미와 아비를 잃고 어디 한 곳 의지할 데 없이 떠돌던 고아였사옵니다."

"이런."

아이의 처지를 동정한 중전이 혀를 찼다.

현성의 말이 이어졌다.

"어린 것이 굶주리기를 밥 먹듯 하고, 마을 사람들에게 이리저리 치이는 것이 가여워 저와 권 승휘가 그 아이를 데려오게 된 것이옵니다."

"옳거니. 그렇게 된 일이로구나."

그럼 그렇지, 하는 듯한 얼굴로 중전은 고개를 끄덕거렸다.

지켜보던 소은의 얼굴에 조급함이 들어섰다. 소은은 애써 입가에 미소를 그린 채 현성을 응시했다.

"홍 승휘, 그런 일이 있었다면 내게 와 청할 것이지 어찌하여 권 승휘와 둘이 그 일을 처리한 것인가?"

현성이 심드렁한 얼굴로 고개를 숙였다.

"송구하옵니다. 미처 그 생각을 하지 못했사옵니다."

"다음에는 내게 제일 먼저 알려야 할 것이야. 그래야 내 자네들의 실수를 덮을 수 있을 것이니."

"실수라 하셨사옵니까?"

현성의 물음에 소은은 넉넉한 눈빛을 했다.

"이런, 설마 홍 승휘마저도 모르고 있었는가?"

"무얼 말이옵니까?"

"가여운 아이에게 도움의 손길을 내민 것은 옳은 일이라네. 아무리 궁의 법도가 지엄하다고는 하지만 어찌 내 백성의 곤궁함에 비할 것인가."

제법 백성의 어미다운 자태인지라, 중전을 비롯한 천막 안의 모든 시선이 소은에게로 집중되었다.

소은은 잠시 침묵하며 사람들의 관심을 즐겼다.

"불행한 아이를 돌보는 것은 분명 옳은 일일세. 아니, 훌륭한 품성이라 칭찬받아 마땅하지. 평범한 사대부의 여인이라면 누가 있어 자네들의 행동을 허물이라 하겠는가. 다만, 권 승휘와 홍 승휘 자네들은 왕실의 여인일세. 자네들도 알다시피 궐은 아무나 들어올 수 있는 곳이 아니니, 그대들이 데려온 그 아인, 어쩔 수 없이 궁 밖에 머무를 수밖에 없을 것일세. 이는 버림을 받은 것과 다르지 않으니, 결국, 자네들은 그 아이에게 또 한 번의 상실감을 맛보게 하였어."

소은의 어조는 시종일관 차분했다. 또한, 말하는 내용도 일리가 있는 터라, 천막 안의 몇몇이 고개를 끄덕였다.

모두의 시선이 해루와 현성에게로 옮아갔다. 개중엔 섣부른 온정으로 오히려 상처만 크게 키운 그녀들을 탓하는 시선도 있었다.

이번에도 현성이 입을 열었다.

"저희라고 어찌 그 생각을 못 하였겠습니까."

"그래? 그럼 무슨 방도가 있어 그리했단 말인가?"

"사실, 부모를 잃고 거리를 떠도는 아이를 데려온 것이 이번이 처음은 아닙니다."

"그게 무슨 말이냐?"

지켜보던 중전이 꺼어들려는 소은을 막으며 물었다.

"지난 몇 달간, 권 승휘와 함께 궁 밖에 거처를 마련하고 갈 곳 없는 아이들을 돌보고 있었사옵니다."

현성은 고아들을 가엽게 여긴 해루가 궐 밖에 초가를 마련한 일과 돌보는 아이의 수가 이미 열다섯을 넘었다는 이야기를 세세히 전했다.

이야기가 끝날 때쯤, 중전의 얼굴에 감탄이 들어찼다.

"그런 일이 있었더냐?"

현성이 무릎을 꿇었다.

"용서하시옵소서, 중전마마. 아이들에게 서둘러 보금자리를 마련해 주고 싶은 욕심에 그만 법도를 어기고 말았나이다."

"아니다. 사람을 귀이 여겨 행한 것이거늘 허락을 받지 않은 일이 무에 큰 잘못이라고 용서를 비는 것이냐? 내가 참으로 부끄럽구나. 잘했다. 너희가 이 나라의 중전인 나보다 훌륭하구나."

"그 어인 말씀이시옵니까. 어찌 미천한 제가 중전마마께 비할 수 있겠사옵니까. 그리고 무엇보다 이 일을 시작하고 주도한 것은 제가 아니오라 권 승휘옵니다. 소첩은 그저 권 승휘가 하는 일에 조금 힘을 보탠 것 외엔 한 일이 없사옵니다."

현성의 설명에 중전은 자리에서 일어나 해루의 곁으로 다가섰다.

"권 승휘."

중전은 해루의 손을 가만히 그러잡았다.

"세자가 어찌하여 너를 그리 귀이 여기는지 이제 분명히 알 것 같구나."

"과한 칭찬에 몸 둘 바를 모르겠사옵니다."

해루는 황급히 머리를 조아렸다.

칭찬을 기대하고 한 일이 아니었다.

그저 그 아이들의 모습을 보고 있자니, 자신의 어린 시절이 떠올라 견딜 수가 없었다. 그들이 겪는 굶주림과 외로움, 추위와 절망이 얼마나 비참하고 두려운 것인지 누구보다 잘 알고 있었다. 그래서 온기를 내밀었을 뿐이다.

그러기에 현성이 만들어놓은 이 상황이 당황스러웠다.

제 마음 가는 대로 당연한 일을 하였을 뿐인데, 어찌 이리 칭찬하시는 것일까.

해루의 마음과는 달리 여기저기서 칭송하는 소리가 들려왔다.

"부끄러울 따름입니다. 저는 어찌 저런 생각을 하지 못했는지."

"권 승휘와 홍 승휘가 덕 중에 가장 귀하다는 인덕을 쌓았습니다."

"어디 그뿐입니까? 권 승휘는 회임하여 이 나라 종묘사직을 든

든히 하고 있으니 그야말로 복덩이 중의 복덩이지요."

웃음소리가 천막을 가득 채웠다.

오직 소은만이 웃지 못하고 있었다.

"이럴 순 없어. 이럴 수는……. 이럴 수는 없단 말이다."

모두가 나가고 천막에 홀로 남은 소은은 낮은 목소리로 끊임없이 중얼거렸다.

불안한 듯 쉼 없이 흔들리는 그녀의 눈동자엔 공허와 좌절만이 가득했다.

소은의 곁으로 소쌍이 다가왔다.

"마마, 이만 온궁으로 돌아가셔야 합니다."

소쌍은 흐트러진 소은의 입성을 정갈하게 다듬었다.

그런 그녀에게 소은이 말했다.

"소쌍아, 너도 들었느냐? 해루, 저것이 궐 밖에서 고아들을 돌보고 있다더구나. 온수현 관아에서 노비를 데려간 일도 같은 맥락이라 하는구나."

소쌍은 고개만 끄덕였다.

"모두 들었사옵니다."

"흥! 저것들이 부모 잃은 고아를 돌본다고? 지나가는 개가 웃을 일이다. 어디서 그런 거짓말을 하는 것인지. 분명 작금의 상황을 모면하기 위해 지어낸 거짓말일 것이야. 소쌍아! 도성으로 돌아가는 대로 그 실상을 낱낱이 알아 와야겠다. 내 중전마마께 저들의 본모습을……."

"사실입니다."

소쌍이 소은의 말을 잘랐다.

"응?"

소은이 잠시 멍한 얼굴로 소쌍을 돌아보았다.

"너, 지금 뭐라 하였느냐?"

"두 분 승휘가 고아를 돌보는 것은 사실입니다."

소쌍은 궐 밖 초가에서 어린아이들을 돌보던 해루를 떠올렸다.

"네가 그걸 어찌 아느냐?"

"우연히 보았사옵니다."

"뭐라? 허면, 어찌하여 내게 그 사실을 고하지 않았더냐?"

"좀 더 알아본 다음에 아뢰려고……."

순간, 허공을 가르는 바람 소리와 함께 날카로운 마찰음이 공기를 뒤흔들었다.

소쌍의 얼굴에 소은의 손바닥 자국이 선명하게 그려졌다.

소쌍을 바라보는 소은의 눈에 불꽃이 튀었다.

"이제는 너마저 나를 업수이 여기는 것이냐? 그런 일이 있었으면 내게 먼저 고했어야지!"

분을 참지 못한 소은이 다시 손을 치켜들었다.

소쌍이 그 손을 잡았다.

"네가 진정 죽고 싶은 것이냐!"

소은의 입가에 잔경련이 일었다.

그러나 이어진 소쌍의 차분한 목소리에 저도 모르게 눈가가 풀어지고 말았다.

"보는 눈이 많사옵니다. 벌을 내리셔도 처소로 돌아가신 다음에 내리시옵소서. 달게 받겠사옵니다."

주위를 둘러보니 소쌍의 말처럼 두 사람에게로 이목이 쏠려 있었다.

급히 손을 내린 소은이 소쌍에게 매달렸다.

"내가 미쳤구나. 내가 잠시 어찌 되었나 보구나. 내가 너를 때리다니……."

"괜찮사옵니다."

"나, 나는……. 너무 화가 났다. 너마저 나를 무시하는 것만 같았어."

"제가 어찌 마마를 무시할 수 있겠습니까."

소쌍의 말에 마지막 한 줌의 의혹마저 푼 소은은 이번엔 지독한 자괴감에 빠졌다.

"이제 어쩐다? 해루 고것이 다시 한 번 엉뚱한 일을 벌인다 기뻐하였거늘. 내 얕은꾀가 되레 비수가 되어 내게 돌아왔구나."

해루에게 빼앗긴 중궁전의 총애를 돌려받으려다 오히려 모두의 멸시와 조롱을 받고 말았다.

조급한 마음에 제대로 알아보지도 않고 일을 벌인 탓이다.

"이제 다 틀렸다. 모두 끝났다."

절망한 소은은 탄식을 거듭했다.

"이게 모두 해루 탓이다. 그 발칙한 계집이 궁에 들어온 후부터 괴롭고 힘들기만 하구나. 그 계집은 날 괴롭히려 궁에 들어온 것이 틀림없다. 날 죽이기 위해 날마다 이를 갈고 있음이 틀림없단 말이다."

종잡을 수 없는 소은의 감정은 분노와 비감을 거쳐 결국 원망으로 흘렀다. 이 모든 것이 스스로 자초한 일임에도 그녀는 인정하려 하지 않았다.

물끄러미 바라보던 소쌍이 말했다.

"제가 아는 어떤 분이 말씀하셨습니다. 사람의 모든 행동에는 의도가 숨어 있다고 말입니다."

"의도라니? 고아들을 돌보는 해루의 행동에 의도가 있단 말이냐?"

소은의 물음에 소쌍은 고개를 끄덕였다.

"틀림없이 그럴 테지요. 그렇지 않고서야 아무런 연고도 없는 아이들을 무작정 돌보고 있을 까닭이 있겠습니까?"

소쌍은 선의를 믿지 않았다.

세상에 거저 얻는 것은 없다. 하나를 받으려면 적어도 둘은 내주어야 한다. 남의 것을 빼앗으려면 우선 속여야 하고, 선의는 악의를 숨기기 위한 기만일 뿐이다.

적어도 그녀가 경험한 세상은 그러했다.

녹록지 않은 삶을 살아온 소쌍에게 해루의 행동은 불합리한 일투성이였다.

그래서 믿지 않았다.

자신의 스승이자 신앙인 자화마저도 큰 것을 위해 작은 것을 버릴 줄 알아야 한다고 가르치지 않았던가.

"역시 그랬구나. 그 앙큼한 것이 진심으로 아이를 돌볼 리 없어. 어쩌면 웃전의 눈에 들고 싶어 몰래 일을 꾸민 것인지도 몰라. 나중에 실수인 척 들켜 자신의 선행을 알리고 싶었던 것이겠지."

소쌍의 말을 들은 소은은 안심했다. 그러다 금세 우울한 표정으로 말을 이었다.

"이제 어쩌지? 나는 그런 줄도 모르고 내 손으로 권 승휘를 돌보게 하고 말았구나. 중전마마께서 나를 보는 눈빛을 보았느냐?

나를 미워하신다. 나를 경멸하셔. 아니, 궁 안의 모든 사람이 나를 없는 사람 취급을 하는구나. 아무도 나를 세자빈으로 생각하지 않아. 모두 해루, 그 나쁜 년이 세자빈이 되길 바라고 있어."

소은의 눈가에 급기야 눈물이 맺혔다.

"소쌍아, 나는 쫓겨날 거야. 해루, 저것이 아들을 낳으면 난 틀림없이 쫓겨날 거야. 이제 나는 어쩌면 좋지? 모두가 나를 버렸다. 모두가 내게서 등을 돌려버렸어."

소은은 스스로 만든 두려움 속으로 끊임없이 가라앉았다.

"걱정하지 마시어요. 제가 마마 곁에 있을 것이옵니다."

소쌍은 수전증에 걸린 사람처럼 쉼 없이 떠는 소은의 손을 맞잡았다.

"마마, 이 소쌍이만 믿으세요. 지금의 굴욕과 비참함은 잠시뿐입니다. 곧 좋은 세상이 열릴 것이어요. 그때가 되면 저들도 더는 마마께 눈빛 세우지 못할 겁니다."

소쌍은 먼 허공으로 시선을 돌렸다.

자화가 약속한 시간이 머지않았다.

지금쯤 도성에서는 새날을 열기 위한 행보가 한창이리라.

도성이 귀녀님의 손아귀로 들어가게 되면…….

소쌍의 상념이 채 깊어지기 직전.

"적이다! 야인들의 습격이다!"

뜻밖의 외침이 숲을 뒤흔들었다. 평온하던 숲에 혼란이 일었다.

천막 밖으로 나온 소쌍의 눈에 놀라운 광경이 펼쳐졌다.

온궁에서 숲으로 이어진 곳곳에 검붉은 불길이 치솟았다.

갑작스러운 환란에 놀란 사람들은 허둥대며 사방으로 흩어졌다.

이 모든 혼란의 중심에 야인들이 있었다. 상인으로 위장한 야인들은 광기에 휩싸인 채 날뛰었다.

"어째서…… 어째서……?"

소쌍은 반쯤 넋이 나간 얼굴로 중얼거렸다.

귀녀께서 원한 것은 무혈입성(無血入城)이라 하셨다.

하여, 왕이 궁을 비울 때를 기다렸다가 도성을 점령하려 하신 것이 아닌가. 또한, 야인들을 끌어들인 것 역시 최소한의 희생으로 대업을 이룩하기 위함이라고 했다.

계획대로라면 야인들은 북쪽 변방을 어지럽히고 있어야 한다.

그런데 이게 어찌 된 일일까?

북방에 있어야 할 야인들이 온궁에 나타나 무자비한 살육을 벌이고 있었다. 미쳐 날뛰는 야인들의 칼날에 죄 없는 궁인들이 덧없이 목숨을 잃었다.

세상이……. 살아남은 자들이 살아가야 할 이 땅이 잿더미로 변했다.

이건 아니야.

소쌍은 고개를 저었다.

그녀가 원한 세상은 이런 것이 결코 아니었다.

혼란에 빠진 소쌍은 바닥에 뿌리라도 내린 것처럼 꼼짝하지 못했다.

무엇이 어디에서부터 잘못된 것인지 알 수 없었다.

야인들이 약속을 어겼는가?

그럼 그들이 어떻게 내륙 깊숙한 곳까지 잠입할 수 있었단 말인가?

　동조한 자들이 없으면 불가능한 일이다. 야인들로 인한 환란이 몇 번이나 있었던 터라, 북방의 경계는 이미 한계 이상 강화되었다. 어지간한 수완가가 아니면 야인들을 내륙으로 들이는 건 절대 불가능할 것이다.

　"두박신이라면 가능해."

　무릇, 정치와 신념은 사람과 지역을 가려도 종교는 그 모두를 아우르는 법이다.

　민간에서 시작된 두박신은 이제 상인들은 물론 조정에 몸을 담고 있는 관인들 사이에도 널리 퍼져 있다.

　그들이 협력한다면 야인들을 몰래 조선 안으로 들이는 것도 크게 어렵지 않으리라.

　곱씹으면 씹을수록 이번 사태의 배후에 자화가 있다는 생각을 떨쳐낼 수가 없었다.

　냉정하고 치밀한 그분이시라면 어떤 결정을 내려도 이상하지 않다.

　언젠가 자화는 큰 것을 얻으려면 작은 것은 내주어야 한다고 했다.

　소은을 두고 한 이야기였지만, 관점을 이 나라 조선으로 바꾸면 어찌 되는 거지?

　세상을 뒤엎기 위해 자화는 무엇을 내줄 생각일까?

　"세상에 거저 얻는 것은 없다."

　영문 모를 두려움에 소쌍은 몸을 떨었다.

　그때였다.

　"달래야!"

　다급한 외침이 들려왔다.

고개를 돌려 보니 불길 속으로 허겁지겁 달려가는 현성의 모습이 보였다.

"달래? 달래라면 권 승휘마마와 홍 승휘마마께서 온수현에서 데려왔다는 그 아이 아니야?"

"설마, 부모 없는 아이를 찾으러 저 불길 속으로 들어가신 거야?"

누군가 수군대는 목소리가 소쌍의 귀에 들려왔다.

소쌍은 놀란 눈으로 달래를 찾아 뛰어가는 현성의 뒷모습을 응시했다.

그리고 다음 순간, 그녀의 놀란 눈은 더욱 커지고 말았다.

"마마! 권 승휘마마!"

"김 상궁, 내가 가야 하네. 홍 승휘 혼자 위험한 곳으로 보낼 수는 없어."

"아니 되십니다."

"걱정 말게. 곧 돌아올 것이야."

김 상궁과 실랑이를 벌이는 해루의 모습이 보였다.

사라진 달래를 찾아 불길이 치솟는 숲 저편으로 현성이 사라지자, 두 사람을 쫓아 해루가 뛰어들려는 것을 김 상궁이 막는 중이었다.

"가시려거든 이 늙은이를 죽이고 가십시오."

"김 상궁……."

"그때처럼……. 수강궁에서처럼 다시 돌아오지 못하시면 어쩌려고 그러십니까?"

김 상궁의 목소리에 물기가 그득 차올랐다.

해루는 해사하게 웃으며 고개를 저었다.

"무사히 돌아오지 않았는가? 걱정 마시게. 내가 누군가? 해루가 아닌가. 어떻게든 무사할 것이야. 그러니 더 늦기 전에 나를 보내주게. 저 두 사람이 위험하단 말이야."

"좋습니다. 그리 고집을 부리시면 저도 함께 가겠습니다. 이 늙은이도 마마를 따라……."

"자네야말로 나이를 생각하게. 난 젊은 데다 난리 통을 여러 번 겪어 경험이 많지만, 자넨 다르지 않은가? 오히려 자네가 내 발목을 잡을 수도 있네."

"마마."

"이만 가겠네."

끝내 따라붙겠다는 김 상궁을 간신히 떨쳐낸 해루가 불길 속으로 뛰어들었다.

멍하니 그 모습을 지켜보던 소쌍은 도성이 있는 곳으로 고개를 돌렸다.

문득 그녀의 뇌리로 자화의 목소리가 떠올랐다.

―사람의 욕구 중엔 욕심이라는 마물이 있다. 욕심은 만악의 근원이자 사람을 사람답게 만드는 원천이기도 하다. 따라서 사람은 욕심을 근간으로 움직이고, 사람의 모든 행동엔 저마다의 욕심을 채우기 위한 의도가 숨어 있다 말할 수 있다. 세상에 욕심 없는 사람이란 존재하지 않는다. 그러니 대가 없는 선의 또한 존재할 수 없다.

소쌍은 해루가 사라진 곳으로 시선을 움직였다.

"귀녀님, 그럼 저 모습은 대체 뭐란 말입니까?"

달래와 현성을 찾아 달려가는 해루의 모습, 그 어디에도 숨어 있는 저의를 찾아낼 수 없었다. 그 작은 뒷모습 어디에도 대가를 바라는 사사로운 욕심 같은 건 보이지 않았다.

현기증이 일었다.

자화의 말과 해루의 모습이 교차했다.

머리가 무거워졌다. 해루라는 거대한 수렁에 조금씩 빨려 들어가는 느낌이었다.

소쌍은 뇌리를 가득 채운 생각을 떨치기 위해 체머리를 흔들었다.

"믿을 수 없어. 믿지 않는다."

소쌍의 눈에 푸른 불길이 일었다.

문득 그녀는 해루가 사라진 곳으로 몸을 돌렸다.

내 눈으로 봐야 해.

귀녀님의 말씀이 틀리지 않았다는 사실을 확인해야 한다.

소쌍은 무에 홀린 사람처럼 해루가 사라진 숲으로 달렸다.

"소쌍아! 소쌍아!"

그 뒤를 겁먹은 소은이 따라붙었다.

너의 곁을 비울 수 없구나

주상 전하를 비롯한 왕실 사람들이 온천을 즐기고 있는 숲 반대편.

항아리 같은 구조의 계곡 끝자락에서 때아닌 호통 소리가 들려왔다.

"아니, 그쪽이 아니야! 오른쪽으로 반보 가라니까!"

신루 학사 양여섭이 크게 소리쳤다.

"오른쪽으로 반보란 말이지요?"

삼문은 과녁판을 들고 오른쪽으로 반보 옮겼다.

"에헤이, 그쪽이 아니라 반대쪽이야! 오른쪽, 오른쪽 모르는가?"

"그러니까 이쪽이지 않습니까?"

삼문이 다시 반보를 옮겼다.

"반대라니까, 반대. 저 쓸모없는 인사를 누가 데려왔는가?"

양여섭의 지청구가 삼문을 향해 날아들었다.

서로 마주 본 터라, 각자의 오른쪽이 달라 생긴 오해였다.

삼문이 불퉁한 얼굴로 손에 든 과녁판을 아무렇게나 던져버렸다.

"더는 못 하겠습니다."

바닥에 털썩 주저앉은 그의 곁으로 양여섭과 심운기가 다가왔다.

"거참, 사람도. 뭘 그런 일로 마음 상해하는가? 이 친구 이러는 거 한두 번 보는 것도 아니고."

과녁과 과녁 사이의 거리를 재던 심운기는 삼문이 주저앉은 바로 옆자리에 나무 막대를 세웠다.

"여기에 일흔여섯 번째 과녁판을 세우면 되네."

심운기의 말에 삼문은 고개를 돌려버렸다.

"쓸모없는 인사가 일은 해서 뭐하겠습니까? 도움도 안 되고 방해만 되는데. 그러니 저는 이쯤에서 그만하렵니다."

말만 그런 것이 아니라 삼문은 아예 드러눕기까지 했다.

그 모습을 가만 내려다보던 심운기가 대뜸 양여섭의 뒤통수를 후려쳤다.

"아얏! 왜 때리는가?"

"그러게 왜 그리 사람을 타박하는가?"

"타박하지 않게 생겼는가? 오른쪽으로 가라 하니 왼쪽으로 가고. 앞으로 가라 하니 뒤로 가는 인사한테 어찌 잔소리를 아니 해."

"보는 방향이 반대이니 헷갈릴 수도 있지. 그럴수록 살살 달래서 일을 해야 하지 않는가? 어찌 제 성질을 못 이겨서 이리 일을 엉망으로 만들어? 나머지 과녁판 자네가 혼자 다 세울 텐가?"

"저 무거운 걸 나더러 다 꽂으라고? 못 해! 절대 못 하네."

"그럼 사과하게."

"싫으이."

심운기는 양여섭을 흘겨보았다.

"죽어도 혼자선 못 하겠다고 해서 어렵게 사람을 구해 붙여주었더니, 결국 제 손으로 내쫓고 있군."

삼문이 그의 말을 받았다.

"사정사정하기에 귀찮음을 물리치고 응해주었더니, 돌아오는 것은 차디찬 냉대라. 이럴 줄 알았으면 따라오지 않는 건데. 내가 미쳤지. 내가 미친놈이다."

두 사람의 압박에도 양여섭은 여전히 기가 죽지 않았다.

"저 친구가 사정했지, 내가 사정했나? 그리고 기왕 일을 맡았으면 힘이 들건 어떻건 마무리는 지어야 할 거 아니야?"

삼문이 자리에서 벌떡 일어나며 바닥에 널브러진 과녁판을 가리켰다.

"신무기를 시험한다고 해서 호기심에 따라온 겁니다. 온종일 바닥에서 과녁판이나 세울 줄 알았으면 쫓아오지도 않았습니다."

삼문은 지금까지 작업한 일흔다섯 개의 과녁판을 보며 질린 표정을 지었다.

왕세자와 신루 학자들을 쫓아 온궁에서 그리 멀지 않은 계곡으로 걸음을 옮길 때만 해도 그는 한껏 들떠 있었다.

지난 몇 달간, 초씨공방에서 비밀리에 제작한 화거의 시험 사격을 하는 날이라고 하였다.

그 역사적인 순간을 놓칠 수 없었다.

때마침 심운기가 일손을 도와줄 사람을 은밀히 구하던 때라, 소식을 들은 삼문은 자원하여 이 무리에 합류하였다.

그때만 해도 삼문은 꿈에도 몰랐다. 신루 학자들이 선심 쓰듯 자신을 이곳에 데려온 진짜 이유를.

삼문은 계곡에 도착하기 무섭게 화살이 꽂힐 과녁판 세우기에 돌입했다.

처음에는 그깟 과녁판쯤이야, 하며 가볍게 생각했다.

나중에야 그깟 과녁판을 무려 백 개나 세워야 한다는 사실을 알고는 벌린 입을 다물지 못했다.

"세자 저하와 함께 일하는 사람들이라는 말을 들었을 때부터 멀리했어야 했는데."

신루 학자들은 사람 부려먹는 데 도가 튼 왕세자와 동고동락하는 사람들이다.

주위의 갖은 압박과 견제에도 꿋꿋이 신루를 지켜온 저력답게, 하나같이 세 치 혀의 놀림이 범상치 않았다.

결국, 회유와 겁박에 말려 삼문은 꼼짝없이 과녁판을 세울 수밖에 없었다.

"우리 주인님이 왜 그리 억지를 잘 부리시나 했더니, 이제 보니다 이 양반들 때문이었구나. 에구구구, 힘들어서 못 하겠다. 난 지쳐서 한 발짝도 못 뗄 지경이니, 남은 과녁판은 훌륭하신 학자님들께서 알아서 처리하십시오."

삼문이 다시 자리에 벌러덩 누웠다.

이젠 무슨 말을 해도 꼼짝도 하고 싶지 않았다.

그 어떤 달콤한 말로 회유하고 그 어떤 무서운 말로 겁박해도 손가락 하나 까딱하지 않으리라.

단단히 결심하는 그의 곁으로 김담이 다가왔다.

"저하께서 보고 계시네."

삼문이 코웃음을 치며 손을 흔들었다.

"일없어요. 뭐라 하시면 제가 몸이 아파 죽을 지경이라 전해주세요."

"권 승휘께서 슬퍼하시겠군."

"네?"

삼문이 자리에서 벌떡 일어나 앉았다.

"그게 무슨 말씀입니까?"

"승휘마마께서 이번 시험 사격에 자네가 동참한다는 걸 알고 굉장히 기뻐하셨는데 이렇듯 중도에 포기한 걸 아시면, 얼마나 아쉬워하시겠는가?"

삼문은 두 눈을 동그랗게 뜨고 김담에게 물었다.

"우리 주인님이 제가 여길 온 걸 아십니까?"

"내가 없는 말 하겠는가?"

"그분께서 제가 여기서 학자님들을 돕고 있다는 걸 알게 되면 좋아하실까요?"

"승휘마마와 우리가 어디 보통 인연인가? 그야말로 가족 같은 사람들이지. 자네가 우리 일에 큰 도움이 되었다는 걸 아시면 승휘마마께서도 크게 기뻐하실 걸세. 그래서 아쉽다고 한 걸세. 이제 조금만 더 하면 될 텐데, 이쯤에서 그만두겠다니. 이 소식을 들으시면 승휘마마께서 어떤 표정을 지으실지……."

김담의 말이 채 끝나기도 전에 삼문이 자리에서 일어섰다.

"뭣들 하십니까? 어서 일하셔야지요!"

쾅쾅, 심운기가 세운 나무 막대를 뽑고 과녁판을 세우며 삼문이 소리쳤다.

"거참! 시끄럽네. 여기서 비밀 무기 시험한다고 소문이라도 내고 싶은 건가? 어찌 이리 시끄러워?"

양여섭이 기다렸다는 듯 하얗게 거품을 물었다.

"듣긴 누가 듣는다고 그러십니까?"

"온 동네 사람들이 다 들을 만큼 오두방정을 떠니, 하는 말 아닌가? 이러다 지나가는 개도 구경하겠다고 오겠네."

"오긴 누가 온다고……."

문득 삼문이 눈을 가늘게 여몄다.

"어라? 누가 오긴 오는데요."

이내 학사들 앞으로 말을 탄 무사가 달려왔다.

"세자우익위 한별전입니다. 저하를……. 저하를 뵈어야 합니다."

"한 우익위가 여긴 어쩐 일이더냐?"

급히 찾는 목소리에 화거의 마지막 조정을 하던 향이 모습을 드러냈다.

"저하, 온궁이 습격을 당했사옵니다. 야인들이 온궁으로……."

"뭐라? 지금 뭐라고 하였느냐?"

향의 손에 들려 있던 서책과 작은 세필 붓이 툭 바닥으로 나뒹굴었다.

"다시 말해 봐라. 지금 무어라고 했느냐?"

좀처럼 평정을 잃지 않던 향의 눈동자에 파문이 일었다.

"야인들이 습격하였습니다. 관군이 맞서 싸우고 있으나 중과부적이옵니다."

"전하께서는 어찌하셨느냐? 무사히 몸을 피하셨겠지?"

"아뢰옵기 송구하오나, 전하께서 은밀히 온천욕을 가신 시각에 벌어진 일이라 온궁의 무장들이 급히 달려갔으나 아직 자세한 상황을 파악하지 못한 것으로 알고 있사옵니다."

"큰일이구나."

답답한 탄식을 흘린 향은 서둘러 자신의 말에 올랐다.

그림자처럼 무혁이 그의 등 뒤에 섰다.

향은 신루 학자들을 돌아보았다.

"먼저 온궁으로 가겠다. 그대들도 서둘러 화거를 챙겨 온궁으로 돌아오도록 하라."

명을 내린 그는 곧장 발을 굴렀다. 향을 태운 흑마가 긴 울음을 흘리며 전력으로 질주했다.

허를 찔렸다.

두문회의 망령이 감히 이곳, 온궁에까지 손을 뻗칠 줄을 몰랐다.

그들이 또다시 야인들과 손을 잡을 줄이야. 그것도 북방이 아닌 내륙 깊은 곳까지 야인들을 끌어들였을 줄은 꿈에도 상상하지 못했다.

뜻은 달라도 백성을 위하는 마음은 같다 생각했거늘.

방심한 탓이다.

마지막의 마지막까지 내몰린 쥐가 할 수 있는 최악의 경우를 간과한 탓이다.

향은 거칠게 입술을 말아 물었다.

소중한 사람들을 잃을 수도 있다는 두려움이 그의 목구멍을 옥죄었다.

좁은 숲길을 달리는 그의 얼굴을 나뭇가지가 거칠게 할퀴고 지나갔다.

마침내 그가 탄 말이 숲을 빠져나갔다.

그의 시야에 온궁이 잡혔다.

불길과 혼란.

가족이 머무는 온궁이 붉게 타오르고 있었다.

향과 무혁이 떠난 계곡에 정적이 흘렀다.

덩그러니 남겨진 신루 학자들은 서로 마주 보며 고개를 끄덕였다.

먼저 침묵을 깬 사람은 양여섭이었다. 그는 비장한 얼굴로 양팔을 걷어 올렸다.

"이번에야말로 우리의 진짜 실력을 보여줄 때인 것 같군."

심운기가 맞장구를 쳤다.

"말해 무얼 하겠는가. 야인놈들, 감히 이 땅을 넘본 대가를 톡톡히 치르게 해야지."

평소엔 개와 고양이처럼 티격태격하는 사이지만, 외적 앞에서는 당연하다는 듯 의기투합하였다.

김담도 빠지지 않았다.

"마침 신무기도 준비되어 있으니, 이야말로 하늘이 내린 기회가 아닌가?"

서로를 바라보는 학자들의 입가에 미소가 떠올랐다.

그 모습을 지켜보던 삼문이 말을 걸어왔다.

"저기요, 학사님들."

"무슨 일인지 모르나, 지금은 바빠서 널 돌볼 틈이 없다. 급한 일이 아니면 나중에 말해라."

"지금 들으셔야 할 것 같은데요."

"대체 무슨 일이기에 사람을 귀찮게 하는 것이야? 너도 머리가 있으면 돌아가는 상황이 어떻다는 것쯤은 알 것 아니냐? 서둘러 야인놈들을 잡으러 온궁으로 가야 한단 말이다."

"온궁으로 가기 전에 우선 저놈들부터 처리해야 할 것 같아서 말입니다."

삼문이 계곡 입구를 가리켰다. 학자들의 시선이 일제히 삼문의 손끝을 좇았다.

무시무시한 흉기를 든 야인들이 빠른 걸음으로 계곡을 향해 뛰어오르고 있었다.

그들을 본 신루 학자들의 얼굴에서 핏기가 사라졌다.

밤길을 달리는 말발굽이 지축을 흔들었다.

개 짖는 소리, 울음, 비명, 뜻 모를 외침…….

온궁으로 들어서자마자 비릿한 혈향과 더불어 갖가지 소음들이 귀를 괴롭혔다.

이미 한바탕 격전을 치른 듯, 입구에서부터 피와 시체들이 널려 있었다.

말에서 뛰어내린 향은 무혁과 함께 궁으로 진입했다.

곳곳에서 야인들과 조선의 병사들이 접전을 벌이고 있었다.

"이 무슨 짓인가!"

향의 검이 맹렬한 분노를 터트렸다.

어느덧 그의 주위에 야인들의 시신이 쌓였다.

하지만 그 어디에서도 향이 찾는 사람들의 모습을 발견할 수 없었다.

"주상 전하께서 어디에 계시는지 아는 자가 있느냐? 중전마마의 소식을 알고 있는 자 아무도 없느냐!"

다행히 무혁이 구한 사람 중에 중전의 행방을 아는 사람이 있었다.

"저하, 중전마마께서 위험하시옵니다. 야인들이 내정전으로……."

대답을 듣기 무섭게 향은 내정전으로 달렸다.

긴 복도를 바람처럼 달리자 곧 넓은 장소가 나왔다. 중전이 머무는 내정전이었다.

비스듬히 열린 문을 밀치고 들어가니, 피비린내가 코를 찔러왔다.

울타리를 만들려 한 듯, 집기가 얼기설기 쌓인 곳에 야인과 조선 병사들의 시신이 어지럽게 뒤얽혀 있었다.

굳이 말하지 않아도 이곳에서 얼마나 치열한 싸움이 벌어졌는지 능히 짐작할 수 있었다.

향의 심장에 초조함이 깃들었다.

아버지와 어머니 그리고 해루의 안위가 걱정되어 숨조차 제대로 쉬어지지 않았다.

그때 내정전 안쪽에서 호통 소리가 들려왔다.

"네 이놈들! 당장 그 칼, 내려놓지 못할까?"

귀에 익은 음성. 향은 정신이 번쩍 들었다.

바로 어머니의 목소리였다.

향은 곧바로 몸을 날렸다.

한 무리의 야인들이 여인들을 포위한 채 음흉한 웃음을 흘리고 있었다.

음란한 마음을 품은 야인들의 행위가 도를 넘자, 보다 못한 중전이 앞으로 나섰다.

"멈춰라!"

"누구에게 감히 호령이냐? 늙은 네게는 볼일 없으니, 죽고 싶지 않으면 닥쳐라."

야인 중 하나가 중전을 삿대질하며 포악을 떨었다.

"감히 뉘 앞에서 망발이냐!"

야인의 앞을 지밀상궁이 막아섰다.

"늙은이는 꺼지라는 말 못 들었느냐?"

말과 함께 거친 발길질이 지밀상궁에게 쏟아졌다. 야인의 무자비한 폭행에 지밀상궁은 신음을 흘리며 바닥을 뒹굴었다.

법도를 외치던 지밀상궁이 덧없이 쓰러지자 궁녀들의 두려움이 증폭되었다.

"죽고 싶기 않으면 우리 말으 얌전히 따르는 게 좋을 것이다."

잔혹한 성정을 거침없이 드러낸 야인들은 젊은 궁녀들을 향해 더러운 속내를 보였다. 두려움에 떠는 궁녀들의 모습은 힘겨운 격전 끝에 얻은 포상처럼 느껴졌다.

"네 이놈들! 정녕 하늘이 두렵지 않단 말이냐?"

호령하는 중전의 말소리가 다시 들려왔다.

"누가 저 늙은이 좀 끌어내라."

야인 몇이 대청마루로 성큼성큼 나아갔다. 궁녀 몇이 앞을 가로막았지만, 거친 야인을 막기엔 역부족이었다. 어느덧 칼을 든 야인들이 중전 앞에 이르렀다.

"어디 한 번 더 지껄여보시지."

중전은 눈을 치켜뜨며 분노한 얼굴로 입을 열었다.

"하늘이 두렵지 않으냐?"

"너야말로 내 칼이 두렵지 않은 모양이구나."

야인이 칼을 들었다.

바로 그때.

퍼억! 묵직한 파공음과 함께 중전을 향해 칼을 휘두르려던 야인이 바닥으로 고꾸라졌다. 쓰러진 그의 등에 화살 한 대가 꽂혀 있었다.

"웬 놈이냐?"

불의의 기습으로 동료를 잃은 야인들이 일제히 뒤를 돌아보았다.

대답 대신 화살이 날아왔다.

피리릭! 푹!

쇠가 살을 비집고 들어가는 둔탁한 소음과 함께 야인 둘이 쓰러졌다.

"대체 어떤 놈이……."

야인들의 눈에 수노기를 팔에 찬 향의 모습이 잡혔다. 그러나 그는 혼자가 아니었다.

와아아아, 거친 함성과 함께 향의 등 뒤에서 쏟아져 나온 조선의 병사들이 내정전을 둥글게 에워쌌다.

"이, 이럴 수가!"

느닷없는 사태에 놀란 야인들이 궁녀들을 인질로 잡으려 했다.

그러나 향의 수노기와 무혁의 검 앞에 그들의 의도는 순식간에 분쇄되었다.

"중전마마."

야인들을 정리한 향은 한달음에 중전 앞에 이르렀다.

"무사하십니까?"

"나는 괜찮다."

안도의 한숨을 쉬는 중전의 팔이 가늘게 떨렸다.

괜찮다, 말씀하시지만 많이 두려우셨으리라.

그럼에도 궁녀들을 위해 목숨을 아끼지 않고 나선 대단하신 분.

어머니를 향한 향의 눈동자에 경이가 깃들었다.

"전하께서는 어디 계시옵니까?"

그의 물음에 답이라도 하듯 내정전의 중문이 열리고 상선 정동이 맨발로 뛰어들었다.

"저하! 저하!"

"어찌 그러느냐? 무슨 일이냐?"

다급한 향의 물음에 숨이 턱까지 차오른 정동이 띄엄띄엄 대답했다.

"전하께서……. 전하께서…… 사라지셨습니다."

"무어라?"

향의 심장이 무섭게 요동쳤다.

그때, 쐐기를 박는 듯한 말이 그의 등 뒤에서 들려왔다.

"저하, 숲으로 가신 권 승휘마마의 행방도 묘연하옵니다."

김 상궁의 물기 섞인 외침에 향의 심장은 벼랑 아래로 추락했다.

"해루가 어디로 갔단 말이냐?"

"저곳으로……."

향은 불안한 눈으로 김 상궁이 가리킨 곳을 바라보았다.

불이 번져가는 울창한 숲.

저 불길 속 어딘가에 해루가 있었다.

그리고 또 다른 어딘가에 왕께서도 계실 터.

"아바마마, 대체 어디에 계십니까? 해루야, 너 지금 어디에 있는 것이냐?"

❀

"이제 더는 도망도 못 치겠구나."

등 뒤에서 거머리 같은 목소리가 달라붙었다.

해루는 이를 악물었다.

길이 끝난 곳에 칼로 깎은 듯한 낭떠러지가 펼쳐져 있었다. 오른쪽 왼쪽, 어디를 살펴도 피할 곳이 보이지 않았다.

"괜히 힘 빼지 마라. 좋은 게 좋은 거라고, 얌전히 내 말에 따랐으면 네년들도 힘들지 않고, 우리도 편하게 잡을 수 있고. 누이 좋고 매부 좋은 일 아니냐."

해루의 뒤를 쫓아온 사내가 느물거리며 웃었다.

벌겋게 충혈된 그의 눈이 해루와 그녀의 등 뒤에 숨은 현성, 달래를 훑었다.

해루는 팔을 벌렸다.

사내의 눈에 몸을 웅크린 달래와 그녀를 안고 있는 현성의 모습이 보이지 않도록……. 그녀들에게 추악한 눈길이 닿지 못하도록 해루는 두 팔을 크게 벌렸다.

그 모습이 사내에겐 가소롭게 보인 모양이었다.

"다른 사람을 보호하시겠다? 네 몸부터 챙기는 게 어떻겠느냐? 물론, 얌전히만 있어준다면 나도 군이 너흴 죽일 생각까지는 없지만 말이다."

사내의 말에 해루는 눈빛을 세웠다.

"말하는 모양새를 보니 너는 야인이 아니로구나."

"그래, 아니다. 그래서 뭐가 어떻다는 거지? 내가 야인이든 아니든 너희 입장에선 다를 바 없을 텐데?"

사내, 조우진은 징그러운 웃음을 떠올리며 말을 이었다.

"앞으로 당할 일도 크게 다르지 않을 테고 말이야. 흐흐흐."

조우진의 흉험한 말과 눈빛에도 해루는 기가 꺾이지 않았다. 오히려 성난 눈빛으로 물었다.

"조선인이 어찌하여 이런 짓을 벌이느냐?"

"무슨 이유겠어? 너희와 달리 팔자가 드세다 보니 먹고사는 게 여간 힘들어야지. 그래서 한탕 제대로 털어보려 나온 게지."

"고작 돈 때문에 죄 없는 사람을 죽이고 못된 짓을 한단 말이냐?"

"귀하신 분께는 그깟 돈일지 모르나, 나 같은 놈한테는 몸속의 피처럼 귀한 게 돈이거든. 물론, 그쪽의 귀한 분께서는 이런 사실을 알지도 못하겠지만 말이야."

"변명하지 마라. 어려운 처지라고 하여 모두 너 같은 사람이 되는 건 아니다."

해루는 조우진보다 더 힘든 팔자를 타고났지만, 사람을 해치는 못된 짓엔 손 담근 적 없었다. 정 판수 역시 해루에게 좋지 못한 모습을 여럿 보였지만, 정작 그녀에게 나쁜 짓을 가르친 적은 없었다.

팔자가 드세고 생활이 궁핍하여 악인이 되는 게 아니다.

욕심과 이기심을 이기지 못하기에 작은 유혹에도 흔들리는 것이다.

"거참, 맹자 왈 공자 왈 지루한 소리만 읊고 앉아 있네. 이봐요, 귀한 댁 아가씨. 댁 눈엔 이 물건이 안 보이시나? 그렇게 도 닦는 소리만 하면 칼이 몸에 안 박히기라도 한답니까?"

조우진은 위협하듯 손에 든 단도를 빙글빙글 돌렸다.

"적어도 연약한 여인들을 못살게 구는 못난 인간은 되지 않겠지."

해루는 이를 악물며 그의 말을 되받아쳤다.

"이년이! 정말 죽고 싶어 환장했나."

조우진의 얕은 인내심이 기어이 한계를 드러냈다.

"아무래도 먼저 한칼 먹이고 시작해야겠구나. 꼴에 사대부라고 헛소리를 지껄이는 모양인데, 배에 바람구멍이 나도 그렇게 떠들 수 있는지, 어디 한번 보자."

그 사나운 겁박에 해루는 본능적으로 제 배를 손으로 가렸다.

히죽, 조우진의 입가에 비릿한 미소가 걸렸다.

"뭐야? 새끼라도 가진 것이냐?"

낄낄, 웃음을 흘리던 조우진은 칼을 세운 채 해루를 위협했다.

"잘됐군. 한칼로 둘을 잡게 되었으니 말이야."

바로 그때였다.

조우진의 말에 호응하는 음성이 들려왔다.

"그래. 네 말대로 한칼 먹이고 시작하는 게 좋을 것 같구나."

말이 끝남과 동시에 크고 단단한 손 하나가 나타나 해루의 눈을 가렸다.

이어지는 낮은 속삭임.

"아이 가진 어미가 볼 것이 못 되는구나."

서늘한 쇳소리와 함께 무언가 둔탁한 것이 바닥으로 고꾸라지는 소리가 들려왔다.

잠시 침묵이 흘렀다.

침묵을 깨고 친근한 음성이 해루의 귓가를 파고들었다.

"보면 볼수록 해루, 네 재주가 참으로 놀랍구나. 만날 때마다 이

리 위급한 상황이니 말이다. 이래서야 어디 마음 편하게 자릴 비울
수 있겠느냐?"

마냥 싫지 않은 지청구.

해루는 제 눈을 가리고 있는 커다란 손을 천천히 내렸다.

이윽고 올려다보는 그녀의 눈에 그리운 얼굴 하나가 들어왔다.

"……오라버니."

달을 등진 채 해루를 내려다보던 위창의 얼굴에 모처럼 환한 미
소가 들어찼다.

"잘 지냈느냐?"

사람의 연이 길을 알려주다

하나가 죽고 셋이 살았다.

위창이 부린 조화였다.

어둠을 등지고 선 그의 얼굴엔 기쁨도 슬픔도 아닌 미묘한 감정
이 자리하고 있었다.

이따금 마른침을 삼키려 위아래로 출렁이는 목울대만이 그의
복잡한 속내를 대변하는 듯하였다.

위험천만한 상황에서 목숨을 구한 해루는 놀람과 의구심이 가
득한 얼굴로 위창을 응시했다.

"오라버니, 여긴 어떻게 오신 겁니까?"

지금쯤이면 명국에 계셔야 할 분께서 어찌 이리 위험한 곳에 계
신 겁니까?

"그걸 몰라서 묻는 것이냐?"

위창이 무거운 얼굴로 되물었다.

그의 커다란 손은 여전히 해루의 코와 입을 덮고 있었다. 좋지 못한 것을 보여주지 않으려 해루의 눈을 가렸던 그 손이었다.

마음 같아서는 고작 눈을 가리는 것이 아니라, 굳게 안아주고 싶었다.

놀라지 않았느냐, 위로해 주고 싶었다.

그러나…… 이제는 그리해서는 안 될 사람.

하여, 해루를 지키기 위해 내민 그의 손은 온전히 그녀를 감싸 안지도, 그렇다고 완전히 물러나지도 못한 채 어색하게 자리하고 말았다.

해루를 내려다보는 위창의 눈동자에 잘게 파문이 일었다.

그런 속내일랑 알지 못한 채 해루가 입을 열었다.

"심상치 않은 일들이 벌어지고 있습니다. 그런데 전 아무것도……"

해루의 말끝이 흐려졌다. 그녀의 안색이 전에 없이 어두웠다.

미래를 볼 수 없었다.

사람의 앞날을, 향의 미래를 볼 수 있었던 그녀의 능력이 이번에는 아무것도 보여주지 않았다.

"무슨 연유인지 모르겠습니다. 이렇게 큰일이 벌어졌는데……. 어째서 알지 못했는지……."

해루는 아랫입술을 말아 물었다.

"다 제 탓입니다. 제가 막았어야 했는데……. 어떻게든 미리 알고 막았어야 했습니다."

해루의 자책이 깊어졌다.

일순, 지켜보는 위창의 미간에 굵은 주름이 그려졌다.

"쓸데없는 소리 마라. 이 일이 어찌 네 탓이 될 수 있단 말이냐. 그보다⋯⋯."

위창은 해루의 등 너머로 보이는 현성과 달래를 턱짓하며 말을 이었다.

"저 사람들은 다 무어냐?"

"제가 지켜야 할 사람들입니다."

해루의 씩씩한 대답에 위창은 다시 미간을 찌푸렸다.

"그 몸으로 지금 네가 누굴 지킨단 말이냐?"

아이 가진 어미가⋯⋯.

위창은 입안을 맴도는 말을 가까스로 삼켰다.

"자칫하였으면 큰일 날 뻔하였다."

위창의 노골적인 지청구에 해루가 소매 속에 숨겨둔 자갈을 꺼내 보였다.

"저도 아무 대책이 없었던 건 아닙니다."

"그 자갈로 무얼 어찌하려고?"

"다 잡은 물고기다, 하고 상대가 방심하면 그때 이 자갈로 혼쭐을 내주고 달아날 작정이었습니다."

"한칼 맞고 말이냐?"

좀 전의 상황.

해루가 어찌어찌 대적할 수 있는 모양새가 결코 아니었다. 칼이 날아드는 순간, 해루는 명백히 무방비 상태였다.

"자고로 상대의 뼈를 추리려면 우선 내 살부터 조금 내줘야 하는 법이라고 정 판수 아저씨께서⋯⋯."

순간, 위창의 눈에 불꽃이 튀어 올랐다.

"다시는!"

위창이 해루의 말을 자르며 강한 어조로 말했다.

"다시는 네 몸을 함부로 하지 마라!"

그 강렬한 눈빛에 해루는 저도 모르게 고개를 끄덕였다.

"네."

"다시는 위험한 일에 나서지도 말고. 알았느냐?"

"그리하겠습니다."

말로는 살을 주고 뼈를 취할 생각이었다며 너스레를 떨었지만, 실은 두려워 몸이 굳고 말았다.

야인들의 습격이 두려웠던 것이 아니다. 진실로 해루를 충격에 빠트린 것은 미래를 보지 못했다는 사실이었다.

난생처음 겪는 생소한 경험.

짙은 안갯속을 헤매는 것처럼 불안하고 초조하였다.

하여, 아무것도 생각하지 못했다.

생각이 멈추니 행동마저도 굳어버렸다.

뒤늦게야 자신의 잘못을 깨달은 해루는 제 배를 조심스럽게 쓸어내렸다.

미안하구나, 아가야. 다시는 널 위험하게 하지 않으마.

깊게 반성한 해루가 고개를 들고 위창을 올려다보았다.

"그나저나 오라버니께선 어찌 이곳에 계신 겁니까? 명국으로 가신다 하지 않았습니까?"

"이것이 궁금하여 견딜 수가 있어야지."

위창은 명국으로 떠날 때 해루가 주었던 서찰을 꺼냈다.

"마침내 여의주를 얻은 용이 연못을 벗어나 하늘 높이 오르리라. 그러나 잊지 마십시오. 여의주를 얻은 용도 구름을 얻지 못하면, 하늘에 올라도 머물 수 없음을."

서찰을 읽은 위창이 해루에게로 시선을 던졌다.

"설마, 내가 황제가 된다는 뜻이냐?"

"그것 때문에 오신 겁니까? 그리 궁금하였다면 인편으로 서찰이나 보내면 될 것을 굳이 이 험한 곳을 찾으셨단 말입니까?"

"다른 사람을 통해 물어볼 말이 아니지 않으냐? 그렇다고 다시 만날 날을 기약할 수도 없는 노릇이고."

위창은 말도 안 되는 소리라며 고개를 저었다. 그러나 그 속내는 달랐다.

서찰의 내용이 궁금한 것도 사실이었다. 다른 사람을 통해 대신 물어보기 어려운 내용인 것도 사실이었다.

그러나 이곳으로 발길을 돌린 진짜 이유는 따로 있었다.

며칠 전, 조선과 명국의 국경 지대에서 밤을 보내던 위창에게 기이한 소식이 들려왔다.

상인으로 위장한 야인 수십 명이 조선으로 몰래 스며들었다는 첩보. 더불어 해루를 비롯한 조선 왕실의 식솔들이 온궁으로 피접을 나섰다는 소식을 듣게 된 순간, 위창은 머릿속이 하얗게 변해버리고 말았다.

문득 정신을 차렸을 땐, 이미 도성을 향해 말을 달리는 자신을 발견할 수 있었다.

그의 뇌리를 가득 채운 것은 오직 한 사람, 해루였다.

무사해라. 제발 아무 일도 없어야 한다.

말을 달리는 내내 위창은 염원하였다.

정말 다행이다. 늦지 않아서. 이 녀석의 웃는 얼굴을 다시 볼 수 있어서…….

그러나 속마음과 달리 위창은 시큰둥한 얼굴로 해루를 내려다보았다. 그런 그를 향해 해루가 눈매를 가늘게 떴다.

"정말입니까? 정말 서찰 내용이 궁금하여 되돌아오신 겁니까?"

"어디라고 눈매를 그리하느냐? 덕분에 이리 궁지에서 살아났으니, 감사합니다, 절을 하지는 못할망정."

위창의 말에 해루는 아차 하며 서둘러 머리를 깊게 숙였다.

"오라버니 덕에 무사할 수 있었습니다. 고맙습니다, 오라버니."

그 순진한 모습에 위창은 저도 모르게 눈을 초승달 모양으로 그리며 웃고 말았다.

"고마운 줄 알면 두 번 다시 위험한 곳에 가서는 안 된다. 알겠느냐?"

위창의 잔소리에 해루는 크게 고개를 끄덕였다.

"알겠습니다. 제 몸을 함부로 하지도 않을 것이며, 위험한 곳에도 절대 안 갈 겁니다. 누가 등 떠밀어도 절대, 절대 안 갑니다. 되었습니까?"

"되었다."

"몰랐습니다."

"무얼?"

"오라버니가 이리 잔소리가 심하신 분인 줄은요. 정 판수 아저씨 잔소리가 심하다 하였는데 오라버니에 비하면 우리 아저씨는……."

투덜대던 해루의 목소리가 갑자기 잦아들었다.

어? 이게 뭐야?

해루는 휘둥그레진 눈으로 두리번거렸다.

언제 몰려온 걸까?

발밑으로 안개가 자욱하게 깔려 있었다.

"무슨 안개가……."

놀란 해루는 서둘러 주위를 둘러보았다.

좀 전까지 곁에서 잔소리하던 위창의 모습이 보이지 않았다. 겁에 질린 현성과 달래의 모습도 감쪽같이 사라졌다.

"아!"

뒤늦게 안개의 정체를 깨달은 해루는 나직한 탄성을 흘렸다.

일순, 이쪽과 저쪽의 경계가 급격히 허물어졌다.

피안의 세계가 열렸다.

번뇌와 고통으로 얼룩진 차안(此岸)이 물러가고, 평온으로 가득한 열반의 언덕이 나타났다.

해루는 그 언덕에 올라 안개에 덮인 아래를 조심스레 굽어보았다.

"해루야, 해루야!"

부르는 소리에 해루는 감은 눈을 떴다.

어지럼증이 몰려왔다.

"으음."

옅은 신음과 함께 해루는 밑동 잘린 볏단처럼 몸을 휘청거렸다.

위창이 서둘러 그녀를 부축했다.

"괜찮으냐?"

위창의 물음에 해루는 힘없이 고개를 끄덕였다.

온몸이 물에 젖은 솜처럼 무거웠다. 깊은 물속에 가라앉았다가 간신히 다시 떠오른 사람처럼 호흡이 가빴다.

"무얼…… 본 것이냐?"

위창은 조심스럽게 해루에게 물었다.

해루의 이런 모습, 그에겐 낯설지 않았다. 해루와 함께 명국에 있을 때 종종 보았던 광경이었다.

기억을 잃은 해루는 이따금 낯선 사람의 미래를 악몽처럼 접하곤 하였다. 그 사람이 자신이 아닌 다른 사내라는 것을 알고 얼마나 가슴 아팠던가.

"이번에도…… 세자께 무슨 일이 생기는 것이냐?"

위창의 물음에 해루는 쫓기는 사람처럼 몸을 벌떡 일으켜 세웠다.

"위험합니다."

"누가? 설마, 세자께서 위험에 처하기라도 했단 말이냐?"

해루는 맹렬히 고개를 저었다.

"아닙니다. 위험한 사람은 세자 저하가 아닙니다."

"그럼 누가 위험하단 말이냐?"

"최최측근. 아니, 주상 전하께서 위험하십니다."

"뭐?"

"그분을 찾아야 합니다. 지금 당장 그분을 찾아야 합니다."

해루가 피안의 언덕에서 본 것은 아버지의 죽음에 오열하는 향의 모습이었다.

이제야 알았다.

야인들이 온궁을 습격하고 왕족들이 기습을 받은 큰 사건이 벌어졌음에도 미래를 보지 못한 이유.

이번 사건으로 향에겐 큰일이 생기지 않는다.

"그래서 보이지 않았던 거야."

언제부터인가 해루는 향의 미래만을 보았다. 그래서 보이지 않았던 것이다.

향은 무탈할 테니까. 대신…… 그는 소중한 사람을 잃을지도 모른다.

지금 위험해 처한 사람은 향이 아닌 최최측근. 왕세자의 아비이자 이 나라 조선의 왕이었다.

팽팽한 긴장감에 해루의 등줄기가 꼿꼿해졌다. 불안함으로 심장이 두근거렸다.

최최측근께서 위험하셔. 이대로라면 그분께선 끔찍한 일을 당할지도 몰라.

해루는 어둠에 휩싸인 숲을 다급하게 둘러보았다.

어디 계십니까? 최최측근, 대체 어디 계시는 겁니까?

해루의 뇌리로 왕과 함께했던 시간들이 스치고 지나갔다.

처음 신루 화원에서 그분을 만나던 날의 온기, 그분과 머리를 맞대고 세자 저하의 이야기를 나눌 때의 동질감, 함께 개떡을 나눠 먹던 날들의 행복함…….

그 아련한 시간들이 물거품처럼 사라질 것만 같아 두려웠다.

이대로 그분을 잃게 된다면…….

상상하는 것조차 싫었다. 덜덜 떨리는 손을 맞잡은 해루는 서둘러 걸음을 옮겼다.

하지만 어디로 가야 한단 말인가?

간절히 바랐지만, 최최측근에 관한 미래는 도무지 보이지 않았다.

마음이 부족한 탓이리라.

간절한 염원이 하늘에 닿지 않았기 때문이리라.

자신을 탓하며 해루는 하늘에 빌고 또 빌었다. 그러나 끝끝내 피안의 언덕은 다시 나타나지 않았다.

아득한 절망에 해루는 바닥에 털썩 주저앉았다.

바로 그때였다.

"제가…… 보았어요."

하늘이 인도하지 않은 길을 사람의 인연이 알려주었다.

달래였다.

현성의 품에 안긴 어린 소녀가 눈을 반짝이며 말을 이었다.

"저쪽 계곡. 임금님께서 그리 가시는 걸 보았어요."

온궁은 천천히 본래의 모습을 되찾아갔다.

감히 겁도 없이 월궁하였던 야인들은 관군에게 잡혀 외정전 마당에 무릎 꿇렸다.

그러나 사태가 완전히 진정된 것은 아니었다. 아직 궁 밖 여러 곳에서는 치열한 싸움이 이어지고 있었다.

망루에 올라 적의 동태를 살피는 향의 곁으로 무혁이 다가왔다.

"저하."

"어찌 되었느냐?"

다급한 물음에 미처 숨결을 가다듬지 못한 무혁이 대답했다.

"무사들을 이끌고 서쪽 숲으로 허겁지겁 달려가는 내금위장을 본 자가 있었사옵니다."

"그래?"

향의 마음이 급해졌다. 그는 서둘러 망루 아래로 걸음을 옮겼다.

"숲길에 능한 자들 위주로 병사를 준비하였사옵니다. 서쪽 숲이라면 예서 반 식경도 채 걸리지 않으니, 곧 전하를 찾을 수 있을 것이옵니다."

뒤따르는 무혁의 보고를 들으며 향은 자신의 준마에 올랐다.

위험에 빠진 왕을 구하기 위해 힘찬 외침을 터트리려 할 때였다. 버릇처럼 하늘을 올려다본 향의 눈매가 불현듯 가늘어졌다.

"서두르셔야 하옵니다."

위사의 목소리에 초조한 기색이 역력했다.

"잠깐!"

어쩐 일인지 향은 손을 들어, 막 서쪽 숲으로 뛰어나가려는 무장들을 제지했다.

"저하, 어찌하여……?"

갑작스러운 왕세자의 행동에 무장들의 얼굴에 의문이 떠올랐다.

그때, 향의 단호한 목소리가 공기를 흔들었다.

"그쪽이 아니다."

"네?"

향은 보고를 들은 서쪽 숲 대신 동쪽 계곡 근처를 가리켰다.

"전하께선 동쪽에 계신다."

"네? 하오나 내금위장을 보았다는 곳은 분명 서쪽이었습니다."

거듭된 말에도 향은 뜻을 굽히지 않았다.

"아니, 동쪽이다."

"어찌하여 그리 생각하십니까?"

향은 동쪽 하늘 위에 두둥실 떠오른 풍등을 가리켰다.

마치 길을 잃은 나그네에게 가야 할 방향을 알려주는 북극성처럼 붉은색 풍등이 밤하늘을 수놓고 있었다.

"내 북극성이 내게 가야 할 길을 알려주는구나."

향은 말고삐를 틀었다. 그는 풍등이 있는 곳을 향해 말을 달렸다.

저곳에 해루가 있었다.

그리고 왕께서도 그곳에 계시리라.

❀

"이걸 보고 정말 저하가 오신단 말이냐?"

하늘 위로 떠오른 풍등을 보며 위창이 물었다.

달래에게서 주상 전하의 행방을 들었을 때, 해루는 세상을 다 얻은 사람처럼 기뻐하였다. 왕께서는 해루가 있는 곳에서 멀지 않은 계곡으로 향하셨다 하였다.

그러나 또 다른 문제가 생겼다.

이 소식을 어떻게 저하께 알릴 수 있을까?

산 아래에 있는 온궁에 직접 소식을 전할 수도 있었다. 그러나 소식을 전하고 세자를 이곳까지 데려오는 동안 시간이 너무 지체되리라.

그때, 해루의 뇌리로 섬광 같은 생각이 스치고 지나갔다.

온궁 주변은 주상 전하를 비롯한 왕실의 귀한 분들을 위하여 수많은 등롱이 준비되어 있었다.

온천과 계곡은 물론, 혹시나 있을지 모를 갑작스러운 산행에 대비하여 산과 들에도 등롱을 걸어놓았다. 그리고 해루가 위창을 만난 주변에도 길게 줄을 이어 등롱이 걸려 있었다.

세자와 연락할 방도를 찾던 해루는 등롱을 하늘에 띄워 올리기로 하였다.

서당 개 삼 년이면 풍월을 읊듯, 신루 학자들의 어깨너머로 보고 배운 것이 있었던지라 등롱으로 풍등을 만드는 것이 그리 어렵지 않았다.

"정말 저 풍등을 보고 세자께서 이곳으로 오시겠느냐?"

여전히 믿기지 않는다는 듯 위창이 다시 물었다.

한 치의 망설임 없이 해루가 대답했다.

"오실 겁니다, 틀림없이."

"어찌 그리 확신하느냐?"

향을 향한 그녀의 올곧은 믿음이 마음에 들지 않는 듯 위창이 물음을 이어갔다.

"다급한 상황이다. 저하께서 이 와중에 마음 편하게 하늘이나 보고 계시겠느냐?"

"오라버니 말씀대로 긴박한 상황이지요. 저하께서는 지금쯤 애 타게 주상 전하를 찾고 계실 겁니다."

……그리고 저를요.

뒷말을 삼킨 해루는 서둘러 설명을 덧붙였다.

"길을 잃었을 때 저하께서는 버릇처럼 하늘을 보시곤 하십니다. 이번에도 분명 그리하실 겁니다. 그리고 틀림없이 제가 올린 저 풍 등을 발견하실 겁니다."

"우연히 풍등을 보았다 치자. 그래서 네가 이곳에 있는 걸 눈치 채실 수도 있겠지. 그러나 과연 주상 전하께서도 이곳에 있을 거라 고 생각할까?"

이번에도 해루의 대답엔 막힘이 없었다.

"북극성은 영원히 한자리에 있는 별이지요. 우주의 중심인 이 별 이 상징하는 것은 다름 아닌 '왕'입니다. 또한, 부러 곤룡포를 상징 하는 붉은색의 풍등을 올렸으니 저하께서는 필시 제가 말하고자 하는 속내를 알아채실 겁니다."

물끄러미 해루를 지켜보던 위창의 입가로 툭 마른 웃음이 떨어졌다.

깜박 잊고 있었다.

향을 향한 저 흔들림 없는 신념을…….

이런 긴박한 상황에서도 제 사내를 믿는 굳은 의지는 변함이 없었다.

하여, 미웠다.

하여, 안타까웠다.

수면으로 떠오르는 감정을 애써 꾹꾹 내리누른 채 위창은 근처에 있는 바위에 털썩 주저앉았다.

해루가 그를 돌아보았다.

"뭐 하십니까?"

"저하께서 오실 거라며? 그분 오실 때까지 한숨 돌리며 기다릴 셈이다."

위창은 제 옆자리를 손가락으로 톡톡 두드렸다.

"너도 그만 예 와서 앉아라."

"안 됩니다."

해루는 고개를 저었다.

그녀는 달래를 안고 있는 현성에게로 시선을 옮겼다.

"홍 승휘."

"응?"

"이곳에서 달래와 함께 저하를 기다리고 계십시오."

느닷없는 말에 현성은 어리둥절한 표정을 지었다.

"달래와 함께 이곳에 있으라고? 그럼, 넌? 넌 어디 다른 곳에 가기라도 한단 말이야?"

"저는 해야 할 일이 있습니다."

"해야 할 일?"

해루는 물음에 답하는 대신 당부의 말을 건넸다.

"이곳은 안전합니다. 그러니 절대 다른 곳으로 가시면 안 됩니다."

거듭 다짐을 받은 해루는 불현듯 우거진 수풀을 보며 말을 이었다.

"그곳에 계신 분들도 다른 곳으로 가지 않는 게 좋을 것입니다."

대답은 들려오지 않았다. 해루도 대답을 듣고자 던진 말은 아니었다.

당부의 말을 남긴 해루는 숲을 향해 걸음을 옮겼다.

그러다 문득 바위에 앉은 위창에게 소리쳤다.

"오라버니, 안 가십니까?"

"나도 가야 하느냐?"

"그럼 이 험한 밤길을 누이 홀로 보내려 하셨습니까?"

위창이 해루의 시선을 피하며 대답했다.

"난 다른 볼일이라도 보러 가는 줄 알았지."

"다른 볼일이 있긴 합니다. 그리고 오라버니의 도움이 꼭 필요한 일입니다."

"무슨 일인데 그러느냐?"

"서둘러 주십시오. 능장 부릴 시간이 없습니다."

"그리 말하니 더더욱 움직이기 싫구나."

위창은 괜한 어깃장을 놓았다.

해루와 함께라면 어디라도 상관없었다. 다만, 지금 저 아이가 가려는 곳이 어쩌면 위험한 곳일지도 모른다는 생각에 쉽게 발길이 떨어지지 않았다.

"지금 당장 가지 않으면 때를 놓치고 맙니다."

어느새 위창에게 다가온 해루는 그를 일으켜 세웠다.

"그러니까 무슨 일인지 말을 해줘야 움직일 게 아니냐?"

"우릴 기다리는 사람이 있습니다."

"기다려? 누가?"

"가보시면 압니다."

말이 끝남과 동시에 해루는 어둠을 향해 달리기 시작했다.

"저 녀석. 제 사내가 저를 간절히 찾고 있을 거라는 걸 알면서도 기다리지 않겠단 말이지? 무정한 녀석 같으니라고."

못마땅한 듯 위창은 투덜거렸다. 그러나 어느새 그의 두 발은 해루의 뒤를 따르고 있었다.

저리 서두르는 것을 보아 분명 향과의 만남을 뒤로 미룰 만큼 중요한 일이 기다리고 있으리라.

또한, 이리 자신과 함께 가려 하는 건, 그 길이 결코 쉬운 길이 아니라는 것을 의미하기도 했다.

"하여간 잠시도 마음을 놓을 수 없군."

푸념하는 위창의 입가에 하얀 미소가 흘렀다.

어느덧 깊은 밤이 내려앉았다. 어둠에 휩싸인 숲 저편에선 고요를 흔드는 불안한 소리가 연신 들려왔다.

하늘이 버린 불벼락

계곡에서 시작된 바람이 산자락을 타고 흘러내렸다. 쏟아내리는 바람결에 웃자란 비비추들이 몸을 뉘었다. 휘청이는 나뭇가지 사이로 계곡 안의 정경이 펼쳐졌다.

너른 공터, 하늘을 향해 고개를 들듯 수레 한 대가 비스듬히 서 있었다.

큰 바퀴와 말, 사람이 끄는 손잡이는 여느 수레와 다르지 않다. 하지만 수레에 실린 물건은 범상치 않았다. 나무로 만들어진 각진 모습이 짐 싣는 상자를 연상케 했다. 하지만 정작 상자의 한 쪽 면엔 많은 구멍이 있고, 구멍 하나마다 하나의 화살이 자리를 차지하고 있었다.

향과 신루 학자들이 만든 화거였다.

그러나 어찌 된 이유에선지 화거의 성능 시험에 여념이 없던 신루 학자들의 모습은 온데간데없고, 화거만 들판 한가운데 덩그러니 서 있었다. 신루 학자들을 대신하여 화거를 살피는 자들은 야인이라는 낯선 이방인들이었다.

야인들은 두려움과 호기심이 절반씩 섞인 눈으로 화거를 가리키며 저희끼리 말을 주고받았다.

그들은 화거를 신기하게 생각하면서도 기괴한 형상이 두려워 감히 가까이 접근조차 하지 못했다.

무질서한 소란을 등지고 다시 바람이 불었다. 바람이 휩쓸고 간 비비추들 사이로 빼꼼, 동그란 머리통 하나가 솟구쳤다.

"저놈들, 아직도 화거 주위를 어슬렁거리고 있군."

양여섭이 통통한 볼을 실룩거리며 중얼거렸다.

그 옆에서 길쭉한 머리통이 불쑥 튀어나오며 그의 말을 받았다.

"질경이보다 더 질긴 놈들. 저것들이 사라져야 화거를 되찾을 수 있을 텐데. 정탐 간 김 학사는 아직인가?"

심운기의 물음에 양여섭이 고개를 흔들었다.

"답답한 마음에 정탐이라도 해볼 생각이었겠지만, 별 뾰족한 수가 있겠는가?"

그때였다.

두 사람의 사이로 불쑥 삼문이 끼어들었다.

"아직도 미련을 못 버리신 겁니까? 그만하고 온궁으로 돌아가죠."

삼문의 말에 양여섭의 눈이 길게 찢어졌다.

"뭐? 화거를 두고 우리끼리만 돌아가잔 말이냐?"

"야인들이 저리 지키고 있는데, 우리 힘만으로는 되찾을 도리가 없질 않습니까?"

"못 간다. 화거 없이는 이 계곡에서 한 발짝도 움직일 수 없어."

"그러다 죽을 수도 있습니다."

삼문의 말에 양여섭이 비장한 얼굴로 주먹을 불끈 쥐었다.

"이대로 화거를 잃어버린다면 살아도 산 게 아니야."

"그럼 양 학사님을 위해서라도 화거를 되찾아야겠군요."

대답하는 목소리가 어찌 된 이유에선지 가늘어졌다.

그러나 화거에 정신이 팔린 양여섭은 그런 변화를 눈치채지 못했다.

"나만 그런 마음이겠는가? 못난 이 친구와 동정 살피러 간 김 학사나 모두 같은 마음일 것이야."

양여섭의 말에 심운기가 동의하듯 고개를 끄덕였다.

"아무렴. 화거를 두고 갈 바엔 차라리 이곳에서 화거와 함께 죽는 게 낫지."

"아무리 대단한 물건이라도 사람 목숨에 비할 바가 있겠습니까? 하여간 화거를 아끼는 학사님들의 마음은 잘 알겠습니다. 학사님들을 구하려면 우선 화거부터 되찾아야 하고, 화거를 되찾으려면 야인들을 어찌해야 하겠군요."

"말하면 입만 아프지. 그런데 너, 갑자기 목소리가 왜 그래? 그새 고뿔이라도 걸린 게냐?"

뒤늦게 삼문의 목소리가 이상해졌음을 눈치챈 양여섭이 고개를 돌렸다.

곧이어 그의 두 눈이 화등잔만 해졌다. 그와 삼문 사이에 좀 전까지 없던 사람이 있었던 까닭이다. 그런데 그 인물은 이 자리에 절대 있을 수 없는, 아니 있어서는 안 될 사람이었다.

"스, 승휘마마!"

"주인님!"

양여섭과 삼문의 입에서 해루를 부르는 외침이 동시에 터져 나왔다.

"쉿!"

해루가 양손을 뻗어 양여섭과 삼문의 입을 막았다.

"저자들이 듣겠습니다."

해루의 말에, 제풀에 놀란 양여섭과 삼문이 다시 손을 뻗어 서로의 입을 이중 삼중으로 틀어막았다.

"승휘마마, 여긴 어찌 오신 겁니까?"

너무 놀란 나머지 신음조차 흘리지 못한 심운기가 작은 목소리로 물어왔다.

해루는 배시시 수줍은 미소를 지었다.

"학사님들도 걱정되고, 또 필요한 것도 있어서요."

"필요한 거요?"

심운기의 얼굴에 의문이 피어났다.

대체 무어가 필요하기에 이 소란 통에 여기까지 오신 걸까?

해루는 대답 대신 계곡 안쪽을 가리켰다.

그녀의 손을 따라 천천히 시선을 돌리던 심운기의 고개가 번개같이 본래의 자리로 돌아왔다.

"화거? 설마, 화거가 필요하단 말씀이십니까?"

"역시 심 학사님은 눈치가 빠르십니다."

"어디에 쓰실 생각이신지 물어봐도 되겠습니까?"

해루의 엉뚱함엔 이제 이골이 날 지경이었다.

그러나 그녀는 엉뚱하긴 했어도 미련하지는 않았다. 아니, 오히려 남과는 다른 영특함이 엉뚱함으로 비치는 경우가 종종 있었더랬다.

그런 해루가 화거를 언급하고 있었다.

화거가 필요하다는 해루의 말이 단순한 장난이 아님을 심운기는 알 수 있었다.

우리 승휘마마께서 왜 화거가 필요하신 걸까?

화거로 대체 무얼 할 생각이신 걸까?

심운기의 머릿속으로 궁금증이 몽글몽글 피어올랐다.

물론, 그와는 생각이 다른 사람도 있었다.

"승휘마마께서 화거가 왜 필요하십니까? 설마, 이 상황에서 과녁 맞히기 놀이라도 하실 생각은 아니시겠지요?"

양여섭이 미심쩍은 눈초리로 해루를 곁눈질했다.

평소 해루의 엉뚱함으로 피해를 본 경험이 많았던 터라, 화거를 탐내는 해루의 눈빛을 보자 더럭 걱정부터 일었다.

해루를 의심하는 양여섭에 대한 반응은 격렬했다.

딱!

심운기는 대뜸 양여섭의 뒤통수를 후려쳤다.

"입으로 나오면 다 말인 줄 알아? 승휘마마를 어떻게 보고 그런 말인가?"

또 한 사람은 양여섭의 멱살을 잡았다.

"감히 내 주인님을 욕해요? 그 말 당장 취소해요!"

삼문이었다.

지금껏 온갖 구박을 받아도 미미한 저항으로 일관하던 삼문이 해루의 일에는 성난 눈빛을 드러내며 강하게 반발했다.

"아니, 내가 꼭 승휘마마를 의심해서 하는 말은 아니고, 혹시나 해서 그러지. 농 한번 던진 걸 가지고 다들 왜 이러시나?"

양여섭은 얼른 꼬리를 말았다.

"자네야말로 어찌 승휘마마를 의심하는가? 아무렴 우리 승휘마마께서 아무런 생각도 없이 이러시겠나?"

새로운 목소리가 소동에 끼어들었다. 정탐을 갔던 김담이 돌아온 것이다.

"자네 마침 잘 왔네. 갔던 일은 어떻게 되었는가? 관인들은 찾았는가?"

양여섭의 물음에 김담은 고개를 저었다.

"근방엔 아무도 보이지 않네. 도움을 청하려면 온궁까지 가야 할 듯하네."

"그리하면 늦을 텐데."

심운기가 아쉬운 표정을 짓자, 양여섭이 기다렸다는 듯이 나섰다.

"그러니 하는 말이 아닌가. 승휘마마께서 어떤 깊은 뜻이 있으신지 몰라도 화거 주위에 저렇게 야인들이 승냥이처럼 우글거리고 있는 지금 상황에서는 아무 소용이 없단 말일세. 그럴 거면 차라리 관군이라도 이끌고 오셨으면 훨씬 도움이 되었을 것 아닌가?"

"자네 설마 아직도 승휘마마를……."

"믿네. 승휘마마와 함께 지낸 시간이 얼마인데, 나라고 생각이 크게 다르겠는가? 다만 조금 아쉬워서 하는 말이지. 하다못해 무기라도 좀 챙겨 오셨으면 도움이 되었을 텐데."

양여섭은 아쉬운 마음에 입맛을 다셨다.

설마, 야인들이 겁도 없이 온궁을 습격할 줄 누가 상상이나 했을까.

이럴 줄 알았으면 초씨공방에서 병장기라도 챙겨 올 것을. 그랬으면 지금처럼 허무하게 화거를 빼앗기는 일도 없었으리라.

그때였다.

학사들의 대화에 귀 기울이던 해루가 불현듯 고개를 들었다.

"시간이 없어 관군들을 데려오진 못했지만, 대신 일당백인 분을
모셔 왔습니다."

"일당백요?"

"무혁, 그 친구라도 왔습니까?"

김담의 물음에 대한 답은 해루가 아닌 다른 사람이 대신 했다.

"미안하군. 그 친구가 아니라서."

커다란 아름드리나무 위에서 검은 그림자가 툭 뛰어내렸다.

"헉!"

"놀라라!"

밤새인 듯 커다란 소맷자락을 펄럭이며 허공에서 뛰어내린 위창
의 모습에 학자들은 엉덩방아를 찧었다.

그들에겐 곁눈질 한번 하지 않은 채 위창은 곧장 해루에게로 다
가갔다. 잔뜩 기대에 찬 시선으로 자신을 바라보는 해루와 시선을
맞춘 그가 낮게 속삭였다.

"눈 감아라."

"배 속의 아이에게 좋은 구경이 아니겠지요? 알겠습니다."

고분고분 눈을 감는 해루를 뒤로하고 위창은 계곡 안으로 몸을
날렸다. 이내 쇠와 쇠 부딪는 소리가 계곡을 가득 메웠다.

한바탕 사나운 바람이 휩쓸고 간 계곡으로 교교한 달빛이 내려
앉았다.

스르릉.

위창이 성난 검을 갈무리했다. 그의 호흡은 야수의 목 울림처럼 거칠어져 있었다. 무려 여섯이나 되는 야인들을 상대한 까닭이었다.

야인들이 모두 쓰러지자 그제야 신루 학자들이 모습을 드러냈다. 그들은 쓰러진 야인들을 굴비처럼 한 줄로 묶었다. 그리고 위창의 눈치를 살피며 해루 주위로 모여들었다.

"저……. 승휘마마."

양여섭이 기어들어가는 목소리로 해루에게 말을 걸었다.

"왜 그러십니까?"

"저 일당백 하시는 분 말입니다."

"네."

"이상하게 낯이 익어서 말입니다. 아시다시피 제가 여인이든 사내든 얼굴이 고운 사람은 잊지 못하지 않습니까?"

"그런 재주가 있으셨습니까?"

해루가 금시초문이라는 표정으로 되물었다.

먹는 것만 잘하는 게 아니고, 그런 잔재주도 가지고 계셨단 말입니까?

"그런 재주가 있습니다. 이제라도 제대로 알아주십시오."

"기억해 보도록 노력하겠습니다."

해루가 건성으로 대답했다.

양여섭이 다시 은근한 목소리로 말을 이었다.

"하여간 그런 기억력을 가진 제가 보기에 저기 저분, 낯이 무척 익습니다. 제가 알던 분과 참으로 흡사하게 생기셨는데……. 혹시 저분, 명국의 태군은 아니시죠?"

그때 역시나 위창의 눈치를 살피던 심운기가 양여섭의 뒤통수를 쳤다.

"무슨 헛소리야? 명국의 태군이 여긴 왜 오시겠는가?"

말도 안 되는 소리를 지껄이는 양여섭을 향해 심운기의 지청구가 날아들었다.

"그러니까 내가 이렇게 혹시……. 혹시……라고 조심스럽게 여쭙질 않는가?"

"말이 되는 소릴 해야 장단이라도 맞춰줄 게 아닌가. 태군이 여기가 어디라고 오시겠는가? 그래, 만에 하나, 천에 하나 저분이 그분이라고 치세. 그 대단하신 분이 뭐가 아쉬워서 저리 칼부림까지 하시겠는가? 안 그렇습니까, 승휘마마?"

심운기가 동의를 구하듯 해루를 바라보았다.

두 사람을 머쓱한 표정으로 바라보던 해루가 말했다.

"그분 맞습니다."

해루의 대답이 끝나기 무섭게 양여섭이 의기양양한 표정을 지었다.

"것 보게. 그분 맞다고 하시잖은……. 네? 누구라고요?"

양여섭은 저도 모르게 동그래진 눈으로 위창을 바라보았다. 때마침 쓱, 고개를 돌리는 위창과 눈이 마주치자 얼른 고개를 푹 숙였다.

그 모습을 지켜보던 해루는 풋, 작게 웃음을 터트렸다.

그러다 이내 웃음기를 지우고는 화거를 살피는 김담에게로 시선을 돌렸다.

"어디 망가진 곳은 없습니까?"

해루의 물음에 김담은 고개를 끄덕였다.

"다행히 화거에는 아무 문제가 없습니다."

해루는 눈을 빛냈다.

"그럼 시험 사격도 가능하겠군요."

"아마도 가능할 듯싶습니다."

무심코 대답하던 김담은 해루의 질문에 담긴 저의를 뒤늦게 깨달았다.

"설마, 화거를 사용할 생각이십니까?"

지금 당장 상대할 적이라면 이미 위창에게 모두 제압된 상태였다. 그렇다고 이 상황에서 한가하게 시험 사격이나 하자는 것은 아닐 테고…….

"네. 지금 당장 시험 사격을 해야 할 것 같습니다. 아니, 시험 사격이 아닙니다."

영문을 모르겠다는 표정의 김담에게 해루가 단호한 어조로 말을 이었다.

"실전입니다."

한 무리의 천금준마들이 맹렬히 발을 굴렸다. 캄캄한 어둠 속에서도 말들은 한 점 망설임 없이 길을 찾았다.

천공에 붉은 풍등이 걸려 있었다. 하늘 정중앙에 못 박혀 길잡이 노릇을 하는 북극성처럼 풍등은 그들이 가야 할 곳을 정확히 밝혀주었다.

대열의 맨 앞에서 말을 달리는 향의 얼굴에 초조함이 깃들었다. 시간이 지체될수록 수많은 생각과 걱정이 그의 뇌리를 스치고 지나갔다.

풍등은 해루가 띄운 것이 분명하다.

그렇다면 해루는 어찌하여 풍등을 띄운 것일까?

평소의 그녀라면 온궁으로 달려와 자세한 내막을 자신에게 알렸으리라. 그런데 저리 풍등을 띄웠다는 건 직접 달려올 수 없는 사정이 생겼거나 시간이 촉박하거나, 둘 중 하나일 것이다.

상황을 어림짐작해 보았을 때 후자일 가능성이 농후했다.

그렇다면 무엇 때문에 시간이 촉박한 것일까?

향은 허공에 못 박힌 풍등에 시선을 고정했다.

붉은 풍등.

붉은빛은 '왕'을 의미한다.

혹여 해루가 아바마마의 미래를 본 것은 아닐까?

해루가 본 피안의 세계에서 아바마마께 급박한 일이 생기는 건 아닐까?

생각이 여기까지 미치자 마음이 더욱 급해졌다. 등줄기를 훑는 불길한 예감에 입술이 바싹바싹 타들어갔다.

서둘러라, 서둘러라.

재촉하는 몸짓으로 그는 말을 다그쳤다.

제 주인의 속내를 읽은 것일까?

향의 준마는 어둡게 물든 숲을 겁 없이 달려 나갔다.

그러다 한순간, 우직하게 달음박질치던 말이 갑자기 달리기를 멈췄다.

휘이이이잉.

향의 준마는 앞발을 들고 긴 울음을 토해냈다.

"왜 그러느냐?"

길게 투레질하며 좀처럼 앞으로 나가질 못하는 말을 보며 향이
물었다.

"짐승은 주인의 성품을 따른다지? 말 못하는 짐승치고는 제 주
인을 닮아 제법 영민하구나."

깊은 숲 저편에서 진득한 목소리가 들려왔다.

향의 눈빛이 날카로워졌다.

"누구냐?"

이내 수풀을 헤치며 거대한 그림자가 그의 앞으로 걸어 나왔다.

상대를 본 향의 눈썹이 격하게 꿈틀거렸다.

"네놈은……."

"날 기억하시는가?"

달빛 아래, 불길한 미소 한 조각이 떠올랐다. 비스듬히 누운 미
소 위로 푸른 불길이 일렁이는 눈동자 하나가 가늘게 늘여졌다.

한쪽 눈이 없는 외눈박이.

흡사 거대한 들짐승 같은 사내는 야인들의 수장, 충산이었다.

그의 기세에 놀란 말들이 일제히 투레질하며 물러섰다.

차가운 시선으로 충산을 바라보던 향이 말에서 뛰어내렸다.

"살아 있었군."

"차마 죽을 수가 있어야지."

충산은 잃어버린 제 눈을 쓸어내리며 으득 이를 갈았다.

여러 날이 흘렀건만, 지금도 그때를 생각하면 저도 모르게 분노
가 치솟았다. 화가 나 견딜 수가 없었다.

그런 날은 피를 보지 않으면 좀처럼 잠에 들지 못했다.

그렇게 하루하루 쌓아 올린 원한과 분노가 하늘마저 움직인 모
양이다. 이렇듯 원수와 마주치게 해주었으니 말이다.

"이런 걸 두고 말하기 좋아하는 자들은 운명이라고 하더군."

일그러진 웃음이 충샨의 입가에 내걸렸다.

그는 안대로 가려진 왼쪽 눈을 손가락으로 툭툭 두드리며 말을 이었다.

"이 빚, 오늘 제대로 갚아주마. 내가 빚지고는 못 사는 성격이라서 말이야."

충샨은 먹잇감을 앞에 둔 굶주린 짐승처럼 입맛을 다셨다.

말없이 그를 노려보던 향은 문득 고개를 들어 하늘을 응시했다.

바람이 거세어졌다. 하늘에 붙박인 풍등이 물결에 휩쓸린 낙엽처럼 조금씩 흘러갔다.

시간이 없었다.

지금 이 순간, 아바마마와 해루는 어떤 위험과 맞닥뜨리고 있을지 알 수 없다.

그러나 그들에게 달려가기 위해선 먼저 앞을 가로막은 이리 떼부터 치워야 했다.

"저하!"

향의 등 뒤로 무혁을 비롯한 무장들이 달려왔다. 먼 길을 달려왔음에도 그들의 기세는 조금도 흐트러짐 없이 단단했다.

그러나 마주 선 충샨의 뒤에도 야인들이 벽을 세우듯 늘어섰다. 그 수는 향을 호위하는 무장들의 세 배는 족히 되었다.

향은 소맷자락에서 수노기를 꺼내 들었다.

그와 어깨를 나란히 하고 선 무혁 또한 검을 뽑았다.

"어쩌면 나도 이곳에서 무언가 버려야 할지도 모르겠구나."

향의 얼굴에 비장한 각오가 들어섰다.

"여기서 화살이 와르르 쏟아진단 말입니까?"

삼문의 물음에 화거를 정비하던 양여섭이 혀를 끌끌 찼다.

"그냥 쏟아지는 게 아니다. 허공으로 치솟은 불화살 백 개가 벼락처럼 우르르 쏟아져 내리는 거지."

설명하는 양여섭의 얼굴에 자부심이 가득하였지만, 정작 이야기를 듣는 삼문은 심드렁한 표정을 지을 뿐이었다.

"허풍도 정도껏 하셔야죠."

"그러니까 단순히 화살을 쏘는 무기가 아니래도."

"됐습니다. 더는 설명할 필요 없습니다. 원리는 모르겠지만, 어찌 돌아가는 물건인지는 대충 파악이 끝났으니까요. 그런데 군이 화살을 쏘는 것이면 이런 무기를 사용할 필요가 있겠습니까? 무겁고, 설치도 어렵고, 무엇보다 귀찮지 않습니까? 이럴 거면 차라리 궁병들이 한자리에 모여서 한꺼번에 화살을 쏘는 게 더 효과적일 것 같은데 말입니다."

"그건 하나만 알고 둘은 모르는 소리다."

심운기가 대화에 끼어들었다.

"제가 무얼 모른다는 겁니까?"

"자고로 무기에도 병법이 있어, 하수(下手)는 무기를 사용하여 적을 살상하는 것이요, 상수(上手)는 적을 두려움에 빠트려 스스로 물러가게 하는 것이다."

"그러니까 이 화거가 적들의 전의를 상실하게 할 거라, 이 말씀입니까?"

"그렇지."

"에이, 고작 불화살에 적들이 전의를 상실하겠습니까?"

도무지 믿지 못하겠다는 듯 삼문이 콧방귀를 뀌었다.

"그건 직접 보면 알게 될 일이다."

이번에 대답한 사람은 김담이었다.

"하여간 엉뚱한 분들이라니까. 온종일 이상한 기계만 만져서 그런지 도통 현실감이 없어요, 현실감이."

신루 학자들의 연이은 자신감에도 삼문은 고개만 흔들어댔다.

그렇게 시간이 흘렀다.

화거의 마지막 조정을 마친 신루 학자들이 서로를 바라보며 물었다.

"준비 끝났는가?"

"완벽하네."

"그럼, 불을 붙이겠네. 모두 물러나십시오. 특히, 승휘마마! 먼 곳으로 가셔서 두 손으로 귀를 꼭 막고 계셔야 합니다."

해루와 위창 그리고 학사들이 자리를 이동했다.

양여섭의 도움으로 횃불을 올린 심운기가 화거에 불을 댕겼다. 곧 희뿌연 연기가 화거를 휘감았다.

"……어째 연기만 풀풀 날리네요."

"가만있어봐라. 곧 성난 불길을 뿜어낼 터이니."

김담의 장담에도 불구하고 화거는 여전히 묵묵부답이었다.

신루 학자들의 표정이 어두워졌다.

"아무래도 실패한 모양입니다."

김담이 낙담한 표정으로 말했다.

"것 보세요. 제가 허풍 떠실 때부터 알아봤다니까요."

삼문이 피식 웃었다. 흥미로운 표정으로 지켜보던 위창도 실망한 기색을 보였다.

하지만 단 한 사람만은 예외였다.

해루.

그녀는 화거에서 눈을 떼지 않았다.

"반드시 성공할 겁니다. 아무렴요. 세자 저하와 학사님들께서 얼마나 고생하셨는데요. 그러니 절대 실패할 리 없습니다. 절대로요."

"승휘마마, 기대를 접으세요. 저건 아무리 봐도 실패……."

삼문의 말이 채 끝나기 전이었다.

쿠르르르르, 쾅! 쿠쾅! 쾅!

천지를 찢어발기는 듯한 엄청난 천둥소리와 함께 백 개의 불화살이 하늘로 솟구쳤다.

"허억!"

내내 심드렁하던 삼문의 입이 쩍 벌어졌다.

반대로 귀를 틀어막고 있던 해루는 함박웃음을 가득 지었다.

"제가 뭐라 했습니까? 성공할 거라 하였지요?"

김담과 심운기 그리고 양여섭은 벅찬 얼굴로 서로를 얼싸안았다.

그들 사이에 선 위창의 눈가에 이채가 떠올랐다.

화약을 다루는 조선의 기술이 뛰어난 줄은 알고 있었지만, 설마 이런 엄청난 무기를 만들어낼 줄이야.

"잠룡. 조선은…… 무서운 잠재력을 가진 나라로구나."

감탄 섞인 중얼거림이 위창의 입을 타고 새어 나왔다.

내내 얼빠진 표정을 짓던 삼문이 고개를 끄덕였다.

"네. 조선은 아주 무서운 나라가 될 겁니다. 그런데……."

삼문은 양여섭을 돌아보았다.

"저리 요란하게 불벼락을 쏘아내니, 적도 놀라겠지만 우리 군사들도 적잖게 놀라겠습니다."

그제야 '아차' 하는 표정이 신루 학자들의 얼굴에 맺혔다.

이래서야 야인뿐 아니라 조선의 군사들도 혼비백산할 것이 아닌가.

어찌합니까?

걱정하는 눈초리가 해루에게로 모아졌다.

그들을 향해 해사한 웃음을 보이며 해루가 말했다.

"걱정 마십시오. 적은 물론 우리 군사들도 놀라긴 할 겁니다. 그러나 적어도 한 분……. 그분은 놀라지 않을 겁니다."

해루는 하늘을 바라보았다.

아름다운 포물선을 그리며 날아가는 불화살들이 밤하늘을 환하게 밝히고 있었다.

쿠쿠쿠쿵! 펑! 쾅! 쿠르르르!

거대한 굉음과 함께 불비가 쏟아져 내렸다.

"허억! 이게 뭐야?"

"천벌이다!"

하늘이 무너진 듯, 무섭게 내리는 불벼락에 야인들은 기겁하며 놀랐다. 심지어 무기를 버리고 자리에 엎드리는 자도 속출했다.

검은 하늘에서 느닷없이 불길이 쏟아져 내렸다.

이런 무기에 대해서는 들어본 적이 없었던 야인들에겐 그야말로 하늘이 내린 천벌이 따로 없었다.

"무엇하느냐? 다시 무기를 잡아라. 당장 일어나지 못하느냐?"

달아나는 수하들을 향해 충샨이 무섭게 소리쳤다.

그러나 그 역시 놀라기는 매한가지였다. 하나밖에 없는 그의 눈동자에 경악이 들어찼다.

이 무슨 기괴한 조화란 말인가.

문득 그의 눈에 덤덤한 모습의 향이 들어왔다. 불벼락이 쏟아지는 상황에서도 조선의 왕세자는 조금도 동요하지 않았다.

"그대인가? 그대가 이 불벼락을 불렀는가?"

설마 조선의 왕세자는 하늘마저 움직일 수 있단 말인가?

"그렇다! 내가 불벼락을 불렀다. 그대들을 처단하고자 내가 부른 불벼락이다."

향은 매섭게 외치며 공세를 퍼부었다.

"허억!"

충샨의 입에서 마른 비명이 튀어나왔다.

옆구리를 치고 들어온 향의 공격에 충샨이 균형을 잃고 비틀거렸다. 그러다 허둥지둥 달아나는 야인들에게 밀려 그만 낮은 언덕 아래로 나동그라지기까지 하였다.

"저하!"

향의 바로 뒤에서 충샨의 수하들과 맞서고 있던 무혁이 다가왔다.

"괜찮으시옵니까?"

"나는 괜찮다."

향은 언덕 아래로 시선을 돌렸다.

"제가 저자의 마지막을 처리하겠습니다."

무혁이 충샨을 향해 몸을 날리려는 찰나, 향이 손을 들어 그를 말렸다.

"지금은 그럴 시간이 없다. 서둘러야 한다."

풍등이 움직이고 있었다. 자칫하다간 왕께서 계신 곳을 찾지 못하게 될 수도 있다.

다시 말에 올라탄 향은 풍등과 어우러져 밤하늘을 수놓은 불화살을 바라보았다.

화거다.

그는 하늘에서 쏟아진 불벼락이 화거로 인한 것임을 알고 있었다. 또한, 시의 적절하게 쏟아진 화거의 도움이 누구 덕분인지도 확실히 알고 있었다.

이런 일을 할 수 있는 사람은 세상에서 오직 한 사람뿐이었다.

"해루야……"

향은 멀리서 지켜보고 있을 누군가를 떠올리며 옅은 미소를 지었다.

"혁아, 혼란에 빠진 무인들을 수습해라. 그들에게 이 불벼락이 적이 아닌 동지임을 알려라."

"명 따르겠습니다."

향과 무혁은 흩어지려는 말과 무인들을 진정시킨 다음 다시 길을 나섰다.

그들이 떠난 후에도 한동안 하늘에서 불벼락이 떨어졌다.

훗날, 북방의 야인들을 두려움에 떨게 한 화거가 완성되는 순간이었다.

너의 잘못이 아니다

유백색 달빛이 굽은 어깨에 부옇게 부서졌다.

만월은 참으로 고왔다.

몽혼한 꿈의 한 자락인 듯 아스라한 밤.

평소라면 너럭바위에 걸터앉아 밤의 정취를 즐겼으리라.

하지만 지금은 그저 앞서 달리는 호위 무사의 뒷모습을 보며 걸음을 떼놓기에 급급했다.

날카로운 밤바람이 얼굴을 스치고 지나갔다.

반 시진 전만 하여도 이런 상황이 펼쳐질 줄은 상상도 못 하였다.

은은한 향을 풍기는 온천에 전신을 느른하게 풀어놓으며 왕은 휴식을 즐기고 있었다.

오래간만에 얻은 여유였다.

팽팽하다 못해 날카롭게 날이 서 있는 전신의 긴장을 온천물에 조금이나마 녹여볼 참이었다.

어지러운 정치와 꼬인 매듭처럼 얼기설기 엉켜 있는 갖가지 고민을 잠시나마 잊어보고자 하였다.

그러나 하늘은 그 잠시의 휴식조차 왕에게 허락하지 않았다.

놀란 외침으로 시작된 혼란은 급기야 늙은 몸을 이끌고 밤길을 서둘러야 하는 상황에까지 이르렀다.

정신없이 달리다 보니 어느덧 밤이 깊어졌다.

고개를 들어 하늘을 보니 사방에서 몰려온 먹구름으로 가뜩이나 어두운 밤하늘이 새카맣게 물들었다. 달은 이미 어둠에 잠기고, 드문드문 보이는 작은 별들조차 희미한 포말을 내뿜으며 자취를 감추었다.

왕은 걸음을 멈추었다.

앞서고 뒤서던 내관과 무인들이 어리둥절한 표정을 지었다.

"전하."

왕을 부르는 내관의 목소리에 초조함이 가득했다.

"시간이 없사옵니다. 불온한 자들이 멀지 않은 곳에 있나이다."

내관의 간절한 바람에도 왕은 뿌리내린 고목처럼 발을 움직이지 않았다.

그저 어두운 밤하늘만 올려다보고 있을 뿐.

"전하."

재차 재촉하자 그제야 왕의 입이 열렸다.

"아니다."

왕을 둘러싼 신하들의 얼굴에 어리둥절한 표정이 떠올랐다.

"무슨 말씀이시옵니까?"

왕은 손으로 하늘을 가리켰다.

"분명 서쪽으로 간다 하지 않았더냐? 우리는 서쪽의 안가에서 내금위장을 기다린다고 하였다. 내가 잘못 알고 있느냐?"

"소신도 그리 들었사옵니다."

왕과 가장 가까운 곳에 있던 내관이 대답했다.

"그렇다면 마땅히 서쪽으로 향해야 하거늘, 어찌하여 동쪽으로 가고 있단 말이냐?"

왕은 먹구름에 잠겨 마지막 숨을 토하는 북극성을 가리켰다.

무섭게 몰려온 검은 구름에 최후의 별빛마저 잠기고 말았다. 그러나 왕의 말을 눈치채지 못한 사람은 그곳에 아무도 없었다.

하늘길에 정통한 왕세자만큼이나 왕 역시 하늘 별자리에 해박한 지식을 가지고 있었다.

그런 분께서 방위(方位)를 잘못 짚으실 리 없다.

"이게 어떻게 된 일이냐?"

왕을 호위하던 내시위장이 엄한 목소리로 길잡이를 자청한 무인에게 물었다.

"무슨 말씀을 하시는지 모르겠습니다. 소인은 분명 시키신 대로 서쪽 숲으로 안내를……."

"닥쳐라. 어느 안전이라고 거짓을 고하려 하느냐!"

"거짓이 아니옵니다. 산길이라 구불구불 어지럽게 길이 나 있어 오해가 있을 수 있겠습니다만, 분명 내금위장과 약조한 서쪽 숲으로 향하고 있습니다."

"이놈이……."

내관이 역정을 내려 하자 왕이 손을 내저었다.

왕이 길잡이를 물끄러미 바라보았다.

"못 보던 얼굴이구나."

내시위장이 대신 대답했다.

"온궁의 무사입니다. 이 지역 토박이인 데다 길눈 또한 밝다 하여 앞장세웠습니다."

왕이 다시 물었다.

"구불구불한 산길이라 하나 줄곧 한 방향으로 달렸다. 내 아무리 안질을 앓고 있어 눈이 침침하다 하나, 별자리를 살피지 못할 만큼은 아니다. 그런 내가 방위마저 모를 만큼 아둔하다 생각하였느냐?"

잠시 눈치를 살피던 길잡이가 허리를 숙였다. 그리고 대답했다.

"네. 그리 생각했습니다."

뜻밖의 대답.

사람들의 표정이 차갑게 얼어붙었다.

"네, 네놈이 감히 어느 안전이라고……."

놀라고 분하여 말까지 더듬는 내시위장에게 길잡이는 태연히 대꾸했다.

"물론, 알고 있습니다. 임금님 앞이지요. 설마, 그것도 모르고 이런 짓을 꾸몄겠습니까?"

길잡이가 허리를 폈다. 이내 순박해 보이는 표정은 사라지고, 야비한 얼굴이 빈자리를 차지했다.

묵묵히 지켜보던 왕이 다시 물었다.

"두문회더냐?"

"두문회? 그것이 무엇이오?"

"두문회를 모른다?"

말만 그런 것이 아니라, 길잡이는 진실로 모르는 눈치였다.

왕의 미간에 깊은 고랑이 새겨졌다.

두문회가 아니라면, 대체 어떤 자들이 이리 간 큰 소행을 저지를 수 있단 말인가.

어지러운 시국이었다. 겉으로는 안정되고 평화로워 보이나 불안의 조짐은 사방에 널려 있었다.

왕세자는 작은 계기만으로도 억눌린 불만이 터져 나올 것이라 보았다.

하여, 향은 이번 온궁행(行)에 진양과 측근 몇을 군사와 함께 도성에 남겨두었다. 불온한 무리가 도성이 비는 이번 기회를 놓치지 않을 것임을 짐작한 것이다.

그러나 설마 저들이 야인과 결탁하여 온궁을 직접 노릴 줄은 짐작조차 못 했다.

역시 두문회라 생각하며 혀를 내두르던 참이었다.

그런데 정작 음모에 가담한 자는 두문회가 무언지도 모르고 있었다.

"두문회가 아니면 너에게 이런 짓을 지시한 자는 대체 누구냐?"

길잡이의 얼굴에 씨익 웃음이 걸렸다. 그는 왕의 물음에 노래로 답을 했다.

"인세에 쌓인 업이 아비지옥에 이르렀다. 오호 통재라. 억울한 사연이 저승문을 여는구나. 삿된 욕망으로 모두가 죽게 생겼으니, 막을 길은 오로지 왕의 머리를 장대 끝에 거는 길뿐이다."

왕이 신음하듯 중얼거렸다.

"두박신."

"그렇소이다. 이제 때가 무르익었으니, 그대의 목을 장대 끝에 걸겠소이다. 그리하면 두박신의 저주가 사라지고, 태평성대가 찾아올 것이오."

"진실로 그리 믿느냐?"

"물론이외다."

대답하는 길잡이의 두 눈이 광기로 물들었다.

왕은 길잡이의 광기 속에 도사린 두려움을 읽었다. 두려움의 이면에는 어떤 간절함도 있었다.

길잡이는 원하고 있었다. 그 무언가가 자신을 구원해 주길…….

궁지에 몰린 사람은 원망할 대상을 찾는다. 굶주리고, 아프고, 외로울 때면 자연스럽게 눈을 밖으로 돌린다.

두박신은 사람의 그런 약한 부분을 파고들었다.

너희의 불행은 온전히 너희의 잘못이 아니다.

어찌 사람의 괴로움과 실패와 고통이 온전히 스스로의 몫일까.

모든 사람이 지극히 옳은 도리와 순리를 따른다면 고통과 괴로움 또한 사라지리라.

신을 믿고 하늘에 의지하는 이유가 바로 그 때문이 아니던가.

그러나 두박은 잘못되었다. 그들은 좌절한 사람을 위안하고 다시 일어서도록 돕는 것에 만족하지 않았다.

두박은 위안과 동시에 두려움도 안겨주었다. 실패와 좌절을 남의 탓으로 돌리고, 원망하게 만들었다. 또한 두박을 믿지 아니하면 영원히 고통받게 될 것이라고 위협하였다.

무릇, 사람을 사귈 때도 악담을 즐기는 자는 멀리해야 하는 법이다.

신을 섬기는 일이 어찌 이와 다를까.

"오늘 이 나라 임금의 목을 베어 장대 끝에 매달리라. 그리하면 태평성대가 도래할지니, 이는 두박신의 저주가 풀려 하늘의 증오가 소멸할 것이기 때문이다."

"이놈! 뚫린 입이라고 함부로 떠드는구나. 여봐라! 당장 저자를 잡아들이도록 하라."

내시위장이 길잡이를 가리키며 소리쳤다. 왕을 호위하던 내시위들이 일제히 무기를 들고 길잡이를 향해 몸을 날렸다.

길잡이는 두려워하긴커녕 오히려 비웃음을 흘렸다.

"어리석구나. 두박신의 저주가 너희라고 비껴갈 줄 알았더냐? 자고로 저주는 높은 곳에서 내리는 법. 하여, 높은 자리에 있을수록 더 큰 벌을 받게 될 것이다."

그의 말이 끝나기 무섭게 사방에서 신음이 들려왔다. 왕을 지키는 무사 중 일부가 돌연 칼을 돌려 동료의 등을 찔렀다.

왕의 입에서 탄식이 새어 나왔다.

"잡귀가 궁 깊은 곳까지 침투하였는가?"

"이제 왕의 목을 장대에 걸자!"

승리를 확신한 듯 길잡이가 큰 소리로 웃었다.

왕은 고개를 끄덕였다.

"그래, 어쩌면 네 말대로 될지 모르겠구나. 허나, 내 목을 장대에 걸어도 두박신의 저주는 풀리지 않을 것이다."

"그게 무슨 소리냐?"

왕이 담담한 눈으로 대답했다.

"두박신의 저주가 내 목은 가져갈 수 있을지 모르나, 이 나라 조선은 삼키지 못할 것이기 때문이다."

고즈넉한 정적이 작은 방을 채웠다.

기괴한 부적과 그림이 걸린 이 작은 방은 본래 수아 신녀라 불리는 여인의 것이었다. 그러나 오늘은 수아 신녀 대신 자화가 아늑한 자리를 차지하고 있었다.

자화는 차분한 얼굴로 수를 놓고 있었다. 명례궁 별채에서도 짬이 있을 때마다 놓던 그 수였다. 수를 놓는 자화의 모습은 여느 때처럼 고아하고 아름다웠다.

그러나 깊게 가라앉은 눈 속에는 평소와 달리 뜨거운 욕망이 엿보였다.

깊은 정적의 시간이 얼마나 흘렀을까?

닫힌 동창 너머로 검은 그림자가 다가왔다.

"귀녀님."

"……"

"모든 준비가 끝났사옵니다."

자화의 눈에 얼핏 아쉬운 기색이 흘렀다.

몇 땀만 더 놓으면 수가 완성될 것을.

그러나 이미 평정이 깨지고 말았다.

"궁에서 기별은 왔느냐?"

"귀녀님의 명을 기다리고 있다는 연통이 왔습니다."

자화는 문득 고개를 들어 등잔불을 바라보았다. 옅은 미풍에도 몸을 흔드는 불꽃이 마치 어린 시절 자신을 보는 것 같았다.

그러나 힘없고 나약했던 시간은 모두 과거로 흘러갔다. 저 힘없는 불꽃이 곧 큰불을 일으켜 부정한 세상을 삼킬 것이다.

자화는 자수를 한쪽으로 치우고는 천천히 몸을 일으켰다.

문을 열고 신을 신으니, 동창 앞을 지키고 섰던 수하가 급히 대청마루 앞으로 달려왔다.

"귀녀님."

"가자. 때가 되었구나."

그녀의 말에 수하는 망설이는 기색을 보였다.

"할 말이라도 있느냐?"

"그것이……."

머뭇거리는 그에게 자화의 시선이 닿았다.

속내를 꿰뚫어 보는 그녀의 눈빛에 수하는 손에 든 서찰을 건넸다.

"좀 전에 당도한 것인데……. 보낸 사람이 워낙 꺼림칙한 인물인지라, 전해드려야 할지 말아야 할지 갈피를 잡을 수 없었습니다."

"판단은 내가 하느니."

자화는 서찰을 펼쳤다.

눈치 빠른 수하가 마당을 밝히는 횃불을 들고 왔다.

한때, 네 아비와 함께 억울하게 스러진 옛 왕조를 다시 세우자고 약조하였다. 그때는 그 기쁜 날을 당장 이룰 수 있을 줄 알았는데, 어느덧 시간이 이리 흐르고 말았구나.

자화의 고운 눈썹이 와락 일그러졌다.

서찰을 보낸 이는 이미 죽은 줄 알았던 이였다.

민안선.

불구덩이 속에 갇혀 뼈 한 조각 추리지 못했을 거라 생각한 사람이 지옥에서 돌아왔다.

길고 고된 시간이었다. 마지막을 기약할 수 없는 여정에 때로는 모든 것을 그만두고 싶을 때도 있었다. 허나, 그러기엔 우리는 이미 너무 먼 곳에 있었다. 소중한 것들을 모두 잃고 버렸으니, 그 업보를 어찌 감당할까. 복수 하나만을 보고 달린 삶 속에서, 너무도 많은 사람에게 상처와 아픔을 주었음을 뒤늦게 깨닫고 말았구나.

"그걸 아시는 분이 그리하셨습니까?"
뜨거운 분노가 입안을 가득 채웠다.
내 아버지가 복수를 위해 기꺼이 목숨을 내던졌을 때, 그저 방관만 했던 배신자가 감히 아버지를 입에 올려?
자화의 입술 끝이 실룩거렸다.
서찰의 다음 내용이 날 선 눈동자 위에 새겨졌다.

네가 우리와 다른 꿈을 꾸고 있음을 알았다. 우리가 키운 복수의 꿈속에서 우리의 아이들은 원망만을 먹고 자랐구나. 우린 단지 옛 왕조를 일으키고 싶었건만, 우리의 한을 먹고 자란 너희는 정녕 원한만을 키웠구나. 모두 내 잘못이다. 슬픔과 비통함은 온전히 옛사람인 우리가 껴안아야 할 몫인 것을. 너희에게 보여주어선 안 될 아픔인 것을. 기억은 물려주되 원한은 우리가 모두 짊어져야 했던 것을. 모두 나의 잘못이다. 두문의 딸아, 너의 잘못이 아니다. 용서해 다오.

"용서해 드리지요. 어차피 새로운 하늘이 열리니, 무언들 용서하지 못하겠습니까? 죽음은 모든 이에게 평등한 법입니다."
자화의 얼굴 위로 섬뜩한 미소가 떠올랐다.
어른들은 옛 왕조를 노래했다. 그러나 정작 어린 그녀는 옛 시절을 알지 못하였다. 그녀가 어른들로부터 보고 배운 것은 복수를 염원하는 원한과 분노였다. 응어리진 한은 결국 그녀의 가슴에 칼을 품게 하였다.

자괴와 슬픔으로 얼룩진 서찰은 마침내 마지막을 고했다.

너의 뜻이 우리와 다르니, 끝끝내 이 나라를 잿더미로 만들리라는 것을 알고 있다. 미안하다. 네 마음 모르지 않으나, 우리의 뜻이 그와 같지 않으니 어쩔 수 없이 널 막을 수밖에 없구나.

"이제 와 그대가 무슨 수로 나를 막을 수 있단 말인가."

자화의 얼굴에 비릿한 조소가 떠올랐다.

그녀는 수하가 들고 있는 횃불로 서찰을 태워버렸다. 서찰은 금세 재가 되어 허공으로 나부꼈다.

"이 조선도 곧 이리되리라. 불에 타 아무것도 남기지 못한 채 역사 속에서 사라지리라."

저주와 원망이 담긴 말을 주문처럼 읊조리며 자화는 걸음을 옮겼다.

모든 준비는 끝났다.

곧 온궁에서 기별이 오리라.

장대 끝에 왕의 머리가 걸리리라.

그 전에 도성에 머물고 있는 조정 대신들의 머리를 장대 끝에 걸어야겠지.

모든 준비는 끝났다.

그녀가 때를 알리면, 궁 안팎에서 두박신을 따르는 신도들이 들불처럼 일어나리라.

원한과 분노의 불길이 삽시간에 궁과 도성을 태우고, 곧 조선 팔도를 삼켜버릴 것이다.

자화는 큰 걸음으로 신당을 나섰다.

신당의 솟을대문을 열고 막 밖으로 발을 내디딘 순간이었다.

"귀녀님!"

날카로운 비명과 함께 수아 신녀가 구르듯 안으로 뛰어들었다.

"무슨 일이냐?"

"관군이……. 관군이……."

"무어라?"

자화의 미간이 일그러졌다.

이내 열린 대문 너머로 포위하듯 둥글게 원을 그리고 있는 관군의 모습이 들어왔다.

놀란 자화가 부릅뜬 눈으로 물었다.

"이게 대체 어찌 된 일이냐?"

수아가 떨리는 목소리로 대답했다.

"신도들은 집회 장소에서 귀녀님의 명만을 기다리고 있었습니다. 그런데 갑자기 북소리와 함께 사방에서 관군들이 몰려나와 닥치는 대로 신도들을 잡아들였습니다."

"관군들이 어찌 알고?"

"그것은 저도 잘……."

"어느 곳이 당했느냐?"

"거의 모든 곳에서 급보가 날아들었습니다. 심지어 궁 안에서도……."

"모조리 당했단 말이냐? 그게 무슨……."

말도 안 되는 소리.

이번 일은 처음부터 지금까지 철저히 기밀을 유지했다.

도성에서만 무려 아홉 곳에 은밀한 장소를 물색하여 신도를 분산하였다. 한두 군데 정도는 비밀이 새어 나갈 수 있어도 그 모두가 한꺼번에 당할 수는 없다.

그런데 그 모두가 한꺼번에 당하다니, 있을 수 없는 일이다.

있어서는 안 될 일이 일어났다.

그때, 자화의 뇌리로 민안선의 서찰이 떠올랐다.

민안선은 막겠다 말하였다.

"설마……."

민안선에겐 아무것도 남아 있지 않았다. 그는 힘도 권력도 모두 잃었다. 이미 두문회는 자화가 이끄는 두박신에 흡수된 지 오래였다.

하지만 힘을 잃은 민안선에게도 아직 한 가지 남은 것이 있었다. 바로 오랜 세월 두문회를 이끈 수장으로서의 명성이었다.

두박신의 중요한 자리엔 여전히 두문회의 사람들이 머물고 있었으니, 민안선이 그들과 만났다면 이번 거사의 기밀쯤은 충분히 파악할 수 있었으리라.

"고려를 되살리려는 그대가 날 막으려 조선의 군사와 손을 잡았단 말인가!"

분노하는 자화의 등 뒤로 조선의 관군이 물결처럼 밀어닥쳤다.

"헉헉!"

왕의 목 밑으로 마른 숨이 차올랐다.

어둠에 잠긴 숲길을 얼마나 뛰었는지 가늠이 되지 않았다. 마치 산을 모두 점령이라도 한 듯, 걸음을 옮기는 곳곳에서 복병들이 튀어나왔다.

그들과 맞서 싸우는 동안 왕을 호위하던 내시위 스무 명이 쓰러졌다.

살아남은 수는 이제 다섯. 그러나 그들 역시 베이고, 찔린 상처로 제대로 몸을 가누기조차 어려웠다. 하지만 포기하는 자는 하나도 없었다.

어떻게든 왕을 보호하기 위해 내시위들은 마지막 남은 기력을 쥐어짰다.

"전하, 조금만, 조금만 더 힘을 내시옵소서. 어떻게든 이곳을 벗어나기만 하면……."

왕의 뒤를 지키고 있던 내시위는 차마 말을 끝내지 못했다.

쉬익.

허공을 베는 소리와 함께 내시위가 마른 풀잎처럼 쓰러졌다.

"멍청한 녀석. 그 앞은 낭떠러지다. 이곳을 어찌 벗어난단 말이냐?"

칼을 휘두른 두박신의 신도가 이죽거리며 말했다.

왕은 침잠된 눈으로 뒤를 돌아보았다. 두박신의 신도가 말한 대로 천 길 낭떠러지가 버티고 있었다.

앞은 적이요, 뒤는 끝을 가늠할 수 없는 절벽이라.

"전하를 뫼시어라! 저 짐승 놈들이 감히 전하의 곁으로 다가가지 못하게 막아라!"

남아 있는 내시위들은 걸음을 멈추고 왕을 중심으로 둥글게 원을 그렸다. 마지막을 예감한 그들의 눈에 결연한 각오가 들어찼다.

허깨비처럼 다가온 두박신의 신도들이 포위하듯 그들을 감쌌다.

몰이사냥을 나온 사냥꾼들처럼 그들의 움직임엔 여유가 넘쳤다.

"주군을 지키겠다는 너희의 모습은 눈물겹도록 장하구나. 허나……."

길잡이를 하던 사내가 말과 동시에 칼을 휘둘렀다.

또 한 명의 내시위가 피를 흘리며 쓰러졌다. 피를 본 두박신의 신도들이 득달같이 달려들어 남은 내시위를 모조리 베고, 찔렀다.

쨍그랑.

처연한 쇳소리와 함께 마지막 남은 칼의 주인마저 바닥을 나뒹굴었다.

왕은 맨몸으로 수십 명의 적들과 마주 서게 되었다.

"마침내 두박신의 저주로부터 벗어날 수 있게 되었구나."

길잡이 사내가 키득키득 웃으며 칼을 들었다.

왕은 마지막까지 위엄을 잃지 않았다.

"네 이놈들! 감히 어느 앞이라고 막말을 입에 담는 것이냐?"

산자락을 울리는 위엄에 두박신의 신도들은 일순간 발을 멈추고 말았다. 저도 모르게 눈을 피하며 더러는 칼을 내리기도 하였다.

그러나 그것도 잠시.

"뭣들 하느냐? 고작해야 다 죽어가는 늙은이다. 귀녀님의 말씀을 잊었느냐? 저 늙은이의 목을 가져오는 자는 살아서는 천세 동안 부귀를 누리고, 죽어서는 극락에 들 것이라 하셨다."

사내가 두박신도들을 종용했다.

머뭇거리던 두박신도들은 부귀와 극락이라는 유혹에 다시 용기를 얻었다.

마지막이 다가오고 있었다.

왕은 눈을 감았다.

지난 시간이 주마등처럼 뇌리를 스치고 지나갔다.

죽음은 두렵지 않았다. 다만, 끝내지 못한 일이 미련으로 남을 뿐.

"그래도 왕세자가 있으니. 그 아이 덕에 안심하고 떠날 수 있겠구나."

왕의 입가에 한 줄기 옅은 미소가 떠오를 때였다.

카앙!

승냥이처럼 왕을 향해 달려드는 두박신도들 앞으로 은빛 섬광이 튀어 올랐다.

"뭐야?"

"누구냐?"

당황한 목소리가 여기저기서 튀어나왔다.

대답은 들려오지 않았다. 대신 참혹한 비명이 메아리가 되어 돌아왔다.

왕은 감은 눈을 떴다.

삿갓을 깊게 눌러쓴 사내가 왕의 눈에 들어왔다. 그를 시작으로 검은 무복을 입은 사내들이 두박신도들 사이를 종횡무진 활보하였다.

그렇게 얼마나 지났을까?

길잡이 하던 사내를 마지막으로 끊임없이 들려오던 비명이 거짓말처럼 사라졌다.

느닷없는 정적이 내려앉았다.

사람이 흘린 피가 작은 내를 이루었다. 진창으로 변한 땅은 걸음을 옮길 때마다 질척거렸다.

왕의 눈에 희망의 불꽃이 피어났다.

왕은 반가운 얼굴로 삿갓 사내와 그를 따르는 검은 무복의 사내들을 보았다.

"누군지 모르나, 참으로 고맙다. 내 그대에게……."

찰나, 아직 뜨거운 피가 마르지 않은 칼날이 왕의 목을 겨누었다.

"내게 고마워할 필요 없소. 당신의 목을 다른 이에게 넘겨주고 싶지 않아 그런 것뿐이니."

서늘한 목소리와 함께 사내가 머리에 쓴 삿갓을 벗었다. 화상으로 일그러진 얼굴이 드러났다.

왕과 사내의 시선이 허공중에 부딪쳤다.

왕의 눈매가 가늘어졌다.

"그대는 누구인가?"

사내, 민안선이 짧게 대답했다.

"두문회."

왕의 표정이 딱딱하게 굳었다. 죽음의 그림자는 여전히 왕의 발치에 드리워져 있었다.

두박신이 물러가니 두문회가 왕을 찾아왔다.

그리운 매화는 어느 곳에 피었는고

마지막 별마저 먹구름에 잠겼다.

쓸쓸히 남겨진 유등과 횃불들이 제 주인이 흘린 진득한 핏물 위에서 위태롭게 흔들렸다.

왕의 목을 겨눈 칼은 서늘한 한기를 머금고 있었다. 몇 사람을 베고 죽였건만, 칼은 여전히 피를 원했다.

왕은 지그시 눈을 감았다. 피비린내가 코끝을 찔러 왔다. 눈앞에 죽음이 머무르고 있었다.

크게 들숨을 들이마시며 왕은 감은 눈을 떴다.

"그대가 역도들의 수장인가?"

질문을 던지는 왕의 목소리는 상황과 어울리지 않게 잔잔했다.

일순, 민안선의 미간에 주름이 그려졌다.

조금도 동요하지 않는 왕의 모습에 그는 작은 충격과 함께 불쾌

함마저 느꼈다.

그러나 잠시 후, 민안선은 애써 감정을 갈무리하고 왕에게 되물었다.

"역도? 참으로 이상한 말을 하는구나. 내가 태어나고 자란 나라에 충성을 바친 것뿐이거늘 너희는 어찌 우릴 역도로 치부하는 것이냐? 나라를 뒤엎을 모략을 획책하는 자가 역도라면, 고려를 무너뜨린 너희야말로 진정한 역도가 아니더냐?"

왕은 엄숙한 표정으로 말했다.

"천하가 바뀐 지 오래거늘, 여전히 망령되이 옛것에 사로잡혀 세상을 바로 보려 하지 않는구나. 그대는 고려의 충신일지 모르나, 이 나라 조선엔 역도일 뿐이다."

민안선의 눈썹이 꿈틀거렸다.

"그대는 이 나라 조선이 옳다 생각하는가? 멀쩡한 나라를 뒤집고 불태우며 수많은 사람들의 죽음과 절망 위에 세워진 이 나라가 정녕 온전한 나라라고 말하고 있는 것인가?"

"고려가 어떤 나라였느냐? 왕과 귀족들은 백성의 안위보다 저희 배 채우기에 급급하였다. 굳고 정체되어 악취로 진동한 나라가 고려였다. 우물에 고인 물이 썩어 악취를 풍기면 썩은 물을 메우고 새 우물을 파야 하는 법이다. 악취 나는 우물을 살리고자 모두가 썩은 물을 먹게 할 순 없지 않은가?"

왕의 말에 민안선이 반박했다.

"물이 썩었으면 원인부터 찾았어야지. 무턱대고 새 우물을 판다고 깨끗한 물이 나오겠는가?"

"만약, 고려가 잘하였고 조선이 잘못하였으면 너희가 아니라 백성이 먼저 들고일어났을 것이다."

"백성들이 무탈하다 하여 이 나라 조선이 정당한 것은 아니다. 시간이 지나도 그른 것은 그른 것이고, 잘못된 것은 잘못된 것이다."

왕은 고개를 가로저었다.

"적어도 그대에겐 이 나라가 정당한지 그릇되었는지 물을 자격이 없다."

"무엇이?"

"그대 역시 고려의 명문이었으며, 귀족이 아니었던가? 부패한 나라가 백성들에게서 쥐어짠 고혈을 핥으며 호의호식하지 않았는가? 그러니 그대는 자격이 없다. 이 나라를 부정하고 심판할 권리는 산과 들을 가득 메운 백성들뿐이다."

"그럴듯한 말로 호도하지 마라. 백성이 심판할 거라고? 양반이 아닌 자 가운데 글을 아는 자가 몇이던가. 나라에 대한 자긍심도, 왕에 대한 충절도, 그것이 무엇인지 알고 배워야 깨칠 수 있는 게 아닌가?"

"그래서 그대가 무지한 백성들 대신 나섰단 말인가? 과연 그대가 하는 일이 백성 모두가 원한 일인가? 백성이 날 죽이고 조선을 무너뜨려달라 간청하였는가? 모두가 망국을 되살리길 바란단 말이냐?"

"오히려 내가 묻고 싶군. 고려가 조선이 되어 변한 것이 무엇이냐? 백성들의 삶이 바뀐 것이 무엇인가?"

왕은 한 치의 망설임도 없이 대답했다.

"달라지게 할 것이다. 부패한 고려가 할 수 없었던 것을, 해야만 했던 것을……."

왕은 민안선을 보며 말을 이었다.

"조선이 옳지 않다 하였는가? 정당하지 않다 하였는가? 어쩌면 그럴지도 모른다. 그렇다면 내가 만들겠다. 그대들이 탄식하며 거부한 이 나라 조선의 당위성. 나와 내 아들이, 그 아들의 아들들이 만들겠다."

"헛된 망상에 불과할 따름이다. 고려가 조선이 되었다 하여 부패하고 썩지 않을 거라 자신할 수 있는가?"

질문과 질문이 첨예하게 대립했다.

서로를 향한 말은 주고받는 대화가 아니라 일방적인 비방에 불과했다.

마음의 빗장을 굳게 걸어 닫은 채, 분노와 호통만으로 맞서니, 시간이 지날수록 상처만 늘어날 뿐이었다.

민안선이 분노한 표정으로 물었다.

"조선이 그리 정당하다면 답해라. 조선이 세워질 때의 아픔과 고통은 어쩔 수 없는 일이라 치자. 허면, 두문동의 의인들은 어찌 죽음으로 몰았는가? 그저 과거를 그리워하던 사람들이었다. 그저 초야에 묻혀 가족과 벗의 웃음을 보며 살아가길 원한 사람들이었다. 그런 사람들을 어찌하여 불태워 죽게 하였는가? 나라가 무엇인지, 충절이 무엇인지 아무것도 모르던 아이들을 어찌 죽음으로 내몰았단 말인가. 그 행동마저 정당하였다 말할 수 있는가?"

"……."

왕이 처음으로 침묵했다.

민안선의 한 맺힌 물음은 눈앞의 왕이 아닌 그 너머에 있는 다른 사람을 향한 것이었다.

질문은 계속되었다.

"안다. 그대의 죄가 아님을. 하여, 억울하겠지. 그러나 그대의 핏속에 죄가 흐르고 있음 또한 엄연한 사실. 그대가 누리는 권세와 향락이 그대의 선조가 지은 죄악의 유산임을 그대 또한 모르지 않

을 것이다. 그러니 답하라. 두문동의 억울한 죽음은 어찌 설명할
것이냐?"

침묵하던 왕이 입을 열었다.

"나 역시 묻겠노라. 그대의 야욕과 망국에 대한 충절로 얼마나
많은 사람들이 죽었는지 아는가? 그대 몇 명의 꿈과 염원을 위해
얼마나 많은 사람이 희생되었는지 그 수를 헤아려본 적 있는가?
진실로 묻고 싶다. 망국에 그만한 가치가 있는가?"

비수 같은 물음이 민안선의 가슴에 들이박혔다. 들키지 말아야
할 치부를 들킨 느낌이었다. 뱃속이 뜨거워졌다.

민안선은 왕의 목에 칼을 바싹 들이밀었다.

"두렵지 않은가?"

그의 협박에 왕은 나직하게 웃었다.

"무엇이 두렵단 말인가? 그대가 두려운가 묻는 것이냐? 그것이 아
니라면 내 목을 겨누고 있는 이 쇠붙이가 두려운가 묻는 것이냐?"

"뭐라?"

"차라리 그대가 나의 무능과 무책임을 따져 물었다면 나는 좌절
하고 슬퍼하였을 것이다. 허나, 그대는 고작해야 이따위 날붙이로
사람을 위협하는 날도적에 불과한 자다. 고작 날도적 따위를 내가
두려워할 것 같은가? 그 날도적이 들이미는 쇠붙이 따위가 감히
날 겁박할 수 있으리라 생각하느냐?"

"그 보잘것없는 쇠붙이가 그대를 죽게 만들 수 있다. 이 하찮은
칼이 그대를 지고한 자리에서 굴러떨어지게 할 수 있다."

"해보아라. 칼로 그대가 얻을 수 있는 것은 이 늙은 사람의 머리
뿐이다. 나보다 더 뛰어나고 더 굳은 신념을 가진 세자가 뒤를 이
을 것이니, 그대가 원하는 것은 영원히 이룰 수 없을 것이다."

왕의 말에 민안선의 얼굴이 일그러졌다.

그때였다.

"죽이시오. 왕이란 작자도 원하지 않소?"

이죽거리는 말과 함께 숲 저편에서 거대한 그림자가 걸어 나왔다.

민안선의 눈이 커졌다.

"충샨."

숲의 어둠을 뚫고 나온 사람은 다름 아닌, 충샨이었다.

충샨의 뒤로 무리를 지어 사냥하는 승냥이 떼처럼 수십 명의 야인이 모습을 드러냈다.

"오랜만이오, 단주."

충샨이 히죽 웃음을 보였다.

민안선은 그를 향해 싸늘한 눈빛을 보냈다.

"서로 안부를 물을 만한 사이는 아닌 것 같은데."

"죽은 줄 알았던 사람이 살아 있는 걸 보니 반가운 마음이 앞서고 말았구려. 이해하시오. 그나저나 용케도 살아 있구려. 과연 단주는 재주가 비상하시오. 핫핫."

"다행히 하늘이 도와 살 수 있었지. 그러는 네놈이야말로 큰일을 겪은 모양이구나."

충샨의 옷은 불에 반쯤 타 검게 그슬려 있었고, 겉으로 드러난 몸에도 크고 작은 상처가 가득했다.

"오는 도중 귀찮은 일을 겪어서 말이오."

"무슨 일인지는 모르나, 꼴을 보아하니 살아 있는 게 다행이었던 것 같군."

"단주 앞에서 체면이 말이 아니외다. 그래서 지금부터라도 빚을 갚아볼 심산이오."

하나밖에 없는 충산의 눈에 진득한 살기가 피어올랐다.

그는 저벅저벅 큰 보폭으로 걸어 나왔다.

"멈춰라!"

민안선이 소리쳤다.

그 거친 기세에 충산은 저도 모르게 발을 멈추었다.

"이런. 보아하니 단주께선 아직 북방에서의 일을 마음에 담아두고 계신 모양이군."

"단지 마음에만 담아두었을까?"

"이거 섭섭하군. 단주라면 날 이해해 줄 줄 알았는데 말이오."

"이해? 내가 네놈을 이해해?"

"한때는 같은 목적을 위해 손을 잡았던 우리가 아니오. 목적을 위해서라면 수단과 방법을 가리지 않는 단주의 모습이 나와 다르지 않다 생각하고 있었소. 물론, 북방에서는 잠시 서로의 뜻이 달라 충돌하긴 했지만, 득실을 따지다 보니 그리된 것이지 단주에게 사심이 있었던 건 아니었소."

"지금은 그때와 다르단 말이냐?"

민안선의 물음에 충산이 왕을 턱짓했다.

"공동의 적이 있지 않소? 적당히 반씩 나눠 가집시다."

"……싫다면?"

"내 북방에서의 빚도 있으니 단주에겐 한발 양보하리다."

"무슨 소리냐?"

"단주에게 왕을 죽이는 기쁨을 허락하겠소. 대신 내겐 왕의 시체를 주시오. 내 긴요하게 써먹을 데가 있어서 말이오."

충샨의 요구를 민안선은 단칼에 거부했다.

"거절한다."

"흐흐흐."

충샨의 웃음이 낮아졌다. 웃음이 사라진 그의 얼굴에 건조한 살기가 해일처럼 넘실거렸다.

"예전부터 느낀 것인데, 단주는 참…… 융통성이 없으시오. 이쯤하였으면 적당히 양보도 하셔야지. 수하들 앞에서 그리 면박을 주면, 나도 체면이 상하지 않겠소? 그래서 나도 모르게 이렇게……."

말과 함께 충샨은 짧은 손도끼를 꺼내 왕을 향해 날렸다.

순간, 믿을 수 없는 일이 벌어졌다. 왕의 목을 겨누고 있던 민안선의 칼이 충샨이 던진 손도끼를 쳐 낸 것이다.

"이것 봐라."

충샨의 입아귀가 비틀어졌다.

"어째 분위기가 묘하다 했더니, 이제 보니 단주께선 왕과 손을 잡은 모양이군. 오호라, 그렇게 됐단 말이지."

충샨이 굽은 어깨를 폈다.

"차라리 잘된 일. 어차피 다 쓸어버릴 작정이었으니. 다들 쳐라!"

충샨의 명이 떨어지자 절벽 주위를 감싼 야인들이 파도처럼 몰아쳤다.

민안선 역시 큰 소리로 수하들에게 명을 내렸다.

"야인들을 막아라!"

두문회의 마지막 상주(喪主)들이 일제히 검을 뽑고 야인들과 맞섰다.

충산을 중심으로 야인들은 그야말로 미친 듯 날뛰었다.

민안선과 그를 따르는 두문회의 무사들은 왕을 지키기 위해 필사적으로 싸웠다.

그들은 뛰어난 실력과 그에 버금가는 의지로 적을 대했다. 그러나 수적 열세를 이겨내긴 어려웠다.

결국, 왕을 지키던 내시위들처럼 그들 또한 한 명씩 피를 흘리며 쓰러져갔다.

민안선을 몰아치는 충산의 얼굴에 비웃음이 걸렸다.

"이해할 수 없구나. 네놈들이 원한 것은 조선의 멸망이 아니더냐. 헌데 어찌하여 조선의 왕을 보호하는 것이냐? 이거야말로 광대의 놀이보다 더 우스꽝스러운 광경이 아니냐?"

짓쳐들어오는 칼날을 쳐내며 민안선이 대답했다.

"죽여도 우리가 죽이고, 살려도 우리가 살린다. 어찌 굶주린 이리 떼에게 복수의 기회를 넘길 수 있단 말이냐?"

"그게 무슨 헛소리냐? 이유가 무엇이건 결국 넌 지금 이 나라의 왕을 보호하고 있지 않으냐?"

"단순히 죽이기 위해 싸울 것이면, 이리 오래도록 인내하지도 않았다. 나라를 잃은 슬픔과 원한, 그 고통을 너희가 어찌 알겠느냐?"

왕을 죽이는 게 목적이 아니었다.

두문회의 목적은 오래전부터 오로지 하나뿐이었다.

잃어버린 나라를 되찾는 것.

엉망으로 흐트러진 것을 바로잡아 본래의 자리에 되돌려놓는 것.

수십 년 동안 오직 그 하나의 목적만을 위해 살아왔다.

많은 고난과 유혹이 있었다.

그럼에도 단 한 번도 뒤를 돌아보지 않았다.

어린 여식과 아내의 눈물을 무참히 외면한 채, 그저 앞만 보고 달렸거늘.

그래, 충산의 말은 틀리지 않았다.

역설적이게도 지금 그는 조선의 왕을 지키기 위해 칼을 휘두르고 있었다. 아니, 비단 민안선 하나만이 아니었다.

두문회의 무사들. 일평생 복수만을 염원하던 그들 모두가 왕을 지키다 죽어가고 있었다.

더욱 이상한 것은 그리 허무하게 죽어가는 무사들의 얼굴에 억울함보다 후련함이 깃들어 있다는 것이다. 마치 이 순간을 위해 살아온 것처럼 그들은 기꺼운 마음으로 죽음을 맞이했다.

무사들이 죽어갈 때마다 그 목숨만큼의 무게가 민안선의 어깨에 올려졌다.

민안선은 바닥으로 허물어지는 수하들과 시선을 마주했다.

'잘들 가시게. 마지막까지 나를 믿어주어 고맙네.'

'단주님께 너무 큰 짐을 넘겨드리는 것 같아 송구합니다.'

'부탁합니다, 단주님.'

피비린내가 진동하는 서러운 싸움의 한복판에 소리 없는 말들이 부나방처럼 날아올랐다.

그렇게 하나둘 덧없이 생명들이 부스러지고, 결국 왕과 민안선만이 남게 되었다.

민안선은 거친 숨을 토해냈다.

뒤는 천 길 낭떠러지, 앞은 피를 뒤집어쓴 야인들.

여전히 왕을 지키고 선 그에게 충산이 말을 건넸다.

"제법이구나. 장사만 잘하는 줄 알았는데, 검 또한 이리 잘 쓰는 줄 미처 몰랐구나."

"네놈이 모르는 게 어디 그뿐인 줄 아느냐?"

"마지막까지 입은 살아 있구나. 오냐, 뭐든 다 들어주마. 마지막 유언이 무엇이냐?"

"너희가 모두 죽길 바란다."

"아쉽게도 그 소원은 이룰 수 없겠구나."

"그럴지도 모르지. 그러나 너 하나쯤은 길동무로 삼아야겠다."

"흐흐흐. 아직 헛소리 지껄일 힘이 남아 있는 모양이구나."

마주 선 민안선과 충샨의 사이로 팽팽한 살기가 피어올랐다.

바로 그때였다.

틈을 노리던 야인 하나가 왕을 기습했다.

"죽어랏!"

"어림없다."

민안선은 본능적으로 왕을 감싸 안았다.

촤악!

야인의 칼날에 민안선의 등이 길게 찢어졌다.

그 소란을 노린 충샨이 검을 크게 휘둘렀다.

"하하하. 결국, 내 검에 둘이 함께 죽게 되겠구나. 조선의 왕과 망국의 충신. 사이좋게 저승으로 가거라."

"어림⋯⋯없다."

번개처럼 달려드는 충샨의 칼을 민안선은 가까스로 막아냈다.

그러나 거기까지였다. 충샨의 힘에 밀린 민안선은 그대로 낭떠러지로 미끄러졌다.

휘잉.

서늘한 바람이 민안선의 귓전을 두드렸다.

허공을 유영하는 부유감.

발아래에 딛고 설 수 있는 것이 아무것도 없었다.

죽음을 예감한 민안선은 눈을 감았다.

저승사자가 등 뒤에 매달린 듯 느껴졌다. 생사의 경계선이 일순간에 허물어졌다.

"으윽."

다급한 신음과 함께 떨어지는 민안선의 팔을 누군가 붙들었다.

민안선은 천천히 눈을 떴다. 이내 그의 망막에 주름진 얼굴 하나가 맺혔다.

왕이었다.

❀

"이건 또 무슨 그림이냐?"

충샨은 배를 잡고 웃었다.

"역도의 무리가 왕을 지키더니, 이번에는 왕이 역도의 수장을 구해? 참으로 이해가 되지 않는 자들이구나. 아니, 어리석다 못해 멍청한 자들이 아니냐?"

끌끌 혀를 차는 충샨에게 왕은 호통치듯 말했다.

"닥쳐라! 네가 어찌 사람의 도리를 알겠느냐?"

"사람의 도리? 너희 족속들은 원수지간에도 그깟 도리를 찾느냐?"

충샨이 어이없다는 표정으로 왕과 민안선을 번갈아 보았다.

왕은 충샨을 외면한 채, 민안선에게 시선을 주었다.

"발 디딜 만한 곳이 있겠느냐?"

민안선은 고개를 저었다. 발끝에 걸리는 것은 아무것도 없었다.

문득 의지할 곳 하나 없는 지금의 상황이 지금껏 살아온 삶과 다를 바 없게 느껴졌다. 이상하게도 가슴 한구석이 시려왔다.

그러다 이내 민안선은 쓸쓸한 미소를 입가에 떠올렸다.

자신에게 손 내민 사람이 어찌 없었을까. 다만, 그 따스한 온정을 그저 거칠게 뿌리쳤을 뿐.

복수만을 가슴에 품고 살아온 위태로운 나날들이 허망했다.

쓰게 웃던 민안선이 왕을 올려다보았다.

"그 손, 놓으시오."

왕은 완강하게 고개를 저었다.

"못 놓는다. 아니, 놓아줄 수 없다."

"어찌하여?"

"너는 내게 듣고 싶은 말이 있지 않더냐?"

있었다. 미안하다는 사죄의 말.

몹쓸 짓을 하였다며 진심으로 머리를 숙이는 모습을 보고 싶었다.

비록 지금의 왕이 한 일은 아닐지언정, 그의 사죄를 통해 과거의 한을 보상받고 싶었다.

그래야 먼저 간 동료들에게 우리의 삶이 덧없지 않았노라 말할 수 있지 않겠는가.

민안선은 왕의 말을 떠올렸다.

칼로 위협하는 한 그 무엇도 얻을 수 없을 것이라 하였다.

왕의 말은 사실이었다.

그가 칼을 버리니 왕은 비로소 마음을 열었다.

"아쉽군."

민안선의 입에서 탄식 섞인 한마디가 흘러나왔다.

이런 사람인 줄 진즉 알았다면, 하찮은 쇠붙이 따위 손에 들지 않았을 것을.

후회하는 그의 머리 위로 왕의 음성이 떨어졌다.

"우리는 서로를 원망만 하지 않았더냐? 정작 대화다운 대화는 실낱만큼도 못 하지 않았느냐? 이제야 제대로 마음을 터놓을 수 있게 되었는데, 어찌 그만둘 수 있단 말이냐? 얼마든지 해보아라. 내 다 듣겠다. 그리고 반성할 것이 있으면 반성하고 사죄할 것이 있으면 사죄하겠다. 또한, 그대를 벌할 것이다. 감히 이 나라를 전복하고 나에게 위해를 가하려 한 죄를 물어 죗값을 받아내야겠다. 그러니 살아라."

"……."

"나와 나의 아들이 만들 세상을 그대에게 보여주고 싶다. 그것을 다 보고, 다 들은 후에도 그대가 옳았는지 말해 다오. 그때까지 그대는 죽을 수 없다. 그대의 죽음, 내가 허락하지 않는다."

왕의 눈은 진심을 말하고 있었다.

그제야 민안선은 깨달았다.

오늘의 죄를 심판하는 건, 지나간 날만을 마냥 그리워하는 허깨비가 아니다. 옳고 그름을 판단하는 건 다음 세대의 역할이었다.

옛사람의 한도 분노도 그렇다고 슬픔도 아닌, 역사라는 이름의 준엄한 시선.

이 시대의 잘못은 다음 시대가 판단하리라.

고려가 망했듯, 이 나라 조선이 무능하고 부패하면, 먼 훗날 우리의 후손이자 우리의 아이들이 이 땅과 나라를 바꾸리라.

"함께 살자. 함께 이 나라에서 살자."

왕이 고통으로 얼룩진 얼굴로 말했다.

민안선을 잡은 왕의 팔이 피로 얼룩졌다.

아마도 야인들과의 싸움에서 입은 상처이리라.

저 팔로 얼마나 버틸 수 있을 것인가.

그럼에도 왕은 포기하지 않았다.

왕의 절실함이 민안선에게 고스란히 전해졌다.

"이놈들! 어디서 헛수작이냐? 오냐. 그리 원한다면 함께 죽여주마."

충샨이 왕의 뒤통수를 향해 검을 치켜들었다.

동시에 민안선은 품에 숨겨둔 단도를 꺼냈다.

민안선이 저승길 동무로 충샨을 선택하는 그 순간.

"멈춰라!"

멀리서 귓전을 찢는 매서운 고함이 들려왔다.

저를 부르는 소리에 충샨은 자신도 모르게 고개를 돌렸다.

쉬리리릿!

날카로운 소리와 함께 바람을 가르고 날아온 화살이 충샨의 남
아 있던 한쪽 눈에 박혔다.

"으아아악!"

충샨의 비명이 절벽 곳곳에 부딪쳐 산산조각 났다.

먼 길을 돌아오느라 뒤늦게 도착한 향은 그간의 초조함을 한꺼
번에 터트리듯 쉴 새 없이 수노기를 쏘아댔다.

사방으로 쏟아진 화살에 야인들은 속절없이 쓰러졌다.

"혁아! 주상 전하를……."

향이 명령을 내렸다.

이내 재주를 부리듯 말에서 뛰어내린 무혁이 앞을 가로막는 야인들을 뛰어넘고 제치며 순식간에 충샨의 앞에 다다랐다.

"으아악! 눈이……. 내 눈이! 망할 놈들. 모조리 죽여버리고 말겠다."

두 눈을 모두 잃은 충샨은 미친 듯 사방으로 칼을 휘둘렀다.

섬뜩하기 이를 데 없는 모습이었지만, 앞을 못 보게 된 이상 무혁의 상대가 될 수는 없었다.

푹!

서늘한 소음과 함께 무혁의 검이 충샨의 심장에 박혔다.

마지막 발악이라도 하는 듯 몇 번 더 검을 휘두른 충샨의 입가로 붉은 핏물이 흘러내렸다.

"이런 망할 것……들."

잠시 후, 충샨의 거대한 몸이 바닥으로 고꾸라졌다.

충샨의 죽음에 야인들은 상처 입은 짐승처럼 으르렁거렸다.

"족장이 쓰러졌다!"

"복수를!"

그에 맞서는 외침도 들려왔다.

"주상 전하를 보호하라!"

"세자 저하를 도와 야인들을 몰아내자!"

뒤늦게 도착한 조선의 무장들이 거대한 파도를 만들며 야인들과 한데 뒤엉켰다.

절벽 끝에 버티고 있던 왕이 민안선을 내려다보았다.

"조금만 버텨라. 세자가 왔다. 이제 죽지 않아도 된단 말이다."

물끄러미 왕을 올려다보던 민안선은 고개를 저었다.

이대로 간다면 민안선은 물론 왕마저도 벼랑 아래로 떨어지고 말 것이다.

역도에 불과한 자신을 살리기 위해 필사적으로 발버둥 치는 왕의 모습에, 딱딱하게 굳은 그의 심장에 균열이 일었다.

"그만 놓아……주십시오."

왕이 고개를 저었다.

"아니 된다. 너는 아직 듣지 못하지 않았느냐? 보지 못하지 않았느냐?"

"보지 않아도……. 듣지 않아도……. 당신이 만들, 염원하는 나라가 어떤 모습인지 알 것 같습니다. 그러니…… 그만 나를 놓아주십시오."

"네가 어찌 안단 말이냐? 네가 직접 보아라. 그 두 눈으로 직접 보고, 두 귀로 직접 들으란 말이다."

민안선의 얼굴에 웃음이 떠올랐다.

진심으로 웃어보는 게 얼마 만인지.

그의 뇌리로 편린처럼 부서진 기억들이 떠올랐다.

그에게도 행복에 겨워 웃음 짓던 시간이 있었더랬다.

그 따뜻한 기억들을 되새기며 민안선은 왕을 향해 나지막이 말했다.

"부탁합니다. 이 나라를……."

그리고…….

민안선은 마른침을 삼켰다.

문득 한 사람의 이름이 그의 입안을 가득 채웠다.

감히 자신의 입에 담기엔 너무도 가엾고 미안한 그 이름.

……해루야.

'아버지.'

여식의 사랑스러운 목소리가 환청이 되어 그의 귓전을 두드렸다.

'아버지가 좋습니다. 아버지의 딸이라서 저는 행복합니다.'

언젠가 아비의 얼굴에 제 보드라운 볼을 비비던 어린 여식의 모습이 떠올랐다.

너무도 작고 조그마했던 아이.

차마 아까워 힘주어 끌어안지도 못했던 그 아이를…….

민안선은 뿌옇게 흐려진 눈으로 왕을 응시했다.

내 딸 해루를…….

"……부탁합니다."

왕의 손을 뿌리친 민안선은 천 길 낭떠러지로 떨어졌다.

"안 돼!"

왕의 비명이 벼랑을 메아리쳤다.

간절한 외침을 뒤로한 채 민안선은 낭떠러지 아래, 거칠게 흐르는 급류 속으로 빨려 들듯 사라져버렸다.

눈 올라나, 비가 올라나, 억수장마 질라나
만수산 검은 구름이 막 모여든다
백설이 잦아진 골에 구름이 머물레라
그리운 매화는 어느 곳에 피었는고
석양에 홀로 서서 갈 곳 몰라 하노라

—정선아리랑 사설 중에서

귀환(歸還)

　밤을 머금은 강물은 괴성을 지르며 계곡 아래를 굽이쳐 내려갔다.

　저 강은 대체 얼마나 오랜 시간 이곳을 흘러갔을까? 얼마나 많은 참상과 슬픔을 보았기에 사람 하나를 삼키고도 고작 작은 거품만을 뱉는단 말인가.

　왕은 텅 빈 손을 내려다보았다.

　잃어버리고 말았다.

　변명의 시간도 없이, 속죄할 기회마저 주지 않은 채 사내는 떠나버렸다.

　할 말이 많았거늘.

　듣고 싶은 말 또한 많았거늘.

　변명으로 들릴지언정, 해주고 싶은 말이 많았거늘.

상처와 고통으로 무거워진 사내의 어깨를 다독여주고 싶었건만.

그러나 한 많은 눈빛의 사내를 손아귀에서 놓치고 말았다.

폐부 깊은 곳에서 헛헛한 바람이 새어 나왔다.

향이 왕에게 다가갔을 때도 왕은 여전히 텅 빈 손을 내려다보고 있었다.

"아바마마."

부르는 소리에도 왕은 고개조차 돌리지 않았다.

아비의 눈에 맺힌 깊은 상실감.

아들이 물었다.

"누구입니까?"

향은 왕과 어깨를 나란히 하고, 왕이 내려다보는 그 계곡을 굽어보았다.

누구이기에 그리 아쉬워하십니까?

어찌하여 그리 안타까운 얼굴입니까?

왕이 무겁게 닫혀 있던 입술을 뗐다.

"길동무다."

"……."

"비록 가는 길은 달라도, 같은 곳을 향해 걷는……. 가장 먼 곳에 있으면서도 서로를 가장 잘 아는……. 그런 사람이다."

왕의 한탄 어린 중얼거림에 향은 생각에 잠겼다.

길동무이나 함께 걷지 아니하고, 먼 곳에 있으나 서로를 가장 잘 아는 사람.

향이 아는 한, 그런 사람은 천하에 오직 둘뿐이었다.

이제는 세상에 없는 친구와 생사를 맞대고 싸울 원수.

"그러고 보니 벗의 이름조차 모르는구나."

아쉬운 한숨 속에 탄식이 얼룩처럼 남아 있었다.

그러나 먼 여정에 영원한 동반자는 없는 법.

기쁨도 슬픔도 모두 묻어두어야 한다. 버려두어야 한다. 그래야 지친 걸음일망정 다시 옮길 수 있지 않겠는가.

미련을 털어내듯 왕은 빈 허공을 그러잡으며 자리에서 일어섰다.

"향아, 돌아가자. 내가 내 벗에게 약조를 하였느니. 지금보다 더 좋은 세상을 만들겠다고. 더 좋은 나라에서 내 백성을 살게 하겠다고 약조하였느니라."

걸음을 옮기는 왕의 곁을 향이 단단히 지켰다.

어느덧 밤이 물러가고, 희붐하게 새벽이 밝아왔다.

어두운 밤길을 더듬을 때는 마냥 거칠던 길이었건만, 되돌아가는 길은 수월하였다.

왕은 왕세자와 무사들의 호위를 받으며 산을 내려갔다.

얼마나 갔을까?

수풀이 어지럽게 자란 산길을 걷노라니, 웅성거리는 사람의 목소리가 들려왔다.

왕은 눈매를 가늘게 여몄다.

"저들은 또 뉘더냐?"

자라 보고 놀란 가슴, 솥뚜껑 보고 놀란다고, 행여 살아남은 야인들은 아닐까 하여 왕의 얼굴이 찌푸려졌다.

그때 왕의 귓가에 향의 목소리가 들려왔다.

"저것은…… 아무래도 화거 같습니다."

"화거?"

화거라면 왕세자가 초씨공방에서 만들던 무기가 아니던가.

"그것을 온궁으로 가져왔단 말이냐?"

왕의 물음에 왕세자는 조용히 고개를 숙였다.

"도성 근처에서는 시험하기가 마땅치 않기에 이곳으로 가져왔사옵니다."

왕은 미심쩍은 눈으로 왕세자를 바라보았다.

"혹여 이번 온천행을 내게 권유한 것이 화거 때문은 아니겠지?"

향은 대답 대신 먼 허공으로 시선을 돌렸다.

왕의 눈가가 실룩거릴 때였다.

"세자 저하!"

앓는 소리를 내며 수레를 끌던 신루 학자들이 왕세자 일행을 알아보고 한달음에 달려왔다.

"여기 계셨사옵니까?"

"무사하셔서 얼마나 기쁜지 모르옵니다."

김담을 비롯한 신루 학자들, 그리고 삼문은 반짝이는 눈으로 왕세자를 바라보았다.

"다들 무사하였구나."

향은 학자들과 일일이 손을 맞잡았다.

김담과 심운기는 반가운 얼굴로 그와 시선을 마주했고, 양여섭은 연신 눈물을 훔쳐냈다.

왕세자께서 막 삼문의 손을 잡으려는 찰나.

"험험."

내내 향의 뒤편에 서 있던 왕께서 불쑥 앞으로 나섰다.

하얀 잠방이 차림인지라, 미처 왕을 알아보지 못한 신루 학자들의 눈이 휘둥그렇게 커졌다.

"저…… 전하……!"

김담과 심운기, 양여섭은 서둘러 바닥에 머리를 조아렸다.

삼문만이 멀뚱멀뚱 영문을 모르겠다는 표정으로 왕과 바닥에 엎드려 있는 신루 학자들을 번갈아 보았다.

보다 못한 양여섭이 삼문을 반강제로 꿇어 앉혔다.

"뭐 하는 것이냐? 주상 전하시다. 어디라고 허리를 꼿꼿하게 세우느냐? 네가 죽고 싶은 것이냐?"

잔뜩 숨죽인 양여섭의 말에 삼문은 입을 떠억 벌렸다.

"누, 누구시라고요? 전하……시라면…… 여기 계시는 이분은……."

"왕이지."

왕께서 씨익, 장난기 가득한 웃음을 삼문에게 보였다.

"으아아앗, 전하!"

삼문이 황급히 바닥에 머리를 조아렸다.

흐뭇한 눈길로 그들을 바라보던 왕께서 왕세자에게로 시선을 돌렸다.

"어찌 된 일인지 말해 보아라. 화거로 무얼 어찌한 것이냐?"

"소자가 아뢰는 것보다 직접 화거의 시험 발사를 끝낸 학자들이 소상히 말씀 올리는 것이 나을 듯하옵니다."

왕세자가 학자들을 자리에서 일어나게 하였다.

"야인들과 싸우던 중 화거에서 발사된 듯한 뇌우(雷雨)를 보았다."

양여섭, 김담, 심운기가 동시에 대답했다.

"그걸 보셨습니까?"

"시험 발사……. 아니, 실전 사격에 성공하였습니다."

"혹여, 쏟아지는 뇌우에 다치지는 않으셨습니까?"

향이 웃으며 고개를 끄덕였다.

"역시 그랬구나. 화거 덕에 큰 피해를 막을 수 있었다. 고생 많았다. 김 학사, 심 학사, 양 학사, 정말 고맙다."

학자들은 서로를 돌아보며 씩 웃었다.

이야기에 끼지 못한 삼문이 슬그머니 양여섭의 옆구리를 찔렀다.

"뭐 하십니까?"

"무얼?"

양여섭이 멀뚱한 얼굴로 되물었다. 답답하다는 듯 가슴을 치던 삼문이 왕과 왕세자를 향해 머리를 조아렸다.

"하하, 실은 그 뇌우에 저도 한몫 단단히 했습니다."

너스레를 떨며 삼문은 코끝을 비볐다. 시커먼 손으로 비빈 탓에 코 아래가 검게 변했다.

그 모습을 본 양여섭이 혀를 쯧쯧 찼다.

"코밑에 검댕이나 닦고 그런 소리를 해라. 동네 바보가 널 보면 형님, 하며 따르겠구나."

"그게 밤새 죽어라 수레를 끌고 다닌 사람에게 할 소립니까?"

"너만 끌었느냐? 나도 한 힘 보탰다."

"그 덕에 수레가 도랑에 빠져 애를 먹었지요. 두 번만 힘을 보탰다간 멀쩡한 수레, 절벽으로 밀어버리겠습니다."

"뭐야?"

"됐습니다. 그리 잘하신다니 더는 제가 소용없겠습니다."

"무슨 소리냐?"

"짧게 말해 더는 수레를 끌지 않겠다는 소립니다."

"그럼 저 수레는 누가 끄느냐?"

"난들 알겠습니까? 남은 분들이 사이좋게 끌겠지요."

삼문이 마음 상했다는 듯 팽, 앵돌아진 표정을 하자 양여섭 역시 지지 않고 눈썹을 위로 치켜세웠다.

"그러라면 못 그럴 줄 아느냐? 수레 끌 사람이야 얼마든지 구할 수 있다."

그때, 심운기가 대뜸 양여섭의 뒤통수를 후려갈겼다.

"아얏! 왜 때리는가? 내 언젠가 그 못된 손버릇을 고치고야 말 것이야."

"내 못된 손버릇 고치기 전에 못된 자네 혓바닥부터 어찌하게."

"내가 무얼 어찌했다고?"

왕과 왕세자는 티격태격하는 학사들을 흐뭇한 얼굴로 바라보았다.

그러다 문득 궁금하다는 듯 향이 물었다.

"헌데, 야인들이 있는 곳은 어찌 알고 화거를 쏘았는가? 계곡이 깊어 이곳의 상황을 알기 어려웠을 터인데."

김담이 대답했다.

"권 승휘마마 덕분이옵니다."

양여섭이 거들었다.

"뭐, 저기 앉아 있는 삼문이도 도움이 되었습니다. 큰 도움은 아니고, 아주 작은 도움이었지요. 높은 나무 위에 올라 정확한 지점을 알려주었으니까요."

양여섭이 모처럼 칭찬했음에도 삼문은 불퉁한 얼굴로 고개를 획 돌려버렸다.

"사람을 놀리는 것도 아니고, 나무라다 칭찬하다 수시로 바뀌니 어지러워 정신을 못 차리겠네."

투덜대는 삼문의 귀가 붉게 변했다.

피식, 터져 나오는 웃음을 참던 향이 불현듯 먼 하늘을 보며 중얼거렸다.

"역시 해루, 너였구나."

꼭 필요한 시기에, 적절하게 날아든 뇌우를 보고 해루를 떠올렸다.

혹시나 하였더니, 역시나 그러했다.

향은 버릇처럼 해루를 찾았다. 그런데 마땅히 있어야 할 해루의 모습이 보이지 않았다.

"승휘는 어디에 있느냐?"

"온궁으로 가야 한다며 한발 앞서 떠났습니다."

"그래?"

향은 산 아래, 반쯤 불탄 온궁을 내려다보았다. 그의 반듯하던 이마에 굵은 주름이 그려졌다.

또 무슨 일이더냐?

또 무얼 본 것이더냐?

무엇이 그리 급하여 나를 기다리지도 않고 먼저 간 것이냐?

"돌아가자."

향은 서둘러 명을 내렸다. 그의 행동이 좀 전보다 빨라졌다.

기다려라, 해루야.

부디 아무 일도 없어야 한다.

내가 널 다시 만날 때까지…….

네 손 잡고 기쁘게 웃을 때까지…….

털끝 하나 다쳐서는 아니 된다.

왕의 허락을 얻은 향은 온궁으로 힘차게 말을 달렸다. 불안한 마음이 목구멍을 가득 채워 견딜 수가 없었다.

성문 근방은 타다 만 불길과 시신들로 아비규환이 따로 없었다.

향은 저도 모르게 이를 악물었다.

뱃속 깊은 곳에서 야인들에 대한 분노가 치밀어 올랐다.

살아 있는 자의 생기로 넘쳐나던 곳에 울음과 비명이 흘러넘치게 되었으니, 이 원한을 어찌 갚아야 한단 말인가.

힘이 없어서였다. 약해 보였기에 이리도 무참한 짓을 서슴없이 저지르는 것이다.

말고삐를 강하게 틀어쥐며, 향은 부국(富國)하려면 먼저 강병(強兵)해야 함을 뼈 마디마디에 아로새겼다.

바로 그때였다.

날카로운 비명이 그의 귓전을 찢었다.

"아아악! 사, 살려줘!"

향은 급히 말고삐를 돌렸다.

검은 연기를 가르며 달려가자 마을 외곽의 공터가 나왔다.

한 무리의 야인들이 여인들을 둘러싸고 있었다. 조선군의 반격에 허겁지겁 달아나던 야인들이 우연히 고귀해 보이는 여인들을 발견하고는 다짜고짜 잡으려 한 것이었다.

싸움에서 패한 그들이 국경을 무사히 넘으려면 특별한 방패막이가 필요했다. 고귀해 보이는 여인들은 그 역할에 충분히 부합하는 존재였다.

하지만 그들은 음흉한 속내를 쉽게 이룰 수 없었다.

쫓고 쫓기는 와중에 난데없이 한 사내가 나타나 그들을 방해한 탓이다. 바람처럼, 때론 구름처럼, 뛰고 구르며 사내는 야인들을 교묘하게 밀어냈다.

약이 바짝 오른 야인들은 사내를 잡기 위해 혈안이 되었다.

제아무리 날고뛰는 재주를 가졌다 한들, 저쪽은 한 명이고 이쪽은 여럿이었다.

버텨낼 재간이 없으리라.

그러나 야인들의 예상을 비웃기라도 하듯 사내는 위기의 순간마다 신묘하게 몸을 움직여 공격을 피해냈고, 심지어 반격까지 하였다.

그렇게 얼마나 지났을까?

무슨 연유에서인지, 몹시 지쳐 있던 사내는 결국 실수를 범하였다. 등 뒤로 돌아가는 야인 하나를 막아내지 못한 것이다.

"이 계집들을 살리고 싶다면, 당장 그 칼을 내려놓아라."

여인의 턱에 시퍼런 칼날을 들이대며 야인이 소리쳤다.

분한 눈길로 야인과 여인들을 번갈아 보던 사내가 마지못해 손에 든 칼을 내려놓았다.

"그래. 그렇게 해야지."

야인의 얼굴에 히죽, 비웃음이 서렸다.

사내는 거칠게 아랫입술을 말아 물었다.

팽팽하게 대치한 상황.

금방이라도 터져버릴 듯 공기가 부풀어 오를 때였다.

"멈춰라!"

숨 막히는 상황 속으로 향이 뛰어들었다. 그는 거침없이 싸움 한복판으로 말을 달렸다.

순식간에 적과 아군이 갈라졌다. 느닷없는 상황에 적군과 아군 모두가 당황했다.

그 찰나의 틈새를 놓치지 않고 향은 수노기를 발사하였다. 야인 셋이 바닥으로 거꾸러졌다.

그 틈에 여인들을 지키던 사내가 다시 칼을 집어 들고 야인들을 향해 날개 펼친 매처럼 매서운 공격을 퍼부었다.

"도, 도망치자!"

향과 사내의 압도적인 공격에 질겁한 야인들은 꽁지가 빠져라 달아났다.

몰이하듯 야인들을 뒤쫓던 향이 다시 사내에게로 되돌아왔다.

"그대가 이곳엔 어쩐 일인가?"

야인들을 상대로 고군분투하던 사내는 대답 대신 그 자리에 벌 렁 누워버렸다.

그의 곁으로 바싹 다가선 향이 물었다.

"이순지, 그대는 도성에 있어야 하지 않느냐? 일어나라. 일어나서 무슨 일이 어찌 된 것인지 말해 보라."

무엄하게도 왕세자의 앞에서 벌렁 드러누워 있던 사내, 순지가 손을 흔들었다.

"허억. 허억. 전 이제 완전히 지쳐버렸습니다. 손가락 하나 까딱 하지 못할 지경입니다."

향은 순지의 무람한 행동 같은 것은 문제 삼지 않았다. 다만, 당 장 순지에게서 들어야 할 말이 있을 뿐이었다.

"도성의 일은 어찌 되었느냐?"

"도성 일이라면 걱정하지 마십시오. 대충 마무리되는 것을 확인 하고 오는 길이니까요."

향은 순지에게 진양을 도와 도성을 지키라고 명하였다.

계획대로라면 지금쯤 불온한 일을 도모했던 두박신도를 잡아들이고 있어야 할 순지가 아니던가.

"저하께서 맡기신 일을 처리하던 중, 야인들의 위험한 음모를 알게 되었습니다."

"그래서 곧장 여기로 달려온 것이냐?"

"걱정되어 견딜 수가 있어야죠."

힐끔, 향의 눈치를 살피던 순지가 등 뒤로 시선을 돌렸다.

"그래도 이리 달려온 덕에 저분들을 구할 수 있었던 것이 아니겠습니까."

못 말리겠다는 듯 고개를 저은 향은 순지가 지킨 여인들을 바라보았다. 이윽고 그의 입에서 놀란 탄성이 흘러나왔다.

"이런."

잔뜩 겁먹은 얼굴로 한데 모여 있는 여인들은 현성과 달래, 그리고 소은과 궁녀 소쌍이었다.

본디 현성과 달래는 해루의 당부대로 수풀 속에 몸을 숨기고 있었다.

그러나 날이 밝아 오도록 찾으러 오는 사람이 없었다. 참다못한 현성은 달래와 함께 온궁으로 걸음을 옮겼다.

그때, 덤불 뒤에 숨어 있던 소은과 소쌍이 현성의 치맛자락에 매달렸다.

'우리도 함께 데려가요.'

소은은 공포와 두려움에 반쯤 넋이 나간 상태였다. 마지못해 현성은 그들과 함께 온궁으로 돌아오던 참이었다.

그러나 온궁을 지척에 두고 길목을 지키는 야인들에게 붙들리고 말았다.

때마침 순지를 만나지 못했으면 큰 봉변을 면치 못했을 것이다.

"괜찮소?"

향이 제일 먼저 소은을 보며 물었다.

연신 억눌린 비명을 흘리던 소은이 그제야 흐트러진 머리를 만지며 매무시를 가다듬었다.

"소첩은 무탈하옵니다. 저하께선……."

말이 끝나지도 않았건만, 향은 더는 그녀를 보지 않았다.

고개를 돌린 그의 시선은 현성에게로 향했다.

"무탈하오?"

현성은 고개를 조아렸다.

"소첩 역시 괜찮사옵니다."

"지금 당장은 괜찮아도 혹여 상한 곳이 있을지도 모르오."

"걱정 마시옵소서. 생채기가 있긴 하오나, 금세 아물 상처이옵니다."

"다행이오."

거듭 현성의 무사함을 묻던 향은 달래의 안부를 물었다.

지켜보던 소은의 눈가가 벌겋게 달아올랐다.

자신과 달리 현성을 바라보는 세자의 눈빛엔 온기가 들어차 있었다. 어디 그뿐일까? 몸종이나 다름없는 달래를 바라보는 눈길마저도 자신을 향했을 때보단 따뜻했다.

차가운 슬픔과 냉랭한 모욕에 소은은 사시나무 떨듯 몸을 떨었다.

굳은 표정의 소쌍이 그 모습을 지켜보았다.

그렇게 한동안 세자와 소은을 번갈아 보던 소쌍은 무언가 결심한 듯 고개를 끄덕였다.

여인들의 안부를 확인한 세자가 다시 걸음을 옮길 때였다.

"승휘마마께선 무사하십니까?"

여전히 바닥에 대자로 누운 채, 순지가 물었다.

향이 말안장에 오르며 대답했다.

"지금 그걸 확인하러 온궁으로 가던 참이다."

말이 끝나기 무섭게 순지가 벌떡 자리에서 일어났다. 손가락 하나 까닥하지 못하겠다던 모습은 온데간데없었다.

"그게 무슨 말씀입니까? 승휘마마가 무사한지 모른단 말입니까?"

답은 들려오지 않았다.

어느새 향은 말을 달려 온궁으로 향했다.

순지 역시 신을 고쳐 신었다. 당장에라도 온궁을 향해 뛰어갈 심산이었다.

그러나 등 뒤에서 달라붙는 목소리에 그는 걸음을 멈추고 말았다.

"그냥 가면 어찌합니까?"

그제야 불안한 표정으로 서 있는 여인들의 모습이 순지의 눈에 들어왔다.

그는 원망 가득한 눈길로 급히 말을 달리는 세자의 뒷모습을 바라보았다.

"우리 저하, 참으로 무정하시네."

여인들을 남겨두고 간 향을 질책하던 순지는 이내 피식 마른 웃음을 터트리고 말았다.

세자께서는 무정하신 게 아니었다.

아마도 지나치게 다정한 것이리라.

그러니 세상만사 모두 제쳐놓고 자신의 정인을 찾아 저리 바쁘게 말을 달리시는 것이겠지.

비록 소리 내어 말씀은 안 하셨지만, 이곳의 일일랑은 순지에게 맡긴 것이 틀림없었다.

그 마음을 알고 있으면서도 마음 한쪽이 씁쓸해짐은 어쩔 수 없는 일이었다.

손에 있던 맛난 것을 뺏긴 아이처럼 순지는 뾰로퉁한 표정이 되었다.

"승휘마마를 지키는 일은 역시 내 몫이 아니었던 모양이구나."

혼잣말을 중얼거린 그는 다시 자리에 벌렁 누웠다. 그러고는 밤과 새벽의 모호한 경계에 선 하늘을 보며 넋두리했다.

"세자 저하, 당신의 제비는 이제 지치고 힘들어 더는 하늘을 날지 못할 것 같습니다. 그래서 앞으로는 하늘을 나는 대신 하늘을 보며 살겠습니다."

흘러가는 먹구름 사이로 마지막 별이 얼굴을 내밀었다.

그 별을 본 순지가 피식 웃었다.

"너도 내가 반가우냐?"

그리 웃는 그의 머리 위로 동그란 얼굴이 다가왔다.

"언제까지 그리 누워 있을 것이오?"

현성이었다. 그녀는 특유의 무표정한 얼굴로 순지를 내려다보았다.

"보다시피 너무 지쳐 쉬고 있습니다."

"쉬는 건 좋으나 언제까지 우릴 이곳에 버려둘 생각이오? 기왕 구해주었으니, 안전한 곳까지 안내도 해주면 좋겠소."

순지는 속으로 투덜거렸다.

부탁을 참으로 당당하게 하십니다.

하지만 그 모습이 묘하게 싫지 않았다.

"알겠습니다. 알겠어요. 기왕 이리된 거 뼈가 부서지고 몸이 가루가 되어도 안전하게 지키고 보호해 드리겠습니다."

"뼈가 부서질 필요도 없고, 몸이 가루가 될 필요도 없소. 모조록 안전한 장소로 안내만 해주시오. 그리고 기왕이면……."

현성은 순지를 차분한 눈빛으로 바라보며 말을 이었다.

"학사께서도 다치지 않았으면 좋겠소. 그래야 오늘 은혜를 내가 갚을 게 아니겠소?"

순지가 예의 사람 좋은 웃음을 떠올리며 일어났다.

"알겠습니다. 보답을 받기 위해서라도 저 역시 무사하겠습니다. 그러니 저만 믿고 따라오십시오."

"중전마마, 제발 안으로 드시어요."

지밀상궁의 애원에도 중전은 망부석이라도 된 듯 망루에서 꼼짝도 하지 않았다. 아무리 애원해도 중전이 반응을 보이지 않자, 지밀상궁은 중전 곁에 선 해루에게 말을 건넸다.

"승휘마마, 아기씨를 품으신 분이 아니옵니까. 행여 귀한 몸에 작은 상처라도 생긴다면 주상 전하는 물론이고 세자 저하를 볼 낯이 없을 것이옵니다. 그러니 안전한 곳으로 드시어요."

그러나 해루 역시 중전의 곁에서 작은 미동도 보이지 않았다.

어느새 먼동이 터오고 있었다.

밤새 팽팽하게 맞서던 싸움은 이순지가 도성에서 이끌고 온 관군의 출현과 동시에 한쪽으로 급격하게 기울어졌다.

수장을 잃은 야인들은 여러 갈래로 흩어지며 달아나기 바빴다.

온궁을 휘저었던 폭풍의 기운이 점차 정리되어 가고 있었다.

그러나 안심할 수는 없었다.

언제, 어디서 삿된 마음을 품은 자들이 나타날지 알 수 없는 탓이었다.

불안한 마음에 중궁전 상궁들과 전각의 궁녀들은 발만 동동 굴렀다. 그 마음 아는지 모르는지 정작 중전과 해루는 온궁 담벼락 너머로 보이는 숲에서 시선을 떼지 않았다.

중전이 이리 숲을 보는 이유는 오직 하나, 해루가 건넨 이야기 때문이었다.

해가 뜨면 주상 전하와 향이 저 숲에서 무사히 돌아올 거라 하였다.

그 말에 궁 밖으로 뛰어나가고 싶은 다급한 마음을 간절히 억누르는 중이었다.

어느새 날이 밝아왔다. 그러나 왕과 왕세자의 모습은 어디에서도 보이지 않았다.

해루의 입술이 하얗게 말라 있었다.

행여 저하께서 풍등을 못 보신 것이려나?

하여, 주상 전하를 아직 못 찾으신 것일까?

해루의 마음에 걱정이 들어찼다. 시간이 지날수록 걱정은 점차 두려움으로 덩치를 키워갔다.

한순간 보았던 미래가 떠올랐다.

서늘한 주검이 된 최최측근을 끌어안고 오열하던 향의 모습이 그녀의 뇌리에서 떠나지 않았다. 해루는 소맷자락 속에 숨어 있는 양손을 꼬옥 맞잡았다.

제발 무사하길.

제발 무사히 돌아오길.

걱정으로 심장이 울렁거렸다.

차가운 새벽바람이 얼굴을 사납게 할퀴었다.

바깥일 하는 사람의 시간은 강물처럼 거침없이 흘러도, 기다리는 사람의 시간은 모래처럼 느리게 쌓여가는 법.

밤이 산자락 너머로 사라지고, 더디 움직이던 태양이 마침내 붉은 얼굴을 드러냈다. 황금빛 햇살이 온궁 담벼락 위로 보석처럼 부서졌다.

붙잡힌 야인들과 두박신도들이 온궁 밖으로 끌려나가는 모습이 보였다.

한바탕 소란을 끝으로 무거운 침묵이 이어졌다.

이윽고 그림자가 짧아졌다. 담벼락 위를 뒹굴던 햇발이 온궁 마당으로 내려앉았다.

사방 어지럽혀진 온궁을 정리하고 청소하기 위해 궁녀와 환관들은 종종걸음쳤다.

살아 있는 자를 위한 음식 냄새가 굴뚝 밖으로 새어 나왔다.

온궁 마당을 노닐던 햇살이 연못 가장자리에 다다랐다. 밤사이 일어난 소동일랑 알 리 없다는 듯 연못의 잉어들은 물방울을 튀기며 활기찬 생명력을 뿜냈다.

하지만 평화를 되찾은 일상과 달리, 돌아오지 않는 이들을 기다리는 여인들의 속은 새카맣게 타들어갔다.

바로 그때였다.

망루에 선 해루의 눈에 반짝 이채가 떠올랐다.

이윽고 온궁 대문 앞에 소란이 일었다. 발 빠른 환관이 망루로 뛰어 올라왔다.

"중전마마! 중전마마! 주상 전하시옵니다. 전하께서 무사히 돌아오셨사옵니다."

말이 채 끝나기도 전에 중전은 망루 아래로 달려 내려갔다.

이내 초췌한 왕과 마주한 중전의 눈가로 뜨거운 눈물이 흘러내렸다.

"전하……"

중전의 물기 어린 음성이 왕을 반겼다.

"걱정했소?"

"다친 곳은 없으십니까?"

"무탈하오."

"다행입니다."

낮게 안도의 한숨을 내쉬던 중전은 문득 왕의 뒤편으로 고개를 돌렸다.

"하온데 세자는……?"

"먼저 오지 않았소?"

왕의 대답에 중전의 가슴이 쿵 무너져 내렸다.

"그게 무슨 말씀이시옵니까? 세자가…… 먼저 온궁으로 떠났단 말이옵니까?"

왕은 말없이 고개만 끄덕였다. 이내 아비의 얼굴에도 수심이 차올랐다.

먼저 출발한 세자가 아직 도착하지 않았다. 무슨 일이라도 생긴 건 아닐까?

"오지 않았습니다."

"이상하군. 분명 앞서갔는데 말이오."

중전의 불안이 커질 대로 커질 무렵이었다.

망루에서 하늘 복숭아 꽃잎을 닮은 여린 다홍빛 그림자가 뛰어 내렸다. 다홍빛 스란치마는 망루 계단을 내려와 그대로 대문을 나섰다.

이윽고 허공을 날 듯 거침없이 내달리던 해루가 걸음을 멈추었다.

그녀의 커다란 눈에 눈물벽이 섰다.

금방이라도 와스스 부서져 내릴 것처럼 위태롭게 흔들리는 해루의 눈동자 위로 열심히 말달리는 향의 모습이 오롯하게 맺혔다.

잠시 후.

향의 말이 성문 앞에서 멈춰 섰다.

휙, 바람 소리를 내며 향은 말에서 뛰어내렸다.

공기의 흐름이 멈추었다.

시선과 시선이 한데로 얽혔다.

마주 보고 선 두 사람은 말이 없었다.

그저 마주 서 있는 것만으로도 충분했다.

정지해 버린 시간 속.

치열한 싸움 속에서 베이고 긁힌 상처가 가득한 향의 얼굴은 딱딱하게 굳어 있었다.

아무것도 담기지 않은 표정 위로 옅은 균열이 일었다.

이내 와스스, 얼굴을 뒤덮고 있던 긴장을 털어낸 향이 입을 열었다.

"이리 와."

그가 해루를 향해 양팔을 활짝 벌렸다.

"이리 오너라, 해루야."

이내 봄날의 구름처럼 한없이 따뜻하고 포근한 기온이 그의 가슴을 파고들었다.

"……살겠다."

햇살이…….

온기가…….

두근거리는 생(生)의 박동이 향의 심장에 고스란히 전해졌다.

이제야 살겠다.

이제야 살아 있음을 느낄 수 있었다.

향은 해루의 어깨에 지친 얼굴을 기대었다. 내내 굳어 있던 그의 입가에 비로소 미소가 피어났다.

네 북극성은 나다

정인의 어깨가 가늘게 떨려왔다.

가슴께에서 느껴지는 숨소리에 격정과 안도가 배어 있었다.

걱정 마라.

이제 안심해도 된다.

향은 해루를 힘껏 끌어안고 등을 토닥여주었다.

할 수만 있다면 겁에 질린 그녀의 마음을 끄집어내어 저를 걱정하는 나의 마음으로 녹여주고 싶었다.

"어찌 이리 손이 차가우냐?"

향은 얼음장처럼 차가운 해루의 손을 맞잡으며 물었다. 고작 얼어붙은 손이나 녹여줄 수 있다는 사실이 안타까웠다.

해루는 눈가에 맺힌 눈물을 훔치며 고개를 저었다.

괜찮다 말해 주고 싶은 모양이다.

그러나 정작 그녀의 입술 사이로 흘러나온 것은 딸꾹질이었다.

"괜……, 딸꾹!"

느닷없는 딸꾹질에 놀랐는지 해루는 눈을 동그랗게 뜬 채 손으로 급히 입을 가렸다.

아이 같은 그 모습에 향은 저도 모르게 미소가 새어 나왔다.

"입술은 또 왜 이리 파랗게 질려 있느냐? 설마, 이곳에서 밤을 새운 건 아니겠지?"

해루는 여전히 입을 가린 채 웃기만 하였다. 두 눈에 눈물을 가득 담은 그 미소가 그저 안쓰럽고 어여뻤다.

"이리 늦으실 줄 어찌 알았겠습니까?"

한참이 지난 후에 해루가 간신히 입을 열었다. 억울하다는 듯 불퉁하게 투덜대는 모습마저 사랑스러웠다.

"풍등 올린 지가 언제인데……."

"그 풍등, 역시 네가 올린 것이었구나."

"당연하지요. 제가 누굽니까. 저하의 북극성이 아닙니까."

"고맙구나. 덕분에 큰일을 막을 수 있었구나."

"너무 늦으시기에 못 보신 줄 알았습니다."

"다행히 제때 보았다. 다만……."

"다만……?"

해루는 커다란 눈망울을 또르르 굴려 향과 시선을 마주하려 하였다. 그러나 어쩐 일인지 향이 자꾸만 눈길을 피했다.

해루의 눈매가 가늘어졌다.

"혹…… 제가 생각하는 그건 아니시지요?"

"무얼?"

"저하께서 이리 늦으신 이유, 혹 길을 잃거나…… 하신 건 아니시죠?"

아니다, 말하고 싶었지만, 차마 거짓을 입에 올릴 수는 없었다.

"험험."

괜스레 헛기침을 흘리는 향을 보며 해루는 망연한 표정을 지었다.

"정말 못 말리겠습니다. 제가 없으면 어찌 사시려고 그러십니까?"

"……."

내 북극성이 날 위해 풍등을 올렸는데, 어찌 길을 잃을 수 있겠느냐? 다만, 바람에 풍등의 위치가 변하더구나. 무작정 풍등만 쫓다 그만 엉뚱한 곳을 헤매고 말았구나.

향은 속마음을 감춘 채 말했다.

"그리 걱정되면 영원히 그림자처럼 붙어 있으면 되겠구나."

"나중에 귀찮다 하시지나 마십시오."

"내가 설마 그런 생각을 할까?"

"본디 사람이나 물건이나 곁에 있으면 귀찮아지기도 하고, 하찮아 보이기도 하는 법이니까요."

해루의 말에 내내 그녀와 시선을 맞추지 않던 향이 눈을 맞춰왔다. 그녀를 바라보는 그 눈빛에 어쩐지 성화가 섞여 있었다.

"너는 내가 귀찮으냐?"

"제가 어찌 그런 생각을 하겠습니까?"

"그럼 내가 네게 하찮은 사람이 될 것 같으냐?"

"말도 안 되는 소리 마십시오."

"너에게 내가 그럴진대 내가 널 보는 눈이 어찌 변할 거라 생각하느냐?"

그제야 제 잘못을 깨달은 해루가 고분고분 고개를 끄덕였다.

"제가 잘못하였습니다."

"잘못한 줄은 아는구나. 잘못을 깨달았으니 벌을 받아야지."

"벌이라 하셨습니까?"

해루가 눈을 깜빡이며 다시 물었다.

"어떤 벌 말씀이십니까?"

향의 미소가 짙어졌다.

"글쎄, 그건 나중에 알게 해주마."

아리송하다는 표정을 짓던 해루는 뒤늦게 무언가가 떠오른 듯 두 볼을 발그레 붉혔다.

"그, 그건 아니 됩니다."

"아니 되다니? 내가 무슨 벌을 내릴 줄 알고?"

"하, 하여간 안 됩니다."

해루가 뒷걸음을 치며 고개를 흔들수록 향의 미소는 더욱 깊어지기만 하였다.

"이리 와라. 우선 안으로 들어가 몸부터 따뜻하게 녹이자꾸나."

향이 해루의 손을 잡고 이끌었다.

무심코 끌려가던 해루가 발을 멈추었다.

"저하."

"왜 그러느냐?"

"이러지 마십시오."

"무얼?"

"이리 잘해주지 마십시오. 이러다간 응석받이가 되고 말 겁니다."

"응석받이가 된다 하여 무엇이 문제일까."

"어쩌면 먼 훗날엔 저하의 마음이 온전히 제게만 쏠리지 않는다고 강샘을 할지도 모릅니다."

"제발 그러거라."

"정말 그러시면 안 됩니다. 이래도 좋다, 저래도 좋다, 그리 받아 주시면 안 된다니까요."

"너야말로 이런 핑계, 저런 핑계 대며 피하지 말고 온전히 내게 기대거라. 그래야 네 사내가 어떤 사내인지 제대로 알 것 아니냐?"

"저하……."

기어이 해루가 울상을 지었다.

그 모습에 향은 해루의 동그란 머리를 쓰다듬으며 크게 웃었다.

"하하하!"

맑은 하늘 위로 향의 웃음이 나비처럼 날아올랐다.

이리 소소한 일상이, 이 작은 온기에 이리 행복할 줄은 미처 몰랐다.

행복했다.

가슴이 뛸 만큼, 하여 이 행복이 달아날까 두려울 만큼 행복하였다.

향은 해루의 손을 더욱 힘껏 잡았다.

이 행복이 달아나지 않도록…….

행여 운명이라 할지라도 내게서 이 여인을 훔쳐가지 못하도록…….

일몰의 시간.

지난밤의 흔적은 온궁 곳곳에 남아 있었다. 궁인들의 분주한 손길에도 소란과 비명의 흔적은 쉽사리 지워지지 않았다.

다시 제자리로 돌려야 하는 것은 전각만이 아니었다.

온궁의 외정전.

왕세자 향을 중심으로 신루의 학자들과 도성에서 내려온 충위군, 그리고 기무환관들이 한자리에 모여 있었다.

"보고하라."

향의 짧은 한마디에 외정전 안에 팽팽한 기운이 감돌았다.

"온궁을 침입한 야인의 수는 파악된 것만 삼백여 명에 이릅니다. 이번 사건에 동원된 두박신도들의 수 또한 백 명 이상인 것으로 파악됩니다."

김담의 보고에 향은 이순지에게로 시선을 돌렸다.

"한양에서의 일은 어찌 되었느냐?"

"궁궐을 비롯한 도성에서 잡아들인 두박신도 중에서 주동자라 자청하는 자만 무려 이백 명가량이었습니다. 따르는 자들까지 합하면 관련자 수는 족히 몇 배는 될 듯하옵니다. 워낙 수가 많아 정확한 인원 파악에 애를 먹고 있사옵니다."

"피해는 없었고?"

"다행히 거사 직전에 집회 장소를 파악하여 별다른 피해 없이 마무리 지을 수 있었사옵니다."

"정말 다행이구나."

향은 기무환관에게 고개를 돌렸다.

"달아난 야인들은 어찌 되었느냐?"

"내금위장이 군사들을 이끌고 도망친 야인들의 뒤를 쫓고 있다 하옵니다."

그때 심운기가 앞으로 나섰다.

"그들은 어떻게든 국경을 넘을 겁니다. 그리되면 이번에도 속수무책으로 놓치고 말 겁니다."

"알고 있다."

여러 차례 겪은 일이었다.

향의 눈빛이 깊어졌다.

감히 나라 깊숙한 곳까지 발을 디딘 자들이다. 이대로 보아 넘긴다면 그들의 행동은 지금보다 더 대담해지리라.

잠시 생각에 잠겼던 향이 고개를 들어 주위를 둘러보았다.

"내금위장에게 전해라. 온궁에 침입한 야인들을 끝까지 쫓으라 하라. 행여 그들이 국경을 넘어 명국의 영토로 몸을 숨겼다고 해도 추격을 멈춰서는 아니 된다고 하라."

"……."

왕세자의 명에 일순 정적이 내려앉았다.

무거운 침묵을 깨고 김담이 나섰다.

"자칫 명국과 외교 마찰이 빚어질 수도 있습니다."

"그 문제는 일전에 이미 사신을 보내 마무리 지었다. 그 협상이 아직 유효하니, 걱정하지 말고 야인들을 토벌하라 전하라."

"명 받들겠사옵니다."

외정전의 회의는 그 후로도 계속 이어졌다.

뉘엿뉘엿 산자락을 적시던 붉은 노을도 사라지고, 어느새 캄캄한 어둠이 사위를 뒤덮었다.

사람들의 얼굴에 지친 표정이 떠오를 즈음.

양여섭이 통통한 손을 허공으로 치켜들었다.

"저하."

"무슨 일이냐?"

"좀 쉬어야 하시지 않사옵니까?"

"모두가 쉬지 못하고 있다."

"하오나 간밤에 한숨도 못 주무셨다 들었사옵니다."

"……."

"이러다 옥체 상하실까 걱정이옵니다."

양여섭이 물꼬를 트자 기다렸다는 듯 여기저기서 이구동성으로
외쳤다.

"옥체를 살피시옵소서."

"뒷일은 저희에게 맡겨주시옵소서."

"지금은 성심을 다스려야 할 때이옵니다."

한마음 한뜻이 되어 소리치는 사람들을 둘러보던 향은 마지못
해 자리를 털고 일어났다.

저리도 간절히 청하니, 쉬는 척이라도 해야 할 듯싶었다.

외정전을 나서자 기다렸다는 듯 무혁이 그림자처럼 따라붙었다.

"해루는 어찌하고 있더냐?"

"침소에 드신 이후로 내내 주무신다 하옵니다. 곤하실 것이옵
니다."

"그렇구나."

해루의 곁에서 잠시 눈이나 붙여야겠구나.

향은 해루의 처소로 걸음을 돌렸다.

뒤따르던 무혁이 무심한 음성으로 말을 덧붙였다.

"하옵고, 명국의 태군께서 떠나신다 하옵니다."

우뚝.

향이 걸음을 멈췄다.

"태군이 떠난단 말이더냐?"

태군이 온궁으로 왔다는 소식은 해루를 통해 전해 들었다.

뜻하지 않게 이번에도 큰 도움을 받았다. 하지만 그의 도움이 마
냥 기쁘지만은 않았다.

명국으로 떠났던 그가 구태여 되돌아온 것도 그렇고, 이번에도 해루를 구한 사람이 자신이 아닌 그라는 사실이 묘하게 가슴을 무겁게 짓눌렀다.

"명국의 황실에 복잡한 문제가 생긴 듯하옵니다."

무혁의 목소리가 향의 상념을 방해했다.

그는 무혁에게 고개를 돌렸다.

"태군께서는 지금 어디 계시더냐?"

"모든 채비를 마쳤습니다. 이제 떠나시기만 하면 됩니다."

호위 무사의 말에 위창은 하얀 갈기를 휘날리는 백마 위로 훌쩍 뛰어올랐다.

허허로운 눈빛이 버릇처럼 한 곳으로 향했다.

해루의 처소.

왕세자께서 무사히 돌아오셨다는 소식을 들은 연후에야 해루는 겨우 잠이 들었다고 하였다.

해루다운 행동이었다.

올곧게 자신의 사내를 걱정하고, 그리워하는 여인.

그러기에 여전히 사랑스러운 여인.

피식, 마른 웃음을 흘리며 위창은 고삐를 바투 쥐었다.

배웅하는 사람 하나 없이 성문 밖으로 나서려는 찰나.

"가십니까?"

향의 목소리가 위창의 발길을 세웠다.

"저하가 아니십니까?"

의외라는 듯 위창이 고개를 갸웃거렸다.

"조금 더 머물다 가실 줄 알았습니다."

위창을 대하는 향의 태도는 전과 달리 정중한 예(禮)가 담겨 있었다. 태군이 베푼 호의에 대한 마땅한 태도였다.

"아쉽지만 본국에 일이 있어 그만 떠나야 할 것 같습니다."

"제대로 자리를 마련하여 고마움을 표해야 하건만, 이리 떠나시니 진심으로 아쉽습니다. 태군의 도움은 내 평생 잊지 않을 것입니다."

위창이 소리 내어 웃었다.

"입으로는 아쉽다 말하면서 어째 표정은 앓던 이가 빠진 모습입니다."

"……솔직히 말해도 되겠습니까?"

정곡이 찔린 듯 향이 물었다. 위창은 고개를 끄덕였다.

이내 진심이 담긴 향의 음성이 들려왔다.

"분합니다."

"무엇이 그리 분합니까?"

"이번에도 해루를 구한 사람이 내가 아닌 당신인 것이."

위창의 얼굴에 쓸쓸한 미소가 떠올랐다.

"오라비로서 마땅히 해야 할 일이었을 뿐입니다."

"다음엔 결코 당신의 손을 빌리지 않겠습니다."

"글쎄요. 과연 그리될까요?"

"기필코 그리될 겁니다."

"제가 지금까지 봐온 세자 저하는 완벽한 듯하면서도 어딘가 한군데 허술한 면이 있어 안심할 수 없더이다."

"그런 면이 있긴 합니다. 하지만 앞으로 한 가지만큼은 완벽하게 될 겁니다. 아니, 완전해지도록 노력을 아끼지 않을 생각입니다."

해루, 내 여인에 대해서만큼은.

향과 위창, 서로를 바라보는 두 사내의 눈빛에 한 치의 물러섬이 없었다.

두 사람 사이에 잠시 침묵이 내려앉았다.

먼저 입을 연 쪽은 향이었다.

"해루는 안 보고 가십니까?"

"작별 인사는 한 번으로 족합니다."

"그래도 서운해할 겁니다."

"그랬으면 좋겠군요."

낮게 중얼거리는 위창의 곁으로 그의 호위 무사가 다가왔다.

"시간이 다 되었습니다."

"알았다."

위창은 가볍게 고개를 끄덕이고는 향을 응시했다.

"그럼."

"살펴 가십시오."

짧은 인사를 끝으로 위창을 태운 말이 바쁜 걸음을 옮겼다. 잠시 그 뒷모습을 지켜보던 향도 말 머리를 돌렸다.

그러나 잠시 후.

"세자 저하."

부르는 목소리에 향은 고개를 돌렸다.

찰나, 쉬익!

바람을 가르는 소리와 함께 화살 한 대가 향의 머리 위쪽으로 날아들었다. 날카로운 예기를 흩뿌리는 화살은 향의 상투관을 스쳐 벽에 가 박혔다.

향의 고개가 천천히 돌아갔다.

위창이 빈 활을 겨누고 있었다. 향에게 화살을 쏜 사람, 바로 위창이었다.

"지난번에 진 빚입니다."

위창의 말에 향의 뇌리로 오래전의 사건이 떠올랐다.

화월루에서 해루를 강제로 취하던 위창에게 날린 한 대의 화살.

위창은 그때 받은 빚을 돌려준 것이라 했다.

향의 눈에 이채가 떠올랐다.

"어쩐지 빚만 돌려주신 것 같지 않습니다만."

"해루를 잘 부탁한다는 의미도 담겨 있습니다."

"부탁이 아니라 경고로 들리는군요."

"하하. 저도 솔직히 말하지요. 해루를 소홀히 대했다간 이 활이 어디로 향할지는 장담할 수 없을 것 같습니다."

말을 마친 위창은 말을 돌려 어둠을 향해 걸었다.

향은 나무에 박힌 화살을 응시했다.

그는 빚을 갚는다 하였다. 해루를 잘 부탁한다 하였다.

하지만 그것이 전부가 아니었다. 이 화살엔 또 하나의 의미가 담겨 있었다.

위창을 향해 향이 쏜 화살은 자칫 명국과 외교 문제로 번질 수도 있었던 큰 사건이었다.

그러나 지금 위창이 날린 화살 한 대로 그 부담 또한 깨끗하게 지워졌다.

이것은 해루를 위한…… 그리고 해루가 사랑한 사내에 대한 위창의 마지막 배려였다.

향은 이젠 모습조차 보이지 않는 위창을 향해 크게 소리쳤다.

"더는 화살 쏠 일 없을 겁니다! 그러니 걱정 말고 가십시오!"

❀

반 시진 후.

찰랑이는 물소리가 뱃전 아래를 훑고 지나갔다. 별도 뜨지 않은 밤하늘은 칠흑처럼 어두웠다.

뱃머리에 선 위창은 긴 한숨을 토하며 하늘을 올려다보았다.

"태군, 밤의 뱃길은 위험합니다. 이런 밤에는 더더욱 위험하옵 지요."

내내 불안한 시선으로 지켜보던 명국의 사신이 더는 못 참겠다 는 듯 위창에게 청했다.

"안으로 드시지요. 간단한 요깃거리를 준비해 두었습니다."

마지못해 위창은 배 안으로 몸을 돌렸다.

그때였다.

"오라버니!"

어둠 저편, 배 떠난 빈 나루터에서 목이 터져라 외치는 여인의 목소리가 들려왔다.

위창은 저도 모르게 걸음을 멈추었다.

내가 잘못 들었나?

환청을 들었는가 하여 위창은 제 귀를 쓸어내렸다.

그러나…….

"오라버니!"

다시 들려오는 선명한 목소리.

위창은 무에 놀란 사람처럼 뱃고물로 허겁지겁 뛰어올랐다.

나루터에서 발을 동동거리는 해루의 모습이 보였다.

저녁 늦게 잠에서 깨어난 해루에게 위창이 명국으로 떠났다는 소식이 전해졌다.

소식을 전해 듣기 무섭게 부랴부랴 달려왔건만, 그를 태운 배는 이미 나루를 떠난 후였다.

"그냥 가시면 어찌합니까? 가신다는 말씀도 없이 그냥 가시면…… 서운해서 어찌합니까?"

아쉬움이 뒤섞인 목소리가 위창의 귓가를 파고들었다. 내내 굳어 있던 위창의 얼굴에 웃음이 피어올랐다.

"본디 작별 인사는 짧을수록 좋은 법이다."

저만 들리도록 작게 읊조린다.

"오라버니!"

"그래, 해루야."

"언제 또 오십니까? 우리 언제 또 만날 수 있습니까?"

"언제든. 네가 원한다면 내게 오면 된다."

낮게 중얼거리던 위창은 불현듯 고개를 돌려 배를 둘러보았다. 이내 그의 눈에 갑판 위에 즐비하게 매달려 있는 유등이 들어왔다.

위창의 눈동자가 반짝거렸다.

"혹여 이곳에 그게 있느냐?"

그의 물음에 곁을 지키던 명국의 사신이 의문 어린 표정으로 되물었다.

"무얼 찾으십니까?"

위창이 필요한 것을 말하자 사신이 빙그레 웃었다.

"다행히 있습니다."

"어서 가져오너라."

전에 없던 위창의 재촉에 사신을 비롯한 수하들의 몸짓이 재빨라졌다.

그리고 얼마 지나지 않아 유등과 비슷한 물건을 위창의 앞에 대령했다.

위창은 불을 들었다.

잠시 후, 나루를 떠난 위창의 배 뒤로 풍등이 떠올랐다.

하나, 둘, 셋, 넷, 다섯…….

미련을 남기듯 배가 흘러간 길을 따라 풍등이 차례차례 하늘길을 밝혔다.

"해루야."

풍등을 올려다보며 위창은 낮게 중얼거렸다.

"네가 세자 저하의 북극성이듯, 네 북극성은 여기 있는 나다. 지치고 갈 곳이 없어지면 언제든 내게로 오면 된다."

위창은 고개를 내려 이젠 작게 보이는 해루를 향해 말을 이었다.

"나는 언제나 여기 있을 것이야. 저 하늘의 북극성처럼 나는 영원히 이 자리에서…… 너를 기다리고 있을 것이다."

비록 목소리는 해루에게 닿지 않았지만, 풍등에 실린 위창의 마음은 고스란히 그녀에게 전해졌다.

안타까움이 가득했던 해루의 얼굴에 그제야 옅은 웃음이 떠올랐다.

"고맙습니다, 오라버니."

"고맙다, 해루야."

마음과 마음이 이어졌다.

별들이 밤길을 밝히듯 해루를 위해 밝힌 위창의 풍등은 밤이 깊도록 강물 위를 환히 밝혔다.

최후의 비책

흔들리는 가마의 쪽문 틈새로 푸른 하늘이 다가왔다 물러나길
반복했다.

온궁을 떠나 궁으로 돌아가는 길.

바람은 떠나왔을 때보다 훨씬 부드럽고 따뜻했다.

수원성에 다다르자 어가를 기다리는 진양대군의 모습이 보였다.

해루는 왕세자와 어깨를 나란히 한 채 말을 달리는 진양을 바라
보았다.

언제나 자신만만하고 호탕하게 웃던 대군의 얼굴에는 표정이 사
라지고 없었다. 말을 탄 뒷모습에서도 생기라곤 찾아볼 수 없었다.

푸른달 초아흐레.

온궁으로 피접 떠난 왕과 왕족들이 엄중한 경계 속에 환궁하였다.

궁은 변함이 없었다.

떠났을 때보다 나무의 푸른빛이 더해지고, 담벼락 아래로 옹송그리고 있던 색색의 꽃망울이 입을 벌리기 시작한 것 외에는 아무것도 변하지 않았다.

그러나 궁을 에워싸고 있는 공기는 전에 없이 서늘했다.

두박신도들의 반란과 야인들의 침입은 사람들에게 큰 충격을 안겨주었다.

충격이 큰 만큼 파장 또한 컸다.

군대가 도주한 야인들의 뒤를 쫓았다. 우두머리를 잃은 야인들 대부분이 국경 근처에도 가지 못하고 잡히거나 죽었다.

두박신과 관련된 사람들이 하루에도 수십 명씩 의금부로 끌려왔다.

추국청이 설치되었다. 신음과 비명이 추국장을 가득 메웠다.

위관(委官)은 두박신과 두문회의 연관성을 밝혀내려 애썼다. 그러나 정작 그와 관련된 증좌는 어디에서도 나오지 않았다.

잡혀 온 두박신도들은 두문회가 무엇인지도 몰랐다.

행여 그 관계를 아는 자가 있어도, 잡히는 순간 스스로 목숨을 끊어버렸다.

사람들의 관심은 두박신의 귀녀에게 집중되었다. 두박신도들에겐 하늘님과 다름없는 존재, 바로 귀녀였다. 그녀는 두박신과 관련한 모든 속사정을 속속들이 알고 있을 것이 틀림없었다.

그러나 모진 심문에도 자화는 좀처럼 입을 열지 않았다.

죄상을 밝히려는 자와 죄지은 자의 팽팽한 신경전이 연일 이어졌다.

"저하께서는 오늘도 추국청에 계신다 하는가?"

진득한 어둠이 내려앉은 시각.

자리끼를 들고 온 김 상궁을 보며 해루가 물었다.

"네, 그리 들었습니다."

"그러다 몸이라도 상하시면 어쩌려고……."

말끝을 흐리는 해루를 향해 김 상궁이 주름진 입가를 실룩거렸다.

"쇤네는 승휘마마가 더 걱정입니다."

"내가?"

화살이 엉뚱하게 자신에게로 향하자 해루는 영문을 모르겠다는 표정을 지었다.

"홀몸도 아닌 분께서 저하 걱정으로 밤잠을 설치시니, 이 늙은이가 걱정하지 않겠습니까?"

"난 또 무슨 말인가 했네. 걱정 마시게나. 김 상궁도 알다시피 튼튼한 것 빼면 볼 것 없는 내가 아닌가."

해루의 너스레에 김 상궁은 고개를 설레설레 저었다.

"그보다 세자빈은 어찌하고 있는가?"

조정이 역모로 소란스러운 동안 내명부에서는 또 다른 일로 어수선하였다.

온궁에서의 환란 때문일까?

그렇지 않아도 예민하던 세자빈의 성정이 예전보다 더욱 날카로워졌다. 작은 일에도 성화를 내기 일쑤였고, 사소한 실수에도 가혹한 매질을 일삼았다.

그로 인해 빈궁전은 그야말로 초상집 분위기였다.

"말도 마십시오. 오늘도 어린 궁녀가 발소리를 크게 냈다는 이유로 매질을 당했다 하옵니다."

김 상궁의 목소리에 답답한 기색이 가득했다.

세자빈의 도를 넘는 행동은 날이 갈수록 심해지고 있었다.

툭하면 아랫것들에게 손을 대는 것은 물론이요, 얼마 전에는 빈궁전 은밀한 곳에 신당까지 차렸다고 하였다.

세자에게서 버려질 것이라는 걱정과 광증이 그녀를 벼랑 끝으로 내몰고 있었다.

빈궁전에서 연일 굿판이 벌어지고 있다는 소문이 궁녀들 사이에 공공연하게 돌았다.

두박신이라는 미신으로 나라 전체가 큰 몸살을 앓고 있는 판국이라, 빈궁의 기행(奇行)에 많은 사람이 우려의 시선을 보냈다.

"심지어 망측한 소문까지 돌고 있습니다."

"망측한 소문?"

"세자 저하께 외면받은 빈궁마마께서 급기야 여인들을 희롱하고 있다는……."

"당치도 않은 소리! 듣자 하니 유독 가까이하는 궁녀가 있다 하던데, 아마도 지나친 편애에 그런 소문이 생긴 모양이로군."

해루의 말에 늙은 상궁은 주름진 입술을 한껏 오므렸다.

"왜 그러는가?"

물끄러미 김 상궁을 바라보던 해루가 물었다.

"아무것도 아니옵니다."

김 상궁이 고개를 저었지만, 해루는 쉽게 물러나지 않았다.

"내가 김 상궁과 하루 이틀 지낸 사이도 아니고."

"네?"

"보아하니 무에 못마땅한 게 있는 모양이군. 빈궁이 여인들을 어찌한다는 망측한 소문 때문은 아닌 것 같고. 대체 무슨 일로 그리 불만이 가득한 겐가?"

"아니옵니다. 정말 아무 일도……."

"빈궁이 신당에서 연일 날 저주하는 굿판을 벌이고 있다지? 아마도 그 때문인 모양이군."

정곡을 찌르는 해루의 말에 김 상궁은 저도 모르게 눈을 휘둥그렇게 떴다.

"알고 계셨사옵니까?"

해루는 고개를 끄덕였다.

모든 걸 다 알고 있다는 해루의 눈빛에 김 상궁은 깊은 한숨을 내쉬었다.

"대체 무슨 속셈으로 그리 독한 일을 꾸미시는지 모르겠습니다. 빈궁마마와 승휘마마께선 세자빈 간택 당시 둘도 없는 동무가 아니었습니까. 그런데 어찌 저리 심술을 부리신단 말입니까?"

김 상궁의 말에 해루는 쓸쓸한 미소를 얼굴에 떠올렸다.

한때는 그런 때가 있었다, 동무였던 때가……

그러나 이젠 원수보다 못한 사이가 되었다.

세상에서 해루의 죽음을 가장 간절히 원하는 사람이 있다면, 아마도 그 사람은 바로 소은이리라.

"아무래도 불안하옵니다. 어떤 술수가 있을지 모르니 철저히 대비해야겠습니다."

"걱정하지 말게. 아무 일 없을 테니."

확신에 찬 해루의 말에 잔뜩 흐려 있던 김 상궁의 표정이 맑게 개었다.

이상하게도 지금처럼 해루가 확신에 차 말을 할 때면 기분이 좋아지곤 하였다.

"마마께서 그렇다 하시니 쇤네도 한시름 놓았습니다. 하긴, 별일이야 있겠습니까?"

세자 저하의 관심이 온통 권 승휘에게 쏠려 있음은 궁 안의 모든 사람이 아는 사실. 또한 그런 승휘를 세자빈이 시기하고 투기하는 것 역시 궁 안의 사람이면 모르는 이가 없었다.

이 와중에 해루에게 좋지 않은 일이 생기면 가장 먼저 의심을 받는 사람은 다른 누구도 아닌 세자빈일 터. 그러니 빈궁이 아무리 투기에 눈이 멀었다 해도 무모한 일을 저지를 리 없을 것이다.

"괜한 말로 마마의 심기만 어지럽힌 모양입니다. 그럼 쇤네는 그만 나가보겠사옵니다. 쉬시어요."

해루는 말없이 김 상궁이 물러가는 것을 지켜보았다.

탁, 문이 닫히자 해루의 입가에 맺혀 있던 미소가 사라졌다.

"봉소은……."

해루의 입에서 세자빈의 이름이 흘러나왔다.

빈궁의 광증이 도를 넘어서고 있었다. 이제는 해루를 저주하는 것으로 모자라 배 속의 아이마저도 저주하고 있다 한다.

해루는 버릇처럼 제 배를 쓸어내렸다.

"아가, 걱정 마라. 무슨 일이 있어도 이 어미가 널 지킬 터이니."

"지키다니? 누가 감히 내 아이를 위협한단 말이더냐?"

불쑥 문이 열리고 향이 들어섰다.

"저하!"

반가움과 놀람이 뒤섞인 얼굴로 해루는 향을 맞이했다.

"어쩐 일이십니까?"

해루의 물음에 향이 잠시 눈빛을 세웠다.

"아무래도 내가 크게 잘못한 모양이다."

"잘못이라니요?"

"네가 방금 내게 어쩐 일로 왔느냐 묻지 않았더냐. 이는 무슨 일이 생겨야만 널 찾아온다는 의미이니, 곧 그만큼 내가 너에게 충실하지 못하였다는 의미가 아니더냐?"

향의 투정에 해루는 웃으며 고개를 저었다.

"며칠 동안 잠도 못 주무시고 추국장에 계신 것을 알고 드린 말씀입니다."

그러나 향은 표정을 풀지 않았다. 이내 그의 입에서 자책하는 말이 흘러나왔다.

"그래도 내 잘못이 크다. 아무리 바빴어도 네게서 그런 말이 나오게 해서는 안 되었다. 아무래도 안 되겠구나."

향이 돌연 해루를 덥석 안아 들었다.

"왜 이러십니까?"

"그간 무심했던 것을 만회하려 한다."

"되었습니다. 제대로 쉬시지도 못하지 않으셨습니까. 그만 내려 주십시오. 이러다 다치기라도 하면 전 중전마마께 고개조차 들지 못할 것입니다."

해루는 날다람쥐처럼 그의 품속을 벗어났다.

"매정한 녀석."

불퉁한 한마디를 흘리며 향은 방 안쪽에 깔린 이부자리 속을 파고들었다.

그러고는 태연히 제 옆자리를 두드렸다.

"무얼 하고 있느냐?"

향의 말에 해루는 눈을 깜빡였다.

"네?"

"상처받은 날 위로해 주어야 하지 않겠느냐?"

"……."

"뭐 하느냐? 어서 오지 않고."

향의 채근에 해루는 못 이기는 척 그의 곁에 누웠다.

기다렸다는 듯 향이 그녀의 등을 뒤에서 꼭 끌어안았다.

"많이 힘드셨습니까?"

"……힘들었다."

잔뜩 졸음에 겨운 목소리.

"일도 좋지만 쉬면서 하십시오."

"……"

더는 향의 목소리가 들려오지 않았다.

슬쩍 고개를 돌리니, 해루의 어깨에 턱을 기댄 채 잠든 향의 얼굴이 보였다.

고르게 숨을 내쉬는 향을 한참이나 바라보던 해루가 가만히 제 배를 쓸어내렸다.

"아가야, 보거라. 아버지가 잠드셨구나. 왜, 깨우고 싶으냐? 놀고 싶어? 나도 그러고 싶지만, 오늘은 봐드리자. 요즘 많이 곤하시니, 오늘은 너와 내가 특별히 사정을 봐드려야 할 것 같구나."

순간, 그녀의 말을 알아듣기라도 한 듯 배 속에서 작은 움직임이 느껴졌다.

해루의 입가에 따뜻한 미소가 가득 피어올랐다.

햇솜처럼 한없이 따뜻하고 아늑한 느낌.

마음이 포근해졌다.

몸속 깊은 곳에서 느껴지는 온기에 절로 스르륵 눈이 감겼다.

까무룩 잠이 그녀를 끌어당겼다.

향과 해루, 두 사람의 고른 숨소리가 고요한 밤에 동그란 파문을 만들어냈다.

"또 해루란 말이냐? 또 그 계집에게 가셨단 말이냐?"

소은의 광기가 폭발했다. 서탁이 뒤집히고, 집기들이 날아다녔다.

"마마."

곁을 지키던 소쌍이 분한 속내를 감추지 못하는 소은을 말리려 애를 썼다. 그러나 날이 갈수록 정도가 심해진 광증은 좀처럼 사그라지지 않았다.

"놓아라! 놔! 너도 듣질 않았느냐? 저하께서 이 밤에 해루를 찾아갔다 한다. 빈궁전엔 눈길조차 돌리지 않으시면서……. 매일 해루, 해루, 해루, 지겹지도 않으신지. 닳도록 그 이름만 부르시는 구나."

제 머리를 쥐어뜯던 소은이 갑자기 바닥에 주저앉았다.

"소쌍아, 그분이 나더러 이 궁에서 나가라 하시면 어쩌지? 그럼 나는 꼼짝없이 쫓겨나겠지? 해루 그것이 아들이라도 낳으면 어쩌지? 나는……. 나는 영락없이 뒷방 신세가 되고 말 것이야."

잔뜩 가시를 세우던 좀 전의 모습과 달리 소은은, 몸을 동그랗게 말며 핍박받는 아이처럼 엉엉 울음을 터트렸다.

"마마, 괜찮사옵니다. 제가 마마를 지켜드릴 것이옵니다."

소쌍이 소은을 끌어안고 토닥토닥 다독였다.

"소쌍아, 나는 너뿐이다. 내게는 너밖에 없구나."

"걱정 마시옵소서. 두려워하실 것 없습니다. 모든 일은 순리대로 풀릴 것이옵니다. 제가 그 누구도 마마를 해코지하지 못하게 하겠 사옵니다."

"진심이냐? 정말이냐?"

"네, 마마님."

"고맙구나. 정말 고마워."

오랜 시간 안간힘을 다한 소쌍의 위로 덕에 소은은 비로소 안정을 되찾았다.

그러나 숨죽인 고요도 잠시뿐이었다.

소은의 눈 속에 이채가 피어올랐다.

"아니다. 내 억울해서 이대로 순순히 물러나지 못하겠다. 이대로 허무하게 저하를 빼앗길 수 없단 말이다. 무언가 방도를 찾아야 해. 무언가 방도를……."

연신 방 안을 서성이던 소은이 불현듯 소쌍을 돌아보았다.

"여전히 그분에게선 연통이 없느냐?"

"네?"

소쌍의 되묻는 말에 소은은 주위를 살피며 작게 속삭였다.

"그분 말이다. 귀녀에게선 아무런 소식도 없느냔 말이다."

"마마, 그분은 옥에 갇혀 있사옵니다."

두박신의 귀녀는 역모를 꾀한 죄로 지하 감옥에 갇혀 있었다.

그 사실을 소은이 모를 리 없었다. 그럼에도 소은은 떼를 썼다.

"귀녀께선 온갖 고문을 받고도 담담히 웃으며 오히려 고문하는 관인들을 성내어 꾸짖으셨다지? 저주가 무섭지 않으냐며 말이다. 믿는 것이 없다면 어찌 그리 당당하겠느냐? 틀림없이 그분은 하늘이 내린 사람이다. 고난은 잠시, 곧 자유롭게 풀려나시어 두박신의 저주를 풀어주실 거야. 소쌍아, 네가 그분을 찾아가보아라. 가서 내 사정을 알려주고 방도를 물어보란 말이다."

"상황이 예전 같지 않사옵니다. 그분을 뵙고 싶어도 뵐 방도가 없사옵니다."

"하늘이 무너져도 솟아날 구멍은 있다 하지 않더냐? 수를 짜내 보거라. 어떻게든 그분을 만나 내 사정을 알리고 해답을 물어보란 말이다. 그분이라면 필시 좋은 방도를 알려주실 것이야."

속삭이는 소은의 눈이 광기로 번들거렸다.

❀

지하 감옥의 음습한 기운이 소쌍의 작은 몸을 휘감았다.

진득한 피비린내가 코끝을 찔렀다. 붉게 얼룩진 벽과 바닥에선 금방이라도 비명이 새어 나올 것만 같았다.

소쌍은 눈을 질끈 감은 채 걸음을 옮겼다.

안 되는 일인 줄 알고 있었지만, 소은의 협박과 강요에 못 이겨 결국 이곳까지 오고 말았다.

두근두근, 심장이 터질 듯 뛰었다.

들키면 단순히 곤장 몇 대로 끝나지 않으리라.

소쌍은 후회했다.

일이 이렇게 될 줄 알았으면, 소은과 귀녀를 만나지 못하게 할 것을.

소은이 소쌍을 통해 귀녀에 대해 알게 된 것은 불과 몇 달 전의 일이었다.

당시 소은은 향의 무관심과 해루의 회임으로 심신이 피폐해질 대로 피폐해진 상태였다. 이대로는 소은이 스스로 목숨줄을 끊을 것만 같았다.

두려워진 소쌍은 그 사실을 귀녀에게 알렸다.

귀녀는 웃으며 한 병의 술과 서찰 한 통을 소은에게 보냈다.

고작 술 한 병과 서찰 한 통에 불과했지만, 소은은 한순간에 마음을 빼앗겼다.

　─하늘 아래 귀녀만이 내 아픔을 알아주는구나.

　서찰을 읽은 소은의 입에서 나지막한 탄식마저 흘러나왔다.
　귀녀는 그녀의 처지를 진심으로 동정하고 위로하였다. 한잔 술
에 모든 아픔을 씻어버리란 조언도 있었다. 술은 독이나 마음의 상
처엔 약이 될 수도 있다는 말도 쓰여 있었다.
　궁에서는 물론 가문에서조차 압박만을 받던 소은에게 서찰의
다독임은 거부할 수 없는 유혹이자 안식이었다.
　그렇게 빈궁과 귀녀는 서찰을 통해 여러 차례 연락을 주고받
았다.
　급기야 소은은 그 누구보다도 열렬한 귀녀의 신봉자가 되었다.
　귀녀가 자신과 함께 세자빈 간택에 참가했던 자화라는 사실은
꿈에도 모른 채, 소은은 괴롭거나 힘든 일이 있을 때면 버릇처럼
귀녀에게 서찰을 보내곤 하였다.
　급기야 감옥에 갇힌 것을 알면서도 귀녀를 만나고 싶어 안달하
는 상황에까지 이르게 되었다.
　그간의 일을 떠올리며 소쌍은 어두운 지하를 조심조심 걸었다.
　그렇게 얼마나 걸었을까?
　"이제야 왔구나."
　멀지 않은 곳에서 반기는 듯한 목소리가 들려왔다.
　그리 크지 않은 목소리였지만, 소쌍의 귀에는 천둥소리처럼 크
게 들렸다.
　지하 감옥의 가장 깊숙한 곳.

그곳에서 그녀는 귀녀와 만날 수 있었다.

귀녀, 자화는 의자에 묶여 있었다.

흰색의 소의를 입고 목엔 칼을 찬 그녀에게선 과거의 고아하던 모습은 찾아볼 수 없었다.

언제나 곱게 빗겨 있던 머리는 아무렇게나 헝클어져 있었고, 심한 고문의 흔적이 역력한 사지는 처참하기 이를 데 없었다.

그럼에도 소쌍을 보는 눈동자엔 여전히 형형한 기운이 서려 있었다.

"어, 어떻게 제가 오는 걸 아셨습니까?"

"이곳에 초조한 발소리를 내며 다가올 사람은 그리 많지 않단다. 또, 네가 날 찾아올 때가 되기도 하였고."

"귀녀를 뵈옵니다."

소쌍이 고개를 조아렸다.

"용케 여기까지 올 수 있었구나."

갈라진 자화의 입술 사이로 쇳소리를 닮은 거친 소리가 새어 나왔다.

소쌍은 잠시 그녀의 모습을 바라보다 공손히 대답했다.

"옥졸 중에 두박신을 따르는 자가 몇 있었습니다."

"잘하였다."

자화는 그녀의 용기를 치하하였다.

소쌍은 자화가 만약을 위해 심어놓은 비책이었다.

예상과 달리 역모가 실패하였을 때, 구사일생할 수 있도록 남겨둔 최후의 수.

"떨고 있구나. 불안해할 것 없다. 적어도 반 시진 내엔 아무도 이곳을 찾지 않을 터이니."

392

옥에 갇힌 것은 자신임에도 자화는 되레 소쌍을 위로했다. 그 모습이 마치 용상에 앉은 군주처럼 당당하였다.

"여쭙고 싶은 말이 있어 찾아왔습니다."

소쌍의 말에 자화는 짐작 가는 것이 있다는 듯 고개를 끄덕였다.

"빈궁에 관한 일이겠지?"

"그렇습니다."

"그 전에 나 역시 묻고 싶은 말이 있구나."

"하문하십시오."

"온궁에서의 일은 어찌 된 것이냐?"

소쌍이 고개를 들었다.

"온궁에서의 일이라 하심은……?"

"내 철저히 계획한 일이 있었다. 내 뜻대로 되었다면 일이 이 지경이 되지는 않았을 터. 어찌 된 사연인지 궁금하구나."

"그것이……."

소쌍은 온궁에서 있었던 일을 조용히, 차분하게, 그리고 할 수 있는 한 최대한 자세히 설명하였다.

이야기가 끝나자, 자화의 입에서 분노가 뒤섞인 탄식이 흘러나왔다.

"해루, 또 그 아이구나."

온궁에서의 일이 틀어진 이유, 다른 누구도 아닌 해루 때문이었다.

해루가 없었다면 야인들에 의해 왕의 목은 장대 끝에 달렸을 것이고, 서까래를 잃어버린 조선 또한 두박신의 불길을 막지 못하였을 것이다.

"아니. 이번엔 해루 하나만이 아니었구나."

자화의 입에서 한 사람의 이름이 더 튀어나왔다.

"……민안선."

자화의 계획은 두 가지였다.

하나는 야인들을 끌어들이는 것이었고, 또 다른 하나는 두박신도로 하여금 도성을 불태우는 것이었다.

아쉽게도 첫 번째 계획은 해루에 의해 꺾여버렸고, 한양을 삼키려던 계획마저 민안선의 밀고로 허무하게 끝나고 말았다.

"이제 보니 아비와 딸이 함께 날 방해하였구나. 두고 보아라. 내무슨 수를 써서라도 이 빚을 갚을 터이니."

원수의 이름을 잘근잘근 씹은 자화가 고개를 들었다.

"소쌍아, 네게 부탁할 것이 있구나."

"말씀하십시오, 귀녀님."

답하는 소쌍의 목소리가 전에 없이 건조했다. 귀녀에게 온궁의 일을 전하는 동안, 잠시 잊었던 기억이 떠오른 까닭이었다.

야인들에게 잡혀 꼼짝없이 죽을 뻔한 그 끔찍한 상황을 잊기 위해 얼마나 몸부림쳐야 했던가.

소쌍은 원망 섞인 눈빛으로 어둠 속에 있는 자화를 바라보았다.

귀녀는 야인들의 침입을 소쌍에겐 귀띔해 주지 않았다.

계획이 누설되는 것을 경계했기 때문이리라. 그러나 그 바람에 자칫하면 목숨을 잃을 뻔하였다.

소쌍의 속내일랑 까맣게 모른 채 자화는 나직한 목소리로 명을 내렸다.

"너는 이대로 궁을 나가 도성 밖 은신처를 찾아가거라. 그곳 북쪽 계단 아래를 뜯으면 궤짝이 나올 것이니 그 궤짝에 담긴 물건을 빈궁에게 전해주도록 하거라."

머뭇거리던 소쌍이 물었다.

"그 궤짝에 담긴 물건이 무엇인지요?"

자화가 미소를 지으며 대답했다.

"먹구름을 걷어내고, 잠든 태양을 끄집어낼 묘책이란다."

말뜻을 해석하자면 두박신이 다시 일어설 거란 의미.

소쌍은 미간을 찌푸렸다.

대체 무슨 수로?

어떤 묘책이건 간에 그것이 소은에게 좋지 못한 영향을 끼칠 것이란 생각을 지울 수 없었다.

언젠가 귀녀는 말했다.

큰 것을 이루기 위해서는 작은 것을 버릴 줄 알아야 한다고.

귀녀는 목적을 위해서라면 수단을 가리지 않는 사람이었다. 온궁에서의 일로 그 사실을 그 누구보다 뼈저리게 느낄 수 있었다.

소쌍은 묻고 싶었다.

그럼 작은 것은 언제나 큰 것을 위해 버려져야 한단 말입니까? 작고 보잘것없는 것은 언제나 이용당하고 비참하게 죽어야 할 운명이란 말입니까?

가슴이 답답해졌다.

하지만 그녀는 끝내 질문을 던질 수 없었다.

"무얼 하느냐? 어서 가질 않고."

자화가 재촉했다.

"빈궁의 고민은 어찌하여야 합니까?"

"궤짝 안에 그에 대한 해결책도 들어 있으니, 걱정할 것 없다. 서둘러라. 그리고 은밀히 움직여야 함을 잊어서는 아니 될 것이야."

"알겠습니다."

소쌍은 조용히 절하고는 자화의 앞에서 물러났다.

뇌옥을 떠나는 그녀의 표정은 그 어느 때보다 어두웠다.

❀

달빛이 깊어지는 시각.

어쩐 일인지 소은은 잠자리에 들 준비 대신 곱게 단장을 시작했다.

단장이라 하지만 평소처럼 화려하게 치장하는 것이 아니었다. 오히려 그녀는 지닌 옷 중에서 가장 수수한 옷을 입고 가장 검소한 장신구로 치장하였다.

"소쌍아."

치장을 마친 소은은 탁자 위에 놓인 자개함을 턱짓했다.

"저것을 가지고 따라오너라."

자개함을 들여다보는 소쌍의 눈빛이 무겁게 가라앉았다.

"마마……."

무언가 할 말이 있다는 듯 입을 달싹이는 소쌍을 향해 소은이 두 눈을 부릅떴다.

"아무 말도 하지 마라. 이것만이 내가 살 수 있는 유일한 방도야."

소쌍은 낮게 가라앉은 눈으로 자개함과 소은을 번갈아 보았다. 자개함은 자화가 말한 궤짝 안에 서찰과 함께 들어 있던 물건이었다.

"마마, 정녕 서찰에 쓰인 대로 하실 것이옵니까?"

소쌍이 소은의 팔을 잡고 간곡히 말했다.

"빈궁마마, 지금도 늦지 않았습니다. 자개함을 처분하십시오. 서찰의 내용도 모두 잊으십시오."

짝!

날카로운 소리와 함께 소쌍의 고개가 돌아갔다.

손찌검한 소은이 소쌍의 머리채를 틀어쥐고 윽박지르듯 말했다.

"너도 귀녀의 서찰을 보지 않았더냐? 이 길뿐이다. 내가 살고, 네가 살 길은 천하에 오직 이 길뿐이란 말이다."

"하오나……."

"쉿!"

소은이 입술 위에 손가락을 세웠다.

"네가 제정신이냐? 예가 어디라고 함부로 입을 놀리려 해?"

주위를 살펴보는 소은의 눈빛에 초조함이 서려 있었다.

"투정은 그쯤 하고 이만 일어서거라. 쉽지 않은 일임은 나도 알고 있다."

싸늘하게 소쌍을 노려보던 소은은 아랫입술을 지그시 깨물었다.

벼랑 끝에 선 신세였다.

귀녀가 오래전 예언한 대로 더는 물러설 구석이 없게 되었으니, 이젠 마지막 결단을 내려야 할 때였다.

이대로 모든 것을 잃을 수는 없었다.

이대로 맥없이 가진 것 모두를 해루에게 빼앗길 수는 없었다.

자신의 것을 지킬 수만 있다면, 그 어떤 수단과 방법도 가리지 않으리라.

귀녀의 전언대로 소은은 최후의 방도를 실행에 옮기기로 결심하였다.

소은은 주저하는 소쌍에게 자개함을 들게 한 채 대전으로 향했다.

"빈궁마마, 이 밤중에 어인 일이시옵니까?"

대전의 장 상궁이 대청마루 앞에 선 소은을 보며 조심스레 물었다.

소은을 바라보는 장 상궁의 눈에 경계의 빛이 떠올랐다. 빈궁께서 근래에 들어 심신이 온전치 못하다는 소문을 들은 터였다.

꺼리는 눈빛을 읽은 것일까?

소은이 전에 없이 나긋한 미소를 얼굴에 떠올렸다.

"주상 전하께 올리고 싶은 것이 있어 걸음을 하였네."

소은은 주위를 돌아보았다. 중궁전의 상궁들과 궁녀들의 모습이 보였다.

"혹, 중전마마께서도 안에 계시는가?"

"그렇사옵니다."

장 상궁의 대답에 소은은 흡족한 표정을 지었다.

"마침 잘되었네. 양전께서 함께 계시니, 따로 중궁전에 들르는 수고를 덜게 되었군."

"전할 물건이 있으시면, 소인이 올리겠나이다."

"아닐세. 내 그간 어리석었던 행실로 두 분의 성심을 어지럽혔으니 용서를 구하고 싶으이. 그러니 장 상궁, 안에 고해주시게."

간곡한 부탁에 장 상궁은 마지못해 회랑으로 향했다.

잠시 후.

다시 돌아온 장 상궁은 소은이 들어갈 수 있도록 길을 터주었다.

"들라 하시옵니다."

소은의 얼굴에 활짝 웃음꽃이 만개하였다.

반대로 그녀를 따르는 소쌍의 얼굴은 창백하게 굳었다. 자개함을 든 손끝이 파르르 떨렸다.

왕의 머리를 장대 끝에 건다.

두박신의 저주에서 벗어나는 길은 오직 그 한 가지 방법뿐이다.

소쌍이 들고 있는 자개함 속엔 왕의 머리를 취할 수 있는 물건이 들어 있었다.

사람의 마음

멀리서 해시(亥時)를 알리는 북소리가 들려왔다.

어둠 속에 웅크린 자화의 얼굴에 불현듯 미소가 떠올랐다.

지금쯤 그녀가 준비한 궤짝이 빈궁에게 전해졌으리라.

궤짝에 든 서신을 읽은 빈궁은 틀림없이 왕과 중전, 그리고 세자를 찾아갔을 터.

곧 이 나라 조선의 두 하늘이 무너질 것이다.

그리되면 그녀 역시 이 끔찍한 감옥에서 벗어나 영광의 자리로 나아갈 수 있겠지.

이제 곧 풀려날 것이란 기대감 때문일까?

갑자기 갈증이 일었다.

이곳에 갇힌 지 벌써 보름째였다. 계속된 굶주림과 기갈로 그녀는 서서히 시들어가고 있었다.

참아야 한다.

이제 고작 며칠.

곧 큰 변화가 찾아올 것이다. 당장 풀려나는 건 힘들어도 괴로운 처지를 조금은 면할 수 있게 되리라.

그럼에도 시간이 갈수록 물 한 모금에 대한 욕구는 점점 커져만 갔다.

현기증이 일었다. 눈앞이 흐려졌다.

잔인한 문초를 받으면서도 한 치의 틈도 보이지 않았다. 오히려 웃으며 조롱했다. 난데없이 주문을 외우며 저주를 퍼부었다. 당혹감으로 일그러지는 관인들을 보며 한껏 웃었다.

어차피 저들은 그녀를 죽일 생각이 없었다.

아무렴, 알고 싶은 것이 산을 이루고, 캐내고 싶은 비밀이 바다처럼 깊을 터.

힘줄을 뜯어내고 뼈를 꺾어도 죽을 만큼의 힘을 쓰지는 않았다.

시간은 그녀의 편이었다.

이제 곧 때가 도래하리라.

하지만 강철처럼 강인한 자화에게도 고통은 있었다. 타는 듯한 기갈 앞에 그녀는 정신마저 혼미해졌다.

"물……. 물……."

자화는 쇳소리를 흘리며 간절히 원했다.

그 순간, 하늘의 도움인가.

거짓말처럼 차가운 물방울이 그녀의 잇새로 스며들었다.

자화는 처음 어미젖을 빠는 어린것처럼 달고 맛나게 물을 들이켰다. 혈관을 타고 차가운 물의 기운이 번져 나갔다.

한껏 물을 들이켠 후에야 겨우 정신이 들었다.

살며시 실눈을 뜨니, 작고 하얀 얼굴이 시야에 들어왔다.

"정신이 들어?"

귓가로 들려오는 고운 목소리.

자화는 저도 모르게 작게 신음을 흘렸다.

여전히 머릿속은 흙탕물처럼 혼탁했다. 전신이 허공으로 붕 뜬 것만 같았다. 들려오는 목소리가 꿈인지 현실인지, 제대로 가늠되지 않는다.

"누구냐?"

"날 몰라?"

물어보는 목소리에 정신이 번쩍 들었다.

"해루."

뜻하지 않은 손님이었다.

"네가 어찌 이곳에 있는 거냐?"

물어보는 목소리가 차갑기 그지없었다.

"너와 한 번은 만나야 한다는 생각이 들었어."

해루의 말에 자화는 쓸쓸하게 웃었다.

그래, 만나야 했지.

하지만 이렇게는 아니었어.

언제나 해루와의 재회를 고대했었다.

그러나 이런 모습은 아니었다. 이런 행색으로 해루를 만날 생각은 조금도 없었다.

높은 자리에 앉아 참혹한 행색으로 엎드린 해루를 내려다보고 싶었건만, 잔인한 것이 운명이라, 현실은 그녀의 생각과는 전혀 다르게 흘러갔다.

자화는 숨을 깊게 들이쉬었다. 그리고 입가에 미소를 머금었다.

바싹 마른 입술이 갈라지며 피가 흘렀지만 개의치 않았다.

"왜 내가 보고 싶었던 것이냐?"

해루는 우두커니 그녀를 바라만 보고 있었다.

많은 감정이 담긴 눈빛.

자화의 눈가에 문득 경련이 일었다.

"너, 설마 기억을 찾은 것이야?"

해루는 고개를 끄덕였다.

자화는 참았던 숨을 가늘게 내뿜었다.

"그럼, 이제 내가 누군지 알겠구나."

해루가 입을 열었다.

"산과 들에서 놀이할 때면 언제나 난 한 소녀와 함께였지. 말수가 적고 유달리 수줍음이 많은 아이였어. 이따금 보이는 웃음이 참으로 예쁜 아이. 내 생일에 들꽃으로 화관을 만들어준 적도 있었어."

자화가 해루의 말을 이었다.

"당시의 넌 말하기 좋아하는 아이였다. 누구에게나 친절하고 상냥하여 어른들의 어여쁨을 독차지하였다. 무엇보다 네겐 앞날을 내다보는 기이한 재주가 있었다. 마을 사람들은 널 좋아하면서도 두려워했다. 네가 흡사 무에 쓰인 표정으로 말을 할 때면, 신령을 대하듯 무릎을 꿇곤 하였지. 난 그런 널 좋아했다. 그리고 시기하였지. 네가 부러워 혼자 있을 땐, 신의 계시라도 받은 척 흉내 낸 적도 있었단다."

두문골.

한마을에서 태어나 함께 자란 해루와 자화.

두 사람은 가장 친한 동무였고, 속 깊은 이야기도 서로 나눌 수 있는 친자매 같은 사이였다.

그러나 앞날을 예지하는 특별한 능력을 지닌 덕에 어른들의 관심을 한 몸에 받은 해루와는 달리 조용한 자화에게 관심을 보이는 사람은 없었다. 그녀의 아버지마저도 해루에게 더 많은 애정을 보이곤 하였던 것이다.

자화에게 해루는 동경의 대상이자 질투의 상대였다.

과거를 더듬던 자화가 현실로 돌아왔다.

수많은 역경과 고난을 벗고, 이제는 소녀의 태마저 벗은 동무가 아름다운 여인의 모습으로 눈앞에 있었다.

이내 자화의 입에서 비난하는 음성이 흘러나왔다.

"한때 난 너의 어리석음을 비웃은 적이 있었다. 너는 미래를 볼 수 있으나 현명하지 못하였다. 순진하게 사람들 앞에서 해서는 안 될 미래의 일까지 모두 말해 버리고 말았지. 그 때문에 죽을 뻔하였다. 어디 그뿐일까? 단단했던 너의 울타리도 산산조각이 나고 말았어. 네가 조금만 영특했다면 그런 일은 생기지 않았을 거야."

묵묵히 듣던 해루는 눈을 감았다.

어렴풋이 기억났다.

여덟 살 생일을 맞이하던 날, 축하를 위해 모인 사람들 앞에서 안개 저 너머로 본 피안의 세계를 이야기하였다. 들뜬 표정으로 앞으로 일어날 미래를 하나도 남김없이 입에 올리고 말았다.

그때는 몰랐다.

그 말이 어떤 의미를 가진 것인지, 얼마나 큰 금기를 어긴 것인지를.

그땐 그저 좋았다. 앞날을 말할 때마다 어른들이 보이는 반응이.

그들은 매번 신기해하고 칭찬해 주었더랬다.

자화의 말이 옳다.

섣부른 말이 결국 재앙을 불러왔다.

그때, 조금만 깊게 생각하였다면 과연 어찌 되었을까?

그때, 조금만 침묵하였다면…….

그러나 그러기엔 여덟 살은 너무 어리고 가벼운 나이였다.

"생각해 보면 참으로 얄궂은 운명이로구나."

자화가 음울한 목소리로 다시 입을 열었다.

"지금의 네 모습을 봐. 지금의 넌 하늘의 선택을 받아 미래를 볼 수 있지만, 그 사실을 숨기기에 급급하질 않으냐. 그에 반해 어린 시절 내내 널 동경했던 난 사람들을 현혹하여 신녀니 귀녀니 하면서 떠받들리고 있다. 진실은 숨고 거짓이 세상을 뒤덮으니, 참으로 얄궂은 운명이질 않으냐."

자조하듯 말한 자화는 고개를 들어 옛 친구를 바라보았다.

"무엇 때문에 날 찾아온 것이냐? 설마, 동정이라도 할 생각으로 온 거라면 그만 돌아가. 그런 눈으로 날 보기엔 아직 이르니까."

"동정할 생각은 없어. 다만, 한 가지 묻고 싶은 게 있어."

해루가 말했다.

"뭐지?"

"언젠가 태군을 이용하여 명국을 도발한 것, 두문회의 뜻이었어?"

"……."

"이번에 야인들을 끌어들인 것 역시 고려를 되찾기 위한 일이었던 거야?"

해루의 물음에 자화는 작게 냉소했다.

"아쉽게도 그러기엔 두문회의 수장들은 너무 경직된 사람들이었다."

"무슨 말이야?"

"명분! 그들은 언제나 정당한 명분 아래 움직이길 원했지. 설사, 그로 인해 영원히 숙원을 이룰 수 없게 될지라도."

"그럼 그 모든 일은……?"

"내 독단이었다."

"네 뜻?"

"기억나? 어른들은 우리에게 틈만 나면 옛이야기를 하곤 했지. 고려가 얼마나 좋은 나라였는지, 조선이 그 좋은 나라를 어떻게 허물어뜨렸는지. 그런 이야기를 들을 때면 난 언제나 놀라고 분한 표정을 지었다. 때론 눈물을 흘리기도 하였지. 그런 내 모습을 보며 어른들은 장하다 칭찬하며 함께 복수하자 맹세했지."

자화가 입술을 뒤틀며 말을 이었다.

"어리석은 인간들."

갈라 터진 입술 사이로 저주와 한 맺힌 말들이 쏟아져 나왔다.

"고려의 부흥? 과거의 영화? 그게 나와 무슨 상관이란 말이냐. 어째서 내가 경험하지도 못한 어른들의 추억을 위해 평생을 바쳐 싸워야 한단 말이냐? 어째서 내 아버지가! 내 어머니를 잃고 자신의 삶도 잃고 딸마저 버리다시피 하여야 했단 말이냐? 어째서 난 유일한 혈육을 허무하게 빼앗기고 잃어야 한단 말이냐? 왜? 그깟 과거에 대체 무슨 미련이 남아서? 어째서 내가 알지도 못하는 과거를 위해 헌신하고 고통받아야 한단 말이냐!"

폐부에 고인 고혈을 쥐어짜듯, 분노를 쏟아낸 자화가 무표정한 얼굴로 말을 이었다.

"난 아무래도 상관없다. 조선이나 고려. 그깟 것들이 내게 무슨 의미가 있지?"

해루가 물었다.

"그럼 왜 그런 일들을 벌인 거야? 아무래도 상관없다면 떠나면 그만이었을 텐데."

"떠나? 어디로? 이미 난 모든 걸 잃어버렸는데. 평생 배운 거라곤 원한을 키우는 것뿐이었는데. 어디로 떠나 무얼 하란 말이야?"

"그래서……."

"내 가슴엔 이제 하얀 재만 남았다. 이 세상 또한 그리되길 바랐다. 내게 아픔과 상처만 가르쳐준 세상. 차라리 모두 불타 재만 남으면 좋겠다 생각하였지."

먼 곳을 바라보던 자화가 해루에게 시선을 돌렸다.

"이번은 너의 운명에 휘말려 아쉽게 실패하고 말았구나. 그러나 이대로 끝나지 않을 거야. 조선은 결국 내 바람대로 될 테니까."

해루는 단호히 고개를 저었다.

"아니, 그렇게 되지 않을 거야."

"어떻게 그리 확신하지? 또 미래라도 본 것인가?"

"그쯤은 보지 않아도 알 수 있어."

해루의 머릿속으로 사람들의 모습이 떠올랐다.

백성을 걱정하는 왕.

부국강병을 꿈꾸는 왕세자.

아무도 인정해 주지 않아도 꿋꿋하게 제 역할을 다하는 신루의 학자들.

그 외에도 이 조선에는 더 나은 세상을 만들기 위해 밤낮으로 애쓰는 사람들이 가득했다.

각자의 삶을 지키기 위해 한 발 한 발 힘겹게 걸음을 옮기는 사람들.

그들이 있는 한, 자화가 뿌린 불온한 씨앗이 이 나라에 깊게 뿌리내릴 일은 없을 것이다.

"어떻게 안다는 말이냐? 무엇이 이 조선을 지켜줄 거라 믿는 거냐?"

자화의 질문에 해루는 짧게 대답했다.

"사람의 마음."

자화가 콧방귀를 뀌었다.

"고작 그따위 소리나 하려고 날 찾았어? 여전히 넌…… 어리석구나."

많은 말을 해서일까?

머리가 무거웠다.

지독한 현기증이 밀려왔다. 참을 수 없는 고통에 자화는 잠시 눈을 감았다.

그렇게 시간이 흘렀다.

톡톡, 물방울 떨어지는 소리에 자화는 눈을 떴다.

아마도 잠시 기절했던 모양이다.

다시 눈을 떴을 땐, 해루의 모습은 어디에도 보이지 않았다.

비가 내리는지 천장에서 방울방울 떨어진 물방울이 입가를 적시고 있었다.

"꿈이었던 모양이군."

자화의 입가에 허허로운 미소가 맺혔다.

꿋꿋한 척 버티고 있었지만, 정신은 이미 한계를 넘었던 모양이다. 헛것을 다 보다니.

"꿈인지 생시인지는 모르겠으나 기다려라, 해루야. 곧 널 깜짝 놀라게 해줄 테니 말이야."

자화는 다음을 기약하며 이를 갈았다.

그런 그녀의 발치에 생긴 지 얼마 되지 않은 작은 발자국 몇 개가 선명하게 찍혀 있었다.

❀

"이 밤에 무슨 일이더냐?"

소은이 안으로 들기 무섭게 왕께서 하문하셨다.

온궁에서의 일을 털어낸 왕은 오랜만에 왕비와 차를 나누며 담소 중이었다.

소은은 서둘러 왕과 왕비에게 예를 올리고, 소쌍에게서 건네받은 자개함을 들어 보였다.

"사가에서 귀한 곶감을 보내왔나이다."

"곶감?"

"네. 상주에 사는 먼 인척이 손수 말린 것이옵니다. 참으로 달고 맛나다 하옵니다."

"그러하냐?"

"아바마마와 어마마마께 올리고 싶은 마음에 예가 아닌 줄 알면서도 이 밤에 찾아뵈었나이다."

"우리를 생각하는 빈궁의 마음이 참으로 곱구나. 그래, 어디 한번 맛을 보자꾸나. 빈궁이 이 밤에 달려올 만큼 맛난 것인지 말이야."

허락을 의미하는 말이 왕에게서 떨어졌다.

곶감이 담긴 자개함이 대전 상궁에게 전해졌다. 그것은 곧장 기미 상궁에게로 건네졌고, 절차에 따른 기미가 진행되었다.

문득 지켜보는 소은의 커다란 눈망울에 거친 파문이 일었다.

행여 곶감에 숨어 있는 비밀을 기미 상궁이 알아차리면 어쩌지?

소맷자락 안에 숨어 있는 손바닥에 눅눅하게 땀이 고였다.

아니야. 걱정할 필요 없다.

귀녀가 남긴 서찰에 쓰여 있지 않았던가.

하나만으로는 해가 되지 아니하고, 둘이 만나야 비로소 탈이 난다.

귀녀가 마련한 묘책은 내일 수라상을 받은 후에야 발휘되고, 큰일이 벌어지는 것은 적어도 열흘은 지나서다. 그러니 누구도 곶감을 의심하지 않을 것이다.

소은은 귀녀의 안배를 믿으면서도 한편으로는 입안이 바싹바싹 타들어갔다.

그런 속내를 알지 못한 기미 상궁은 참으로 꼼꼼히 곶감을 기미했다.

그렇게 얼마나 지났을까?

기미를 끝낸 곶감이 왕 앞에 놓였다.

잔뜩 굳어 있던 소은의 얼굴에 그제야 혈색이 돌아왔다.

"어디 보자, 윤기가 흐르고 뽀얗게 분이 앉은 것을 보니, 참으로 맛나 보이는구나."

왕이 입맛을 다시며 곶감을 집어 들었다.

소은은 잠시 숨 쉬는 것도 잊은 채 왕을 곁눈질했다.

쿵쿵, 심장이 뛰었다.

그녀는 차마 눈조차 깜빡거리지 못한 채 왕과 왕비를 응시했다.

저것만 먹으면……. 왕과 중전께서 저 곶감만 먹으면…….

순간.

"전하."

느닷없는 음성이 방을 가로질렀다.

모두의 시선이 소은의 등 뒤로 향했다. 소은의 곁을 그림자처럼 따르던 궁녀 소쌍이 무람하게도 왕의 앞으로 나섰다.

"무슨 짓이냐?"

대전 상궁의 날카로운 지청구가 소쌍을 막아 세웠다.

그러나 소쌍은 두려운 기색 없이 다시 소리쳤다.

"전하께 아뢸 것이 있사옵니다!"

무거운 정적이 강녕전을 짓눌렀다.

가장 먼저 입을 연 사람은 소은이었다.

"이 무슨 무례한 짓이더냐? 예가 어디라고 네가 나서는 것이야?"

소은은 문 앞을 지키고 있는 상궁들에게 황급히 명을 내렸다.

"아무래도 이 아이가 잠시 실성을 한 듯하구나. 밖으로 데려가 쉬게 하여라."

상궁들이 서둘러 소쌍의 팔을 잡아끌었다.

왕께서 손을 들어 그들을 제지했다.

"그냥 두어라."

"아바마마, 개의치 마시옵소서. 어린것이 어여쁘다 아껴주었더니 사리 분간을 못하여 벌인 일이옵니다."

황급히 소쌍의 앞을 가로막은 소은은 어색한 미소를 입가에 올렸다.

그녀의 눈을 바로 응시하며 왕이 다시 말했다.

"그냥 두라 하였다."

낮지만 위엄 가득한 목소리에 상궁들은 소쌍을 그 자리에 남겨 둔 채 뒤로 물러섰다.

소은의 얼굴에 당황한 기색이 가득했다.

"이 모든 것이 아랫것을 제대로 다스리지 못한 소첩의 불찰이옵니다. 저를 벌하여 주시옵소서."

소은은 안절부절못하며 연신 소쌍을 흘겨보았다.

그러나 소은과 눈이 마주쳤음에도 소쌍은 그 자리에서 한 치도 물러나지 않았다.

도대체 무슨 생각으로 이리하는지 알 수가 없었다.

성공을 목전에 두었건만, 모든 일이 어그러지고 있었다. 그것도 지금껏 믿고 의지하였던 아이로 인하여…….

소은의 눈에 푸른 분노가 튀어 올랐다. 그 눈빛에 실린 살기가 가볍지 않았다.

이쯤 하였으면 겁을 집어먹고 물러나야 하건만 소쌍은 여전히 뜻을 굽히지 않았다.

그사이, 왕께서 집어 든 곶감을 내려놓으며 소쌍에게 물었다.

"내게 하고 싶은 말이 무엇이냐?"

"……."

"보아하니 궁의 법도를 모를 만큼 무지해 보이지는 않는구나. 그럼에도 이리 나섰다는 것은 그만큼 긴요한 사정이 있다는 의미일 터. 그것이 무엇이냐?"

왕의 물음에 소쌍은 머리를 바닥에 조아렸다. 그리고 말했다.

"아뢰옵기 황공하오나, 주위를 물려주시옵소서."

어린 궁녀의 당돌한 청에 왕의 안색이 잠시 흐려졌다.

"네가 정녕 죽고 싶은 것이냐!"

참다못한 소은이 소리쳤다.

그러나 이번에도 왕의 목소리가 그녀를 멈추게 하였다.

"그 아이를 내버려두어라."

"아바마마……."

"허고, 모두 물러가라."

소은이 왕의 앞에 바싹 몸을 낮추었다.

"전하, 어린 궁녀의 말이옵니다. 귀담아들으실 필요 없사옵니다."

"내 이미 저 아이에게 시간을 허락하였느니. 굳이 주위를 물려달라는 청을 거절할 이유도 없지 않으냐?"

왕은 곁을 지키고 있는 상선을 돌아보았다.

"정동아, 주위를 물려라."

상선의 행동이 빨라졌다.

이내 중전을 비롯한 궁인들 모두가 강녕전 밖으로 자취를 감추었다.

마지막까지 자리를 지키던 소은 역시도 떠밀리듯 강녕전 밖으로 물러날 수밖에 없었다.

모두가 사라지고 난 후.

왕은 소쌍을 향해 입을 열었다.

"자, 네가 원하는 대로 모두 하였느니. 그러니 말해 보아라."

내내 눈을 감고 있던 소쌍이 길게 숨을 들이마셨다.

짧은 침묵이 흘렀다.

길게 숨을 내쉬며 소쌍은 감았던 눈을 떴다. 이윽고 조가비처럼 굳게 닫혀 있던 그녀의 입술이 열렸다.

"무어라 하였느냐? 지금 그 말이 사실이더냐?"

왕의 미간이 와락 일그러졌다.

그는 눈앞에 있는 빈궁전의 궁녀, 소쌍을 분노 가득한 눈길로 내려다보았다.

"다시 한 번 말해 보라."

"빈궁마마가 밤마다 제게 함께 침소에 들기를 명하였사옵니다. 그저 잠만 자는 것이 아니라 목을 안고 입을 맞추었습니다."

"……!"

아연한 고변에 왕의 낯빛이 하얗게 탈색되었다.

"그 말이 사실이더냐?"

"조금의 거짓도 없는 사실이옵니다."

왕께서 자리에서 일어섰다.

"정동아!"

부름이 채 허공중에 번지기도 전에 상선 정동이 모습을 드러냈다.

"당장 세자빈을 대전으로 들라 하라. 이 추악한 소문의 진상을 알아야겠다."

왕의 성난 외침이 대전 담벼락을 넘었다.

내가 중궁과 더불어 소쌍을 불러 그 진상을 물으니, 소쌍이 말하기를, '지난해 동짓날에 빈께서 저를 불러 내전으로 들어오게 하셨는데, 다른 여종들은 모두 지게문 밖에 있었습니다. 저에게 같이 자기를 요구하므로 저는 이를 사양했으나, 빈께서 윽박지르므로 마지못하여 옷을 한 반쯤 벗고 병풍 속에 들어갔더니, 빈께서 저의 나머

지 옷을 다 빼앗고 강제로 들어와 눕게 하여, 남자의 교합하는 형상
과 같이 서로 희롱하였습니다' 하였다.

—『세종실록』 75권, 세종 18년 10월 26일 무자

인과응보(因果應報)

소쌍의 이야기는 왕실을 발칵 뒤집어놓았다.

세자빈과 어린 궁녀 사이의 대식(對食)이 세상 밖으로 드러난 것
이다.

그러나 말하기 좋아하는 호사가들조차도 입에 올리기 황망해하
는 이야긴지라 궁은 무거운 침묵에 휩싸였다.

어색한 침묵 안에서도 해야 할 말과 들어야 할 이야기는 꾸준히
왕의 귀를 파고들었다.

그간 있었던 세자빈의 행실과 말들이 숨김없이 왕에게 고해졌
다. 세자빈이 대식을 하였다는 결정적인 증좌는 없었다. 그러나 빈
궁께서 궁녀 소쌍과 도타운 친분을 유지했다는 증언은 수없이 많
았다. 그 관계가 범상치 않다는 이야기도 적지 않았다.

세자빈은 이 모든 것이 음모라 하였다. 자신을 음해하기 위해 꾸

며낸 거짓이라며 억울함을 호소했다.

하지만 그녀의 목소리에 귀 기울이는 이는 없었다.

세자빈의 기행은 궁 안에 소문이 파다했다.

왕께서 내린 책을 내동댕이치고, 두박신으로 정국이 뒤숭숭한 상황에서도 빈궁전에 신당을 만들어 무당을 불러들인 일까지 고스란히 밝혀졌다.

뿐일까?

술을 물처럼 마시고 궁녀들에게 사내를 유혹하는 노래를 시키는가 하면, 외간 사내를 훔쳐보기 위해 뒷간에 숨어들었다는 고변까지 이어졌다.

덧붙여 낮이고 밤이고 기쁘고 슬플 때마다 소쌍을 곁에 둔 사실 또한 확인되었다.

주변의 모든 증언이 목숨을 걸고 고변한 어린 궁녀의 말에 힘을 실어주었다.

푸르게 살을 찌운 살구가 다홍색으로 익었다. 어느덧 매섭게 우는 매미의 계절을 지나 서늘한 바람이 발치를 휘감는 계절로 들어섰다.

그 긴 시간 동안 왕은 모든 정황과 증언들을 듣고 가늠하기를 반복하였다.

그리고 마침내 왕께서 결단을 내렸다.

빈궁전 마당으로 작고 검소한 가마 한 대가 들어섰다.

대청마루 앞을 지키고 섰던 한 상궁은 초조한 기색으로 빈궁의 처소를 살폈다. 문풍지에 어른거리는 빈궁의 그림자는 여전히 미동이 없었다.

"빈궁마마."

조심스러운 부름에도 대답은 들려오지 않았다.

기다리던 한 상궁은 처소 안으로 걸음을 옮겼다.

문을 여니 엉망이 된 세자빈의 처소가 모습을 드러냈다.

사납게 찢겨 너풀거리는 휘장, 산산이 조각난 채 바닥을 뒹구는 화병, 복록을 기원하는 문양이 수놓인 거대한 병풍도 무언가 날카로운 것에 찢긴 채 흉물스럽게 서 있었다.

흡사 거대한 산짐승이 할퀴고 지나간 듯한 방 안 풍경에 한 상궁은 절로 숨을 멈추었다. 그러다 이내 낮게 날숨을 내뱉으며 시선을 돌렸다.

아수라장이 된 방 깊숙한 곳에 소은이 앉아 있었다.

정갈하게 머리를 빗고 곱게 갈아 만든 진주 가루를 볼에 두드리는 모습이 주위 풍경과 어우러져 괴이하게 느껴졌다.

잠시 어깨를 움츠리던 한 상궁은 주춤주춤 소은의 곁으로 다가갔다.

"마마……."

"무엇이냐?"

붉은 산호가 박힌 떨잠을 머리에 꽂으며 소은이 물었다. 마치 아무 일도 없었다는 듯 태연한 표정이었다.

조금 전, 폐출(廢黜) 소식을 전해 듣고 광기를 부렸던 모습은 온데간데없었다. 아니, 그런 일일랑 처음부터 듣지 못한 사람처럼 소은은 평온한 얼굴이었다.

"무슨 일이냐 묻질 않느냐?"

"그것이……."

잠시 눈치를 살피던 한 상궁이 말을 이었다.

"주상 전하께서 서둘러 출궁하라 하시옵니다."

"……."

"하옵고……. 지금 걸치고 계신 모든 것은 궁 밖으로 가져가실 수 없사옵니다."

"무어라?"

소은의 미간이 일그러졌다.

그러나 한 상궁은 물러서지 않았다.

"머리에 꽂은 비녀와 떨잠을 빼셔야 하옵니다. 입고 계신 의복 대신 이것을 입으시옵소서."

한 상궁은 미리 준비한 옷을 소은의 앞에 내려놓았다.

"이게 무엇이냐?"

소은은 한껏 눈을 내리깐 채 한 상궁이 준비한 옷을 살폈다.

아무 무늬도 없는 소박한 치마와 저고리.

왕실의 여인이 걸치기엔 검소하다 못해 초라해 보이는 것이었다.

일순, 소은의 눈매가 날카로워졌다.

"네가 감히 나를 능멸하려는 것이냐? 이 나라의 빈궁인 나에게 이런 옷을 입으라 하는 것이 가당키나 한 소리냔 말이다!"

버릇처럼 한 상궁을 향해 손이 날아갔다.

쫙!

공기를 찢어발기는 날카로운 소음과 함께 늙은 상궁의 얼굴에 금세 붉은 열기가 번져 나갔다. 습관처럼 매질을 당한 한 상궁은 눈을 질끈 감았다.

그러다 이내 눈을 뜬 그녀는 방 밖에 시립한 궁녀들에게 목소리를 높였다.

"뭣들 하느냐? 지금 당장 폐빈의 개복(改服)을 돕질 않고서."

"무어? 폐빈? 지금 나를 두고 폐빈이라 하였느냐? 감히 네년이! 이 고약한 년이……!"

소은의 손이 다시 허공을 가로질렀다.

그러나 이번에는 한 상궁의 손에 팔목이 잡혀 원하는 바를 이루지 못하였다.

소은과 두 눈을 마주한 채 한 상궁은 한 글자, 한 글자 씹어 뱉듯 말했다.

"짐승처럼 끌려 나가고 싶지 않으면 조용히 따르시오."

소은을 바라보는 한 상궁의 눈에는 일말의 감정도 남아 있지 않았다.

"고얀 년, 내 너를 가만두지 않을 것이야. 정녕 너를 내 손으로 죽이고 말 것이야."

독설을 내뱉은 소은이 주위를 둘러보았다.

그러나 그녀에게 힘이 되어줄 사람은 그 어디에도 없었다. 주위를 둘러싼 궁녀들의 눈빛 역시 한 상궁과 다를 바 없었다. 소은을 바라보는 궁녀들의 시선에는 증오와 조롱만이 가득했다.

이 모든 것이 지난 세월, 소은이 쌓은 업이었다.

그러나 인정할 리 없었다. 아니, 인정하고 싶지 않았다.

"뭣들 하느냐? 서둘러 폐빈의 출궁을 돕질 않고서."

한 상궁의 목소리가 방을 가로질렀다.

명을 받은 궁녀들이 소은의 곁에 달라붙었다.

"놔라, 이년들아! 놔! 감히 뉘 몸에 손을 대는 것이냐? 놔라!"

"서두르지 못할까? 궁문 닫히기 전에 가마가 밖으로 나가야 하느니."

한 상궁의 재촉에 궁녀들의 손길이 바빠졌다.

자색의 스란치마가 단숨에 벗겨졌다. 연분홍색 저고리와 수국이 화려하게 수자 놓인 당의가 맥없이 풀어져 바닥으로 떨어졌다.

정교하게 조각된 봉잠, 황금을 얇게 깎아 만든 팔랑거리는 나비 떨잠이, 진주가 알알이 박힌 노리개가 소은의 몸에서 떨어져 나갔다.

"안 돼! 못 간다! 여기가 내 집이다! 여기가 내가 있어야 할 곳이다! 대체 나더러 어딜 가란 말이냐?"

손톱을 세운 소은이 사방을 할퀴며 소리를 질렀다.

황금으로 만들어진 단단한 고치.

세상의 모든 시름과 고통이 침범할 수 없는 천상의 세계.

범인(凡人)은 감히 범접할 수 없는, 오직 특별한 존재만을 위한 공간.

자신이 있어야 할 곳은 바로 이곳, 궁이었다.

비루한 백성들이 발 디디고 사는 궁궐 담벼락 저 너머의 세상이 아닌, 고아한 신선의 세계와 같은 이곳이 바로 자신이 있어야 할 세상이었다.

원하는 것은 모두 이곳에 있었다.

세상의 부귀와 온갖 영화가 있는 이곳을 두고 어딜 간단 말인가.

"못 가! 아니, 아니 갈 것이다!"

여기서 허무하게 모든 것을 잃을 수는 없었다.

어찌 들어온 궁인데.

어찌 손에 쥔 세자빈의 자리거늘.

발악하던 소은은 침소 밖으로 뛰어나가 맨발로 대전으로 치달렸다. 그러나 얼마 가지 못해 전각 앞을 지키는 무사에게 잡히고 말았다.

"주상 전하! 억울하옵니다. 중전마마, 소첩은 억울합니다. 억울해요. 억울해! 저는 억울합니다."

대전을 향해 목이 터져라 소리쳐도 돌아오는 것은 냉랭한 밤공기뿐이었다.

"그만 떠나십시오."

한 상궁의 완고한 목소리가 소은의 목덜미 위로 떨어졌다.

가마꾼들이 버둥거리는 소은을 질질 끌고 궁 밖으로 향했다.

"억울합니다! 억울합니다!"

원망과 분노가 담긴 외침이 궁의 밤하늘을 뒤흔들었다.

시간이 얼마나 흐른 것일까?

잠시 정신을 잃었나 보다.

어둠 속에서 눈을 뜬 소은은 미간을 찌푸렸다. 누군가에게 매질이라도 당한 듯 온몸이 욱신거렸다.

"여봐라, 아무도 없느냐?"

그러나 답은 들려오지 않았다.

"다들 어디 간 것이냐? 어찌 대답하지 않아?"

소은은 몸을 일으켰다. 그러다 쿵, 무언가에 머리를 부딪히고 말았다.

순간, 흐릿하던 의식이 맑아지며 머릿속으로 많은 일이 주마등처럼 스쳐 지나갔다.

폐출이 결정되고 가마꾼들에게 끌려 궁을 나온 것까지 기억이 났다.

그렇다면…….

소은은 어둠을 더듬었다.

작고 좁은 공간.

더듬거리는 손이 빼꼼하게 틈을 보이는 작은 문을 잡았다. 그때야 소은은 자신이 가마에 타고 있음을 깨달았다. 정신을 잃은 그녀를 가마꾼들이 가마 안으로 밀어 넣은 것이었다.

소은은 가마 문을 열고 밖으로 나왔다.

구름 한 점 없는 맑은 밤.

야속하게도 달빛은 여느 날처럼 휘황하였다.

고개를 돌리니 목이 꺾일 정도로 높게 자리 잡은 솟을대문이 보였다.

소은의 사가(私家) 앞이었다.

그녀를 데려온 가마꾼들의 모습은 어디에서도 보이지 않았다. 혼절한 그녀를 이곳에 버리듯 내팽개치고 떠난 것이었다.

"감히…….."

소은은 이를 갈았다.

용서하지 않을 것이다. 내 기필코 다시 궁으로 돌아가 날 능멸한 것들을 능지처참할 것이다.

분노를 삭이며 소은은 대문 앞에 섰다.

쿵쿵쿵.

파르르 떨리는 주먹이 솟을대문을 힘껏 쳤다.

이제 곧 유난히 잠귀 밝은 행랑아범이 달려 나오겠지. 어쩌면 불만 많은 그의 아들도 함께 나올지도 모르지.

행여 아랫것들에게 우스운 꼴 보일세라, 소은은 서둘러 매무시를 단정히 했다.

그러나…….

시간이 꽤 흘렀음에도 안에서는 아무 기척이 없었다.

"어머니! 오라버니!"

쿵쿵쿵쿵!

고요한 밤을 뒤흔드는 거친 소리에도 누구도 얼굴을 보이지 않았다.

"어머니! 어머니! 소은입니다! 제가 왔어요, 어머니!"

목이 터져라 소리쳤건만, 허무한 메아리만 되돌아왔다.

불씨 하나 보이지 않는 집은 마치 아무도 살지 않는 폐가처럼 느껴졌다.

내가 잘못 온 것일까?

소은은 걸음을 뒤로 물려 솟을대문을 살폈다.

주위를 둘러싸고 있는 풍광들, 대문 앞에 높게 웃자란 버드나무.

아무리 눈을 씻고 둘러보아도 자신의 집이 분명하건만, 이상하게도 대답이 없었다.

버선발로 뛰어나오던 어머니도, 막내 누이의 일이라면 자다가도 벌떡 일어나던 오라버니들도 하나도 보이지 않았다.

싸늘한 냉기와 깊은 정적만이 공허하게 밀려들 뿐이었다.

노골적인 냉대.

그제야 소은은 자신의 처지를 깨달았다.

버려진 것이다. 궁에서 쫓겨난 그녀를 가문에서도 버린 것이다.

완벽한 외면.

솟을대문은 거대한 벽이었고, 높은 담벼락은 단호한 내침이었다.

"왜? 왜? 왜 내게 이러십니까? 왜 다들 나만 잘못하였다 하십니까?"

쾅쾅쾅쾅쾅쾅!

대문이 부서져라 손으로 두드리고 발로 차던 소은의 눈가에 기어이 눈물이 맺혔다.

"어찌 내 사정은 들어주지도 않는 것입니까? 내 이야기에는 어찌하여 누구 하나 귀 기울이지 않는 겁니까?"

그녀는 무너지듯 바닥에 주저앉았다.

"가문을 위해 살라 하셔서 그리 살았습니다. 가문의 광영을 위해 세자빈이 되었습니다. 나를 보지 않는 세자 저하의 마음을 돌리기 위해 하지 않은 것이 없었습니다. 궁궐 가장 높은 곳으로 올라가기 위해 내가 할 수 있는 모든 것을 하였단 말입니다. 그런 내게 어찌 이럽니까? 어찌 내게⋯⋯."

무엇이 잘못된 것일까?

어디서부터 비틀어진 것일까?

눈을 감은 소은의 뇌리로 그때의 일이 떠올랐다.

세자빈 간택 마지막 날, 불길에 휩싸인 좁은 통로에 해루와 덤이를 버려둔 채 문을 닫아버렸던 그날의 일이 선명하게 되새겨졌다.

그때, 해루도 이런 기분이었을까?

이리 절벽 앞에 내몰린 듯 암담한 기분이었을까?

턱 끝으로 뚝뚝 후회와 절망을 떨구는 소은에게로 누군가가 다가왔다.

"마마."

"너는⋯⋯!"

스르륵, 소은의 앞에 무릎을 꿇는 이는 다름 아닌 소쌍이었다.

소은과 대식하였다고 왕의 앞에서 세 치 혀를 놀린 아이.

저 아이 때문에 가장 높은 곳에 군림하던 소은이 한순간 바닥으로 나동그라졌다.

"네가 감히 무슨 낯으로 날 찾아왔느냐!"

소은의 눈에 불꽃이 튀었다.

"네가 무슨 할 말이 있어 날 찾아왔느냔 말이다!"

소은은 소쌍의 머리채를 휘어잡았다. 그 무자비한 힘 앞에 소쌍은 아무런 저항도 하지 않았다. 그녀의 작은 몸이 더러운 땅바닥을 굴렀다.

"왜 그랬느냐? 왜 그런 거짓을 전하께 올린 것이야? 왜 그런 말도 안 되는 짓을 한 것이야? 왜? 왜? 왜!"

울부짖는 와중에도 소은은 매질을 멈추지 않았다.

긴긴 매질에 소쌍의 얼굴이 부어오르고, 터진 입술에서는 연신 핏물이 흘렀다.

그러나 소쌍은 여전히 입을 다문 채 침묵하였다. 잘못하였단 사죄도, 왜 그런 말을 하였는지에 대한 변명도 없었다.

그저 격랑에 쓸리는 낙엽처럼 소은의 폭행을 온몸으로 받아내었다.

"네가 나를 다 망쳤어. 네가 나를 이 지경으로 만들었어. 네가 나를……. 네가 나를……."

소은의 독기와 원망이 극에 이르렀을 때였다.

"살린 것이지요."

낯선 사내의 목소리가 소은의 한풀이 사이로 불쑥 끼어들었다.

놀란 소은이 고개를 돌렸다.

어느 틈에 나타난 것일까.

솟을대문 한쪽 옆에 훤칠한 사내의 그림자가 비스듬히 서 있었다.

"누, 누구냐……?"

소은이 놀란 목소리로 물었다.

사내가 갓을 조금 위로 들어 올리며 대답했다.

"관상감 소속의 이순지라 합니다."

"이순지?"

소은은 미간을 찌푸렸다.

이순지……?

일면식도 없는 자였다.

그런 자가 왜 날 찾아온 것일까?

무엇보다 사내의 소속이 관상감이라는 사실이 걸렸다.

"관상감 소속의 관인이 내게 무슨 볼일인가? 그리고 좀 전의 말은 또 무슨 뜻이고."

"전해드릴 물건이 있어 찾아왔습니다. 그리고 좀 전의 말은 저 아이가……."

순지는 소쌍을 바라보며 말을 이었다.

"멸문지화당할 뻔한 마마의 가문을 살리고, 마마의 목숨마저 살렸다는 의미로 한 말입니다."

"무엇이?"

소은의 눈매가 사납게 일그러졌다.

소쌍이 내 목숨과 가문을 살렸다고?

"어디서 요망한 입을 함부로……."

"……곶감!"

욕지거리를 뱉어내려는 소은의 말문을 막으며 순지가 소리쳤다.

고작 한 단어.

흔하디흔한 음식 이름 앞에 소은의 얼굴에서 표정이 사라졌다.

뒷짐을 진 순지가 그런 소은을 내려다보며 말했다.

"지난봄에 주상 전하께 올린 곶감, 그 곶감의 정체를 정녕 아무도 모를 거라 생각하셨습니까?"

❦

몇 달 전.

신루의 전각 안에서는 몇 시진 동안 은밀한 회의가 이어지고 있었다.

두박신 사건의 뒤처리를 위한 설전.

회의의 주제는 자화였다.

모진 심문과 은근한 회유가 있었음에도 두박신 사건의 주동자인 자화의 입이 좀처럼 열리지 않았던 까닭이다.

"이리 입을 다물고 있는 것을 보면 정말 아는 게 없는 모양입니다."

양여섭의 말에 향은 고개를 저었다.

"야인들의 습격과 두박신도들의 역모는 톱니바퀴가 맞물리듯 치밀하게 이루어졌다. 이 모든 게 우연이라면 그게 오히려 이상한 일일 것이다. 더불어 야인들이 국경을 넘는 데 협조한 자들 가운데 일부가 두박신도라 하지 않느냐? 분명 두 사건 사이엔 큰 관련이 있다."

"북방 토벌로 야인들은 당분간 안심해도 될 것이고, 두박신 문제 또한 관련자 대부분을 잡아들이지 않았습니까? 굳이 공들여 귀녀의 입을 열게 할 필요가 있겠습니까?"

김담이 조용히 의견을 내자 심운기가 동조하듯 고개를 끄덕였다.

"팔도에서 귀녀를 따르던 무리들을 모두 잡아들였습니다. 하온데 무어가 미흡하다 하시옵니까?"

"귀녀가 궁을 저리 쉽게 휘저을 수 있었던 것은 궁 안팎으로 동조하는 세력이 있어서다. 이번 일로 궁 안에 두박신도들이 있음이 밝혀지지 않았더냐? 이 기회에 뿌리를 뽑지 않는다면, 언젠가 또다시 이와 같은 일이 반복될 것이다."

"하오나 저리 굳게 입을 다물고 있으니, 더는 어찌해 볼 재간이 없사옵니다. 그간의 괴이한 행적으로 보아 죽는 한이 있어도 입을 열 것 같지 않사옵니다."

심운기가 탄식할 때였다.

"굳이 입을 열지 않는 사람을 계속 괴롭힐 필요가 있을까요?"

향의 어깨 너머로 작은 머리 하나가 불쑥 튀어나왔다.

"아, 놀라라! 승휘마마, 그리 불쑥불쑥 나타나지 좀 마십시오."

양여섭이 벌렁대는 가슴을 부여잡고선 투덜댔다. 그런 양여섭을 심운기가 슬쩍 밀어냈다. 그리 만들어진 빈자리에 해루가 냉큼 앉았다.

"좀 전의 그 말은 무슨 뜻이냐?"

향이 물었다.

해루는 종종 남과는 다른 의견을 내곤 하였다.

때론 엉뚱한 말도 하지만, 꽉 막힌 사고로는 절대 떠올리지 않을 새로운 시각을 보여주기도 했다.

자리에 앉은 해루가 향을 비롯한 신루 학자들을 둘러보았다.

"말 그대로 죽어도 입을 열지 않을 사람이라면, 군이 위협해 봐야 소용없을 거란 의미였습니다."

"하지만 이번 사건의 열쇠를 가진 유일한 사람이다. 그녀를 포기한다는 말은 이번 사건 자체를 이대로 대충 마무리 짓자는 말과 같지 않으냐?"

향의 말에 해루가 씩 미소를 지었다.

"제가 언제 대충 마무리 짓자 하였습니까?"

"허면, 무슨 뜻이냐?"

"관점을 달리하면 어떻겠습니까?"

"관점을 달리해?"

"요컨대 저하께서는 궁내에 두박신도가 남아 있을 것을 우려하시는 것이 아닙니까?"

"그렇지."

"그렇다면 그녀를 위협하고 괴롭힐 것이 아니라, 오히려 그녀를 방치하는 것이 어떻겠습니까? 그리하면 그녀에게 호의를 품은 사람이 접근하지 않을까요?"

일순, 꽉 막혀 있던 머릿속이 맑아지는 기분이었다.

해루를 바라보는 향의 입가에 미소가 물렸다.

"그렇구나. 귀녀는 두박신도들에겐 가장 중요한 인물. 틈을 보이면 필시 그녀를 구하기 위한 움직임이 있을 터. 차라리 그때를 노리자는 말이로구나."

"바로 그겁니다."

해루가 고개를 끄덕이며 말을 이었다.

"고의로 틈을 보이는 겁니다. 감옥을 지키는 옥졸의 수를 줄이시고, 수상해 보이는 자들을 일부러 옥졸로 배치하는 겁니다. 또, 수사가 마무리되었다는 말을 흘리십시오. 그리하면 분명 귀녀에게 접근하는 자가 있을 겁니다. 분명……."

"처음에는 설마 하였지요."

이순지는 해연한 표정의 소은을 물끄러미 응시했다. 이내 그의 시선이 소은의 곁에 쓰러진 소쌍에게로 향했다.

"나흘쯤 지났을까? 숨어서 죄인을 지켜보는 데 지쳐갈 무렵, 저 아이가 나타났습니다."

"……!"

"우리도 당황하였습니다. 설마 궁에서 죄인과 내통하는 자가 빈궁전의 궁녀일 줄이야. 그러나 정말 놀랄 일은 그 뒤에 벌어졌지요. 그 궁녀의 뒤에 빈궁마마가 계실 줄 누가 알았겠습니까?"

"그럼……. 그럼……. 모두 알고 있었던 것이냐?"

"알고 싶지 않아도, 알 수밖에 없었습니다. 귀녀와의 대화를 우리가 모두 엿듣고 있었으니까요."

순지는 눈을 가늘게 뜨며 말을 이었다.

"심지어 빈궁마마께서 주상 전하께 올린 곶감이 무엇인지도 알고 있었지요."

"곶감? 나는 도무지 무슨 말을 하는지 모르겠군. 그 곶감에 독이라도 묻어 있다 말하고 싶은 것이냐?"

순지가 고개를 저었다.

"귀녀가 준비한 곶감에 독은 없었습니다. 대신 곶감이 가진 효능을 극대화하는 약재가 묻어 있었습니다."

"곶감이 몸에 해로운 음식도 아닌데, 그 효능을 극대화하는 약재가 묻어 있기로서니 그것이 무에 문제란 말인가?"

"전하께서 곶감만 젓수신다면 문제는 없었을 겁니다. 그러나 다음 날, 수라에 올라온 음식과 만나면 무서운 결과를 낼 터였습니다."

소은의 낯빛이 하얗게 질렸다.

"그, 그걸 어떻게……?"

저도 모르게 말을 뱉던 소은은 서둘러 두 손으로 제 입을 막았다. 스스로 역모를 꾸미려 했다는 사실을 발설한 것이나 다름없는 행동이었다.

찰나의 실수였던 터라, 눈치채지 못한 것일까?

다행스럽게도 순지는 별다른 반응을 보이지 않았다. 되레 그는 느긋한 표정으로 말을 이어나갔다.

"마마께서 곶감을 손에 넣기 전에 우리가 한발 먼저 현장에 당도하여 곶감과 서찰을 확보한 덕분에 알 수 있었습니다. 참고로, 마마께서 주상 전하께 올린 그 곶감은 우리가 바꿔치기한 물건이었습니다. 당연히 그 곶감을 드셨어도 아무런 탈도 일어나지 않았을 겁니다."

"그, 그럼 모든 걸 알면서도 그대로 내버려두었단 말이냐? 내가 어찌하는지 보려고? 곶감을 주상 전하께 바치면 곧바로 잡아들여 문초할 생각으로?"

소은은 턱을 덜덜 떨었다.

절벽 끝에서 구사일생하기 위해 필사적으로 노력하였다 생각하였는데…….

이제 보니 부처님 손바닥 위에서 놀아난 꼴이었다. 죽는 줄도 모르고 칼날 위에서 춤을 추고 있었던 것이다.

"이 간악한 것들이……."

사시나무 떨듯 몸을 떨던 소은은 순지에게 달려들어 멱살을 와락 움켜잡았다.

"모든 게 너희 탓이었어. 너희가 나를 함정에 빠트린 것이구나. 나를 쫓아내기 위해 수작을 부린 거였어. 누구냐? 누가 너에게 그런 지시를 하였느냐? 누가 날 함정에 빠트리라 명했느냔 말이다!"

날카롭게 날을 세워 외치던 소은의 눈꼬리에 경련이 일었다.

"해루로구나. 그 간악한 년의 음모였음이 틀림없어. 해루, 그 계집이 나를 빈궁의 자리에서 내몰기 위해 음모를 꾸민 것이야. 그 아이가 나를 죽이려 하였어. 그 아이가 나를 벼랑 끝에서 떠민 거야."

고함을 지르는 소은의 손을 순지는 매정하게 뿌리쳤다.

언제나 웃음을 잃지 않던 그의 얼굴에 단 한 번도 보지 못했던 싸늘한 냉정이 내려앉았다.

"당신을 죽이려 하였다 하셨습니까? 틀렸습니다. 승휘마마께서는 당신에게 마지막 기회를 주셨던 겁니다."

"무어라?"

"왜 모든 증좌를 가지고 있으면서 곧바로 마마를 잡지 않았는지 정녕 모르는 것입니까? 선택할 기회를 주었던 것입니다. 그 곶감을 올리지 않을 기회. 권력과 욕심에 눈이 멀어도 차마 어미라, 아비라 부르던 분들에게만은 위해를 가하지 않을 거라는 믿음. 그러한 일말의 온정이 당신에게 남아 있길 바란 겁니다. 하지만 당신은 끝내 그 모든 배려를 저버렸지요."

"나는……. 나는……."

"그때도 지금과 같았지요. 세자빈 간택의 날, 불길에 휩싸인 좁은 통로에서 그리 매정하게 문을 닫은 것 역시 당신의 선택이었습니다. 그리고 그 결과, 마마는 빈궁의 자리에 올랐고, 대신 친구를 잃고 매일매일 불안한 나날을 보내게 되었지요. 그때도, 지금도 모두 마마의 선택이었습니다."

"그걸 어찌……?"

황망히 묻는 소은의 앞으로 순지가 서책 한 권을 던졌다.

"이게…… 무엇이냐?"

"당신이 저지른 죄업이 낱낱이 기록된 책입니다."

"……."

소은은 덜덜 떨리는 손으로 서책을 넘겼다. 교교한 달빛 아래, 서책의 내용이 천천히 눈에 들어왔다.

책은 궁이 겁화에 휩싸인 그날의 일부터 최근의 일까지, 주위의 증언과 증좌들을 포함하여 모든 내용이 상세히 기록되어 있었다.

소은이 은혜를 원수로 갚으며 해루와 덤이를 죽이려 한 일.

해루를 죽이려 여러 차례 청부를 한 일과 천진복을 만난 내용.

심지어 후궁으로 들어온 해루를 골탕 먹이려 사들인 약재의 구입처와 구입 시기까지 적혀 있었다.

마치 보이지 않는 눈길이 줄곧 소은의 뒤를 쫓아다닌 듯 기록은 세세했다.

"이걸 누가……. 누가 만들었느냐?"

소은의 물음에 순지는 깊은숨을 쉬었다.

해루에게서 이 서책을 전해 받고 내용을 확인하였을 때, 얼마나 놀랐던가. 더불어 의문도 들었다. 이 수많은 증좌를 어찌 승휘마마께서 구할 수 있었을까?

해루는 긴 세월 동안 소은을 무너트릴 계획을 설계하였다.

다시는 일어설 수 없는 증좌.

섣부른 복수로 달아날 기회를 주지 않기 위해 그녀는 조용히, 그리고 은밀하게 모든 정황을 모았다.

혼자서는 어림없었던 이 일은 정 판수의 죽음이 인연이 되어 만난 뒷골목 사람들의 도움으로 점차 완성되어 갈 수 있었다.

그렇게 차근차근 모아온 복수의 칼은 어느덧 책 한 권이 되었다.

해루를 떠올리던 순지는 낮게 가라앉은 목소리로 입을 열었다.

"승휘마마께선 다시는 돌아오지 말라 하셨습니다. 그리고 그 책은 승휘마마께서 드리는 마지막 선물이라 하셨습니다."

"……."

"돌아오지 마십시오. 영영 이곳을 떠나 사십시오. 그것이 당신을 위하고 당신의 가문을 위하는 길일 겁니다."

차가운 말을 남긴 채 순지는 자리를 떠났다.

한동안 깊이를 알 수 없는 침묵이 내려앉았다.

넋을 놓고 서책을 뒤적이던 소은은 기어이 거칠게 서책을 찢기 시작했다.

"나를 살려? 해루가 나를 살려? 왜? 왜? 왜?"

자신의 머리로는 도무지 이해되지 않았다.

저를 죽이려는 사람을……. 가장 소중히 여기는 사람들을 죽인 사람을 어찌하여 살려? 어찌하여…….

의문이 깊어질 무렵.

끼이이익.

언제까지나 열리지 않을 것처럼 굳게 닫혀 있던 솟을대문이 안쪽으로 빼꼼 열렸다.

잠시 후.

문밖으로 모습을 드러낸 것은 이제 여섯 살 된 소은의 어린 조카였다.

"고모님."

작은 고사리손이 차가운 바람에 얼어 있는 소은의 손을 어루만졌다.

"아버지는 절대 나가서는 아니 된다고 하셨어요. 하지만 어머니께서 이 밤이 마지막일지도 모른다고 하셔서요."

어린 조카는 쭈뼛거리다 품속을 뒤적거렸다.

"이거요."

"……."

소은은 제 손바닥을 내려다보았다. 붉은 다식이 놓여 있었다.

"고모님, 부디 건강하셔요."

티끌 하나 없이 맑고 천진한 얼굴에 해사한 웃음이 가득 맺혔다.

순간, 소은의 뇌리로 뜨거운 벼락이 내리쳤다.

해루가 그녀를 살린 이유.

이것이었다.

그 선한 아이는 날 죽이려 차마 죄 없는 다른 사람들까지 죽이고 싶지는 않았던 것이다.

소은의 죄상이 세상에 알려지면, 악업의 죗값을 물어 가족들까지 사지로 내몰렸으리라.

붉은 다식을 준 죄 없는 저 어린아이까지 처참한 나락으로 떨어지게 되었겠지.

심장이, 가슴 한복판이 뜨거운 불에 덴 듯 화끈거렸다.

말로 할 수 없는 격통.

단 한 번도 느껴본 적 없는 이질적인 슬픔과 아픔으로 소은은 숨통이 막혔다.

세상 모든 것을 가진 줄 알았다.

그러나 정작 주위를 둘러보니 가진 것은 아무것도 없었다.

높은 곳에 올라 만인을 굽어본다 생각하였다.

그러나 낮은 곳으로 내려와 곁을 둘러보니, 남은 사람은 아무도 없었다. 작은 티끌 하나조차 자신의 것은 없었다.

모든 것이 공허해졌다.

"마마……."

희미한 음성이 들려왔다.

소쌍이었다.

혼절한 와중에도 그녀는 흐느끼며 소은을 찾고 있었다.

소은은 눈가로 눈물이 흘러내렸다.

아니구나. 아니었구나.

모든 걸 잃은 줄 알았는데……. 아무도 내 곁에 없는 줄 알았는데…….

네가 있었구나.

날 살리기 위해 부단히도 애쓴 네가 있었구나.

날 위해 목숨을 건 네가 있었구나.

미련한 것아, 이 어리석은 것아.

어찌 그랬느냐?

내가 무어라고, 네 목숨마저 덧없이 버리려 하였느냐.

나쁜 것아. 나쁜 것아.

그 모진 매질을 당하며, 어찌 변명 한마디 안 했느냐.

어찌 그리 묵묵히 참고만 있었느냐.

"흐윽, 흐윽……."

소은은 소쌍을 품에 안고 오열하였다. 끝없이 미안하다 말하였다. 후회와 반성이 통곡이 되어 쏟아졌다.

시간을 되돌릴 수 있으면 얼마나 좋을까.

뿌린 대로 거둔다.

어리석게도 이 당연한 진리를 너무 늦게 깨닫고 말았다.

소은은 천천히 몸을 일으켰다. 그녀는 굳게 닫힌 솟을대문을 향해 절을 올렸다.

그러고는 겨우 정신을 차린 소쌍을 부축하며 느릿느릿 걸음을 옮겼다. 걸음을 옮기는 소은의 손에는 붉은 다식이 진득하게 달라붙어 있었다.

소쌍의 사건을 듣고 난 후로는 내 뜻은 단연코 세자빈을 폐하고자 한다. 대개 총부(家婦)의 직책은 관계되는 바가 가볍지 않은데, 이러한 실덕(失德)이 있고서야 어찌 종사를 받들고, 한 나라에 국모의 의표(儀表)가 되겠는가.

—『세종실록』 75권, 세종 18년 10월 26일 무자

세종 18년 10월 26일, 세자빈 봉씨가 폐출되었다.

11월 7일, 왕은 마침내 사정전에서 전교를 내려 순빈 봉씨의 폐출을 발표하였다.

사모하였습니다

바람이 불었다.

변변찮은 입성 사이로 얼음처럼 시린 바람이 파고들었다. 잔뜩 몸을 웅크렸지만, 뼈마디에 각인된 한기를 몰아낼 수는 없었다.

자화는 고개를 기울였다. 목과 손발을 채운 형틀이 둔한 아픔을 주었다. 오랫동안 굽은 허리로 송곳 같은 통증이 파고들었다.

그 서늘하고도 냉정한 아픔을 그녀는 즐겼다. 고통은 혼탁해진 삶의 경계를 일깨워주었다.

희미한 자극조차 없는 평온함은 오히려 죽음처럼 느껴졌던 터라, 자화는 고통을 자청하였다.

반역을 도모한 무리의 수장으로 옥에 갇힌 지 어느덧 여러 달이 지났다.

쥐도 새도 모르게 참형되어 서소문 밖 어딘가에 버려졌을 거라는 세간의 소문과 달리 자화는 여전히 살아 있었다.

대신 세상에 존재하지 않는 사람처럼 그녀에 대한 모든 기록은 문서에서 사라졌다. 처음부터 없었던 사람인 듯 그렇게 잊혔다. 아니, 지워져버렸다는 말이 옳은 표현이리라.

텅 빈 자화의 얼굴에 문득 허탈한 미소가 그려졌다.

"차라리 시원하게 죽여주기라도 하면 좋을 것을……."

죽음이 가진 힘은 강력했다.

역모를 도모하다 발각된 자의 죽음은 같은 사상을 품은 자들에게 분노와 더불어 강력한 동기를 부여한다.

그러나 그녀에게 내려진 형벌은 '잊힘'이었다.

사람들의 기억 속에서 철저히 망각되는 것.

실체를 간직한 혼백.

살아 있되 살아 있지 않은 날들이 이어졌다. 해가 뜨고 달이 이지러지는 것이 의미를 잃었다.

그러던 어느 날 밤.

적막한 뇌옥 안으로 낯선 발소리가 들려왔다.

어지럽고 어수선한 발소리 때로는 벽에 부딪힌 듯 쿵 하고 낮게 울리는 소리도 들렸다.

발소리에 귀 기울이던 자화는 굽은 등을 폈다. 머리를 손질할 수 없음을 아쉬워하며 그녀는 고개를 들었다.

잠시 후.

창살 앞에 커다란 그림자가 드리워져 있었다. 국화 향을 품은 술 냄새가 진동하였다.

초췌한 사내의 몰골을 물끄러미 올려다보던 자화의 눈에 습윤한 안개가 피어올랐다.

"그간 강녕하셨사옵니까?"

침묵이 흘렀다.

그러나 시간의 여백은 잠시뿐이었다.

물음에 대답이라도 하는 듯 사내는 창살 앞에 털썩 주저앉았다. 곧이어 술에 취한 시선이 자화에게로 밀려들었다.

"대군 대감."

진양을 부르는 자화의 입가에 미소가 맺혔다. 그를 응시하는 그녀의 눈동자엔 반가운 빛이 가득했다.

어제 헤어졌다 오늘 만나는 사람처럼 진양을 맞이하는 자화의 표정은 여상하기 그지없었다.

진양은 멀건 눈으로 그녀를 바라보기만 하였다.

먼 곳의 풍경을 바라보듯, 실체 없는 무언가를 찾는 듯 그의 눈빛은 초점을 잃은 채 뿌옇게 흐려져 있었다.

단 한 번도 본 적 없는 모습에 자화는 아랫입술을 말아 물었다.

처음으로 제 목에 채워진 칼이 원망스러웠다. 취한 정인을 두 팔로 안을 수 없게 만든 족쇄가 한스러웠다.

"마땅히 버선발로 대감을 맞이해야 하오나, 제 모양이 이러하니, 부디 무례를 용서하시어요."

진양은 여전히 묵묵부답이었다.

자화의 목소리가 이어졌다.

"대군 대감의 발걸음에 꽃내음이 따라왔습니다. 요즘 술이 과하신 모양입니다. 사내가 어찌 술을 입에 대지 않겠습니까만, 과하게 드시진 마시어요. 아직은 젊고 강건하시다지만, 건강은 손가락 틈새로 빠져나가는 모래처럼 소리 없이 축나는 법입니다."

"지금 네가 나를 걱정하는 것이냐?"

내내 닫혀 있던 진양의 입이 열렸다.

추궁도, 분노도 담지 않은……. 그저 술에 취한 듯 비틀거리는 음성.

매일 일과를 마치고 명례궁 별채로 찾아가 자화의 다리를 베고 누워 낮 동안의 일을 전할 때처럼, 다정하고 평온하였다.

"왜 그랬더냐?"

짧고도 명료한 물음이 들려왔다.

옥에 갇힌 이후로 자화가 가장 숱하게 받은 질문이었다. 이 질문을 받을 때마다 그녀는 언제나 입가를 들어 올리며 조롱하였다.

그러나 그 단순한 추궁에 자닝한 슬픔이 서리자, 전혀 다른 무게가 되어 자화의 심장을 짓눌렀다.

가늘게 떨리는 그 짧은 물음에 자화의 표정이 처음으로 변했다. 고통스러운 심문을 받을 때도 흔들린 적 없었던 그녀가 흔들리고 있었다.

진양의 말이 이어졌다.

"두박신의 수장을 잡으러 갔었더랬다. 처음 그곳에서 너를 보았을 때, 놀라지 않았다면 거짓이겠지. 그러나 마음 한편에서는 그럴 수도 있다는 생각이 들었지."

"……"

"너는 비밀이 많은 여인이었으니까. 내게는 모두 내보인 듯하였지만 가장 중요한 것은 절대 보여주지 않았다고 느끼고 있었으니까. 하여 참으로 이상한 일이지만, 그곳에 있는 네 모습이 지극히 자연스럽게 보였다. 그제야 너의 참모습을 본 듯하였다."

마치 넋두리하듯 낮게 중얼거리던 진양이 자화를 눈에 담았다. 텅 빈 눈동자에 빛이 떠올랐다.

"어찌하여 그랬더냐?"

진양이 다시 물었다.

자화의 대답은 이번에도 들려오지 않았다.

짧은 정적.

그 끝에 조금 높아진 진양의 목소리가 꼬리를 이었다.

"진심이었다. 너를 향한 나의 마음, 진심이었다. 하여, 뭐든 주고 싶었다. 부귀와 영화, 네가 원하는 것이라면 무엇이든 주려 하였다. 너와 그리 약조하지 않았더냐? 어떻게든 반드시 지키려 하였다. 그런데 어찌하여……."

커다란 손.

언제나 자화가 마주 잡길 기꺼워하던 그 손이 창살을 잡았다. 쇠붙이의 차가운 냉기가 진양의 손바닥을 파고들었다.

"어째서! 어찌하여 그랬더냐? 어째서 그런 선택을 한 것이냐? 어찌하여 너는 나를 배신한 것이냐?"

잔잔하게 시작된 진양의 목소리는 해일처럼 거침없이 몰아쳤다. 뇌옥을 뒤흔드는 질타에도 자화는 입을 열지 않았다.

그 초연한 모습에 진양의 눈썹이 곤두섰다.

"왜 말이 없느냐? 허튼소리라도 하란 말이다. 그럼 믿어주마. 어떤 변명이라도 해보아라. 어찌하여 그리했는지, 왜 그리할 수밖에 없었는지……. 무엇이 필요해 그리하였는지!"

진양의 목소리에 핏빛 분노가 서릴 때였다.

"이 나라를 원한다면……."

마침내 자화의 갈라진 입술 사이로 대답이 흘러나왔다.

"……주시겠습니까?"

"뭐?"

진양의 얼굴에 균열이 일었다. 금방이라도 와르르 무너질 듯 눈썹 끝이 굵게 휘어졌다.

"지금 무어라고 하였느냐?"

"모든 것을 주신다 하지 않으셨습니까. 하오면, 이 나라를 주십시오. 당장 제게 씌워진 이 죄인의 허물을 말끔히 벗겨주시어요. 제가 당당히 대군의 품에 안길 수 있게 해주시어요."

진양은 아무 답도 할 수 없었다.

쥐어짜듯 철창을 쥔 손에 힘이 풀렸다. 텅 빈 눈동자에 헛헛한 어둠이 담겼다.

그런 진양을 바라보는 자화의 눈에 서글픈 빛이 어렸다.

"왜 이런 선택을 하였느냐 물으셨습니까?"

"……"

"어찌하여 대군을 배신하였느냐 물으셨습니까?"

"물었다."

"……운명입니다."

"운명?"

"높고 고귀한 자리에 태어나 일평생 세상사에 관심 두지 않고 살아가야 하는 것이 대군의 타고난 운명이듯……. 저는 가장 비참한 곳에서 태어나 오직 한 가지, 복수만을 생각하고 그것만을 위해 키워졌습니다."

"자화야……"

"그러니 분노하지 마시어요. 행여 자책도 하지 마십시오. 그저 운명을 탓하십시오. 갈라질 수밖에 없는 우리의 인연을 원망하십시오."

간잔지런히 속눈썹을 내리까는 자화에게 진양이 다시 물었다.

"그래서 나를 이용하였느냐?"

"……"

"너의 그 알량한 복수를 위해, 날 이용하였느냔 말이다."

"이제 와 그것이 중요합니까?"

"나를…… 사모한 적은 있었느냐?"

문득 말간 미소를 지은 채 자화가 되물었다.

"대군 대감께서는 저를 사모하셨습니까? 아니, 아직도 사모하십니까?"

진양 역시 대답하지 못했다.

두 사람 사이로 보이지 않는 벽이 세워졌다.

오랜 시간이 흐른 후.

들끓는 감정을 입속으로 씹어 삼키던 진양이 문득 자리에서 일어났다.

이윽고 그가 뇌옥의 문을 열었다.

성난 표정으로 자화를 내려다보던 진양은 자화의 팔을 풀어주었다. 그리고 자유를 되찾은 그녀의 마른 손바닥 위에 작은 비단 주머니를 올려주었다.

"대감……"

자화의 얼굴에 쓸쓸한 미소가 떠올랐다.

그 비단 주머니가 진양대군이 자신에게 베푸는 마지막 온정임을 깨달았다.

"감사합니다."

물기 묻은 음성이 진양에게로 날아들었다.

거기까지였다. 진양이 할 수 있는 것은 딱 거기까지였다.

갈아 문 진양의 입술이 터져 검붉은 핏물이 흘러내렸다. 성난 황소처럼 벽을 두드리는 주먹이 찢겨 피범벅이 되었다.

소리 없는 비통한 외침이 지하 감옥을 무겁게 뒤흔들었다.

그리고 마침내 모든 것을 털어낸 듯 진양은 자화에게서 등을 돌렸다.

비틀거리며 뇌옥을 나서는 그의 뒤로 자화의 목소리가 달라붙었다.

"대군, 언젠가 대군께 여쭈었지요. 천명과 천륜, 둘 중 하나를 택해야 한다면 무얼 택하시겠냐고……."

"……."

"여전히 대감께서는 천륜을 택하시겠습니까?"

"……."

침묵.

그러나 그것의 의미를 자화는 알고 있었다. 자화의 눈동자에 쓸쓸한 기운이 깃들었다.

"앞으로 대감께서 인생의 큰 갈림길에 서게 되었을 때, 부디 절 떠올리시길 바라나이다. 부디 운명 앞에 순응하지 마시어요. 소중한 것을 지키기 위해선 뺏어야 함을 기억하십시오. 뺏지 않으면……. 결국, 이리 뺏길 수밖에 없으니까요. 그러니 더는…… 운명 앞에 굴복하지 마시어요."

자화의 목소리가 메아리가 되어 뇌옥을 울렸다.

진양은 한참을 장승처럼 우뚝 서 있었다.

멈춰버린 듯한 시간이 물처럼 흘러갔다.

그렇게 얼마나 지났을까?

진양이 걸음을 옮겼다.

행여 한 번쯤은 뒤돌아볼까, 기대 아닌 기대를 해보았지만 끝내 그는 그대로 떠나버렸다.

어둠을 응시하는 자화의 얼굴에 바람을 머금은 미소가 피어올랐다.

그녀는 진양이 건네준 비단 주머니를 열었다.

주머니 안에서 종이에 싸인 작고 동그란 환이 나왔다. 물끄러미 환을 내려다보던 자화는 미련 없이 그것을 입에 머금었다.

참으로 오랜 시간 바라고 또 바란 일이었다.

삶의 종말을 알리는 달콤한 물결이 밀려들었다.

자화는 칼에 고개를 기댄 채 지그시 눈을 감았다. 눈물 한 방울이 볼을 타고 흘러내렸다.

처음이자 마지막으로 자신을 위해 흘리는 연민의 눈물.

그 눈물을 피로 얼룩진 칼 위로 흘려보내며, 자화는 차마 진양의 앞에서는 하지 못했던 이야기를 입에 올렸다.

"사모……하였습니다."

처음이었다.

또한, 마지막이기도 하였다.

하지만 후회는 없었다. 아니, 일평생을 두고 후회되는 것이 전혀 없는 것은 아니리라.

어린 시절 뛰놀던 두문골에 가고 싶었다.

아비의 넉넉한 웃음을 다시 보고 싶었다.

그 아이에게……. 내 작은 벗에게 미안하였다고 말하고 싶었다.

할 수만 있다면…….

시간을 되돌릴 수만 있다면…….

이번엔 온전한 여인으로 살고 싶다.

더는 복수도, 원망도, 원한도 품지 않고, 그저 한평생 즐겁게 노닐고 싶다.

그럴 수 있다면 얼마나 좋을까.

툭, 자화의 고개가 힘없이 옆으로 떨어졌다. 짧고 곤한 삶이 마지막을 고하였다.

창살 사이로 스며드는 바람이 잦아들었다. 빠끔히 보이는 흐린 하늘에서 눈발이 날리었다.

뇌옥을 벗어난 발자국이 소복소복 쌓이는 눈에 지워졌다.

그리고…… 한 여인의 생(生)도 눈 속으로 사라졌다.

나뭇가지마다 눈꽃이 소복하게 피어 있었다.

햇살을 받아 보석처럼 반짝거리던 눈송이가 작은 새의 날갯짓에 허공으로 나부꼈다.

"잘 지냈어?"

해루는 무덤 위에 쌓인 눈을 손으로 치웠다.

한 달 전.

해산을 위해 사가로 나온 이후, 그녀는 습관처럼 덤이의 무덤을 찾곤 하였다.

"아이고, 지금 맨손으로 뭐 하신대요?"

잠시 한눈을 팔았던 안산댁이 기겁하며 달려왔다.

"괜찮아요."

"제가 안 괜찮아요. 저하께서 아시는 날엔 이 늙은이가 요절이 난다고 몇 번을 말씀드려요?"

"저랑 아주머니만 입 꾹 다물면 저하께서 어찌 아시겠습니까?"

"어유, 우리 마마. 아직도 이리 저하를 모르신다니까. 그분이 어떤 분이셔요?"

"어떤 분이신데요?"

"앉아서도 천 리 밖을 살피는 분이 아니시어요. 승휘마마 사가에 보내실 때 아마도 보이지 않는 눈과 귀를 백 개는 넘게 사방에 뿌려놓으셨을 거여요."

"설마요……."

고개를 젓는 해루에게 안산댁이 확신하듯 말했다.

"엊그제 야식으로 드신 팥죽에 새알심이 몇 개 들었는지도 아실 걸요."

"하하하, 그럴 리가 있겠어요."

말은 그리하면서도 해루는 힐끗, 힐끗 곁눈질로 주위를 살폈다.

어쩐지 공갈 저하라면 충분히 그러고도 남을 것 같다는 생각을 지울 수가 없었던 까닭이다.

그러다 이내 어깨를 으쓱해 보이고는 무덤가에 자리를 틀고 앉았다.

바지런을 떨며 무덤을 살피던 안산댁이 얼른 준비해 온 담요를 해루의 어깨에 둘렀다.

"안 추우셔요?"

"안 추워요."

말과는 달리 코끝이 발갛게 얼어 있었다.

"발이 이리 푹푹 빠지는데, 무슨 큰 볼일이라고 여길 오시는지……."

투덜대면서도 덤이의 무덤을 바라보는 안산댁의 눈빛은 습윤하였다.

해루는 말없이 안산댁의 손을 잡았다.

이내 해루의 곁에 궁둥이를 붙인 안산댁은 여식이 잠든 무덤을 물끄러미 응시했다.

생명을 품은 탓일까?

해루는 여식을 잃은 안산댁의 슬픔을 고스란히 느낄 수 있었다.

미안함과 위로가 담긴 온기가 손바닥을 타고 안산댁에게로 전해졌다.

그렇게 침묵의 시간이 얼마나 흘렀을까?

안산댁이 눈가에 맺힌 물기를 닦으며 자리에서 일어섰다.

"늙으면 괜스레 눈물만 많아진다더니, 제가 딱 그 짝이네요. 그만 일어나셔요. 이러다 우리 마마, 꽁꽁 어시겠어요. 행여 고뿔이라도 걸리면 그 뒷감당을 어쩌려고 이러신대요. 저는요, 우리 저하도 무섭지만 제일 무서운 것은 김 상궁님이세요. 그분이 눈초리를 이렇게 휙 치켜뜨면 오금이 저리다니까요."

김 상궁을 흉내 내는 안산댁을 보며 해루는 웃음을 터트렸다.

"실은, 저도 그분이 무섭습니다."

"그러니까 오늘은 이쯤 하고 일어나셔요."

"조금만요. 조금만 더 덤이랑 있을게요."

"에휴, 오늘따라 왜 이러신대요. 다음에 와요, 다음에."

"아무래도 당분간은 못 올 것 같아서 그래요."

"왜요? 저하께서 다시 궁으로 들어오시라 그러셔요? 내 그럴 줄 알았어요. 하루가 멀다고 걸음 하시는 걸 보고, 저하께서 머지않아 다시 궁으로 돌아오라 하실 줄 알았어요. 그래도 후궁마마가 궁 안에서 해산하는 법도는 없으니, 안 그러실 거여요. 그러니 걱정하지 마시고……."

"그게 아니고……."

"그럼 왜요? 뭐가 걱정이어요?"

안산댁의 물음에 해루가 난처한 웃음을 지었다.

"아주머니."

"네, 마마."

"아무래도…… 아기가 나오려나 봐요."

"……!"

"저하! 저하!"

희붐하게 날이 밝아오는 이른 새벽.

다급한 걸음이 대전 회랑을 쿵쿵 울렸다.

어린 환관의 부산에 대전 앞을 지키던 상선, 정동의 눈빛이 날카로워졌다.

"무엄하다. 예가 어디라고!"

찔끔 놀란 환관이 자라처럼 목을 움츠렸다.

그러나 여전히 눈동자를 굴리며 연신 대전을 살폈다.

주상 전하와 세자 저하의 독대가 아직 끝나지 않았는지 살피는 눈치였다.

정동이 고개를 갸웃했다.

"무슨 일이기에 그러하느냐?"

"그것이…… 권 승휘마마의 사가에서 연통이 왔다 합니다."

"승휘마마의 사가에서?"

저도 모르게 정동의 목소리가 높아졌다.

"사가에서 연통이 와?"

벌컥, 문이 열리고 왕과 세자가 동시에 모습을 드러냈다.

"방금 무어라 하였느냐?"

왕께서 큰 소리로 하문하셨다.

놀란 환관이 바닥에 납죽 머리를 조아렸다. 그리고 급히 대전을 찾은 연유를 아뢰었다.

"승휘마마께서 아기씨를 해산……."

고하는 말이 채 끝나기도 전에 향의 모습이 사라졌다.

"정동아."

고민하며 서 계시던 왕께서도 서둘러 용포를 벗었다.

느닷없는 왕의 행동에 놀란 정동이 급한 목소리로 말렸다.

"전하, 아니 되옵니다. 행여 승휘마마의 사가로 걸음 하실 생각일 랑은 하지도 마시……."

정동의 말이 채 끝나기도 전에 왕의 목소리가 튀어나왔다.

"어허, 아무리 기쁜 소식이라 하나, 설마 내가 체통도 잊고 그럴 리 있겠느냐."

정동이 가슴을 쓸어내렸다.

다행이다.

"하오면, 갑자기 왜 용포를……?"

왕의 입가에 홀연히 미소가 떠올랐다.

"갑자기 개떡이 먹고 싶어 견딜 수가 없구나."

"개떡이 드시고 싶으시면 수라간에 알리겠나이다."

왕께서 고개를 저었다.

"틀렸다. 내가 먹고 싶은 개떡은 이곳에 없다. 그러니…… 서둘러라."

잠시 후, 변복한 왕이 대전 밖을 향해 허둥지둥 뛰어갔다.

정동이 울상을 한 채 그 뒤를 쫓았다.

운명이 속삭인 비밀

노란 불티가 허공으로 날아올랐다.

일렁이는 불꽃이 무쇠솥을 달구었다.

기름진 향내가 마당에 진동했다.

노릇하게 음식이 익어가는 소리, 마당을 오가는 분주한 걸음들.

왁자한 잔치의 소란이 아침을 시작했다.

여느 때라면 여전히 이부자리 속에서 꼼지락거릴 시간이었건만 어느새 이불을 박차고 나온 나는 마당 한가운데 걸어놓은 무쇠솥 근처를 기웃거렸다.

행여 다칠세라 저리 가라는 행랑어멈의 손짓에도 꿈쩍도 하지 않았다.

등에 내려앉는 돈을볕이 제법 따스했다.

오늘은 내게 무척 특별한 날이었다.

사방이 파릇한 기운으로 들어찬 이 날은……. 행복에 겨워 마냥 날개 웃음 지을 수밖에 없는 이 봄날은 팔 년 전, 내가 생을 시작한 날이었다.

그 어떤 불행도 감히 끼어들 수 없는 그런 봄.

장하게 태어났으니 축복받아 마땅한 생일 아침.

나는 해사한 봄날의 한복판에 서 있었다.

어머니가 지어 주신 치마와 저고리를 맵시 있게 차려입고 간밤에 아버지께서 사다 주신 고운 신을 신었다. 자박자박 마당을 가로질러 뒤뜰로 이어지는 작은 돌다리를 건넜다. 겨우내 꽝꽝 얼어 있던 연못물은 어느새 깊은 물웅덩이를 보여주었다. 길게 목을 빼 연못물을 내려다보고 있노라니 붉은 다홍치마에 노란 저고리 입은 나의 모습이 어리비쳤다.

면경처럼 맑은 물 위로 흐릿한 파문이 일었다.

바람이라도 불었을까?

그게 아니라면 연못 아래에 숨어 있던 백리(白鯉)가 빠끔 숨을 쉰 걸까?

홀린 듯 그 모습을 바라보는 나의 눈에 호기심이 어렸다.

잠시 숨을 멈춘 나는 뚫어지게 연못물을 응시했다.

연못에 비친 내 그림자가 그런 나를 향해 미소를 보였다.

둥글게 퍼져가는 파문 위로 흐릿하게 덧칠해지는 잔영들.

운명이 내 귓가에 속삭였다.

쉿!

비밀이야, 비밀.

하지만 아직은 어린 여덟 살.

비밀을 간직하기엔 턱없이 가벼운 나이였다.

"아버지, 어머니."

한달음에 어머니와 아버지에게로 달려갔다.

왁자한 연회의 정중앙.

부모님은 사람들 사이에 앉아 한껏 기쁜 얼굴로 웃고 있었다.

턱 끝에 숨이 차오른 얼굴로 아버지를 보았다. 마침 아버지께서도 날 바라보았다. 언제나처럼 가볍게 너털웃음을 지으신다. 아버지께선 좀처럼 크게 웃거나 크게 슬퍼하는 법이 없었다. 지금처럼 그저 가볍게 웃고 나직하게 한숨지으시는 게 고작이었다.

그런 아버지의 모습이 좋았다. 나를 바라보는 아버지의 눈빛이, 내가 무슨 말을 하는지 궁금해하는 표정이 좋았다. 하여, 장난을 치고 싶은 짓궂은 마음이 들어차기도 했다. 조가비처럼 입을 꾹 다물어 아버지가 궁금해 안달 내는 것을 보고 싶었다.

하지만 장난치는 대신, 해야 할 말이 있었다.

내가 본 비밀을……. 운명이 내게 속삭인 비밀을 말해야 했다.

"아버지……."

"응?"

"제 낭군님을 보았습니다."

"무어라?"

아버지의 얼굴에 호기심이 떠올랐다.

"누구냐? 어떤 사내가 내 귀한 여식을 데려간단 말이냐?"

잔뜩 궁금해하는 아버지에게 속삭였다.

"왕입니다."

나는 활짝 웃으며 다시 힘주어 말했다.

"제 낭군님은 왕이 될 겁니다."

"행복한 꿈이라도 꾼 것이냐?"

향의 목소리가 귓속을 파고들었다.

혼몽한 꿈과 현실의 경계 사이에서 서성이던 해루는 가늘게 실눈을 떴다. 이내 시야 사이로 향의 모습이 흐릿하게 맺혔다.

느리게 눈을 깜빡거리던 해루가 입을 열었다.

"제가 꿈을 꾸는 겁니까?"

"꿈인 것 같으냐?"

해루는 눈을 감으며 고개를 저었다.

"꿈이라면 영원히 깨고 싶지 않습니다."

향은 해루를 등 뒤에서 끌어안았다.

품속을 가득 채우는 나른한 온기.

날카롭게 곤두세우고 있던 감각들이 나른해진다.

깊게 숨을 들이마시며 향은 해루의 어깨에 턱을 괴었다. 해산한 지 얼마 되지 않은 그녀의 몸에선 어린 젖먹이의 체취가 고스란히 느껴졌다.

그 작은 생명을 처음 만났을 때의 기억이 향의 뇌리를 스치고 지나갔다. 오랜 산통 끝에 여자아이를 해산한 해루는 그대로 정신을 잃었더랬다. 어미를 대신하여 아이를 품에 안았을 때…… 얼마나 벅찼던가.

차마 눈조차 제대로 뜨지 못한 채 입술을 오물거리는 작은 생명.

바로 쥐면 부서질까 두려워 손이 떨렸다.

검을 쥐었을 때도 느껴보지 못한 거대한 무게감이 그 작은 아이를 품는 순간 느껴졌다.

그때의 희열과 환희가 해루에게 남아 있는 체취를 통해 되살아났다.

그의 머릿속을 읽기라도 한 것일까?

저도 모르게 입가를 길게 늘이는 향에게 해루의 목소리가 들려왔다.

"현주(縣主)는 보셨습니까?"

여전히 눈을 감은 채 해루가 물었다.

"여기 오기 전에 잠시 얼굴 보았다. 자고 있더구나."

"매일 먹고 자기만 합니다."

"본디 아기는 그런 존재라더구나. 배불리 먹고 잘 자야 무럭무럭 자란다더구나."

"그렇습니까? 그런데 저는 어찌 이리 졸린 것인지 모르겠습니다."

"현주를 낳느라 고되어서 그런 것이다. 자거라. 졸리면 자야지."

토닥토닥, 향의 손길이 해루를 다독였다.

무거운 눈꺼풀을 감던 해루가 문득 생각났다는 듯 중얼거렸다.

"아참! 어제 최최측근께서 다녀가셨습니다."

"급히 해야 할 일이 생겨 저녁 강연은 내게 맡기시더니. 여기로 오셨구나."

못 말리겠다는 듯 작게 고개를 젓자니, 해루가 실눈을 뜨고 향을 돌아보았다.

"부전자전이십니다."

시간 나실 때마다 출궁하시는 저하도 다를 것 없습니다.

해루는 목구멍까지 올라온 말을 삼켰다.

아닌 게 아니라, 하루가 멀다고 해루의 사가를 찾는 왕과 왕세자 때문에 권 대감의 집은 하루도 조용한 날이 없었다.

아마 지금도 집 주변으로 왕세자를 호위하는 호위 무사들과 병사들이 둥글게 진을 치고 있으리라.

"이러다 궁을 옮겨야 하는 건 아닌지 모르겠습니다."

"걱정 마라. 그렇게 되기 전에 네가 궁으로 돌아가면 될 것이니."

상체를 비스듬히 일으킨 향은 턱을 괸 채 해루를 내려다보았다.

발그레 달아오른 볼, 긴 속눈썹, 붉은 잇꽃을 머금은 듯 반짝거리는 입술. 말간 얼굴은 여전히 소녀처럼 어리고 여렸다.

저 여린 몸으로 아이를 잉태하고, 전장을 뛰어다니고, 그리고 무사히 한 아이의 어미가 되었다.

장한 내 여인.

그 여인의 사내인 것이 내심 뿌듯하였다.

내 여인의 단 하나뿐인 정인이라는 사실이 그의 마음을 그득 차게 만들었다.

향은 고개를 내려 해루의 눈두덩에 입을 맞추었다.

간질거리는 감촉에 해루는 가늘게 어깨를 떨었다.

아이처럼 손발을 꼬물거리는 그 모습이 앙증맞았다. 장난기가 발동한 향의 입술이 해루의 콧등으로 미끄러졌다.

해루의 손발이 더욱 옴츠러들었다.

"간지럽습니다."

잠 묻은 목소리로 해루가 말했다.

장난기가 발동한 향은 더욱 거칠어졌다. 그의 입술은 해루의 인중을 지나 붉은 입술 위로 안착했다.

촉.

다정한 입맞춤에 해루의 입가가 길게 늘어졌다. 머리카락을 쓸어내리는 은근한 손짓에 두 볼이 붉게 달아올랐다.

길게 기지개를 켜듯 해루가 몸을 늘였다. 그러나 여전히 눈을 감은 채였다.

"계속 잘 것이냐?"

"계속 잘 겁니다."

"이래도……?"

향의 입술이 해루의 목덜미를 더듬었다.

해루가 작게 웃음을 터트렸다.

"그 정도로는 어림도 없습니다. 절대 깨지 않을 겁니다."

"어찌하여?"

"잠에서 깨면 저하께 예를 차려야 할 것인데, 그러기엔 지금 제가 너무 곤합니다."

"예(禮)?"

"여인의 도리…… 말입니다."

눈을 감은 해루가 향의 입술에 가볍게 입맞춤을 해왔다.

느닷없는 역공에 향은 잠시 멍한 표정이 되었다. 그러나 이내 해루의 말뜻을 이해한 듯 그는 쿡쿡 웃었다.

"그나저나 이 아침부터 어쩐 일이십니까?"

향은 나른하게 묻는 해루를 제 품속으로 끌어당겼다.

"급히 알려줄 소식이 있기에 달려왔느니."

"무엇입니까?"

"너를 종삼품의 양원(良媛)으로 봉한다는 소식을 가져왔다."

"그렇군요."

예상 밖의 반응에 향은 고개를 내려 해루를 보았다.

"어찌 놀라는 기색이 없구나."

"실은……."

"실은?"

"간밤에 최최측근께서 살짝 귀띔해 주고 가셨습니다."

향은 입술을 단단하게 물었다.

"이번에도 한발 늦었구나."

최최측근에게 선수를 빼앗긴 것은 이번이 처음이 아니었다. 매번 중요한 일이 있을 때마다 최최측근은 한발 앞서 해루에게 그 소식을 알려 김빠지게 하곤 하였다.

하여, 오늘은 소식을 듣자마자 한달음에 달려온 것인데, 설마 이번에도 늦었을 줄이야.

"아무래도 아바마마께선 날 골탕 먹이려 작정하신 모양이다. 이 상황을 어찌한다?"

진심으로 분해하는 아이 같은 모습에 해루는 소리 내어 웃고 말았다.

공기 중으로 흩어진 웃음소리가 햇살 사이를 부유했다. 산란하는 빛무리 사이로 행복이 튀어 올랐다.

향의 따스함을 만끽한 해루는 아직 떨쳐내지 못한 꿈결 속으로 다시 미끄러져 들어갔다.

기억 저편으로 사라졌던 아버지의 얼굴이 떠올랐다.

웃고 있었다.

아버지가 그녀를 향해 웃고 있었다.

그분의 웃는 낯이 마냥 설레고 반가워, 해루는 눈을 뜰 수 없었다. 오래도록 이 꿈에서 깨고 싶지 않았다.

경직된 공기가 대전을 가득 메웠다.

늦은 밤, 대전을 찾은 삼정승은 심기 불편한 왕의 얼굴을 곁눈질했다.

느닷없는 왕의 부름에 제일 먼저 한 것은 무얼 잘못하였나, 되짚는 일이었다. 그러나 아무리 곱씹어보아도 왕의 노여움을 살 만한 행동을 한 적이 없었던 터라, 좌의정과 우의정은 불편한 표정으로 연신 주위의 눈치를 살폈다.

가운데 앉은 영의정만이 무에 짐작되는 것이 있다는 듯 평소처럼 미간에 잔잔한 주름만을 새겨 넣고 있을 뿐이다.

그렇게 시간이 얼마나 흘렀을까?

영의정이 침묵을 깨고 조심스레 입을 열었다.

"전하, 신 영의정. 아뢸 것이 있나이다."

"무엇이오?"

"빈궁전이 주인을 잃은 지도 어느덧 여러 달이 지났사옵니다. 언제까지 빈궁전을 비워둘 수는 없음인지라 서둘러 새로운 빈궁마마를 맞이하심이 어떠할는지요?"

질문을 올린 영의정이 슬그머니 왕의 눈치를 살폈다.

이거지요? 전하께서 이 밤에 삼정승을 부른 이유.

정곡을 찌르는 영의정의 말에 왕이 기다렸다는 듯 반가운 기색을 내보였다.

조선의 역사상 전무후무한 사건으로 소은이 궁을 떠난 이후, 세자빈의 자리는 여태 공석이었다. 임금께서는 그 빈자리를 채워야 하질 않겠느냐는 신호를 보내는 중이었다.

"영의정도 그리 생각하고 있었소?"

"그렇사옵니다. 서둘러 아뢰어야 했건만 왕실에 큰 경사가 생겨 미처 아뢰지 못했나이다."

"그렇지, 그렇지. 우리 현주가 태어나 왕실이 정신없었지. 허나, 그대들도 알다시피 세자의 나이 아직 젊은데 그 곁을 오래 비워둘 수는 없지 않겠소. 하여, 내 그대들의 의견을 묻고 싶소. 어찌하면 좋겠소?"

연신 눈치를 살피던 우의정이 앞으로 나섰다.

"의견이랄 것이 무에 있겠나이까. 서둘러 전국 방방곡곡에 금혼령을 내려 세자빈 간택을 서둘러야 할 것이옵니다."

"금혼령이라. 세자빈 간택을 내려? 그렇군. 우의정은 그리 생각한단 말이구려."

답하는 왕의 목소리가 예상과 달리 지극히 낮았다.

"……아니옵니까?"

내가 무에 잘못 말하였나?

좀 전보다 더욱 몸을 낮춘 우의정은 고민에 휩싸였다.

그 모습을 한심하다는 듯 지켜보던 좌의정이 입을 열었다.

"아뢰옵기 황공하오나, 또다시 간택령을 내려 빈궁을 맞이하는 것보단……."

기다렸다는 듯 왕이 좌의정의 말을 받았다.

"그렇지. 내 말이 그 말이오. 또다시 간택령을 내려 백성들을 번거롭게 할 것이 무어가 있겠소. 아니 그렇소, 좌의정."

"그, 그렇사옵니다."

우연히 얻어걸린 좌의정이 고개를 연신 끄덕거렸다.

"그럼 어찌하면 좋겠소?"

다시 왕께서 하문하셨다.

열심히 눈동자를 굴리며 생각하던 좌의정이 조심스레 의견을 내놓았다.

"제 여식 중에 마침……."

"쯧."

왕께서 혀를 찼다.

좌의정은 목을 움츠린 채 느릿느릿 말을 이어나갔다.

"……혼기 꽉 찬 여식이 있사오니……."

"혹시 그 여식이 후덕할 뿐만 아니라 복스럽게 생겼소?"

"아, 네. 어찌 아셨사옵니까?"

왕의 시선이 물끄러미 좌의정을 향했다.

이번에 새로이 좌의정이 된 김태규는 어린 시절부터 신동이란 소릴 듣던 사람이었다.

집안이면 집안, 학식이면 학식, 무엇 하나 모자람이 없었다.

그러나 그처럼 완벽한 그에게도 한 가지 부족한 것이 있었다.

눈코입이 한군데 모여 있어 보는 이의 마음을 갑갑하게 만드는 얼굴과 다섯 자 조금 넘는 작은 키. 거기에 허리를 굽히기조차 어렵게 만드는 비대한 몸집까지.

저 높디높은 학식의 절반만큼만이라도 생김이 따라와주었더라면 얼마나 좋았을까?

왕의 입에서 절로 안타까운 한숨이 새어나왔다.

하늘은 참으로 공평하구나.

그런 속내를 알 리 없는 김태규는 진득한 왕의 시선에 발그레 볼을 붉히며 고개를 조아렸다.

그 머리 위로 왕의 목소리가 떨어졌다.

"좌의정."

"네, 전하."

"우리 얼굴도 좀 봅시다."

"그럼……!"

이때다 싶은 듯 우의정이 다시 나섰다.

"제 먼 인척 중에 인물 출중한 아이가 하나 있사온데 어린아이의 성정이 곱고 덕스러워 많은 사람이 입에 침이 마르도록……."

"그 규수가 아이는 잘 낳소?"

"네?"

뜬금없는 왕의 물음에 우의정이 어리둥절한 표정을 했다.

처녀가 아이를 잘 낳을지 못 낳을지, 그걸 어찌 미리 알 수 있단 말인가?

하지만 왕의 생각은 다른 모양이었다.

"우의정도 잘 알다시피 세자의 나이 이제는 적지 않으니 서둘러 후대를 이어야 할 것이 아니겠소. 그러니 지금 가장 고려해야 할 것은 우의정이 말하는 규수가 아이를 잘 낳을 수 있을지가 가장 큰 관건이 아니겠소."

"그게 무에 큰 문제겠사옵니까. 찾아보면 그런 규수는 얼마든지 있을 것이옵니다."

우의정의 장담에 왕이 다시 말을 이었다.

"그뿐만이 아니오. 세자와 스스럼없이 이야기를 나눌 수 있고……."

"……?"

"필요할 때는 기꺼이 길잡이도 되어주며, 때로는 전장에 뛰어들어 함께 고락을 나눌 수 있는 규수라면 참 좋겠는데. 어허, 그런 뛰어난 규수를 대체 어디에서 찾을 수 있을지 모르겠소."

내내 자신만만하던 우의정은 말문이 막혔다.

아이를 잘 낳을 수 있어야 한다는 조건은 그럭저럭 넘어갈 수 있었다.

매사 철두철미한 세자와 스스럼없이 대화할 수 있어야 한다는 조건도 쉽지는 않겠지만 조선 팔도를 뒤져보면 적어도 몇 명은 나오리라. 그러나 길잡이 노릇과 필요하면 전장에까지 뛰어들어야 한다는 조건은 아무리 생각해도 어려웠다. 아니, 불가능했다.

늙은 정승은 서둘러 고개를 조아렸다.

"전하! 소신 아무리 생각해도 그에 합당한 규수는 떠오르지 않사옵니다."

"어허, 이를 어찌한다? 얼굴 곱고, 사교성 좋고, 더불어 길눈도 밝을뿐더러 세자의 아이도 한 번 낳아본 규수가 어디 없을까?"

노골적인 물음과 함께 왕의 시선이 영의정에게 닿았다.

왕과 눈이 마주친 영의정은 서둘러 고개를 돌렸다.

"영의정."

애써 왕을 외면하는 영의정의 뒤통수로 왕의 목소리가 박혔다.

"영의정······."

은근한 부름에 황 노인은 마지못해 대답했다.

"신 영의정, 전하의 바람에 꼭 맞는 분을 한 분 알고 있사옵니다."

시침 뚝 뗀 채 왕이 눈빛을 반짝거리며 물었다.

"그렇소? 그게 누구요? 그런 귀한 규수가 대체 뉘란 말이오?"

답을 듣기도 전에 왕의 눈가가 초승달 모양으로 한껏 휘어져 있었다.

❀

겨우내 비어 있던 별궁이 부산했다.

별궁 마당으로 긴 차일이 쳐지고 차갑게 얼어 있던 온돌에 훈기가 돌았다.

세자빈 책봉 의식으로 궁은 이른 새벽부터 분주했다.

정전 뜰에서 책봉례의 거행을 명받은 사신 일단과 행렬이 세장과 고취를 앞세우고 별궁으로 향했다.

교명(教命)과 책(冊), 보(寶), 명복(命服)을 실은 채여(彩轝)가 줄지어 가고, 그 뒤로 연과 의장, 사자가 뒤따랐다.

장엄한 책봉의 의례가 시작되었다.

길고 긴 의식의 끝자락.

1437년 겨울.

왕께서 권씨를 세자빈으로 삼는다 선포하였다.

산속의 겨울은 유난히 길었다. 지루한 계절은 좀처럼 물러날 기미를 보이지 않았다.

마을엔 진즉 봄이 왔건만, 산 중턱에는 여전히 숨을 내쉴 때마다 하얀 입김이 묻어났다.

암자 입구를 쓸던 어린 동자승은 연신 호호 입김을 손에 불어넣었다.

그러다 문득 곁을 지나가는 그림자에 고개를 돌렸다.

"앗! 처사님!"

반가운 부름과 함께 쪼르르 암자 안으로 들어서는 삿갓 사내의 뒤를 쫓았다. 절룩거리는 사내는 걸음을 세우고 삿갓 아래로 동자승을 물끄러미 내려다보았다.

"스님은 법당에 계십니다."

동자승은 예의 해사한 웃음을 보이며 말했다.

사내는 묵묵히 고개를 끄덕여 보였다.

그가 다시 걸음을 옮기자 동자승의 표정이 시무룩해졌다.

전에 같았으면 이것저것 군입 거리 할 것들을 안겨주곤 하셨는데.

안빈(安貧)한 절간이라 이따금 사내가 전해주는 군입 거리가 어린 동자승에겐 큰 선물이었다.

오늘도 당연히 기대하였는데, 빈손으로 안부만 전하고 가시니 괜스레 섭섭한 마음이 들었다.

그러나 그 또한 하잘것없는 집착이며 욕심이리라.

동자승은 조용히 입속으로 불호를 외었다.

"아! 그러고 보니 일전에 말씀하신 일 말입니다."

동자승은 뒤늦게 생각난 일이 있어 고개를 돌려 사내를 찾았다. 그러나 그 짧은 사이 사내는 벌써 사라지고 없었다. 대신 바닥에 사내가 남긴 것으로 보이는 물기 가득한 발자국만 남아 있었다.

동자승의 고개가 갸웃 옆으로 기울어졌다.

봄 가뭄으로 암자 주변은 바싹 말라 있었다. 그런데 난데없는 물자국이라니.

오는 길에 냇가에 미끄러지기라도 하신 걸까?

생각해 보니 사내의 전신이 물에 푹 젖어 있었던 것 같기도 하였다.

"날이 아직 추운데, 갈아입을 옷이라도 달라 하시지."

나직이 혀를 차던 동자승은 바닥에 그려진 발자국에 비질을 덧그렸다.

법당은 고요했다.

텅 빈 법당엔 중년의 비구니가 홀로 부처를 향해 절을 올리고 있었다. 사내는 말없이 비구니의 옆자리에 앉았다.

"다녀왔소."

그는 삿갓을 벗어 무릎 위에 올려놓았다. 드러난 사내의 턱과 목엔 붉은 화상 자국이 낙인처럼 새겨져 있었다.

"그 아이를 보았소."

민안선은 여인이 절을 올리는 불상을 찬찬히 훑었다.

"그 아이, 잘 지내고 있었소."

"……."

"그러니 당신도 더는 시름겨워 마오."

비구니는 대답 없이 부처를 향해 절을 올렸다.

깊은 정적의 시간이 흘렀다. 법당 안으로 햇살이 깊이 들어왔다. 그 햇살을 손끝으로 어루만지던 민안선이 다시 입을 열었다.

"너무 곤하구려."

"……."

"당신만 괜찮다면 이젠 당신 곁에서 쉬고 싶소."

언제나 부평초처럼 떠돌던 인생이었다.

태산 같은 숙명으로 숨 가쁘게 달려온 시간을 되짚는 그의 얼굴은 아주 오랜만에 편안했다.

민안선은 손을 뻗었다. 그러고는 닿을 듯 닿지 않는 제 여인의 그림자를 어루만졌다.

"처음 당신을 만났을 때, 내가 했던 약조 생각나오? 언제까지고 행복하게 해주마 했었지. 그 약조 지키지 못해 미안하오."

이 말을 하기가 왜 그리 어려웠던지.

숙명이란 빗장 아래 외면한 세월이 죄스럽고 미안하여 차마 그 고운 얼굴 마주 볼 수도 없었다.

"그래도 제게 돌아오겠다는 마지막 약조는 지키지 않으셨습니까."

내내 대답하지 않던 비구니의 입이 열렸다. 여전히 그녀는 고개를 돌리지 않았지만, 그 입가에 잔잔한 미소가 안개처럼 번져 있었다.

"……고맙구려."

귓가로 스며드는 민안선의 목소리가 여한을 모두 털어낸 듯 홀가분하기만 하였다.

비구니는 눈을 감고 몸을 세웠다.

일 배, 내 아이의 행복을 비나이다.

이 배, 내 아이의 복록을 기원하나이다.

삼 배, 가엾은 아이의 무병장수를 바라나이다.

사 배, 내 정인의 극락왕생을 염원하나이다.

멀리 산봉우리로 황금빛 태양이 얼굴을 내비쳤다.

법당 안으로 비스듬히 스며든 햇살이 비구니의 텅 빈 그림자를 위로하듯 포근하게 끌어안았다.

군주 아기씨의 은밀한 사생활

무더웠다.

초복이 지난 지 얼마 되지 않았건만, 계절은 여름을 맞을 준비로 분주했다.

훈도방 운동(薰陶坊 芸洞).

저녁 땅거미가 내려앉을 무렵, 일과를 마친 한 무리의 아이들이 마을 끄트머리에 있는 생강나무 집으로 들어섰다.

"섬이랑 덕순이는 동생들 씻는 거 도와주고, 하용이는 저녁상 차리는 일 좀 도와줘."

아이들에게 할 일을 알리는 유희의 목소리가 낮은 토담을 넘나들었다.

군식구가 워낙 많다 보니 할 일 또한 많았다.

그나마 머리 굵은 아이들이 많아 부담을 나눌 수 있었다. 적과 맞서는 장수처럼 큰 아이부터 가장 어린아이까지 할 일을 쭉 배정해 주자 아이들의 표정도 제법 진지해졌다.

"여인네 목소리가 어찌 이리 큰 것이야?"

허리에 손을 척 올린 채 아이들을 지휘하던 유희가 묻는 소리에 고개를 돌렸다. 봇짐을 멘 순지가 사람 좋은 웃음을 보이며 막 마당으로 들어서고 있었다.

"오라버니 오셨어요?"

"그래. 그나저나 많이 바쁜 모양이구나."

순지의 눈이 유희의 손으로 향했다.

한창 곱게 치장해도 모자랄 젊은 여인의 손이 나무껍질처럼 투박하고 거칠었다.

순지의 눈에 안쓰러움이 열매처럼 달렸다.

"그래도 이젠 큰 아이들이 일을 도와줘서 많이 편해졌어요."

시선을 느낀 유희가 허리춤으로 손을 슬쩍 숨겼다.

"일은 편해졌는데, 우리 유희 목소리는 오히려 커졌으니 그래서 더 문제가 아니냐? 네 대찬 목소리에 연정 품은 남정네들이 모조리 달아날까 걱정이다. 이 소식을 들으면 담이 그 친구가 뭐라 할지 안 봐도 뻔하다. 하나뿐인 누이, 영영 혼인하기 글렀다고 땅을 치며 울겠구나."

"오라버니도……. 제가 언제 혼인하고 싶다 하였어요?"

김담의 배다른 누이 유희도 어느새 스물이 훌쩍 넘었다.

완연한 여인이라, 한창 물오른 배꽃처럼 성숙한 향내가 물씬 풍겼다. 그러나 정작 유희는 도통 혼인엔 관심을 보이지 않았다. 오라비인 김담이 물고 온 혼사 자리도 번번이 거절하고, 더러 연정을 품고 다가오는 사내가 있어도 그 흔한 눈길 한번 주지 않았다.

"이쯤 했으면 이곳도 어느 정도 질서가 잡힌 것 같으니 그만하고 쉬는 게 어떠냐?"

은근한 제안에 유희는 단호한 표정으로 고개를 저었다.

"쉬다니요. 아직 구석구석 손 가야 할 일이 많아요."

"좋은 일인 건 안다만 네 생각도 좀 해야 하지 않겠느냐?"

순지가 봇짐을 풀었다.

붓이며, 벼루를 비롯하여 유희가 아이들을 위해 부탁한 물건들이 잔뜩 들어 있었다.

"여인이란 무릇 제 울타리 안에 있을 때가 가장 행복한 법이다."

"그 울타리가 꼭 사내란 법은 없질 않습니까."

차가운 음성이 순지와 유희의 말 틈새로 파고들었다.

"큰아씨!"

유희가 반색하며 자리에서 일어섰다.

반갑게 맞이하는 유희와 달리 현성은 무표정한 얼굴로 마당을 가로질렀다. 그 싸늘한 분위기에 유희와 순지가 서로를 마주 보며 눈빛을 교환했다.

표정이 저리 서늘한 걸 보니, 또 무언가 언짢은 일이 있는 모양이구나.

아니나 다를까, 냉담한 얼굴로 등장한 현성은 곧장 어린아이들을 돌보는 하용을 불렀다.

"용이 너, 이리 오너라."

하용이 쭈뼛거리며 걸어왔다.

"내게 할 말 없느냐?"

"……."

현성이 짧게 한마디 덧붙였다.

"서당."

"잘못하였습니다."

하용은 고개를 숙이며 잘못부터 빌었다.

큰아씨 성정일랑 몇 년을 겪어 누구보다 잘 알고 있었다. 이럴 땐 그저 잘못하였다, 비는 것이 상책이었다.

그러나 오늘따라 현성의 굳은 표정은 쉬이 풀리지 않았다.

"서당에 다시 나간 지 며칠 되지 않았는데, 그새를 못 참고 싸움판을 벌였더구나."

"잘못하였습니다."

"왜 그랬느냐?"

"……."

"말하지 않을 것이야? 좋다. 그럼 오늘 저녁은 없다."

유희가 하용을 감싸고 나섰다.

"용이가 이유 없이 그리하지는 않았을 거여요. 그러니……."

"이유가 없으니 말을 하지 않는 것이겠지."

살얼음 낀 현성의 음성엔 한 점의 온기도 담겨 있지 않았다. 더는 들을 말이 없다는 듯 그녀는 몸을 돌렸다.

그때였다.

"서당 아이 중에 나쁜 녀석이 있어 그런 겁니다."

작은 목소리가 토끼처럼 토담을 뛰어넘었다.

낮은 토담 위로 정수리가 보이는가 싶더니, 이내 사립문 안으로 조막만 한 그림자가 들어왔다.

"아기씨!"

유희가 사립문 안으로 들어서는 작은 소녀를 반겼다.

올해 다섯 살 된 어린 혜아가 커다란 눈을 반들거리며 다가섰다.

빈궁마마와 세자 저하 사이의 유일한 혈육이자 왕실의 금지옥엽인 어린 군주.

현성이 군주를 향해 가볍게 고개를 끄덕였다.

"군주께서 이곳엔 어쩐 일이십니까?"

"지나가다 우연히 들렀습니다."

"우연히 들르신 것치곤……."

혜아의 입성을 살핀 현성이 말을 이었다.

"그리 입은 걸 빈궁마마께서 아시면 크게 경을 치실 텐데요."

혜아는 사내 복색에 머리를 위로 질끈 묶어 올린 차림이었다. 그 모습은 영락없는 장난꾸러기 소동(小童)이었다.

"대체 누굴 닮아 그러시는지."

"아바마마께서도 외유가 잦았다 들었습니다."

혜아의 얼굴에 아버지를 쏙 닮은 장난기 가득한 미소가 피어올랐다.

현성은 저도 모르게 고개를 저었다.

아비의 행실을 그 여식이 고스란히 따르고 있었다.

아니, 듣자 하니 세자 저하 어린 시절에는 그래도 순한 구석이 있었다고 하던데, 어린 군주께서는 한 치 빈틈없는 아버지의 외모는 물론이고, 공갈과 협박을 밥 먹듯 하는 성정까지 고스란히 물려받았다.

못마땅한 듯 현성이 곁을 돌아보았다.

저 어린 군주가 제아무리 간이 크다 해도 혼자 궁 밖으로 행차할 리 없고, 틀림없이 변명할 구석을 만들어놓았을 터.

현성의 눈길이 자연스레 순지에게로 향했다.

저하와 빈궁께서 군주를 믿고 맡기는 몇 안 되는 사람 가운데 하나.

불편한 순지의 표정을 보아하니, 어찌 돌아가는 판인지 대강 짐작되었다.

영특한 군주께선 분명 순지를 앞세워 궁을 빠져나온 것이리라.

그 이유인즉 하용과 관련된 것일 테고.

아니나 다를까, 묻지도 않았건만, 군주는 서당에서의 일을 구구절절 늘어놓았다.

"서당에 무척 고약한 녀석이 있습니다. 석주호라고, 아비가 교서관 별제인 녀석인데 제 아비의 위세만 믿고 용이 오라버니를 괴롭혔어요."

"괴롭혀요? 어찌요?"

무심한 말투.

그러나 현성의 눈동자 깊은 곳에 작은 불씨가 타오르고 있었다.

그 속사정을 알지 못한 혜아가 목소리를 높였다.

"용이 오라버니가 서당 갈 적마다 거지라고 놀리고, 고아라고 욕하고, 가랑이 사이를 기라고도 하고, 괜히 이유 없이 진흙을 던지기도 하였습니다."

"그걸 다들 두고 보았답니까?"

"좀 전에 말씀드리지 않았습니까. 석주호 아비의 위세가 대단하다고. 다들 그 아비의 눈치를 살피느라 보아도 못 본 척, 들어도 못 들은 척하였대요."

"용아!"

갑자기 현성이 자리에서 일어섰다.

여느 때와 마찬가지로 무심한 얼굴.

"어디냐?"

"네?"

"그 석주호인지 뭔지 하는 녀석의 집."

영문을 몰라 어리둥절한 하용을 대신하여 혜아가 소리쳤다.

"길을 따라가다 보면 큰 은행나무가 나올 겁니다. 마을에서 가장 큰 은행나무 집이 바로 석 별제의 집이지요."

말이 끝나기 무섭게 현성이 걸음을 옮겼다. 무심히 마당을 가로지르던 현성이 문득 고개를 뒤로 돌렸다.

"뭐 하십니까?"

눈길을 받은 순지가 스스로를 가리키며 되물었다.

"설마, 제게 하시는 말씀이십니까?"

"그럼 싸우러 가는 길에 호위 하나 없이 가란 말입니까?"

"저더러 호위가 되라, 이 말씀입니까?"

"여기에 이 학사님 말고 호위를 부탁할 사람이 또 누가 있을까요?"

"말씀하시는 투와 표정은 부탁이 아니라 강요처럼 느껴집니다만."

"잔말 말고 어서 앞장서십시오."

순지의 입이 한 발은 튀어나왔다. 그러나 결국 그는 무거운 엉덩이를 뗄 수밖에 없었다.

천하에 무서울 것 없는 그였지만, 현성 앞에선 고양이 앞의 쥐였다. 이상하게도 맥을 쓰지 못했다.

순지는 한숨을 푹푹 내쉬며 사립문을 나섰다.

현성이 그 뒤를 조용히 따랐다.

집을 나선 지 얼마나 지났을까?

무료함을 달래려는 듯 순지가 앞을 보고 걸으며 말을 꺼냈다.

"유희 말입니다. 언제까지 저곳에서 아이들만 돌보게 하실 생각이십니까?"

현성의 무심한 목소리가 돌아왔다.

"저리 좋아하는 일을 어찌 말리겠습니까? 봄이 오면 꽃이 피듯, 때가 되면 제 보금자리를 찾겠지요."

"그럴 것 같지 않으니, 걱정입니다."

"……."

"송 수문장 말입니다. 아! 모르실 수도 있겠군요. 신루의 화원과 온실을 지키는 수문장이 있습니다. 체구도 크고 목소리는 더 큰 위인입지요."

"그래서요?"

"아무래도 유희가 그 수문장에게 관심이 있는 모양입니다."

"그 일이라면 이미 알고 있었습니다."

"알고 계셨어요?"

깜짝 놀란 순지가 뒤를 돌아보았다.

그와 시선이 맞닿은 현성이 슬쩍 옆으로 비켜섰다.

무례를 범한 사실을 깨달은 순지는 얼른 몸을 돌렸다. 다시 앞을 보고 걸으며 그가 말했다.

"수문장과 유희 일을 마마께서도 알고 계셨군요."

"저 순한 아이의 입에서 툭하면 그 무뚝뚝한 수문장 얘기가 나오곤 하였지요. 한창나이의 여인이 사내 이야기를 입에 달고 있으면 그 사내를 싫어하거나 연모하고 있어서가 아니겠습니까."

"그렇지요."

"그러니 모르려야 모를 수가 없었습니다. 정작 본인은 모르는 눈치지만 말입니다."

"또 한 사람, 유희의 오라비인 김담, 그 친구도 모르고 있습니다."

"그런가요? 그럼 이참에 알리면 자연스럽게 문제가 해결되겠군요."

"그런데 일이 좀 복잡해졌습니다. 그 수문장 집으로 매파가 드나드는 모양입니다. 수문장의 노모께서 아들의 혼사를 서두르신다 합니다."

"일이 어렵게 되었군요."

순지가 고개를 끄덕이며 말을 이었다.

"수문장도 유희에게 마음이 있는 게 분명합니다. 그러니 지금까지 좋다는 혼처를 죄 거절하며 버티고 있는 거 아니겠습니까?"

"다행히 사내에게도 유희에 대한 마음이 전혀 없는 건 아니었군요."

순지의 혀끝이 입천장을 두드렸다. 쯧쯧 혀 차는 소리가 흘러나왔다.

"두 사람 다 바위처럼 미련하니, 원. 보는 사람이 답답해 미칠 지경입니다."

"그 수문장 말인데, 유희에게 마음이 있다면 왜 고백하지 않을까요?"

"자신이 없어서겠지요. 유희에게 청혼하자니 자신이 한없이 못나 보이는 것이겠지요. 자고로 그런 사내는 백 년을 기다려봐야 아무 소용 없습니다. 이런 경우엔 여자 쪽에서 먼저 움직여야지요."

"……"

"특별한 건 필요 없습니다. 그저 그 사내 앞을 지나가며 슬쩍 운을 떼는 것, 그 정도면 충분합니다. 이대론 시들어죽겠다는 앓는 소리도 괜찮고, 다른 곳으로 시집가게 되었다며 푸념해도 좋을 겁니다. 작은 계기만으로도 그 무뚝뚝한 사내는 애가 탈 테니까요."

"……그 아이에게 그리 전하지요."

"하하. 그럼 전 승휘마마만 믿겠습니다."

잠시 침묵이 흘렀다.

기묘한 느낌에 순지가 뒤를 돌아보았다. 현성이 그를 빤히 바라보고 있었다.

의아한 듯 순지가 제 얼굴을 문질렀다.

"제 얼굴이 뭐라도 묻었습니까? 왜 그리 보십니까?"

"사내와 여인 사이의 문제를 그리 잘 아시는 분이 어찌 아직 혼자인지 궁금해서 그럽니다."

"그거야……."

뭐라 변명하려던 순지가 풀 죽은 목소리로 대답했다.

"첫사랑에 실패해서 그럽니다."

예상치 못한 대답.

미간을 찌푸린 현성은 곧이어 무언가 떠오른 듯 고개를 끄덕였다.

다시 순지와 그를 따르는 현성의 걸음이 이어졌다.

좁은 골목을 지나 큰길로 나아가자, 곧 문제의 은행나무가 나타났다.

순지가 은행나무를 가리키며 물었다.

"저곳입니까?"

"맞아요. 바로 저곳이에요."

"아! 역시 그렇군요."

무심코 고개를 끄덕이던 순지가 길가로 길게 나 있는 돌담 너머로 시선을 돌렸다.

"그런데 군주 아기씨께선 언제까지 따라오실 것인지요?"

돌담 너머로 해죽 웃는 혜아의 얼굴이 튀어나왔다.

"당연히 끝까지 함께해야지요. 이렇게 좋은 구경을 어떻게 놓치겠습니까."

그날 저녁.

교서관골이라 불리는 운동에 한바탕 야단법석이 벌어졌다.

은행나무집 대문 안에선 여러 번 곡소리가 들려왔다.

그날 이후 석주호는 더는 하용을 고아라 놀리지 못했다. 들리는 말로는 요즘은 숫제 하용의 뒤를 그림자처럼 졸졸 따라다닌다고 하였다.

시간은 물처럼, 구름처럼 흘러갔다.

태양은 나날이 뜨거워졌고, 더위에 밤잠을 설치는 날이 이어졌다.

타오름달, 유둣날을 하루 앞둔 저녁.

"으아아아아악!"

신루 화원의 온실에서 난데없는 비명이 터져 나왔다.

통통하게 살집이 오른 양여섭의 눈두덩에 경련이 일었다. 가늘게 뜬 두 눈이 향한 곳은 맞은편에 서 있는 혜아의 작은 얼굴이었다.

"구, 구, 군주마마. 설마 또 잡수신 겁니까?"

"난 절대 안 먹었소."

혜아는 뻔뻔한 얼굴로 고개를 도리도리 저었다.

"거짓말!"

"어허, 무엄하오! 내가 바로 이 나라의 군주요. 한데, 어찌 꽃 따위를 탐하겠소."

"입가에 묻은 꽃잎이나 떼고 말씀하시지요."

양여섭의 말에 혜아는 손등으로 입술을 쓱 문질렀다. 연분홍색 꽃잎이 손등에 묻어났다.

"이게 왜 여기 붙어 있지?"

"못 살겠습니다. 정말 제가 제 명대로 못 살겠습니다."

넋두리하던 양여섭이 문득 눈빛을 다시 세웠다.

"자, 잠깐만. 하나만이 아니잖아요. 이쪽의 꽃도, 저쪽의 꽃도. 헉! 이쪽의 꽃도 분명 어제까지만 해도 무성하였는데……."

양여섭의 볼살이 부르르 떨렸다.

"대체 꽃을 몇 개나 드신 겁니까?"

혜아는 재빨리 손가락 하나를 펼쳤다.

"하나! 딱 하나만 먹었소."

"없어진 꽃이 열 송이도 넘습니다."

황폐해진 온실을 둘러보던 혜아가 진지한 표정으로 대꾸했다.

"아마도 친구가 먹히는 모습을 본 꽃잎들이 외롭고 서러워 스스로 져버린 모양이오. 옛말에도 있지 않소? 화무십일홍이라고."

"화무십일홍은 그리 쓰이는 말이 아니옵니다."

"그렇소?"

잠시 고개를 갸우뚱하던 혜아는 돌연 날다람쥐처럼 신루로 달아나버렸다.

"어찌 되었건 나는 모르오!"

그 뒤를 양여섭이 육중한 몸을 흔들며 따라붙었다.

"거기 서십시오, 거기 서세요!"

"양 학사 같으면 서란다고 서겠소?"

실랑이는 신루 깊숙한 곳까지 이어졌다.

숨을 곳을 찾아 신루 안을 둘러보는 혜아의 눈에 향의 모습이 보였다.

왕세자 향은 이순지를 비롯한 관상감 학자들이 여러 해 공들여 만든 『칠정산 내외편』을 살피는 중이었다.

조선만의 역법(曆法).

이것이라면 조선의 변화를 제대로 파악할 수 있으리라.

조선의 봄과 여름, 그리고 가을과 겨울.

언제 해가 뜨고 언제 달이 뜨는지.

언제 비가 오고 언제 서리가 내릴지.

하늘과 땅의 이치를 꿰고 기후의 변화를 가늠할 수 있게 되리라.

향의 얼굴에 은은한 희열이 들어찼다.

그러나 벅차오르는 감정을 제대로 만끽하기도 전에 불청객이 난입했다.

양여섭을 피해 향의 등 뒤로 몸을 숨긴 혜아가 아비의 등에 폭 얼굴을 묻은 것이다.

향의 얼굴에 웃음꽃이 피었다.

"요 말썽꾸러기. 또 무슨 사고를 친 것이냐?"

"사고라뇨? 그런 일 없습니다."

혜아의 말꼬리로 양여섭의 목소리가 따라붙었다.

"왜 사고가 아닙니까? 사고입니다. 그것도 엄청난 사고이옵니다."

"이번엔 무슨 일인가?"

양여섭이 숨을 헐떡이며 대답했다.

"군주마마께서 또 온실의 화초에 손을 대셨사옵니다."

"또 꽃을?"

날 선 아비의 눈빛에 혜아는 주눅이 들었다.

"하도 맛난 향내를 풍기기에 저도 모르게……."

양여섭이 다시 끼어들었다.

"그걸 왜 잡수십니까? 널리고 깔린 것인 먹을 것인데. 먹고 싶다 말씀만 하시면 수라간 나인들이 오죽이나 잘 만들어 올리겠습니까."

"그런 것들일랑은 아무 때나 먹을 수 있지만, 온실의 꽃은 필 때만 먹을 수 있는 것이 아니오. 그러니 귀하기로 따지면 단연 온실의 꽃이 으뜸이 아니겠소."

제법 논리 정연한 말인지라, 호기심 가득한 눈길로 지켜보던 신루의 학사들 모두 고개를 끄덕거렸다.

"요 녀석. 그래도 잘못을 모르는 것이냐?"

보다 못해 향이 혜아의 이마에 콩 꿀밤을 먹였다.

"아얏!"

혜아의 커다란 눈에 금세 습벅습벅 눈물벽이 들어찼다.

김담이 한달음에 달려와 향과 혜아의 사이로 파고들었다.

"저하, 고정하시옵소서."

"양 학사가 공들여 키운 화초를 망쳤다 하질 않소."

"양 학사가 워낙에 호들갑을 떨어 그렇지, 그리 대단한 일도 아닙니다. 군주 아기씨께서 잡수시면 또 얼마나 잡수시겠습니까? 빈자리는 곧 새로 피어난 꽃으로 메워질 겁니다."

"그게 어떤 꽃인 줄 알고 금세 메워진다고 말하는 건가?"

항변하는 양여섭의 뒤통수로 심운기의 종주먹이 날아들었다.

"자넨 입 다물고 있게."

"아얏! 저 못된 손버릇! 왜 때리는가? 내가 무얼 잘못했다고?"

"꽃이란 무릇 지고 피기를 반복하는 것이 순리거늘. 다음에 꽃 필 것을 기다리면 되는 것을. 그예 이 소란을 피우는 것인가? 옛말에도 화무십일홍이라 하였지 않은가?"

양여섭이 억울한 표정으로 말했다.

"그러니까 그 말은 그런 의미로 쓰이는 게 아니래도."

때마침 삼문이 신루로 들어섰다.

"무슨 일로 이리 소란스럽습니까?"

사방에서 꽂히는 시선에 몸 둘 바를 몰라 하던 양여섭이 삼문을 보고 대뜸 호통부터 쳤다. 풀 길 없는 분통을 만만한 삼문에게 터트린 것이다.

"너는 집현전 학사면 얌전히 집현전에나 있을 것이지, 어쩌자고 신루 문턱이 닳도록 드나드는 것이냐?"

몇 해 전 식년시에 급제한 삼문은 집현전 소속의 학사가 되었다. 책을 다시 잡은 지 불과 삼 년 만에 이뤄낸 업적이었다.

그의 과거 급제에 누구보다도 기뻐한 사람은 당연히 삼문의 부친인 성승이었다.

방황하던 자식이 마침내 마음을 잡고 학문에 뜻을 펼쳤으니, 그야말로 조상께서 돌보신 게 아니겠느냐며 떠들썩한 잔치까지 열었더랬다.

그러나 신루의 학자들은 그가 다시 책을 잡은 이유를 알고 있었다.

주인님께 자랑하기 위해서리라.

오래전 삼문은 빈궁마마에게 천하제일의 도모가 되겠다 장담하였다. 누구에게도 빼앗기지 않는 것을 가진 최고가 되겠다 하였다.

어찌하면 최고의 도모가 될 수 있을까…… 고심하고 또 고심하던 삼문이 선택한 것은 바로 지식.

머리에 든 것은 남이 빼앗아갈 수 없고, 한번 내 것이 되면 죽을 때까지 빼앗기지 않고 써먹을 수 있으니 그야말로 최고의 보물이 아닌가. 그러니 난 천하에서 가장 해박한 사람이 되겠다.

삼문은 밤낮없이 지식을 훔쳤고, 마침내 과거에 급제까지 하고 말았다.

뛰어난 재능을 올바른 방향으로 사용한 것이지만, 바닥에 깔린 저의가 시커먼 것이라 속내를 훤히 아는 신루 학자들은 그를 볼 때마다 고개를 설레설레 저었다.

그래도 한 가지.

제 입으로 뱉은 말을 끝내 지키고 결실을 이뤄냈으니, 그 의지만은 실로 대단한 사람이었다.

"이곳에 뭐 훔칠 게 있다고 그리 자주 오느냐? 그만 집현전으로 꺼져라. 네가 이곳을 자꾸 들락거리니 사람들도 이상하게 생각하지 않느냐?"

양여섭의 타박에도 삼문은 노한 기색 없이 태연했다.

"저도 그러고 싶습니다. 그런데 어찌합니까. 우리 주인님께서 자주 걸음하시는 곳이 이곳 신루인걸요. 우리 주인님이 집현전에 걸음 하시면 오라고 비셔도 집현전 밖으로 한 발짝도 안 뗄 겁니다."

"그놈의 주인님, 주인님. 에라, 이 팔불출아!"

"그럼 주인님을 주인님이라고 부르지 뭐라고 부릅니까?"

"주인 없는 사람, 서러워서 살겠나."

"부러우면 부럽다고 하십시오."

"흥! 세상천지에 다른 사람의 종놈 되는 것을 부러워하는 사람이 있을까."

"화월루 기녀 매생이가 그러는데…… 지난 닷샛날 약주 과하신 양 학사께서 자기도 주인님이 있었으면 좋겠다고 꺼이꺼이 우셨다던데, 아닙니까?"

"매생이가 그런 헛소리를 했단 말이냐?"

"그 한풀이로 매생이 치맛자락에 애꽂은 약조의 글귀를 남기신 분이 뉘신지…… 읍읍!"

"네놈이 오늘 죽기로 작정을 하였구나."

삼문을 끌고 신루 안쪽으로 들어가는 양여섭을 보며 심운기와 김담이 끌끌 혀를 찼다.

향이 혜아에게로 시선을 돌렸다.

"요 말썽쟁이 때문에 하루도 시끄럽지 않은 날이 없구나."

"송구합니다."

혜아는 입술을 동그랗게 내민 채 고개 숙였다.

여식을 물끄러미 내려다보던 향이 손을 쓱 내밀었다.

"아무거나 먹지 말라 하였지?"

"아무것도 안 먹었습니다."

"뱉어라."

"하오나……."

"어허!"

향이 눈에 힘을 주었다.

혜아가 주섬주섬 입안의 꽃을 향의 손바닥에 내어놓았다.

"녀석, 뉘를 닮아 이리 말썽일까."

한숨 쉬는 향의 곁으로 소리 없이 무혁이 다가왔다.

"그분을 고스란히 빼다 박았습니다."

김담이 동의하듯 크게 고개를 끄덕였다.

"제가 보기에도 그분과 한 치도 다름이 없습니다."

"제 말이 그 말입니다. 어쩜 저리 닮으셨는지……. 어! 군주 아기씨, 그거 그렇게 드시면 아니 됩니다."

그새를 못 참고 간이 화포를 거꾸로 드는 혜아를 보고 심운기가 기겁했다.

"지금 학사님들께서 말씀하시는 그분이 설마 우리 주인님은 아니시죠?"

양여섭에게서 풀려난 삼문이 김담과 무혁 사이로 끼어들었다.

김담과 무혁이 동시에 대답했다.

"왜 아니겠느냐?"

"당연히 그분이지."

"말도 안 됩니다. 어딜 봐서 우리 주인님이 말썽쟁이 군주 아기씨와 닮았다고 말씀……."

삼문의 말이 잦아들었다.

호기심 가득한 눈을 반짝거리며 여기저기 기웃거리는 모습일랑은 아무리 봐도 영락없이 해루였다.

삼문의 입에서 저도 모르게 한숨이 새어 나왔다.

무혁과 김담 그리고 향의 입에서도 약조라도 한듯 한숨이 흘러나왔다.

지켜보는 사람의 마음일랑 알 리 없다는 듯 혜아가 한 점 티끌 없는 얼굴로 그들을 돌아보았다.

"다들 왜 그러십니까?"

모두 말없이 고개만 저었다.

"그런데 아바마마, 어마마마는 어디 계십니까?"

물음에 답이라도 하는 듯 밖에서 명랑한 목소리가 들려왔다.

"어이, 최측근!"

"하하하, 최최측근 아니십니까?"

사람들의 시선이 화원으로 이어지는 붉은 중문으로 향했다.

바람결에 향긋한 여름 꽃 향기가 실려 왔다.

함께 가자

신루의 화원은 여름 꽃으로 만발하였다.

풀벌레가 시끄럽게 울어댔다. 어깨 위로 내려앉는 유백색의 달빛
이 벌레들의 소란을 포근하게 눌러주었다.

풀벌레 울음소리가 잦아들자 달빛으로 하얗게 물든 화원에 고
요가 찾아왔다.

누각에 등을 기댄 채 달을 올려다보던 왕은 천천히 시선을 돌
렸다.

환한 달빛 아래로 한 여인이 모습을 드러냈다.

하늘빛을 닮은 옥색 스란치마에 미색의 당의.

자분자분한 걸음.

가벼운 손짓 하나조차도 고아하게 느껴지는 여인은 다름 아닌
해루였다.

"최측근!"

최최측근의 얼굴이 달빛보다 더 환해졌다.

"최최측근! 많이 기다리셨습니까?"

개떡이 담긴 소반을 안은 해루의 발길이 사뭇 분주해졌다.

혜아를 낳고 세자빈에 책봉된 지 어느덧 네 해.

이제는 굳이 애쓰지 않아도 해루에게선 지위에 걸맞은 위엄이 자연스레 배어 나오고 있었다.

그러나 그녀의 눈빛.

검은 밤하늘을 옮겨놓은 듯한 눈 속에 서린 호기심과 반짝거리는 천진함은 여전하였다.

서둘러 다가오는 해루에게 왕은 자리 한쪽을 내주었다.

이제는 말하지 않아도 통하는 터라, 해루는 최최측근이 마련한 자리에 개떡 소반을 내려놓았다.

"최측근, 어찌 그리 얼굴이 어둡더냐?"

김이 모락모락 오르는 개떡을 호호 불며 최최측근이 물었다.

"아닙니다."

"어허, 우리 사이가 보통 사이인가? 내가 뉘더냐? 최최측근이 아니냐. 말해 보아라. 무슨 고민이라도 있는 것이야?"

"그것이……."

잠시 뜸을 들이던 해루가 입을 열었다.

"요즘 고민이 하나 생겼습니다."

"고민?"

오물오물 해루가 쪄 온 개떡을 먹던 최최측근은 해루에게로 상체를 기울였다.

"무슨 고민이더냐?"

"제가 좋아하는 여름 꽃이 있습니다."

"꽃?"

"네. 산수국도 좋아하고 쑥부쟁이도 좋아합니다."

해루의 꽃 이야기가 이어졌다.

"그런데 이 두 꽃이 한 계절에 동시에 피니, 저마다 자신을 보러 오라고 합니다."

"둘 다 보면 될 것 아니더냐."

"두 꽃이 서로 멀리 떨어진 데다 꽃 피는 시기가 절묘하게 겹쳐 한꺼번에 볼 수 없으니 걱정이지요."

해루가 한숨을 쉬며 말을 이었다.

"이 꽃을 보러 가면 저 꽃이 서운해하고, 저 꽃을 보러 가면 이 꽃이 섭섭하다 하지요. 그렇다고 제 몸을 둘로 쪼갤 수도 없는 노릇이니……."

난데없는 꽃 타령일랑 모두 향과 왕에게서 오는 서찰에 대한 비유였다.

언제부터인가, 매일 아침 두 장의 서찰이 해루에게 전해졌다.

공교롭게도 같은 날, 같은 시각 약조한 장소로 나오라는 내용의 서찰. 그러나 각기 다른 장소로 해루를 부르는 왕과 향 때문에 고민이 이만저만이 아니었다.

왕을 따르니 향이 서운해하였고, 향을 따르자니 왕께서 섭섭해하셨다.

상황이 이렇다 보니 몸이 둘로 쪼개졌으면 좋겠다는 말도 안 되는 상상까지 하게 되었다.

"어찌하면 좋겠습니까?"

해루는 잔뜩 기대하는 눈빛으로 왕을 올려다보았다.

"두 꽃 모두 좋다 해도 특히 좋아하는 꽃이 있을 것이 아니더냐. 그게 무엇이냐?"

곰곰이 생각하던 해루가 고개를 저었다.

"둘 다 좋습니다."

"못 보면 눈물 날 꽃은 무엇이냐? 아니 보면 그립고 서러울 꽃이 어느 쪽이더냐?"

"둘 다 못 보면 눈물 날 겁니다. 어느 한쪽이라도 아니 보면 서럽고, 하여 그립겠지요."

해루는 무릎 위에 팔꿈치를 올리고 턱을 괴었다.

"그러니 이 일을 어찌하면 좋겠습니까?"

"그럼 두 꽃 모두 보면 되질 않겠느냐?"

"어찌 말입니까?"

남아 있던 개떡을 마저 입안에 밀어 넣으며 최최측근이 말을 이었다.

"어느 한 꽃을 화분(花盆)에 옮겨 심으면 해결될 일이다. 하여, 다른 꽃을 보러 갈 때 가지고 가면 되겠구나. 아니지, 두 꽃 모두 화분에 심어 곁에 두면 만사가 편하겠구나."

달게 개떡을 삼키는 왕을 보는 해루의 입가가 천천히 길어졌다.

이윽고 그녀의 얼굴에 함박웃음이 하얗게 피어났다.

"제가 어찌 그 생각을 못하였을까요?"

해루는 최최측근을 향해 엄지를 번쩍 치켜들었다.

"하하하, 역시 최최측근은 최고십니다."

"허허허, 뭐 이 정도 갖고 그러느냐. 그보다 개떡 남은 건 없느냐?"

"왜 없겠습니까?"

"이 개떡에 치장된 꽃 모양은 유난히 특이하구나."

"지난해 명국 사신이 가져온 꽃나무가 꽃을 피웠습니다."

"양 학사가 애썼구나."

"네. 게다가 맛도 좋습니다. 하여, 몇 송이 땄지요."

"허허허, 양 학사가 또 방방 뛰는 건 아닌지 모르겠구나."

"하하하, 수십 송이 중에 딱 세 송이 땄으니, 딱히 표도 안 날 겁니다."

두 사람의 웃음소리가 허공으로 번져 나갔다. 장단을 맞추듯 풀벌레 울음이 다시 사방에서 들려왔다.

그리 시름을 털어낸 여름밤이 깊어갔다.

음력 6월 보름날은 유둣날이라, 산간의 폭포나 서늘한 시내에 가서 몸을 씻으며 하루를 지내는 날이었다.

이날, 동쪽으로 흐르는 물길에 머리를 감으며 액막이를 하면 여름 병은 물론이고 더위를 먹지 않고 무사히 여름을 날 수 있다 하였는데, 이를 '물맞이'라 하였다.

올여름은 몇 해 만에 찾아온 폭염(暴炎)인지라, 사나운 무더위를 피해 물맞이 나서는 발길로 궁이 분주했다.

내명부의 여인들과 궁인들이 물맞이로 떠들썩한 시간을 보내고 있을 때도 궁의 반대편은 고요하기만 하였다.

동궁전, 향의 처소.

요란한 더위 따윈 알 리 없다는 듯 오늘도 세자께선 한 시진이 넘도록 흐트러짐 없는 모습으로 서책을 읽고 있었다.

세자의 뒤편에 서서 부채질을 하던 어린 궁녀가 지루한 적막을 이기지 못하고 꾸벅꾸벅 졸았다. 맞은편에 서 있던 궁녀가 눈짓을 보냈다. 그러나 졸음을 이기지 못한 어린 궁녀의 머리통은 연신 어깨 밖으로 떨어지길 반복했다.

빠끔, 향의 처소 안을 훔쳐보던 해루는 저도 모르게 풀썩 웃음을 흘리고 말았다.

그러다 이내 입을 틀어막고 주위를 살폈다.

혹시 들으셨을까?

다행히 저 멀리 서책을 읽는 향의 모습은 좀 전과 다름이 없었다.

"휴우."

낮게 한숨을 쉬는 찰나.

계절과 어울리지 않는 서늘한 음성이 날아든다.

"여긴 어쩐 일이오?"

서책에서 시선을 뗀 향은 곧장 문틈 사이로 새어 들어오는 해루의 시선을 잡아챘다.

"왔으면 들어오질 않고 어찌 숨어서 보기만 하는 것이오?"

역시, 알고 계셨어.

뛰어봤자 부처님 손바닥…… 아닌 공갈 저하 손안이었다.

푹, 고개를 숙인 해루가 향의 앞으로 다가섰다.

"내명부는 모두 물맞이 떠난다고 들었는데, 빈궁은 아니 갔소?"

세자빈이 된 이후로 해루에게 건네는 향의 말투가 달라졌다. 물론 단둘만 있을 때는 여전히 예전처럼 격의 없이 대하곤 하였다.

"부르심을 받고 왔습니다."

"부르긴 하였으나……. 어제 불렀소만."

"아, 그러셨습니까?"

향이 부른 시각에 해루는 최최측근과 만나고 있었더랬다.

동쪽과 서쪽 끝에서 왕과 왕세자께서 서로 만나길 원하니, 몸이 하나인 관계로 어느 한쪽만을 택할 수밖에 없었다.

향의 추궁에 해루는 몰랐다는 듯 시침을 뚝 뗐다.

"날짜를 착각하고 말았습니다."

향이 해루를 빤히 응시했다.

이윽고 흘러나온 한마디.

"거짓!"

"……."

찔끔 놀란 해루가 다른 변명거리를 찾아 머리를 굴렸다.

"그것이……. 알긴 알았는데…… 급한 용무가 생겨서……. 아니, 아니……. 그것이 아니고……."

횡설수설하던 해루가 돌연 눈빛을 세웠다.

"이게 다 저하 때문입니다."

"내가 무얼?"

"부러 그러시는 것이 아닙니까?"

"……."

"최최측근 서찰 오는 날 맞춰 제게 서신을 보내시는 게 아닙니까? 심통이십니다."

항의하는 해루에게 향이 대답했다.

"번번이 아바마마의 부름에 달려가는 빈궁의 탓이오."

"자식의 도리를 다하는 중입니다."

"그럼 다하지 못한 지어미의 도리는 어찌할 것이오?"

"그래서 이리 오지 않았습니까."

"이쯤으로는 어림도 없소."

"잘못하였습니다."

"한 번만 더 들으며 백 번이오."

"어찌하면 좋겠습니까? 하라는 대로 다 하겠습니다."

"정말이오?"

문득 향의 눈에 빛이 반짝거렸다.

불길한 예감이 해루의 등줄기를 훑었다.

그러나 이미 엎질러진 물.

해루는 울상을 지으며 고개를 끄덕거렸다.

"정말입니다. 그런데…… 뭘 하시려고요?"

"어디 가시는 겁니까?"

얼결에 팔목이 잡힌 채로 동궁전을 나서며 해루가 물었다. 언제나 그림자처럼 뒤쫓던 궁인들도 모두 물린 채였다.

향은 대답하지 않았다.

그사이 두 사람의 걸음은 후원의 우거진 숲으로 향했다.

"여긴 왜 오신 겁니까?"

"유둣날이 아니더냐."

두 사람만 있게 되자, 해루를 대하는 향의 말투가 예전으로 돌아왔다.

"하여서요?"

향이 걸음을 멈추고 해루를 돌아보았다.

"우리도 물맞이하자꾸나."

"물맞이요?"

"그래. 덥구나. 오늘은 나도 서늘한 곳에서 게으름을 피워볼 생각이다."

"저하도 더우시군요."

한없이 더운 날에도 한 점 흐트러짐 없던 분이 아니시던가.

하여, 더위도 추위도 못 느끼시는 분이라 생각했건만, 우리 저하도 사람이시구나.

새삼 놀라는 해루의 눈앞으로 향의 얼굴이 다가왔다.

"내가 사람 같아 놀라는 중이냐?"

"귀신이십니다."

저도 모르게 속마음을 입 밖으로 흘리던 해루는 얼른 손으로 입을 막았다. 그러다 이내 슬쩍 향의 눈치를 살피며 물었다.

"물맞이하려면 궁 밖으로 나가야 하지 않습니까?"

"굳이 아까운 시간 버려가며 밖으로 나갈 것이 무어냐?"

"궁 안에 물맞이할 곳이 어디에 있다고……."

해루의 말끝이 흐려졌다.

후원의 숲길을 따라 얼마나 걸었을까? 조팝나무 숲을 지나, 우거진 물푸레나무 사이를 헤치고 한참을 걸으니 놀랍게도 작은 내가 모습을 드러냈다.

규모는 그리 크지 않았지만, 못에 고인 물은 적당히 깊었다. 무엇보다 맑았다. 병풍을 두르듯 내를 둘러싸고 있는 담이 은밀하고 아늑하게 보호해 주는 것만 같았다.

"이런 곳이 있었습니까?"

해루의 입에서 감탄사가 흘러나왔다.

후원에 계곡이 있는 줄은 알았지만, 달리 이런 공간이 있는 줄은 몰랐다.

물속까지 잘 정비된 데다 작은 누각까지 마련되어 있어 잠시 쉬기엔 불편함이 없었다.

아니, 불편하지 않은 정도가 아니라 조용히 물맞이하기엔 최고의 장소였다.

"이렇게 좋은 곳이 있는데, 왜 방치되고 있을까요? 게다가 구석구석 깨끗한 걸 보니 마치 누가 부러 만들어놓은 곳 같습니다."

향이 말없이 먼 허공을 바라보았다.

해루의 눈빛이 가늘어졌다.

"설마, 물맞이하겠다고 이리 만드시진 않으셨지요?"

"……."

"그리하신 겁니까?"

"아니다. 그저 치수와 관련하여 물길을 돌리는 법을 연구하다 우연히 이리되었을 뿐이다."

향의 표정을 찬찬히 살피던 해루가 사뭇 진지한 표정으로 입을 열었다.

"거짓!"

"무어라?"

어이없다는 표정으로 해루를 바라보던 향이 너털웃음을 터트렸다. 해루도 함께 웃었다.

심장 언저리가 따뜻했다.

평상시 살뜰히 마음 쓰시진 않으시지만, 이렇듯 속내 보이실 때마다 사람을 감동하게 하였다.

해루의 눈가가 길게 늘어졌다.

그녀는 누각에 서서 물줄기를 바라보았다.

"저 물에 발을 담그면 시원할 것이다."

"누가 보면 어찌합니까?"

서당개 3년이면 풍월을 읊는다 하였던가.

궁에서 살아온 세월이 이제는 제법 되었던 탓이라, 예전보다는 많이 조심스러워진 해루에게 향이 속삭였다.

"오늘 후원에는 아무도 출입하지 말라 하였다."

해루의 얼굴에 반짝 도홧빛 생기가 피어올랐다.

"정말입니까?"

"정말이다."

말이 끝나기 무섭게 해루가 바닥에 끌리는 긴 치맛자락을 걷어 올렸다.

발을 옥죄는 버선을 벗고 쪼르르 누각의 계단 아래로 내려섰다. 곧 차가운 물이 발목까지 차올랐다.

누각 계단에 걸터앉은 해루는 찰방찰방 아이처럼 발장구를 쳤다.

그녀를 보는 향의 얼굴에 흡족한 웃음이 떠올랐다.

"뭐 하십니까? 저하도 이리 오십시오."

해루가 제 옆자리를 손끝으로 톡톡 두드렸다.

"좋으냐?"

길게 기지개를 켜며 몸을 늘이는 해루에게 향이 물었다.

"좋습니다."

"이 물이 동류로 흐르니, 머리도 감을 테냐?"

향의 물음에 해루는 장난기 가득한 웃음을 입가에 머금었다.

"감겨주시겠습니까?"

농이었다. 그저 해본 말이었다.

그런데 향이 소매를 걷어 올렸다.

"무엇입니까? 정녕 머리라도 감겨주시려 그럽니까?"

"못 할 것이 무어냐."

"아닙니다. 되었습니다."

"내가 하고 싶다. 아니, 하고 싶어졌다."

달아나는 해루와 쫓아오는 향의 추격전이 시작되었다. 풍덩거리며 물가를 뛰어다니는 해루의 뒤를 향이 쫓았다.

물방울이 사방으로 튀었다. 햇살 속으로 튀어 오른 물방울이 보석처럼 반짝거렸다.

겹겹이 겹쳐 입은 비단옷의 빛깔이 짙어졌다. 태산처럼 무거워진 옷자락에 해루는 달아나길 멈추었다. 고개를 숙인 채 헉헉대는 그녀의 옆구리 사이로 향의 손이 파고들었다.

"이제야 간신히 잡았구나."

향이 해루를 돌려세웠다.

하늘거리는 초록의 나뭇잎 사이로 햇살이 쏟아졌다.

해루의 하얀 얼굴에 묻은 물방울이 반짝거렸다. 산란하는 빛의 무리를 향은 부드럽게 쓸어내렸다. 간질거리는 느낌에 해루는 아이처럼 어깨를 움츠렸다.

공기가 묘하게 일렁거렸다.

다가오는 향의 얼굴을 피해 해루는 수줍게 고개를 숙였다.

"누가 봅니다."

"말하지 않았느냐? 후원 안으로 누구도 걸음 못 하게 하였다고."

"그래도……. 하늘이 보고, 땅이 알고 있습니다."

"하늘도 땅도…… 오늘은 눈 감고 귀 막을 터."

향의 속삭임이 해루의 귓불을 더듬었다.

"저하……."

나른한 부름은 고스란히 향의 입안에 담겼다.

웅웅, 소리가 되지 못한 울림이 향에게로 전해졌다. 날카롭게 날을 세운 붉은 불꽃이 해루의 이촉을 두드렸다.

해루는 뭍에 나온 물고기처럼 밭은 숨을 몰아쉬었다. 둥글게 휘어지는 여린 등줄기를 향의 손길이 다정하게 쓸어내렸다.

입맞춤은 깊고 길었다.

오랜 입맞춤의 끝자락.

"머리…… 감겨주십시오."

항복하듯 해루가 속삭였다.

향의 얼굴에 긴 미소가 그려졌다.

사방에 휘장이 내려진 누각 안.

누각 안으로 이어진 대나무 관을 타고 물줄기가 스며들었다. 퐁퐁, 대나무 통 안으로 맑은 물이 고였다.

향은 제게 등을 맡기고 앉은 여인을 사랑스럽게 내려다보았다.

해루의 가체를 빼곡하게 채운 떨잠들이 하나, 둘 향의 손길을 따라 바닥으로 떨어졌다.

붉은 산호로 만든 꽃밭이 사라지고, 형형색색 붉고 푸른 보석으로 만든 작은 나비가 자리를 옮겼다. 한결 가뿐해진 해루의 긴 머리 타래가 아래로 길게 늘어졌다.

향은 촘촘하게 땋은 그것을 정성스레 쓸어내렸다. 햇살처럼 나붓거리는 머리카락은 이내 맑은 물이 가득 담긴 대나무 통으로 자리를 옮겼다.

찰랑찰랑, 물소리가 구름처럼 흘러갔다. 사각거리는 비단 옷자락이 나뭇잎 사이사이를 파고들었다.

세상의 모든 불행과 재앙이 사라졌다. 모든 사나운 운수가 물길 속으로 흘러내렸다.

해루가 말간 얼굴을 들어 향을 바라보았다. 젖은 머리카락에서 물방울이 톡톡 떨어졌다.

"그거 아십니까?"

"무얼?"

젖은 물기를 손끝으로 어루만지며 향이 되물었다.

"철이 든 순간부터 세상이 두려웠습니다. 언제나 차고 시린 것이 제가 아는 전부였습니다. 항시 배가 고팠고, 항시 불안하였습니다. 하여, 이런 삶이 있을 줄은 생각도 하지 못하였습니다."

해루는 향의 아름다운 얼굴을, 시리도록 눈부신 제 사내를 손끝으로 더듬었다.

"고맙습니다."

"……."

"그리고 연모합니다."

붉은 입술 사이로 낮은 고백이 새어 나왔다.

한 사람에게만 말할 수 있는 수줍은 고백 앞에 겨우 잡고 있던 사내의 이성이 툭 끊어졌다.

향의 눈길에 은은한 열망이 들어찼다.

물에 젖은 해루의 당의가 어깨 아래로 떨어졌다. 꼼꼼하게 매듭 지은 저고리 고름이, 나비 모양으로 곱게 묶인 치마끈이 풀어졌다. 비단옷이 겹겹이 산을 이뤄 한옆에 쌓였다.

자위(刺蝟)처럼 잔뜩 가시를 세우던 해루의 신경이 점점 느슨해 졌다.

향의 커다란 손이 해루의 가느다란 뒷목을 움켜쥐었다. 아릿한 악력에 절로 입이 벌어졌다.

입술과 입술이 겹쳐졌다.

숨결과 숨결이 마주 닿았다.

과즙이 배어 있는 듯 달콤한 해루의 숨결.

그 숨결을 삼킬 듯, 베어낼 듯 향은 겹쳐진 입술을 떼지 않았다.

먹이를 노리는 날짐승처럼, 날카롭고 사나운 불꽃이 해루의 입 안을 침범했다. 세상에서 가장 맛난 것을 먹는 듯 핥고 빠는 그 어린 행위에 해루는 숨이 턱턱 막혔다.

나른하였다.

아릿하였다.

또한, 한없이 아늑하고 포근하였다.

유한한 삶 속에 무한한 것은 오직 사람의 마음이었다.

무한한 그의 마음이 그녀에게 고스란히 전해졌다.

열망한다. 너를 열망한다.

그 간절한 바람이 저릿한 전율이 되어 등줄기를 타고 올라왔다.

해루는 손을 들어 향의 손가락을 깍지 꼈다. 그러고는 그대로 상체를 기울였다.

그 힘에 밀린 향이 천천히 바닥에 등을 대고 누웠다. 아직 물기 마르지 않은 하얀 나신이 그의 위로 올라탔다.

올려다보는 향의 얼굴에 싱긋 미소가 걸렸다. 해루는 그의 미소에 입을 맞췄다.

흘러내린 긴 머리카락에서 뚝뚝 물방울이 떨어졌다. 물방울이 떨어진 곳마다 해루의 입술이 흔적을 남겼다.

기려한 나신 너머로 다홍빛 노을 색이 깃들었다.

노을에 물든 해루는 여름 꽃처럼 싱그러웠다. 무람없이 향을 품은 채 여린 신음을 흘리는 그녀는 전쟁터로 나간 무장처럼 용감했다.

바람이 누각의 휘장을 흔들었다.

나부끼는 비단 천 사이에서 하나가 된 두 개의 육체가 더운 숨을 뿜어냈다.

형과 식, 엄격한 규율과 법규로 치장한 궁의 가장 깊숙한 곳에서 두 사람은 그 누구보다 자유로웠다.

사랑한다.

연모한다.

곱고 어엿한 마음들이 공기 중에 뿌연 습막을 흩뿌렸다.

세상의 모든 것이 사라졌다.

잊혀진 공간 속에 존재하는 것은 오직 향과 해루뿐이었다.

구름도, 하늘도, 땅도, 훔쳐보는 다람쥐의 시선도 먼 과거의 이야기처럼 아득해졌다.

아릿한 시간이, 나른하면서도 포근한 세계가 작은 누각 안에 펼쳐졌다.

까무룩 잠이 들었나 보다.

다시 눈을 뜨니 누각 처마 한옆으로 둥근 달이 보였다. 눈을 가늘게 여민 채 달을 올려다보던 해루는 길게 미소를 지었다.

꿈을 꾸었다.

꿈속에서 그녀는 깊고 커다란 호숫가에 서 있었다.

끝을 알 수 없는 호수 저편으로 먹장구름이 몰려올 때는 조금 두렵기도 하였다. 아니, 한바탕 소낙비가 쏟아질 때는 아이처럼 엉엉 울었던 것도 같다.

하지만 비는 그리 길지 않았다.

다시 해가 얼굴을 보였고, 호수를 가로지르는 거대한 무지개가 떠올랐다.

감탄이 절로 일었다.

눈을 사로잡는 일곱 가지 무지개색에 머릿속이 어질어질할 때였다. 호수를 가득 채우던 무지개가 느닷없이 해루를 향해 달려들었다. 이윽고 그녀의 치맛자락에 촤르르르 무지개가 담겼다.

일곱 가지 형형색색의 보석이 한 품에 가득 담기는 꿈.

해루는 찬란한 꿈을 되새기며 미소 지었다.

몸속에 불씨라도 든 듯 따뜻했다. 그녀는 고개를 돌려 등 뒤에 있는 향을 돌아보았다.

그 작은 미동에 향이 반응했다. 여전히 눈을 감은 채 그는 그녀를 품 안으로 끌어당겼다.

허리를 감아 든 향의 팔을 내려다보며 해루가 말했다.

"주무십니까?"

"자고 있느니."

"그만 일어나십시오. 가야 할 곳이 있습니다."

"……"

"어서요."

해루의 재촉에 향은 마지못해 몸을 일으켰다.

얼굴 가득 싫은 내색이 가득했다. 좀처럼 볼 수 없었던 아이 같은 모습에 해루는 작게 웃음을 터트렸다.

꺄르르르.

웃음이 구슬처럼 나뒹굴었다.

후더분한 바람이 불어왔다.

낮 동안 뜨거워진 땅의 열기는 밤이 되어서야 겨우 미지근하게
식었다. 고즈넉하게 내려앉는 달빛이 여름밤에 운치를 덧칠했다.

교교한 달빛을 벗 삼아 걸음을 옮기자, 이내 왁자한 웃음소리가
귓전을 파고들었다.

"신첩이 이 모임을 알게 되었을 때 얼마나 놀랐는지 아십니까?"

중전의 단아한 목소리가 밤공기에 은은한 파동을 그렸다.

"놀랐소? 워낙 태연하게 행동하여 전혀 눈치 못 챘소이다."

즐겁게 되받아치는 음성은 왕의 것이었다.

두 사람은 신루 화원에 마주 앉아 도란도란 이야기꽃을 피우고
있었다.

"당연히 놀랐지요. 한밤에 내관도 대동하지 않고 시아버지와 며
느리가 은밀히 만나고 있지 않습니까? 그것도 그 두 사람이 어디
보통 사람이옵니까?"

"최고측근의 이야길 듣고 보니 오해가 생길 법한 상황이었군. 그
런데 어찌 오해를 풀게 되었소?"

"믿었습니다."

"역시……."

왕은 고개를 끄덕였다.

"나에 대한 최고측근의 믿음은 역시 대단하오."

"제가 믿은 건 최최측근이 아니라 최측근이었지요. 아니, 근본부터 따지고 들자면 최측근보다 세자를 믿은 것이지요."

"그건 또 무슨 말이오?"

"세자의 인물됨이 범상치 아니하니, 그 아이에게 빠진 최측근이 최최측근에게 넘어갈 리 없지 않습니까?"

"허허, 그런 의미였소?"

"그럼 다른 의미가 있었겠습니까?"

"아니오. 다 늙은 노인보다야 당연히 젊은 세자가 낫겠지."

무언가 아쉽다는 듯 최최측근이 마른 입맛을 다실 때였다.

작은 그림자 하나가 왕을 향해 곧장 달려왔다.

"최최측근 할아버지!"

"아이쿠, 이제 오느냐? 넘어질라, 조심하거라."

걱정에도 불구하고 혜아는 곧장 최최측근의 품으로 폴짝 뛰어들었다.

"최최측근 할아버지, 최고측근 할머니. 최연소측근이 왔습니다. 제가 아니 보고 싶으셨습니까?"

세상에서 가장 포근하고 따사로운 기운이 왕과 왕비의 얼굴에 떠올랐다.

"하하하, 요 녀석. 안 그래도 오늘은 왜 아직 오지 않는가 의아해하던 참이었다. 어찌 이리 늦었느냐?"

"신루에서 일이 있었습니다."

"무슨 일이 있었더냐?"

스스로를 최연소측근이라 지칭한 혜아가 대수롭지 않다는 투로 대답했다.

"사소한 사고가 있었습니다."

"사고가 있었다 하는 걸 보니 또 무슨 일을 저지른 모양이구나."

맞은편에 앉은 최고측근이 물었다. 목소리는 엄했지만, 입가엔 미소가 드리워져 있었다.

"별일 아닙니다. 그보다 무슨 이야기를 그리 재미있게 하셨습니까?"

교묘하게 말꼬리를 돌리는 모양새가 눈에 훤히 보였지만, 최고측근은 속은 척 넘어갔다.

"옛날이야기를 하던 중이다. 이곳에서 최측근과 최최측근이 처음 만났을 적의 얘기란다."

"아! 그 이야기 말이로군요."

"너도 아느냐?"

중전의 물음에 혜아가 작은 고개를 끄덕였다.

"예전에 최측근에게서 들은 적이 있습니다. 그 이야기를 들으며 참 묘한 인연이란 생각이 들었습니다."

"그렇구나. 참 묘한 인연이었지."

해맑게 웃던 혜아가 마침 생각난 듯 고개를 갸웃했다.

"그런데 궁금한 것이 있습니다."

"무엇이냐?"

"이 모임에 어째서 아바마마께선 참석하지 못하시는 것입니까? 최측근, 최고측근, 최최측근. 모두 계시온데 정작 아바마마는 함께 하지 못하시는 게 이상하옵니다."

"참석하지 못한다니?"

최고측근이 되물었다.

지금까지 세자가 비밀 회합에 참석하지 못하는 이유. 지독하게 바쁜 까닭이라 생각했던 터였다. 그런데 혜아의 말을 들으니 참석하고 싶어도 그러지 못하는 모양이었다.

혜아가 순진한 눈망울로 대답했다.

"비밀 회합은 허락된 사람 이외에는 참석할 수 없다고 합니다."

"누가 그런 말을 하더냐?"

최고측근의 물음에 최연소측근, 혜아가 화원 바깥쪽을 손가락질했다.

"화원 앞을 지키는 수문장요."

"그럼 수문장이 세자의 출입을 막는단 말이냐?"

최고측근은 어리둥절한 표정을 지었다.

이 조선 땅에서 뉘 감히 세자를 막을 수 있단 말인가?

문득 최고측근의 눈매가 가늘어졌다.

"아니, 한 명 있군."

최고측근이 최최측근을 바라보았다.

"험험. 어험."

최최측근이 불편한 헛기침을 연발했다.

역시나!

제아무리 융통성 없는 수문장이라 하여도 감히 세자의 앞을 막을 수는 없을 터. 수문장이 그런 행동을 할 이유는 오직 하나, 어명 때문이리라.

최고측근이 물었다.

"어이하여 세자의 참석을 막으시옵니까?"

"나도 어쩔 수 없었소."

그런 적 없다, 완강히 부정할 줄 알았건만, 뜻밖에 최최측근은 순순히 인정했다.

그렇다고 최최측근을 바라보는 최고측근의 눈매가 고와진 건 아니었다.

"연유를 듣고 싶습니다."

"생각해 보시오. 우리의 이 비밀 회합이 누구로 인해 생기게 되었는지, 또 누구로 인해 의미를 가지게 되었는지……."

"빈궁……. 아니, 최측근 덕분이 아닙니까?"

"시작은 분명 나와 최측근의 우연한 만남이 계기였소. 허나 그 또한 따지고 보면 세자와의 관계로 생긴 인연인 것."

"그래서 세자를 비밀 회합에 받아들이지 못한단 말씀입니까?"

"우리가 최측근이니 최최측근이니 부르는 것도 세자와의 관계로 인한 호칭 아니겠소? 이런 자리에 세자가 나타나보오. 우선 세자를 어찌 부르냐 하는 문제부터, 지금의 묘한 균형 또한 어그러지지 않겠소?"

최고측근이 의심 가득한 얼굴로 물었다.

"단지 세자가 최측근의 관심을 독점하게 되는 게 싫어서 그런 것은 아니시고요?"

"어험, 모함이오. 절대 그렇지 않소. 그나저나 최측근은 언제 오려나 모르겠구려."

최최측근은 슬며시 말꼬리를 흐렸다.

다행히 대답하는 목소리가 돌아왔다.

"오래 기다리셨습니까?"

"어마마마."

해루를 본 혜아가 꽃을 본 나비처럼 날아들었다.

"언제 왔느냐?"

"방금 왔습니다."

"그렇구나."

고개를 끄덕이던 해루가 물었다.

"어미에게 할 말은 없느냐?"

"할 말요?"

"좀 전에 신루를 지나쳐 오는데, 양 학사가 너를 찾더구나."

"그것이……."

혜아가 해루의 눈치를 살폈다. 엄한 표정이다. 이미 온실에서의 일을 모두 알고 있는 분위기라.

"전 그저 꽃잎 몇 장 떼어 먹은 게 전부인걸요?"

"양 학사의 꽃이 어디 보통 꽃이더냐?"

"그래서 저도 먹지 않으려 했습니다. 하지만 참을 수 없을 만큼 달콤한 것을 어찌합니까?"

혜아가 어미의 품으로 파고들었다.

"양 학사의 마음도 헤아려주어야지. 그 작은 꽃을 보려 때로는 몇 년을 기다리는 분이다. 농사로 따지면 한 해의 결실이나 다름없는 것을 그렇게 날름 먹어버렸으니 얼마나 슬프겠느냐."

"……잘못하였습니다."

"그래, 크게 잘못하였구나. 내일 날이 밝는 대로 양 학사에게 가서 잘못하였다 용서를 빌어라. 그리고 다시는 이와 같은 일이 있어선 아니 되느니라. 알겠느냐?"

"명심하겠습니다."

해루가 한숨을 쉬었다.

"매번 잘못하였다 하면서도 또 반복되니, 널 어찌해야 할지 모르겠구나. 대체 누굴 닮아 이리 말썽일까?"

일순 주위가 조용해졌다.

이상한 느낌에 주위를 돌아보니, 모두 해루를 보고 있었다.

"제가 이상한 말이라도 하였습니까?"

"아니다."

"아닐세, 최측근."

최최측근과 최고측근이 먼 허공으로 시선을 돌렸다.

기묘한 분위기에 고개를 갸웃하던 해루가 들고 온 소반을 내려놓았다. 소반엔 막 쪄낸 개떡이 담겨 있었다.

형형색색 고운 꽃으로 치장한 개떡은 보기만 하여도 군침이 났다.

"오늘은 여느 때보다 맛나 보이는구나. 그리고 양도 많고."

수북이 쌓인 떡을 보며 최최측근이 입맛을 다셨다.

"어제 말씀하셨던 꽃 말입니다."

"꽃? 무슨 꽃?"

최최측근이 개떡을 집으며 물었다.

"최최측근께서 화분에 옮겨 심어 함께 놓으라 한 꽃 말입니다."

"그렇지. 내가 그런 말을 하였지. 헌데 그 이야기는 갑자기 왜?"

"다시 생각해 봐도 참으로 기발한 생각이었습니다. 하여, 쇠뿔도 단김에 빼랬다고 생각난 김에 곧장 실행에 옮겼습니다."

"잘하였다."

"그래서 오늘 꽃과 함께 왔습니다."

"뭐와 함께 왔다고?"

대답은 해루가 아닌 다른 곳에서 들려왔다.

"앞으론 저도 이 회합에 참석하려 합니다."

화원 수풀 너머에서 유난히 긴 그림자가 다가왔다.

호수처럼 맑고 깊은 눈동자, 날렵한 콧날, 확고한 의지가 서린 입술.

여름 숲의 향기를 물씬 자아내는 사내를 보고 최최측근의 표정이 일그러졌다.

반면, 최고측근과 혜아 그리고 해루는 두 팔 벌려 환영했다.

"최측근, 전에도 말하지 않았더냐? 세자는 아니 된다고."

"하지만 저는 이 꽃도 아니 보면 눈물이 날 것 같고, 저 꽃도 못 보면 그리워 병이 날 것 같습니다. 이리하라 알려주신 분은 최최측근이 아니십니까."

"허면, 이 꽃이 나고, 저 꽃이 세자란 말이냐?"

고개를 끄덕이는 해루의 모습에 왕은 아이처럼 울상을 했다.

"이럴 줄 알았으면 한 꽃만 선택하라 할 것을."

"저를 선택하면 어찌하시려고요?"

덥석 최연소측근을 품에 안은 향이 최고측근과 최측근 사이에 자리 잡고 앉았다.

"어허! 비밀 회합에서 쌓은 우리 인연이 얼마나 깊은데, 세자를 선택하겠느냐? 안 그런가, 최측근?"

해루는 대답 대신 개떡을 입에 물었다.

눈살을 찌푸린 최최측근이 최고측근과 최연소측근을 차례로 보았다. 두 사람 역시 미리 짜기라도 한 것처럼 개떡을 집어 들었다.

"허허. 이제 보니 모두 한통속이었군."

왕의 탄식에 최고측근이 웃으며 답하였다.

"이 비밀 회합은 한통속인 사람만 참여할 수 있는 모임이 아니었습니까?"

잠시 생각한 왕이 고개를 끄덕이며 웃음을 터트렸다.

"생각해 보니 그렇구려. 허허허."

왕이 웃자 다른 사람들의 얼굴에도 웃음이 피어났다.

나란히 앉아 개떡을 오물거리는 그들의 머리 위로 하얀 달빛이 내려앉았다.

그날의 비밀 회합은 평소보다 길었다.

졸음이 쏟아진 혜아는 온실을 자신에게 달라며 떼를 썼고, 최최측근은 불퉁한 얼굴로 연신 투덜댔다.

그렇게 밤이 깊어졌다.

❀

요란하던 풀벌레 소리가 잦아들었다.

두런두런 이야기를 나누던 세자가 잠이 든 최연소측근을 안고 일어섰다. 최고측근과 최측근이 그 뒤를 따랐다.

혼자 남은 최최측근은 누굴 기다리듯 느긋하게 별을 감상하였다.

바람이 차게 식자, 화원으로 황 노인이 최최측근을 찾아왔다.

"전하, 그만 가실 시간입니다."

"어허, 이곳에서는 최최측근이래도."

황 노인은 대답 없이 미소만 지을 뿐이었다.

최최측근이 그에게 물었다.

"오늘은 어찌 이리 늦었는가?"

"귀한 분들의 오붓한 시간에 소신이 끼어들기 어려웠사옵니다."

"그랬는가?"

고개를 돌리는 최최측근의 눈에 하얗게 세어버린 황 노인의 백발이 들어왔다.

"자네와 내가 함께한 지 얼마나 됐지?"

자리를 털고 일어선 왕이 걸음을 옮겼다.

황 노인이 조족등을 들어 왕의 앞길을 밝혀주었다.

"하도 오래된 일이라, 이제는 일일이 헤아리지도 못하겠습니다."

"그래, 그렇군. 좋은 날은 화살처럼 지나가고 이젠 노인이 된 두 사람만 남았군."

"제 머리에 백설이 내린 지 어느덧 수십 년입니다. 노인 소릴 듣게 된 이후에도 강산이 몇 번이나 바뀌었지요."

"그래도 예전엔 눈빛이 살아 있었는데 말일세."

"지금은 안 그렇습니까?"

"눈에 서린 총기가 많이 누그러졌군."

"세월의 무게는 누구도 이기지 못하는 모양입니다."

"그렇군. 나도 요즘 들어 부쩍 늙었다는 생각이 든다네."

"아직 젊으십니다."

"그런가?"

"늙었다는 생각조차 잊게 되면 그때야 비로소 늙은 거라 하더군요. 전하께선 아직 젊고 활기가 넘치시옵니다."

"그래? 그대가 그렇다면 그런 거겠지."

잠시 대화가 멎었다.

느릿느릿 이어진 걸음이 후원을 벗어나 신루의 문 앞까지 이르렀다.

늦은 밤임에도 신루는 대낮처럼 불을 밝히고 있었다. 바쁘게 움직이는 사람의 그림자가 노란 불빛 속에서 춤추듯 일렁거렸다.

그사이 최연소측근을 처소에 누인 세자는 밤잠을 잊은 채 학자들과 함께 새로운 발명을 논의하고 있었다.

"내 자식이라 하는 말인지도 모르지만, 참으로 잘난 아이 아닌가?"

"세자 저하의 훌륭하심을 모르는 사람이 없지요."

최최측근은 깊은 한숨을 내쉬었다.

"해가 지면 달이 뜨고, 녹음이 우거지면 곧 낙엽이 지는 게 당연한 순리인 것을."

"……."

"내가 너무 오래 이 자리를 차지하고 있는 건 아닌가 하는 생각이 드는군. 오래전에 넘겨줬어야 하는 것을 괜한 걱정으로 자리만 차지하고 있는 건 아닌지. 새 시대는 새로운 사람의 손에 넘겨줘야 마땅한 것인데 말일세."

"……."

"늙을수록 걱정만 느는 모양일세. 걱정이 많다 보니 쉬 믿지 못하고, 믿질 못하니 좀처럼 앉아 있는 자리에서 나올 생각을 못하게 된단 말이야."

"노인의 눈으로 보면 젊은이들의 생각과 행동이란 하나같이 미숙하고 어설픈 법이지요."

"그럴지도 모르지. 어쩌면 그 또한 미련을 버리지 못한 고집과 괜한 트집일지도 모르지. 지금 돌이켜보면 모두 부질없는 걱정이고 쓸데없는 간섭인 것을."

"지금이라도 늦지 않았습니다."

"그렇겠지. 그러나 조금 더 이 자리에 있고 싶군."

"아직 미련이 남으십니까?"

최최측근은 고개를 끄덕였다.

"예전에 어떤 사람과 약조한 게 있거든. 아직 그 사람에게 떳떳하게 말할 자신이 없다네."

백성을 위한 나라를 만들겠다 큰소리쳤었다. 앞으로 자신이 만들 나라를 지켜봐달라 하였다.

민안선을 떠올린 최최측근은 쓸쓸한 미소를 지었다.

"누군지 몰라도 무척 엄한 사람인 모양이군요."

"그런 사람이지. 무척 엄하고 작은 실수도 용납하지 않는 그런 사람일세."

최최측근이 다시 걸음을 옮겼다.

그 뒤를 조용히 따르던 황 노인은 머릿속이 복잡했다.

달밤에 취하신 듯 왕께선 평소와 많이 다르셨다. 문득 지금이 좋은 기회란 생각이 들었다.

왕이 걷는 발자국을 따라 걷던 황 노인이 슬그머니 말문을 열었다.

"최최측근의 뜻은 잘 알겠습니다. 아직 젊음의 패기를 간직하신 것 같아 얼마나 기쁜지 모릅니다."

"허허. 그대가 그리 말하니 기쁘군. 앞으로도 잘 부탁하네."

"당연히 보필해야 마땅하옵지요. 하오나 전하, 아직 청춘이신 전하와 달리 소신은 늙고 병든……. 힘없는 노인이옵니다. 그러니 이만 쉴 수 있게 허락해 주심이……."

"허허. 오늘따라 달빛이 무척 곱지 않은가?"

"전하, 다시 말씀드리지만, 소신은 늙고 지쳐 그만……."

"나이가 드니 귀마저 어두워진 모양일세. 가끔은 아무것도 안 들린단 말이야."

"아침마다 일어나는 것이 부쩍 힘에 겨워……."

"어이쿠, 벌써 밤이 이렇게 깊었군. 오늘은 곤하니 이만 들어가겠네."

"전하, 부디 이 늙은 신하의 청을 들어주시옵소서."

"오늘은 곤하여 더는 아무 생각도 할 수가 없을 듯하군."

"전하! 이 늙은 신하의 청을 들어주시옵소서. 어딜 가시옵니까?

전하! 전하!"

❀

시간은 강물처럼 흘러갔다.

미듭달, 초하루.

풍성한 계절을 끌어올린 가지마다 크고 작은 열매가 달렸다.

후원을 걷던 해루는 나무에 매달린 과실을 보며 저도 모르게 거위침을 삼켰다.

"무얼 보고 그리 군침을 삼키는 것이냐?"

향이 그녀의 곁으로 다가와 나란히 섰다.

"오셨습니까?"

"요즘 도통 무얼 못 먹는다 하던데, 어디가 미욱한 것이냐?"

"괜찮습니다."

"정녕?"

해루는 고개를 끄덕였다.

"그럼 되었다."

웃는 얼굴로 향은 걸음을 떼었다.

멀리서 해시를 알리는 북소리가 들려왔다.

문득 향의 얼굴에 웃음이 떠올랐다. 그가 해루를 돌아보았다.

"그거 아느냐?"

"무얼 말입니까?"

"꼭 이날 같았다. 오늘처럼 달빛 한 점 없는 그날, 네가 여인이라는 걸 알게 되었지."

먼 과거의 기억을 떠올리는 향의 눈빛이 아련했다.

해시의 신기루.

어둠이 시작되는 해시, 밤이 그려낸 신기루처럼…… 해루가 그의 앞에 나타났다.

"그때 네가 나를 따라나서지 않았더라면 어찌 되었을까?"

"따라나섰을 겁니다."

"어찌하여?"

"제 미래 속에는 이미 저하가 계셨으니까요."

"무어라? 허면, 그때 내가 있는 미래를 보았더냐?"

"보았습니다."

"궁금해지는구나."

향은 고개를 숙여 해루와 시선을 맞췄다.

"무엇이 궁금하십니까?"

"앞으로의 네 미래 속에도 내가 있느냐?"

"……"

"어찌 대답하지 않느냐? 설마…… 더는 미래가 보이지 않느냐?"

해루가 햇살처럼 웃으며 고개를 저었다.

"보입니다."

"여전히 나의 미래만이 보이느냐?"

당연히 고개를 끄덕일 줄 알았다.

그러나 해루의 머리는 좌우로 움직였다.

"아닙니다."

"응?"

향의 미간에 고랑이 새겨졌다.

향을 향한 그녀의 마음은 언제나 올곧고 절실하였다.

그리하여 하늘이 내린 예지력마저 오직 한 사람을 향하도록 만들었다. 하여, 지금까지 해루는 향의 미래만을 보았더랬다. 그런데 지금은 아니라 한다.

"또 한 사람의 미래가 보입니다."

"또 한 사람? 뉘더냐?"

질투하는 눈으로 향이 물었다.

해루가 자신의 배를 쓸어내렸다.

"소중한 사람, 하여 꼭 지켜야 할 사람의 미래입니다."

향의 눈이 커졌다.

천천히, 그러나 확실하게 그의 입이 벌어졌다.

"혹여…… 회임을 한 것이냐?"

대답하는 대신 해루의 얼굴에 하얀 웃음꽃이 피어올랐다.

"해루야!"

해루를 부르는 향의 목소리가 부풀어 올랐다.

내 여인의 품속에 또 하나의 생명이 자라고 있었다.

이번에도 해루를 닮은 군주였으면 좋겠구나.

아니, 이번에는 날 닮은 군이 더 좋으려나?

아니, 아니다.

그저 건강하다면 군이라도 좋고, 군주라도 좋겠구나.

벅찬 희열이 향의 가슴을 가득 메웠다.

그를 돌아보며 해루가 말했다.

"이 아이의 미래를 위해 준비해야 할 것이 많습니다."

"무슨 일을 꾸미는 모양이구나. 이번엔 또 어떤 일이냐?"

물음을 던지던 향이 고개를 저었다.

"아니, 아니다. 그게 무엇이 되었건 상관없지."

향이 해루를 향해 손을 내밀었다.

"나와 함께하자."

"쉽지 않은 일이 될 겁니다. 어쩌면 운명에 대항하는 일이 될지도 모릅니다. 운명이란 도도하게 흐르는 거대한 물살입니다. 작은 시내의 물길은 옮길 수 있어도 강물의 큰 흐름을 거스를 수는 없는 법입니다."

"상관없다. 우리 아이의 미래를 위한 일이 아니더냐? 가시덤불이 있으면 치워버리면 되는 것이고, 절벽 끝에 다다르면 되돌아가면 되는 것이다. 우리가 함께 노력하면 어떤 일이든 극복할 수 있다. 그러니 함께하자."

그의 단단한 결의와 든든한 확신.

해루가 향의 손을 맞잡았다.

"네, 함께할 겁니다. 언제까지나 저하와…… 함께할 겁니다."

온기가 손을 타고 전해졌다.

해루의 얼굴에 미소가 맺혔다.

맞잡은 두 사람의 손목 위로 유백색의 달빛이 유성처럼 쏟아져 내렸다.

너는
봄이 만든 무지갯살 아지랑이
밤이 그려낸 아스라한 꿈
바람 불면 흩어질 생의 파편
눈 뜨면 잊힐 한 편의 꿈 자락

찬란한 봄날이여
아릿한 꿈결이여

내 곁에 머물기를
내게서 떠나지 말기를
영원히 함께하기를
영원히……
영원히……

『해시의 신루』 마침

참고 자료

『세종실록』

김동욱·유홍준 외 저, 국립고궁박물관 편,『창덕궁 깊이 읽기』, 글항아리, 2012년

김문식·김정호 공저,『조선의 왕세자 교육』, 김영사, 2003년

김문식·신병주 공저,『조선 왕실 기록문화의 꽃 의궤』, 돌베개, 2005년

김연갑 저,『아리랑 시원설 연구』, 명상, 2006년

민승기 저,『조선의 무기와 갑옷』, 가람기획, 2004년

박재광 저,『화염 조선』, 글항아리, 2009년

신명호 저,『조선 왕실의 의례와 생활 궁중문화』, 돌베개, 2002년

심재우 외 저,『조선의 왕으로 살아가기』, 돌베개, 2011년

심재우 외 저,『조선의 왕비로 살아가기』, 돌베개, 2012년

정은임 외 저,『궁궐 사람들의 삶과 문화』, 태학사, 2007년

지두환 저,『문종대왕과 친인척』, 역사문화, 2008년

최형국 저,『조선무사』, 인물과사상사, 2009년

한국과학문화재단 편저,『우리의 과학문화재』, 서해문집, 1997년

그리고

많은 도움을 주신 국립과천과학관의 홍현선 연구관님, 정말 감사합니다.

해시의 신루 5

초판 1쇄 2016년 10월 20일
초판 5쇄 2022년 6월 30일

지은이 | 윤이수
펴낸이 | 송영석

주간 | 이혜진
기획편집 | 박신애 · 최미혜 · 최예은 · 조아혜
외서기획편집 | 정혜경 · 송하린 · 양한나
디자인 | 박윤정 · 유보람
마케팅 | 이종우 · 김유종 · 한승민
관리 | 송우석 · 전지연 · 채경민

펴낸곳 | (株)해냄출판사
등록번호 | 제10-229호
등록일자 | 1988년 5월 11일(설립일자 | 1983년 6월 24일)

04042 서울시 마포구 잔다리로 30 해냄빌딩 5 · 6층
대표전화 | 326-1600 **팩스** | 326-1624
홈페이지 | www.hainaim.com

ISBN 978-89-6574-570-9
ISBN 978-89-6574-565-5(세트)